Corner Boy

Herbert Simmons

Corner Boy

Soul fiction

Aus dem Amerikanischen von Gottfried Fink

Atlantik

Die Deutsche Bibliothek - CIP Einheitsaufnahme
Simmons, Herbert:
Corner Boy / Herbert Simmons. Aus dem Amerikan. von
Gottfried Fink. - 1. Aufl. - Bremen : Atlantik, 1999
(Soul fiction)
Einheitssacht.: Corner boy <dt.>
ISBN 3-926529-78-4

Die Originalausgabe erschien 1996 unter dem Titel „Corner
Boy" in der Reihe „Old School Books" im Verlag W.W. Norton, Inc. in New York, USA

© 1996 by Marc Gerald and Samuel Blumenfeld
© 1957/96 by Herbert Simmons
Einleitung © 1996 by W.W. Norton & Company

1. Auflage: Oktober 1999

© 1999 by Atlantik
Verlags- und Mediengesellschaft
Elsflether Str. 29, D-28219 Bremen
Fon: 0421-382535 * Fax: 0421-382577

Umschlaggestaltung: Atlantik, Satzstudio Trageser
Umschlagfoto: © Helen Levitt
               Courtesy Laurence Miller Gallery, N.Y.
Gesamtherstellung: Interpress

Alle Rechte vorbehalten.
Auch auszugsweise Wiedergabe oder Nachdruck nur mit
Genehmigung des Verlages.

ISBN 3-926529-78-4

HERBERT SIMMONS

Zwei bemerkenswerte Romane. Für die meisten Schriftsteller wäre dies ein Lebenswerk, aber Simmons erreichte diesen Punkt bereits im Alter von zweiunddreißig Jahren. Vielleicht erreichte er zu schnell zu viel, vielleicht ging alles viel zu einfach. Wie auch immer, die Welt mußte dann fünfunddreißig Jahre auf einen Nachfolgeroman warten, und jetzt besteht berechtigte Hoffnung, daß die lange Zeit des Wartens endlich vorbei sein könnte.

Im Alter von nur sechsundzwanzig Jahren bekam der in St. Louis, Missouri, geborene Simmons 1957 das renommierte Houghton Miflin Literaturstipendium für seinen Romanerstling *Corner Boy*. Es ist anzunehmen, daß es sich um eine umstrittene Auszeichnung gehandelt haben muß. Es war nicht alltäglich, daß ein Roman über einen Drogendealer, der in eine Welt voller Hoffnung, Korruption und Fehlschläge verstrickt ist, einen Literaturpreis gewann. Simmons begann seine sechsjährige Arbeit an dem Buch noch während seines Studiums des Journalismus an der Lincoln University in Missouri. Während seiner Dienstzeit bei der Army, in der er als Schreibkraft eingesetzt war, schrieb er weiter an dem Roman und beendete ihn in einem Literaturseminar an der Washington University, wo er 1958 sein Studium mit einem Bachelor of Arts in Englischer Aufsatzkunde abschloß. *Corner Boy* wurde in der Folge beim Dell-Verlag zu einem Taschenbuchbestseller und kam in England bei Methuen heraus. In seiner einzigen veröffentlichten Stellungnahme zum Buch legte Simmons seine Absichten folgendermaßen dar: „Es ist faszinierend zu beobachten, was die Handlung eines Menschen alles nach sich zieht. Ein Mensch erhält seine besondere Bedeutung nicht durch das, was er macht, um berühmt zu werden, sondern einfach nur dadurch, daß er ein Mensch ist. Darum dreht es sich in *Corner Boy* hauptsächlich." Der *San Francisco Chronicle* schrieb im Gegensatz dazu: „Die Figuren in diesem Buch sind der beunruhigendste Haufen junger Gangster, über die in der ernsten US-Literatur je geschrieben wurde. Simmons beschreibt sie und ihren Ehrenkodex mit einer diamantenscharfen Brillanz." Weitere positive Kritiken folgten. Ein Star war geboren.

Fast fünf Jahre sollten vergehen, bevor Simmons den Roman *Tanz auf rohen Eiern* veröffentlichte, der wie sein Vorgänger mit seinem stilistischen und formalen Aufbau den aufrührenden lyrischen Charakter des Jazz der 50er Jahre beschwor und gleichzeitig eine anspruchsvolle Familiengeschichte über mehrere Generationen hinweg erzählte, die auf der falschen Seite der Eisenbahnschienen von St. Louis spielt. Auch er sollte eine beeindruckende Anzahl von Rezensionen erhalten, doch leider wenig Unterstützung von seinem ersten Verleger, von dem Simmons trotz inzwischen überwundener Bitterkeit noch immer behauptet, daß dieser an dem sich nicht einstellenden Erfolg schuld war.

Mit dem Fortschreiten der sechziger Jahre wandte Simmons sich der Politik zu und engagierte sich im sagenumwobenen Watts Writers Workshop. Aber er hörte nie auf zu schreiben. Seit Jahrzehnten schon arbeitet er an *Tough Country* und *The Land of Nod*, zwei Romanen, die zusammen mit *Tanz auf rohen Eiern* eine Trilogie bilden, die *Destined to be Free* heißen wird. Erst vor kurzem ging er von einem Lehrauftrag an der California State University, Northridge, in Pension, um der Fertigstellung dieses epischen Werkes seine volle Aufmerksamkeit widmen zu können.

Zumindest haben wir jetzt den Roman *Corner Boy*, der viel mehr ist, als nur ein Dokument des Lebens in den schäbigen Vierteln einer Stadt der vierziger Jahre: ein spannender Klassiker, der seine Leserinnen und Leser von Anfang bis Ende fesselt.

Für Rubye, durch den ein Junge
seine Träume verlor und ein Schriftsteller
seine visionäre Kraft gewann...

Mein Dank gilt Professor Jarvis Thurston,
dessen aufbauender Zuspruch
mich darin bestärkt hat,
dieses Buch zu schreiben

Erstes Buch

Schatten auf der Wand

1

Unter den Laternenpfählen an den Straßenecken lungern sie herum, in finsteren Seitenstraßen und Spielhöllen kommen sie in Scharen zusammen – abgekämpfte Männer mit jungen Gesichtern. Verstreut über alle Städte sind sie anzutreffen, junge Männer, so alt wie der älteste Mensch auf der Welt.

Da wäre zum Beispiel der achtzehnjährige Jake Adams. Hochgewachsen und schlank zeichnete sich seine Silhouette so scharf ab wie der Laternenpfahl, gegen den er sich lehnte. In sein Gesicht stand etwas geschrieben, das man nur als lässige Gespanntheit beschreiben kann. Dieser Gesichtsausdruck erschien oft in seinen Zügen und war einer der Gründe, wieso er auf Frauen so anziehend wirkte. Eine Zigarette hing locker zwischen seinen Lippen, und der Rauch stieg in langsamen Kreisen nach oben, um im diesigen Lichtkegel der Glühlampe hängenzubleiben. Auf der Straße machten dahinhetzende Autos mit wütendem Gehupe Jagd auf unvorsichtige Fußgänger.

„He, Jake, paß auf, du holst dir noch einen Sonnenbrand!" rief ein Typ auf der anderen Straßenseite, stürzte sich mutig in den fließenden Verkehr und lief zu Jake hinüber. Das war Scar, Jakes bester Freund, ein geschmeidiger, hochgewachsener Neunzehnjähriger, der sein wildes Haar durch einen kurzen Bürstenschnitt gebändigt hatte. Seinen Namen verdankte er einer langen Narbe, die von einer Rasierklinge herrührte und sich von seiner rechten Schläfe bis zur Kinnspitze hinzog.

„He, Scar, was ist los?"

„Total kaputt, Mann. Ich versuch grade, meinen Affen loszuwerden."

„Verdammt nochmal, Scar, ich hab dich gewarnt vorm Fixen."

Scar zuckte die Schultern. „Komm, gehn wir 'ne Runde Billard spielen", schlug er vor. Sie gingen die Welch Street Richtung Westen hinunter, an Judie's und dem Circle Theater vorbei. Sie ließen Maxwells Süßwarenladen hinter sich und die lange Zeile schäbiger Holzhäuser mit billigen Mietwohnungen ebenso wie die Seitenstraße, die durch diese Siedlung zu Booker's Billardsalon am Ende des Straßenblocks führte.

Nur die ersten beiden der sieben tiefliegenden Billardtische waren besetzt. Es war zehn Uhr abends, und der Laden hätte zu dieser Uhrzeit gerammelt voll sein müssen. Die Billardausstattung war das einzig Neue im Lokal; das Gebäude selbst war wie die Nachbarschaft – alt, abgewrackt und dreckig.
„Was spielen wir?"
„Mit acht Kugeln über die Bande", sagte Scar
„Okay, du fängst an."
Scar beugte sich mit der leicht nach außen gedrehten Fußstellung, die gute Billardspieler für einen kraftvollen Anstoß einnehmen, über den Tisch. Das rechte Bein machte die Ausholbewegung der rechten Hand mit, um dann auch beim Stoß wie der Arm nach vorne zu schnellen. Scar versenkte die Sieben, die Fünf und die Zwei und sagte: „Eine noch." Dann spielte er einen Stoß über zwei Banden, der mißlang. Scar war viel zu gut für Jake, und Jake wußte das, es sei denn er... Zum Teufel damit, dachte sich Jake.

„Sag mal, Kleiner, wer war die Alte, mit der ich dich gestern gesehen habe?" fragte Booker, der sich zu ihnen an den Tisch gesellte. Booker war der beleibte Inhaber der Billardkneipe, der seinen Job schon seit über zwanzig Jahren machte und im Grunde seines Herzens noch immer ein Kind war.

„Von wem sprichst du? Meinst du Maxine?" Jake ließ die Kugel kurz aus den Augen und warf einen Blick auf Booker, der neben ihm stand.

Booker versuchte vergeblich, sich den Kreidestaub von seiner grauweißen Weste mit dem Hahnentrittmuster zu wischen. „Nee, Maxine, die kenn ich", sagte er ungeduldig. „Diese Alte war klein und klasse gebaut, hatte schöne schwarze Haare und ein scharfes Lächeln. Ihre Augen waren auch süß, erinnerten irgendwie an eine Japanerin, nur daß sie nicht so stark schräggestellt waren."

„Von wo aus hast du das denn alles beobachtet?" mischte sich Scar ein.

„Gegenüber von der Schule, da hat man gute Sicht."

„Stimmt", pflichtete ihm Scar bei.

„Wer ist sie?" fragte Booker. „Es juckt mich, bei der auch mal zu landen."

„Einen Effetstoß auf die Elf", sagte Jake und versuchte, den Zorn in seiner Stimme zu unterdrücken. Die Kugel traf gegen die Lochkante und prallte ab. „Eine noch", sagte Jake mißmutig.
„Also, wer ist sie?" drängte Booker weiter.
„Sie heißt Armenta", sagte Jake wie beiläufig und hoffte insgeheim, Booker würde aufhören, nach ihr zu fragen.
„Die find ich stark", meinte Booker.
„Du sagst es", steuerte Scar bei. „Und dumm ist sie auch nicht."
„Auf keinen Fall!" sagte Booker und ließ es wie eine Feststellung klingen.
„Du bist dran", sagte Jake zu Scar.
„Die Acht über drei Banden in die Ecke", kündigte Scar seinen Stoß an und führte ihn aus.
„Was macht Maxine so?" wollte Booker wissen.
„Was geht dich das an?" gab Jake ruhig zurück.
„Eine noch", sagte Scar und beobachtete, wie die Acht das Loch in der Ecke knapp verfehlte.
„Werd doch nicht gleich sauer! Weshalb regt er sich so auf", wandte sich Booker an Scar.
„Laß ihn in Ruhe", meinte Scar.
„Also, glaubst du's denn! Da red ich jahrelang mit diesem Kerl über seine Weiber und jetzt dreht er auf einmal auf. Was soll denn so anders sein an dieser Alten, hat sie vielleicht einen goldenen..."
„Halt die Klappe!" sagte Jake ruhig.
„Laß ihn in Ruhe", wiederholte Scar.
„Also, um alles in der..." Booker hob beschwichtigend seine Hände und entfernte sich.
„Spielen wir noch eine Partie?" fragte Scar, nachdem er die Acht versenkt hatte.
Die Eingangstür zur Billardkneipe flog mit einem kräftigen Schwung auf, und Spider kam herein. „Mensch, hört mal, drüben im Zodie's ist es gerammelt voll. Laßt uns doch rübergehen." Spider hatte einen neuen Anzug an, einen grauen Einreiher aus Kammgarn, der vorne im New Look geschnitten war und hinten keine Steppnaht hatte. Die Schultern waren

nur andeutungsweise wattiert, und der Anzug verlieh seiner hochgewachsenen, hageren Gestalt einen Ausdruck von Eleganz.

„Du solltest immer helle Sachen tragen", meinte Scar, „die steh'n dir gut."

„Mensch, kommt schon, laßt uns sehen, was drüben im Zodie's abläuft", drängte Spider.

„Was für Leute sind dort, Stammspieler oder Neuzugänge?" wollte Jake wissen.

„Neuzugänge. Hast du vielleicht gedacht, ich spiel mit Leuten, die mich schon kennen?"

„Glaubst du, daß sie Verdacht schöpfen könnten?" fragte Jake und sah Scar dabei an.

„Nee, Mann", sagte Spider. „Kommt schon, laßt uns gehn."
Jake zuckte die Achseln. „Okay, einen Versuch ist es wert."

Sie stellten die Billardstöcke in die Halterung und zahlten für das Spiel. „Wenn Monk vorbeikommt, sag ihm, daß ich drüben im Zodie's bin."

„Geht in Ordnung, Jake", sagte Booker. „Macht's gut, Jungs."

2

Das Zodie's befand sich auf der gegenüberliegenden Straßenseite weiter unten am anderen Ende des Häuserblocks. Eigentlich hieß es Zodiac und war eine Kneipe mit angeschlossener Bowlingbahn, in der das Geschäft gut florierte. Sie durchquerten den Schankbereich und gingen in einen kleinen Hinterraum. Durch die geschlossene Tür war das Stimmengewirr der Betrun-kenen nicht zu hören und sie dämpfte auch das Gejammer des Altsaxophons, das von einem Klavier, einem Schlagzeug und einer Baßgeige begleitet wurde.

Es waren fast nur Männer, die sich da im Hinterraum drängten, nur vereinzelt ein paar Frauen. Caldonia war auch da. Er trug Frauenkleider und hatte einen Haarschnitt wie ein Pudel. Caldonia duschte oft, weil das alle Mädchen gern machten.

Dichter Qualm hing im Raum wie Nebel über einem Sumpf. Nur kleine glühende Punkte fraßen sich durch den Rauch. Hell aufglühende Zigaretten, schwach glimmende Zigarren und aschegedämpfte Pfeifen verbreiteten einen beißenden Tabakgeruch. Aus den Ecken kam ein kaltes, intensiv riechendes grellrotes Leuchten dazu, das dem vernebelten Raum eine süße Duftnote gab. Die Leute drängten sich um den Tisch, an dem ein Mann in einem schwarzen Nadelstreifenanzug beim Würfelspiel saß.

„Schau dir diesen Spießer an", sagte Spider.

„Tante Jeremiahs Vetter vom Land, gemästet und reif zum Schlachten."

Der Spießer hatte eine Glückssträhne. Er warf neun und gewann. Er warf fünf und gewann noch einmal. Vor ihm stapelten sich die Scheine. Ein glatzköpfiger Alter mit einem faltenzerfurchten Gesicht murmelte etwas Unverständliches und verließ den Tisch. Niemand wollte gegen den Spießer antreten, aber der Mann, der rechts neben ihm saß, hätte es tun müssen, um im Spiel zu bleiben. So schrieb es die Hausregel vor. Die Einsätze türmten sich auf, der Spießer war in seinem Element.

Der schweißnasse kleine Mann im Overall wollte nicht gegen den Spießer setzen. Aufgeregt piepsend stießen seine dünnen Lippen einzelne Wörter hervor. Seine flachen Nasenflügel bebten. Schweiß lief ihm über das schmale sonnengebräunte Gesicht, rann ihm in schmutzigen Strömen von den angeklatschten Stellen seiner geglätteten Haare. Der kalte, unpersönliche Blick der tiefbraunen Augen des Spielleiters lastete schwer auf dem völlig verschwitzten kleinen Mann. Die ausgeprägten Lippen im versteinerten Gesicht des Spielleiters bewegten sich langsam: „Um im Spiel zu bleiben, mußt du setzen, falls kein anderer einsteigen will."

„Ich bin dabei", sagte Spider und nahm zwischen dem kleinen Mann und dem Spießer Platz.

„Rutsch mal'n Stück", sagte Scar und zwängte sich zwischen den kleinen Mann und Spider.

Dem kleinen Mann stieg die Zornesröte ins Gesicht, aber er sah Scars Narbe und hielt sich zurück. Als sich Jake auch noch zwischen ihn und Scar drängte, regte ihn das kaum noch auf. Der Spießer gewann viermal einen Dollar gegen Spider, bevor ihn sein Glück verließ.

Pünktlich um dreiundzwanzig Uhr war gegenüber vom Zodiac, gleich neben der Pfandleihe, die Filmvorführung zu Ende. Die Zuschauer strömten grüppchenweise aus dem Circle Theater. Einige sprangen gleich in eines der Taxis, die in einer langen Schlange warteten, andere gingen bis zur Ecke, um dort auf den Bus zu warten. Viele überquerten die Straße und schauten beim Zodiac oder weiter unten bei Bill's B.B.Q. Inn oder dem Paradise Club vorbei. Manche gingen weiter bis zur nächsten Straßenkreuzung, wo das Molly's war, ein kleines, heruntergekommenes Eßlokal, das immer gerammelt voll war und von den Besuchern unter dem Spitznamen Greasy Spoon, schmieriger Löffel, weiterempfohlen wurde. Langsam kam Leben in die Welch Street. Die Leuchtreklamen der dicht aneinandergereihten Nachtlokale und Gaststätten verhießen Spaß und Ausgelassenheit, lockten mit lauter Musik und einem angeregten Stimmengewirr. Die Schönen der Nacht nahmen ihre Plätze auf den Barhockern ein. Caldonias Clique wuchs von fünf auf zehn und schließlich auf fünfzehn an. Wie ein Vulkan seine Lava, so spie die Welch Street Menschen aus.

Scars dunkles Gesicht blieb regungslos, als er die Würfel in seiner riesigen Hand schüttelte, sie über den Tisch rollen ließ und sieben Punkte warf.

„Dieser schwarze Junge beherrscht das Würfeln wie kein zweiter."

Und wieder rollten die Würfel, und Scar, der gegen Spider gesetzt hatte, ließ sie ausrollen, ohne sie aufzuhalten – was er hätte tun können, wenn er es gewollt hätte. Der Wurf ergab wieder sieben Punkte.

„Ich wette zwei zu eins auf die Revanche", sagte Jake. „Wer wettet dagegen?"

Der kleine Mann mit den geglätteten Haaren warf Jake einen Dollar hin. Die farbige Frau mit dem hellen Teint ebenso. Der fette Mann, dessen Nase beim Atmen pfiff, langte in eine Tasche seiner cremefarbene Hosen und warf Jake einen halben Dollar hin. Der große, muskulöse Kerl gleich neben Jake zog seine Augenbrauen zusammen und tat es dem Dicken gleich. Von irgendwo aus dem Gedränge der Zuschauer kamen Vierteldollarmünzen geflogen. Bei einer so sicheren Wette wollte jeder dabei sein. Der fette Mann griff wieder in seine Hosentasche und holte ein großes grünweißes Taschentuch heraus. Er führte es an seine Nase und roch daran, dann tat er so, als würde er sich damit das feiste Gesicht unter seinen schwarzen Locken abwischen. Spider selbst nahm auch eine Ein-Dollar-Wette von dem Typen im Nadelstreifenanzug entgegen. Spider gewann achtmal hintereinander je zwei Dollar pro Wurf. Widerwillig trennte sich Scar von seinem Geld. Dann riß Spiders Glückssträhne ab, und er verlor. Schließlich kamen die Würfel bei dem verschwitzten kleinen Mann an. Er warf die beiden Würfel und fluchte. Er hatte sieben Punkte und lachte verzweifelt. Er warf eine Fünf und blies in die Hand. Er redete dem Würfel gut zu. „Noch einen Fünfer, komm, einen Fünfer noch!" Es kam ein Dreier. „Zwei Fünfer, zwei Fünfer", sagte er beschwörend und nahm beide Würfel wieder auf. Die Würfel sprangen wie verrückt und wirbelten herum, als würden sie von einem Strudel angesaugt: ein Sechser und ein Einser. Der kleine Mann lachte höhnisch auf und gab die Würfel an Jake weiter. Der kleine Mann wollte nicht mehr als einen halben Dollar gegen Jake setzen. Jake würfelte acht Punkte und gewann. Ohne eine Miene zu verziehen, nahm der Spielleiter die Fünfzigcentmünze und warf Jake vier Zehncentstücke hin. Ganz behutsam legte der kleine Mann noch eine Fünfzigcentmünze auf den Tisch und hielt den Atem an. Jake würfelte, und der kleine Mann fing die Würfel auf. Jake würfelte noch einmal, und der kleine Mann stoppte die Würfel. Jake lächelte, und der kleine Mann fuhr sich mit den Fingern über seine fettigen Haare. Jake würfelte erneut, und diesmal ließ der kleine Mann die Würfel ausrollen. Jake hatte sieben Punkte und lächelte. Der kleine Mann strich sich über seinen schmierigen Kopf und verließ den Spieltisch. „Fünfzig Dollar, mein lieber Schwan, fünfzig Mäuse, für immer weg. Gott erbarme! Der Lohn einer ganzen Woche, verdammt nochmal!"

Die Würfel wurden an Scar weitergereicht. Als er sie warf, rollten sie eng aneinandergeschmiegt wie zwei Verliebte, die sich im Heu wälzen. Spider wettete auf Scar, Scar auf sich selbst. Sie gingen ungleiche Wetten ein, um jemanden dazu zu bringen, gegen Scar zu wetten. Die Leute hielten gegen Scar und verloren ihr Geld. „Jetzt bin ich pleite", sagte Jake und stieg aus.

Spider war wieder mit Würfeln an der Reihe. Nachdem Scar von Spider fünfmal hintereinander besiegt wurde, war auch für ihn Schluß. Spider sammelte nun mit dem Werfen einzelner Würfel Punkte, statt mit beiden immer auf einmal sieben Punkte zu erreichen. Spider war aufgekratzt. Es gelang ihm auf diese schwierigere Art sogar, vier Punkte zu machen. Er gewann fünfmal, bevor er wieder verlor. Als er den Spieltisch verließ, kam er kurz aus dem Gleichgewicht und stieß den Spielleiter an. Danach befanden sich in der Jackentasche des Spielleiters drei Zehner, die vorher nicht dort gewesen waren. „Bringt mir Glück, ihr Würfel, bringt mir Glück. Jetzt brauche ich mit niemandem mehr zu teilen", sagte der Spießer im Nadelstreifenanzug.

3

Auf dem Baugrundstück neben dem Greasy Spoon teilten sie das Geld. „Wow", sagte Spider, „rund fünfundsiebzig Kröten für jeden von uns."

„Was glaubst du, wann sie das mal spitzkriegen werden?" fragte Scar.

„Das werden die nie durchschauen", kam Spiders stereotype Antwort, während er den kleinen Würfel in seiner Hand küßte, der denen im Zodiac aufs Haar glich.

Jake pfiff ein Taxi herbei, das gerade die Welch Street an der Thirteenth Street überquerte.

„Wohin soll's gehen, Jack?" Diese Stimme gehörte offensichtlich jemandem aus der Szene: Wohin soll's gehen... steigt ein in mein Taxi, und ich werde euch zeigen, was ich zu bieten habe. Zu meinen Geheimtips gehören Bars, die erst nach der offiziellen Sperrstunde aufmachen, oder coole, verschwiegene Ecken, wo spontane Vertrautheit unter Fremden herrscht, verborgene Schuppen, in denen die Luft rotiert und die Joints aufleuchten oder es Stoff für einen Schuß gibt oder käufliche Liebe. Ich kann euch in eine Gegenwelt eintauchen lassen, deren Strömung dem schnellen Tempo einer Großstadt entspringt, kann euch hinunterführen ins Dunkle, während die Saubermänner dieser Gesellschaft sich mitsamt ihrer Moral schlafengelegt haben. Und wenn euch dieses Tempo müde gemacht hat oder ihr in den Strudeln unterzugehen droht, kann ich euch jederzeit nach Hause fahren...

„Kreuzung Ninth Street und Welch", sagte Spider.

„Tausendfünfhundertsechs, südliche Thirteenth", sagte Scar.

„Tausenddreihundertdreizehn, Wisconsin. Zum Teufel nochmal, es ist für mich jetzt noch zu früh, nach Hause zu gehen."

Tausenddreihundertdreizehn, Wisconsin, natürlich. Wo sonst sollte Jake auch hinfahren? Und trotzdem hätte Scar lieber nicht gehört, wo Jake aussteigt. Aber was soll's, sie war eben Jakes Freundin.

„Sagt mal, Jungs, tauscht ihr eure Weiber immer noch untereinander?" fragte Spider. „Wenn Jake Maxine wegen Armenta stehenläßt, dann schnappst du dir Maxine, und wenn Armenta dann für dich frei wird, holt sich Jake deine Alte – läuft das nicht so zwischen euch?"

Jake und Scar sahen Spider an. „Ja, kann sein", sagte Jake teilnahmslos, doch innerlich ging es ihm ganz anders. Allein bei dem Gedanken, Scar könnte sich Armenta schnappen, wurde ihm schlecht. Er versuchte, dieses Gefühl abzuschütteln. Man könnte schon sagen, daß er und Scar ihre Mädchen oft getauscht hatten. Aber bei Armenta war das etwas anderes: Irgendwo mußte man als Kerl ja auch mal einen Schlußstrich ziehen.

Spider redete unaufhörlich über die Sachen, die sie zusammen angestellt hatten. Er war zu sehr vertieft in sein eigenes Gerede, und Jake zu verstrickt in seine Gedanken, als daß einem von ihnen aufgefallen wäre, daß Scar verstummt war.

„Ich steig hier aus", sagte Spider. „Bis später."

„Bis dann", gaben die anderen beiden zurück. Als Spider über die Straße lief und in dem Durchgang zwischen dem Ecklokal und dem Feinkostgeschäft auf der südöstlichen Seite der Welch Street verschwand, fuhr das Taxi wieder an.

Vergiß sie, dachte sich Scar. Du willst sie nicht, jetzt zumindest nicht, nicht unbedingt. Sie war die einzige, die du nicht teilen, die du nur für dich allein haben wolltest. Doch dafür ist es jetzt zu spät. Ja, wirklich zu spät, weil es auf dieser Basis nicht mehr möglich ist. Aber auch er hat sie nicht für sich alleine. War ich nicht schon vor Jahren mit Armenta zusammen? Aber wie hätte ich jemals ahnen können, daß Jake mal ganz verrückt nach ihr sein würde? Er wußte nichts von mir und Armenta. Ich möchte gerne wissen, ob seine Gefühle ihr gegenüber gleich blieben, wenn er es wüßte. Oder wäre es anders, so wie ich Maxine gegenüber andere Gefühle hege? Andere und doch die gleichen. Aber Jake hat eben damals auch keine Ahnung gehabt, was Maxine mir bedeutete. Vergiß es einfach, Jake ist dein Freund, dein bester Freund. Keine Frau ist es wert, diese Freundschaft aufs Spiel zu setzen.

„Bis später, Scar", sagte Jake.

„Bis später."

Scar schaute dem Taxi nach, das nach Süden in Richtung Wisconsin Avenue fuhr. Zum Teufel damit, sagte er zu sich selbst. Er konnte nicht gleich schlafen gehen. Da gab es noch den Löffel, die Flamme, den Schuß... Er törnte noch lange, gab sich ganz seinem Verlangen hin... *Armenta ist das Beste, was Jake passieren konnte, sagte ihm sein Verstand. Wer ist eigentlich Armenta? wollte sein anderes Ich wissen. Der Junge ist ein echter Glückspilz. Doch er hat lange nicht soviel Glück wie ich. Ich bin der King, mein Luftschloß ist so weit oben in den Wolken, daß ich einen Fallschirm brauche, um wieder auf den Boden zu kommen. Ich würde gerne studieren. Aber wozu willst du auf ein College gehen? Mann, das ist doch nur was für Spießer. Sie haben immer gesagt, daß ich ein toller Halfback-Spieler bin. Geht es mir jetzt nicht gut, Mann, fühlt man sich nicht toll hier oben über den Wolken? Gibt es etwas Tolleres als das? Maxine. Jakes Freundin. Ich hab Maxine wirklich gern gehabt. Armenta ist Jakes Freundin. Ich stehe noch immer auf Maxine. Sie ist die Freundin von Jake, von Jake, von Jake, von JAKE! Sie war seine Freundin... Ja, sie ist es noch immer. College, Football, gegen die Verteidigungslinie anlaufen, hinrennen zu Max... später einmal aufs College gehen. Sich durch nichts und niemand aufhalten lassen, jemand werden. Mann, was sage ich, du bist jetzt schon groß, du schwebst über allem, bist angetörnt, bist so high, daß nur du alleine hier oben bist. Du bist allein – und vor dir ein endlos langer Weg. Mann, ich hab's dir doch gesagt, du bist toll, schwebst hoch über allem in den Wolken, Mann, hab ich dir das denn nicht gesagt...?*

4

Die Stufen gaben ein knarrendes Klagelied von sich, als Jake in den zweiten Stock hinaufstürmte. Er achtete darauf, nicht an der Wand entlangzustreifen, um sein Sakko nicht zu beschmutzen. In ihrem Zimmer schien kein Licht zu brennen. Er klopfte leise an die Tür.
„Bist du es, Jake?"
„Wer sonst?"
„Warte eine Sekunde."
„Hierher, Rover!" Irgendwo draußen war eine junge Frauenstimme zu hören. Das Quietschen bremsender Autoreifen vermischte sich mit dem nächtlichen Straßenlärm. Kleiderstoff raschelte. Licht fiel durch den Türspalt. Minuten vergingen...
„Ich dachte schon, du kommst nicht mehr", sagte Maxine, als sie die Tür öffnete. Ein Netz bedeckte ihr dichtes schwarzes Haar, ein kimonoähnlicher Morgenmantel in Schwarz und Gold ihren hellbraunen Körper. Sie errötete leicht, und ihr voller, anziehender Mund verzog sich zu einem Grinsen. „Ich habe dich schon verflucht", sagte sie und rümpfte dabei ihre kleine Stubsnase.
„Wie hast du das denn angestellt?" wunderte sich Jake. „Du kennst doch kein einziges Schimpfwort."
Im Umgang miteinander verhielt er sich so vertraut, als hätten sie schon ihr ganzes Leben zusammen verbracht. Sie setzte sich etwas verlegen aufs Bett und blickte zur Wand. Sie sah ihn nicht an, als er lässig begann, sich auszuziehen.

5

Evelyn Keyes schaltete das Radio aus. Drei Stunden lang hatte sie untätig zugehört. Jetzt war sie auf sich selbst wütend, weil sie ihr Haar für die Nacht nicht aufgesteckt hatte. Vielleicht sollte sie es diesmal einfach offen lassen. Nein, Spider könnte morgen vorbeikommen. Sie mußte darauf achten, daß ihr Haar gut aussah, denn das war ihr einziger Pluspunkt. Sie machte sich nichts vor und wußte, daß sie im großen und ganzen ein unscheinbares Mädchen war, aber Spider fand, daß sie hübsche Haare hatte. Das hatte er ihr damals in der Schule gesagt, und deshalb mußte sie darauf achten, daß ihr dichtes, schwarzes, ungestümes Haar immer hübsch aussah. Sie brauchte Stunden, um es hochzustecken. Und es gab weder eine Dauerwelle für zu Hause im Handel, um ihr Haar in Locken fallen zu lassen, noch einen Schönheitssalon, der dies hinbekommen hätte. Nein, ihr Haar wollte sich nicht einfach so einringeln, aber wenn sie sich genug Mühe gab, würde es am nächsten Morgen in dichten, weichen Locken fallen. Sie begann also, sich die Haare zu machen. Es war eine langwierige Prozedur, bei der sie Schritt für Schritt vorgehen mußte.

Spider lebte ziemlich wild. Er hatte keine geregelte Arbeit und jobbte nur hin und wieder als Aushilfskellner. Aber er hatte immer Geld und wollte sie immer irgendwohin ausführen, wo er es verprassen konnte. Es war nicht so, daß ihr das keinen Spaß gemacht hätte, aber sie konnte sich einfach nicht vorstellen, wie das weitergehen sollte. Er hatte vom Heiraten gesprochen. Doch sie fragte sich, was das für ein Leben wäre. Es war auch nicht so, daß sie ihn nicht heiraten wollte, aber sie wußte, daß er nur damit spielte. Sie fragte sich, ob sie dazu verdammt war, sich seiner ein Leben lang nicht sicher sein zu können.

Sie mußte lächeln, als sie an den kleinen Sieg dachte, den sie errungen hatte. Sie hatte ihn dazu überreden können, daß er ihr jede Woche fünf Dollar gab, die sie für ihn aufhob und sparte. Als Lagerarbeiterin in einem der Großkaufhäuser in der Innenstadt verdiente sie nur achtundzwanzig Dollar in der Woche, und trotzdem schaffte sie es, davon jede Woche zehn Dollar auf die Seite zu legen. Vielleicht würden sie es doch noch zu etwas bringen und könnten sich eines Tages ein Haus leisten und ein paar Kinder. Kein großes Haus, nichts Ausgefallenes. Nur etwas ganz Einfaches, wo sie ein paar Kinder großziehen könnten, ohne sich Sorgen machen zu müssen, daß ihnen der Putz von den Wänden fällt. Nicht so etwas wie hier in der Elm Street, in dieser Trümmerbude. Nein, ihr Haus wäre auf keinen Fall so wie diese angebaute Bretterbude hier in der Elm Street. Sie seufzte. Langsam wurde sie müde. Sie hätte schon vor Stunden schlafen gehen sollen, denn um rechtzeitig um acht bei der Arbeit zu sein, mußte sie um halb sieben aufstehen. Sie trug die Lockenlösung etwas schneller auf und beeilte sich mit ihren Haaren. Aber es lag noch immer eine lange Prozedur vor ihr.

6

Die große Bahnhofsuhr schlug vier. Eine Sirene heulte auf. Irgendwo in der Ferne kläfften Hunde, weil Fremde durch die engen Gassen an ihnen vorbeihetzten.

„Es ist vier Uhr", sagte Maxine. „Ich muß jetzt aufstehen, damit ich um sieben auf der Arbeit bin."
„Mmhmm."
„Es geht mir nicht gut."
„Mmhmm."
„Jake, das ist mein Ernst."
„Okay, hoffentlich bist du nicht schwanger."
„Wie lange soll das noch so weitergehen?"
Jake stand auf, ohne ihr eine Antwort zu geben, und zog sich rasch an.
„Jake, ich rede mit dir."
„Das höre ich."
„Warum sagst du dann nicht irgend etwas?"
„Was würdest du gern von mir hören?"
„Oh, Mann, ich hasse dich!"
„Sicher?" fragte Jake und zog dabei eine Augenbraue hoch.
„Man kann einfach nicht reden mit dir. Du läßt keinen an dich ran."
„Du sprichst doch mit mir."
„So mein ich das nicht. Ich wollte damit sagen, man kann einfach nicht ernsthaft mit dir reden, wenn du verstehst, was ich meine."
„Mmhmm."

„Ich dachte immer, ich wüßte, wie ich dich erreichen kann. Vielleicht hab ich mich geirrt, vielleicht ist am Ende einfach nicht mehr drin bei dir."

„Warum legst du dich nicht wieder hin und schläfst weiter, Maxine?"

„Bevor du jetzt gehst, möchte ich dich etwas fragen."

„Schieß los."

„Wie lange soll das noch so weitergehen?"

„Was soll das heißen?"

„Na ja, du scheinst damit zufrieden zu sein, wenn es bis in alle Ewigkeit so weitergeht. Da liegt der Unterschied zwischen uns. Ich will was erreichen."

„Was zum Beispiel? Heiraten?"

„Welches Mädchen will das nicht eines Tages? Aber darum es mir eigentlich nicht."

„Du wolltest sagen, daß du eine berühmte Tänzerin werden willst, die ihren Mann an der Leine hinter sich herzieht."

„Du hast eine fürchterliche Art, Dinge auszudrücken."

„Aber das ist es doch."

„Du könntest doch Arzt oder sonst was werden."

„Und wenn sie nicht gestorben sind, dann leben sie noch heute glücklich und in Frieden", ließ Jake seinem Spott freien Lauf. „Hör mal, Baby, damit das ein für alle Mal klar ist: Ich wünsche dir alles Glück dieser Welt für deine Tanzerei und ich werd dich auch unterstützen, wo immer ich kann, aber du hast recht, wenn du sagst, daß ich ganz zufrieden bin. Warum auch nicht? Ich fang jetzt gerade an, in kürzester Zeit jede Menge Kohle zu machen, und nach oben hin sind da keine Grenzen gesetzt."

„Womit?" Sie warf ihm die versteckte Anschuldigung fast verbittert an den Kopf.

„Das ist nebensächlich."

„Du gehst jetzt besser und läßt mich allein", sagte sie.

„Du bist zu empfindlich, Slim. Die Welt besteht nun mal aus Stolpersteinen und Fallgruben."

„Das heißt aber noch lange nicht, daß du auch unbedingt straucheln mußt, und Pot rauchen und..."

„Was soll ich rauchen?" fragte Jake überrascht und entnervt.

„Ich weiß, daß du Pot rauchst", sagte sie geradeheraus. Zu geradeheraus für Maxine.

„Wer hat dir das erzählt?" fragte Jake abwehrend.

„Das mußte mir niemand zu erzählen, ich hab dich mit eigenen Augen gesehen. Letzte Woche, als wir vom Tanzen kamen, warst du zugekifft. Du warst so lange auf dem Klo, daß ich schon dachte, du bist umgekippt, und deshalb bin ich nachschauen gegangen. Du hattest Gras geraucht. Das weiß ich, weil die Zigarette so dünn war und es so eigenartig roch."

„Mach dir da mal keine Sorgen."

„Hab ich auch gar nicht vor", gab sie genauso schroff zurück. „Aber ich warne dich: Sobald du mit harten Drogen anfängst, mache ich mit dir Schluß. Ich habe keine Lust, mich mit Junkies einzulassen."

„Kein Grund zur Sorge", sagte Jake. „Glaubst du vielleicht, ich bin blöd?" Maxine antwortete nicht auf die Frage. „Fixt einer von deinen Freunden?"

„Wo denkst du hin?"

Maxine wußte also noch nichts wegen Scar. Er fragte sich, was sie wohl sagen würde, wenn sie es erführe. Auf der High School war Scar ein großer Sportler gewesen, nach dem alle Mädchen ganz verrückt waren.

„Wieso kennst du dich dann bei Drogen so gut aus?"

„Das laß nur meine Sorge sein, ich weiß es eben", sagte Maxine.

Es traf Jake wie ein Schlag ins Gesicht, wie sehr sich Maxine verändert hatte. Was Bücher betraf, da war sie immer unschlagbar gewesen, aber sobald es sich um irdische Dinge drehte, hatte sie bisher auf dem Schlauch gestanden. Er beobachtete, wie ihr der Rauch bei einem Lungenzug in die Nase stieg. Unglaublich, daß er mit dieser Kleinen einen ganzen Monat lang gehen mußte, bis sie sich endlich herumkriegen ließ, und das, obwohl sie keine Jungfrau mehr war. Und nun stand sie hier knappe drei Monate später und quatschte rum, als wäre sie selbst auf der Straße groß geworden.

„Leg dich besser noch mal hin. Morgen, Slim."

„Morgen, mein Süßer." So verabschiedeten sie sich immer. Maxine spürte, wie ihre Anspannung wieder wuchs, als Jake zur Tür hinausging. Warum mußte das immer so laufen? Aber sie hatte Fortschritte gemacht. Das hatte sie doch wirklich, oder etwa nicht? Seit sie mit Jake zusammen war, hatte sie kein einziges Mal ihre Selbstbeherrschung verloren, hatte kein einziges Mal wegen irgendwas geheult, das zwischen ihnen vorgefallen war. Das stimmte einfach. Zumindest nach außen hin.

Um vier Uhr morgens schlief die Stadt noch auf einem Auge, aber beide schloß sie sowieso nie. Sie ruhte sich immer nur abwechselnd mit einem aus. Leicht beunruhigt durch irgend etwas an Maxine, das er nicht genau orten konnte, duckte Jake sich unter die Kellertreppe im Hinterhof, der von Blechdosen, Abfall und Hundekot überquoll... Nimm einen tiefen Zug. Inhaliere den Rauch. Halte ihn unten, solange es geht. Schlukke dann und halte dir die Hände vors Gesicht, damit er noch länger unten bleibt. Atme kräftig weiter – und dann wirst du abheben... das wilde rote Leuchten in deinen Augen.

7

Jakes Zimmer war ordentlich. Man sah gleich, daß es selten bewohnt wurde. Er rieb sich den Schlaf aus den Augen und schaltete das Radio ein. Auf WYBZ lief gerade die Sendung „Willard Sadder and His Mad Discs of Platter". In der linken Ecke des Zimmers standen zwei Metallschränke, in denen Jake seine Kleidung aufbewahrte. Er hatte sieben Anzüge: drei ziemlich scharf aussehende Einreiher aus Kammgarn, einen dunkelblauen Doppelreiher, eher Marke Spießbürger – übrigens sein einziger dunkler Anzug –, einen braunen Einreiher und zwei graue Flanellanzüge, einen Ein- und einen Doppelreiher. Er besaß fünf Paar Schuhe: ein Paar praktische schwarze Lederslipper, drei Paar einundzwanzig Dollar teure Wildlederschuhe mit einer weißen Steppnaht, mit der die Sohlen abgesetzt waren, und ein Paar braune Stacey Adams um fünfundzwanzig Dollar, auch mit weißer Steppnaht. Er nannte vier ärmellose Westen sein eigen, von denen jede einen anderen Schnitt hatte, sowie eine große Auswahl an gestreiften oder gemusterten Slim-Jim-Krawatten, fünfundzwanzig Paar Argyle Socken und zehn Paar gerippte. Er hatte auch zehn Hüfthosen von Dak, zu je fünfundzwanzig Dollar. Sportsakkos hatte er nur drei, aber die kosteten fünfundfünfzig Dollar das Stück, und das sah man ihnen auch an. Seine drei Blousons im Stil von Gauchojacken mit elastischen Bünden, einem Reißverschluß vorne und handbestickten Aufschlägen über den Taschen – die Favoriten für alle Typen, die sich auskannten, und von diesen dreien wiederum wirkte die graue Wildlederjacke am coolsten. Natürlich besaß er auch ein paar Hüte mit sehr schmaler Krempe und einen modischen Übergangsmantel mit Raglanärmeln und Hahnentrittmuster. Zwei schwere Wintermäntel mit Rückenspangen sorgten dafür, daß er auch bei einem Kälteeinbruch stilvoll gekleidet war. Und dann gab es noch einen Smoking, den er seit dem High-School-Abschluß vor einem Jahr nicht mehr getragen hatte.

Alle Typen, die wie er an den Straßenecken herumhingen, beneideten ihn um seine Klamotten, und allen Mädchen fiel er deswegen auf. Und das wußte er. Seine Statur war wie dafür gemacht, sich in Schale zu schmeißen, und auch das wußte er. Er ging mit Maxine, wofür die Hälfte der Typen auf der Welch Street ihren rechten Arm gegeben hätte. Und da war noch eine andere Kleine, die ihn wirklich umwarf, und die nahe daran war, seine zu werden. Er besaß ein Auto, und jeden Tag machte er neues Geld. Er war erfolgreich, hatte einen Platz an der Sonne, und da fühlte er sich verdammt wohl. Maxine war verrückt, anzunehmen, er wäre mit all dem nicht zufrieden. Wer wäre das nicht?

Im Radio legte Erroll Garner gerade mit ‚Pastel' richtig los. Jake war völlig im Bann der mitreißenden Musik, und während er das Stück hörte, gelangte der zu der Feststellung, ganz schön hungrig zu sein. Er warf die Armydecke zurück, die er zum Zudecken verwendete, und sprang aus dem Bett. Nachdem er zum Nachttisch hinübergelangt und das Radio lauter gedreht hatte, schlüpfte er in hölzerne Badepantinen und stapfte durch den Flur ins Badezimmer. Jakes Wohnung war eine der wenigen in diesem Stadtteil, die eine Dusche und eine Badewanne hatte. Jake hatte sie einbauen lassen, und darauf war er sehr stolz.

Nach dem Duschen machte er sich Eier und Schinken zum Frühstück. Das Radio spielte Louis Jordans Calypso ‚Run Joe', und er trommelte mit den Händen den Takt zur Musik. Nachdem die Küche aufgeräumt war, las er den Zettel, den ihm sein Vater geschrieben hatte. Bei den letzten Zeilen mußte er schmunzeln. „Du solltest nachts nicht so lange wegbleiben. Du wirst noch in Schwierigkeiten kommen; ein Mädchen schwängern oder so etwas. Ich hätte dir schon viel früher den Kopf zurechtrücken sollen. Jetzt ist es zu spät, jetzt bist du ein Mann..." Jake wußte, daß sein Alter in seiner Jugend ganz schön die Sau rausgelassen hatte. Als seine Mutter noch lebte, hatte sie ihm oft von Vater erzählt. Ich scheine es wohl wilder zu treiben als mein Alter, sagte er sich, wenn der sich solche Sorgen um mich macht. Die ganze letzte Woche über hatte ihm der Alte eine Predigt gehalten, meistens schriftlich auf einem Zettel, denn außer an den Wochenenden oder den seltenen Gelegenheiten, wenn Jake mal zum Abendessen nach Hause kam, sahen sie sich kaum. Als er gerade zur Tür hinausging, um die Lebensmittel abzuholen, die sein Vater bestellt hatte, lief Jake plötzlich wieder zurück, machte das Radio aus und setzte damit Sarahs ‚Everything I Have is Yours' ein abruptes Ende. Ein guter Song, dachte er sich. Ein verdammt guter Song. Das Lied drückte genau aus, wie er das Leben empfand. Alles, was es bot, gehörte ihm. Er begutachtete sich im Spiegel des Toilettentisches und kam zu dem Entschluß, daß seine Frisur nicht genau seinem Geschmack entsprach. Er zupfte und strich, bis sein dichtes schwarzes Haar gut lag. Er rückte den Scheitel so zurecht, daß ihm das Haupthaar hochstand. Die Haare, die ihm in die Stirn fielen, schob er etwa drei Millimeter nach hinten und drückte den vorderen Teil gerade. Er überprüfte die Frisur im Spiegel. Er hatte den absolut perfekten Bürstenhaarschnitt, 13 Millimeter, oben vollkommen flach. Die Haare waren hinten, an den Seiten und dort, wo sie der Scheitel teilte, gleich lang – rundherum. Er lächelte. Er mußte sich einfach über seinen Alten wundern. Der würde doch nicht etwa versuchen, ihm gegenüber seine Autorität herauszukehren, oder? Diese Frage war so absurd, daß das Lächeln in seinem Gesicht in ein Grinsen überging. Sein Vater versuchte nie, sich in seine

Angelegenheiten einzumischen. Vor einem Jahr hatte er Jake einmal gefragt, woher er so viel Geld habe. Jake hatte ihm daraufhin erzählt, daß er es von Frauen bekomme. Sein Alter hatte nur den Kopf geschüttelt, etwas über „verdammte Weiber" gemurmelt und das Thema nie wieder angeschnitten. Selbst als Jake sich dann einen Haufen Kleidung und vorigen Monat sogar ein Auto gekauft hatte, war sein Vater nicht mehr auf das Thema zurückgekommen. Nur einmal hatte er bemerkt: „Deine verdammten Weiber verwöhnen dich in letzter Zeit wohl sehr. Ich werde froh sein, wenn dich mal eine bändigt und zur Ruhe kommen läßt."

„Ist dir das auch passiert?" hatte ihn Jake mit einem Augenzwinkern gefragt.

„Ach, hör auf. Geh aus und amüsier dich mit einer deiner Schlampen", hatte sein Alter geantwortet.

Jake verglich seine goldene Longines mit dem blauen Uhrglas mit der elektrischen Uhr auf dem Kaminsims. Er drehte die Armbanduhr zwei Minuten zurück. Draußen war es leicht frostig. Es wäre wohl besser, die graue Wildlederjacke über den graphitgrauen Pullover mit dem gestreiften Kragen anzuziehen. Er schlüpfte in die Jacke, setzte einen schmalkrempigen Hut auf und abschließend warf er beim Hinausgehen noch einen kurzen Blick auf sein Spiegelbild - eeeeh! Echt scharf!

8

Die Garvelis führten ihr Geschäft schon seit sechzehn Jahren an der nordwestlichen Ecke der Peabody Avenue. Sie gehörten zu den wenigen Weißen, die noch immer in der sich ständig ausbreitenden Zone mit vorwiegend schwarzer Bevölkerung wohnten. In den letzten zwanzig Jahren hatte sich dieses Gebiet in alle Richtungen um gute fünfzehn Kilometer ausgeweitet, und die weißen Familien, die Schwarze wie die Pest mieden, waren weiter nach Westen und Norden abgewandert. So kam es, daß die Innenstadt jetzt fast völlig von Schwarzen eingekreist war. Die Kaukasier mußten inzwischen schon beängstigend weit fahren, um ihren Arbeitsplatz erreichen und einkaufen zu können.

Pop Garveli war gerade zwischen Reihen von Konservendosen beschäftigt, die fein säuberlich auf dem Boden aufgestapelt waren und fast so hoch emporragten wie er selbst mit seinen Einmetersiebzig.

„Komm schon, Pop, ich bin spät dran", drängte ihn seine Tochter Georgia. ‚Pop' war kein Kosename innerhalb der Familie. Die Nachbarschaft hatte ihn so getauft, da alle schnell davon überzeugt gewesen waren, daß Garvelis Vorname Papaseppe eindeutig zu lang und zu schwer auszusprechen war. Und so war er fast vom ersten Tag an, als er im damals noch gemischten Viertel sein Geschäft aufgemacht hatte, für alle ‚Pop' gewesen.

„Hallo, Pop", sagte Jake.

„Grüß dich, Jake."

„Hallo, Jake, du siehst echt süß aus, so wie du dich heute zurecht gemacht hast. Sieht er nicht süß aus?" sagte Georgia neckisch.

„Ja, kann man wohl sagen. Sieht echt scharf aus, um es mit euren Worten zu sagen", fügte Pop mit einem gutmütigen Grinsen hinzu. Die Garvelis waren immer freundlich. Das erklärte zum Teil, wieso sie ein gut florierendes Geschäft in dieser Umgebung führen konnten. Unter den Jugendlichen, die wegen ihrer Diebstähle berüchtigt waren, schien es ein ungeschriebenes Gesetz zu geben, daß sie Pop Garveli in Ruhe ließen, während sie andere Ladenbesitzer im Viertel oft windelweich prügelten. Alle lebten auf Kreide und befanden sich wegen unbezahlter Rechnungen in ständigem Streit mit den Kaufleuten. Doch bei Pop bezahlten sie immer ihre Schulden, oder zumindest fast immer.

„Hast du es eilig, Jake?"

„Nee, Pop, ganz und gar nicht."

„Wie wär's, wenn du mal kurz die Stellung hier halten würdest, während ich schnell Georgia zur Schule fahre, bevor sie mir noch einen Nervenzusammenbruch bekommt?"

„Ach Pop", sagte Georgia.

„Klar, geht in Ordnung, Pop", sagte Jake.

„Bis später, Jake."

„Bis später, Georgia." Jake setzte sich auf einen Stuhl neben dem Gemüsestand und nahm eins von Georgias Comicbüchern in die Hand, einen dicken Schinken, in dem Superman gegen einen verrückten Wissenschaftler kämpfte. Bei den Garvelis gehörte Jake schon fast zur Familie. Er hatte von seinem siebten Lebensjahr an bis zum Beginn der High School für Pop gearbeitet. Die Garvelis hatten ihn oft zum Abendessen eingeladen und manchmal auch auf Ausflüge mitgenommen, wobei sie die neugierigen Blicke sowohl der Schwarzen als auch der Weißen auf sich zogen. Georgia war für Jake, der ein Einzelkind war, einmal so vertraut wie eine Schwester gewesen, aber während der letzten vier Jahre war diese Beziehung gesellschaftlichen Zwängen zum Opfer gefallen, und die Zuneigung, die sie füreinander empfunden hatten, war jetzt abgeflaut. Jake war nicht der einzige, der die Garvelis mochte. Die ganze Nachbarschaft war froh über ihre Anwesenheit und nahm ihnen auch die unverzeihlichsten Vorfälle nicht übel. Vor ein paar Jahren, als Jake wie gewöhnlich mit einer Gruppe von Freunden nachts um halb elf unter der Straßenlaterne an der Ecke herumstand, wurden sie unter dem offenen Schlafzimmerfenster zufällig Zeugen einer Auseinandersetzung zwischen Mr. Garveli und seiner Frau. Mrs. Garveli, die ganz offensichtlich genauso betrunken war wie ihr Mann, protestierte lautstark gegen einen neuen Hut, den ihr Mann sich an diesem Abend gekauft hatte. Als geborene Texanerin verfiel Mrs. Garveli hin und wieder, besonders im angetrunkenen Zustand, in den Dialekt ihrer Heimatstadt. Und so konnten Jake und seine Freunde unter dem offenen Schlafzimmerfenster klar und deutlich verstehen, wie Mrs. Garveli brüllte: „Ich verstehe verdammt nochmal überhaupt nicht, wieso du dir unbedingt einen Strohhut mit einem gelben Band kaufen mußtest. Du müßtest doch inzwischen auch schon gemerkt haben, daß niemand Strohhüte trägt, außer dir und den Niggern."

Jake und seine Freunde mußten herzhaft darüber lachen und konnten es ihr überhaupt nicht übelnehmen. Die ganze Nachbarschaft erzählte sich diesen Vorfall, und bei den Garvelis lief das Geschäft auf Hochtouren, im Gegensatz zu anderen Läden, bei denen rassistische Äußerungen der Eigentümer, egal, ob sie unbewußt oder in einem Wutanfall gesagt wurden, zu Boykotten führen konnten, die mehr als einen Ladenbesitzer über die Jahre hinweg dazu gezwungen hatten, die Rolläden herunterzulassen.

Jetzt, wo sie sechzehn war, wurde Georgia richtig süß, dachte Jake. Die Knospen ihrer Brüste waren aufgeblüht, ihre Beine voller geworden, und das kastanienbraune Haar, das sie nach dem letzten Schrei kurzgeschnitten wie ein Pudel trug, stand ihr gut. Sie sollte sich besser vorsehen, sagte sich Jake gedankenverloren. Alle Jungs auf der Creighton High würden versuchen, sie herumzukriegen. Er grinste bei dem Gedanken, wie Georgia wohl damit umgehen würde. So dachte er damals über Georgia.

Als Pop zurückkam, packte Jake seine Lebensmittel zusammen und bezahlte seinen Einkauf aus eigener Tasche. Es ging ihm gut. Vor einem Jahr hatten sie noch anschreiben lassen müssen.

„Wie läuft's in der Schule?" fragte Pop.

„Immer dasselbe, nur daß es immer voller wird."

„Die sollten noch eine neue Schule bauen oder alle Schulen für Schwarze und Weiße öffnen. Also..."

„Ja, du hast recht, Pop, auf später dann", sagte Jake, verlegen wie immer, wenn das Gespräch auf eines dieser Themen kam.

9

An der Kreuzung Fourteenth Street und Olivette stieg Jake aus der Straßenbahn aus. Flotten Schrittes betrat er den stinkvornehmen Ausstellungsraum des Carson Buick-Händlers. Der Dynaflow war fertig. Letzte Woche hatte er ihn noch einmal herbringen müssen, weil irgend etwas mit der Lenkung nicht funktionierte. Mit einem vollen Tank fühlte sich Jake in seinem Dynaflow, als hätte er gerade einen Joint geraucht... voll abgehoben, so ist dein Leben, sagte er zu sich selbst.

Eine halbe Stunde später blieb er gegenüber der Marshall High-School stehen. Scar, der an der südwestlichen Ecke der Bishop Street stand, genau gegenüber der Schulausfahrt, sang bei Jakes

Eintreffen lautstark und falsch ein paar Takte aus Stan Kentons ‚Dynaflow'. Der Großteil der Typen hielt sich gegenüber der Schule auf, weil bei den Polizisten die Knüppel sehr locker saßen und sie sich regelrecht darauf freuten, diesen „jungen Wichsern" endlich handfest einbleuen zu können, daß sie auf dem Schulgelände nichts verloren hatten.

„Hallo, Jake."

„Was geht ab?" Jake öffnete die Wagentür und Scar stieg ein. Die anderen Jungs scharten sich um das Auto.

„He, Jake, warum hast du dir einen schwarzen Dyna gekauft?" piepste Red mit hoher Stimme. Red war klein und dünn und nahm harte Drogen.

„Um anders zu sein als die anderen, du weißt doch, daß alle Farbigen rot lieben."

Die Jungs lachten. „Deshalb heiß ich auch so!" sagte Red.

„He, Jake, wer war die Tante mit den langen Beinen, an die du dich letztens angeblich rangemacht hast?"

„Ja, Mann, die ist ziemlich scharf", sagte Jake und verriet dabei nicht ihren Namen, damit er nicht in das nun anstehende Gespräch über Mädchen verwickelt würde.

„Scheint so."

Von den acht Jungs, die um den Wagen standen, blieb nur Scars Gesichtsausdruck unbewegt. Er saß neben Jake auf dem Beifahrersitz und hatte einen wissenden Blick in seinen Augen, wirkte abwesend und unbeeindruckt.

„'ne stabile Figur wie ein Ziegelstein..." Jakes Bemerkung ging im Gelächter der anderen unter.

„Wer zum Teufel interessiert sich auch schon für eine Alte mit einer Figur wie 'ne Mülltonne?" sagte einer der Jungs.

„Ein Eifersüchtiger", sang Jerry und brachte einen der wenigen Lacher seiner Laufbahn an.

„Und was diese Alte für tolle Kurven hat. Vorne diese großen Scheinwerfer und hinten diese geilen Heckflossen", sagte Jake. Ganz anders als in der guten alten Zeit gefiel es ihm heute gar nicht, so über Armenta zu sprechen. Früher hatte das dazugehört, wenn man mit einem Mädchen ging. Es machte einem Spaß, sie vor den Augen der anderen groß herauszustellen, um seine Kumpel dann dabei beobachten zu können, wie sie einem neidisch nachschauten, wenn man mit ihr die Straße längs stolzierte. Mit einem Mädchen ins Bett zu gehen, bedeutete einem genaugenommen gar nichts, solange man es nicht den anderen erzählen konnte. Natürlich prahlte er nie offen darüber, mit wem er ins Bett ging. Dafür war er viel zu cool. Er ließ die anderen einfach ihre eigenen Schlüsse ziehen, und bemühte sich nicht, es dann abzustreiten, und schließlich redeten sie ja auch alle untereinander, und wenn man nicht versuchte, es zu verheimlichen, dauerte es nie lange, bis alle wußten, was man machte.

„Du meinst, die Alte hat ein Fahrgestell wie ein..."
„Wie ein Cadillac", warf Red ein. „Du weißt schon, diese Schlitten, in denen man so toll dahin*gleitet*."
„Erzähl doch", drängte Slim Jim Willcott und zupfte am Windsorknoten seiner graublau gestreiften Slim Jim Krawatte. Er zog seine Mundwinkel nach unten, legte seine Stirn in Falten und karikierte einen Gesichtsausdruck, als sei er wirklich beeindruckt.

„Ohgottohgottohgott!" Das war wieder Jerry, ein dunkler und stämmiger Kerl, der sich im letzten Jahr zu einem erstklassigen Abwehrspieler in der Footballmannschaft entwickelt hatte. Aber es stand in den Sternen, ob er es auch dieses Jahr schaffen würde, da er die schlechte Angewohnheit hatte, vor dem Unterricht irgendwo rumzuhängen, und nicht dazu in der Lage war, sich das wieder abzugewöhnen.

„Du hast recht", sagte Red mit ganz verklärtem Blick. „Mensch, diese Taube ist so scharf, die bringt glatt eine Bulldogge dazu, einen Elefanten anzuspringen."

„Ja, mir ist auch glatt die Hose zu eng geworden", sagte Jake.
„Erzähl doch."

Jake wäre es am liebsten gewesen, wenn die Glocke endlich geläutet hätte, damit er sich von den Jungs davonmachen konnte, ohne daß sie glauben würden, er wollte nicht mit ihnen quatschen. Was war überhaupt los mit ihm? Eine Schnalle war eine Schnalle, was änderte es schon, wenn man sich über sie unterhielt? Er war sowieso bei allen als Aufreißer bekannt. Es wußte doch jeder, daß die Mädchen bei Jake Adams zu allem bereit waren. Hatten er und Scar nicht den schlechtesten Ruf in der ganzen Geschichte der Marshall High School? Zum Teufel damit, dachte Jake. Eine Schnalle ist eine Schnalle.

„Was ist los, Scar, macht das Biest dich gar nicht an?" fragte einer der Jungs, der Scars Schweigen bemerkt hatte.

„Nicht sonderlich."

„Dann versuch's mal mit 'ner Hormonpille", schlug Red vor.

Slim Jim lachte lauthals los, da er der einzige unter den Jungs war, der diesen Spruch von Red noch nicht kannte.

„Scar ist nicht so scharf auf Mädchen", sagte Jerry gedehnt und versuchte auf seine dumme Art, auch einen Witz anzubringen.

„Ach ja?" gab Scar zurück. „Dein kleines Biest sieht das aber anders." Scar war ziemlich durcheinander. Er war nicht speziell auf Jerry wütend, aber es störte ihn, wie die Dinge in letzter Zeit liefen.

Die Jungs lachten unsicher und beobachteten Jerry. Sie wußten, daß seine Freundin Scar mochte.

„Los, erzähl mal", sagte Slim Jim. Er war neu in der Stadt und konnte es sich leisten, etwas über den Dingen zu stehen. Weder Jake noch Scar hatten ihm je ein Mädchen ausgespannt.

„Sag mal, Jake, wenn diese Alte wirklich so scharf ist, dann solltest du ihr vielleicht deine ganze Zeit widmen. Und als guter Christ, wie ich nun mal einer bin, könnte ich dir einen Gefallen tun und mich an deiner Stelle um Maxine kümmern." Das war William, ein Typ, der die letzten acht Jahre immer vor der Schule herumgehangen hatte. Niemand kannte ihn genauer, und keiner wußte, wie alt er war oder wie er sich seinen Lebensunterhalt verdiente. Nur eine Sache war klar, daß er nämlich jeden Tag vor der Schule auftauchte, egal, was für ein Wetter war. Wie die Schule schien auch er nur auf die Schüler zu warten, und wie das Schulgebäude, das von Jahr zu Jahr etwas mehr abnutzte, so verblaßte auch er langsam beim Herumlungern an der Ecke.

Jake warf Scar einen kurzen Blick zu, als wollte er ihn um Erlaubnis bitten, den Jungs eines ihrer Geheimnisse zu verraten. „Zum Teufel nochmal, mein Lieber", sagte er mit einem Augenzwinkern. „Nimm dir ruhig jede Alte von mir vor, die du zu packen kriegst. Ich sag immer, wenn ein Mann seine

Sache richtig macht, dann sollte er sich durch nichts aufhalten lassen. Und wenn er's nicht tut, dann sollte er's besser vergessen."

„Amen", pflichtete Scar bei und nickte würdevoll mit seinem Kopf. Von allem, was Jake heute gesagt hatte, war das sicherlich das Zutreffendste.

„Und das Schlafzimmer ist euer Schlachtfeld", sagte Red.

„Amen."

„Und da hab ich noch keinen Kampf verloren", sagte Jake.

„Los, erzähl mal."

Die laut schnarrende Schulglocke beendete das Machogelaber.

„He, Jungs, nichts überstürzen", sagte Jake und fuhr los.

„Immer schön cool bleiben, immer schön cool bleiben", sagte Red, erhob seine Handflächen und schaute verträumt in die Luft, als erwarte er, daß ihm etwas hineinfalle.

Jake blieb vor den Stufen zum Haupteingang der Schule stehen. Wie Lava, die einen Berghang hinunterläuft, strömten die Schülerinnen und Schüler aus dem Ziegelbau, dessen roter Putz stellenweise schon abbröckelte. In allen Regenbogenfarben donnerten sie die Stufen in einem wirren Durcheinander hinunter. Hunderte, die in einem anschwellenden Getöse irgendwohin wollten und alle gleichzeitig redeten.

„Marilyn glaubt wohl, ich hab nicht bemerkt, wie sie versucht hat, sich an Joe ranzumachen", sagte eine kleine Dicke in weißen Söckchen zu ihrer Begleiterin. „Diese Schlampe. Hallo, Joe!"

Sie verließen die Schule im uniformen Look der Teenager. Bei den Mädchen sah man Freizeithosen und Bermudashorts in allen erdenklichen Schnitten und Mustern, weiße Hemden mit Jeans und Söckchen und schmutzige Halbschuhe in schwarz und weiß zum Schnüren, enganliegende Pullover mit breiten Gürteln und Faltenröcke, die auf der Seite Schlitze hatten, weite Pullover und Cordsamthemden und Blusen aus bedruckten Stoffen, die wie zusammengenähte Zeitungen aussahen und mit Schlagzeilen und eingängigen Sprüchen übersät waren. Man sah auch karierte Westen, und Freundschaftsbänder, mit denen die Mädchen ihre Hand- und Fußgelenke geschmückt hatten. Andere wiederum, die gerade frisch in Gangs aufgenommen worden waren, trugen Baskenmützen mit dem aufgenähten Erkennungsbuchstaben ihrer Clique und Pullover mit den Abzeichen der Gangs, zu denen ihre Freunde gehörten. Einige der Mädchen trugen Sportpullover, die sie irgendeinem Schulathleten abgeluchst hatten. Ein paar gingen in Stöckelschuhen, Kostümen und Paletots.

Bei den Jungen sah man Pullover und Levis-Jeans oder Cordsamthosen, Freizeithemden und Hosen mit Außensaum oder Handstickereien und Wildledergürtel in den verschiedensten Farben. Sie trugen Leder- oder Wildlederschuhe mit einer weißen Doppelsteppnaht. Sie hatten eine Vorliebe für karierte ärmellose Jacken, kühne New Look-Anzüge, Slim-Jim-Krawatten und Hemden mit weiten Kragen. Großspurig stolzierten sie in karierten Sportsakkos und Blousons im Stil von Gauchojacken herum. Neben Baskenmützen à la Dizzy Gillespie trugen sie auch schmalkrempige Hüte oder solche mit breiten Krempen, die sie jedoch nicht aufstellten, sondern bis über die Ohren hinunterzogen. Ausgefallene Krawattennadeln und schwarze Stockschirme bei jedem Wetter ergänzten ihre Aufmachung ebenso wie mehrfarbige Schatullen für Billardstöcke. Sie sahen scharf aus, wirkten abgefahren, auf der Höhe der Zeit...

Schließlich wirbelte auch Armenta inmitten der lärmenden Horde die Treppe hinunter. Sie trug den braunweißen Schulpullover mit einer großen Startnummer drauf. Ihr Kopf mit den schwarzen, glänzenden Haaren hüpfte auf und nieder, verschwand für Sekunden im Menschenmeer, um gleich wieder aufzutauchen. Einmal, als Jake ihren Kopf wieder untertauchen sah, glaubte er schon fast, er würde ihn diesmal nicht mehr hochkommen sehen.

„Kleine Leute haben es sicher nicht leicht."

„Ja", pflichtete Scar bei. „Besonders, wenn es sich um Mädchen handelt."

Am Ende der Stufen versuchte ein krausköpfiger, dünner Kerl mit Baskenmütze und Sonnenbrille, dem gerade die ersten Barthaare sprossen, Armenta festzuhalten, als sie an ihm vorbei wollte.

„Laß los", sagte sie.

„Oje, mein Schatz, wie könnte ich...?"

„Du sicher nicht, Kleiner, mit dir läuft gar nichts."
Jake und Scar bekamen den Wortwechsel mit.
„Da kommt mein Mädchen", sagte Jake zu Scar.
„Ich hör dich schon stöhnen, Baby, ich hör dich schon stöhnen!"
„Ja, wie ein Cadillac, Baby, brmmmmh!"
„Oder wie ein Dynaflow", sagte Jake und stieg aus dem Wagen.
„Laß die Pfoten von ihr", rief er dem Typ mit der Baskenmütze zu.
„Wer sagt das?"
„Ich sage das. Und vielleicht kapierst du's besser, wenn ich dich mit dem Gesicht über den Gehsteig schleife", sagte Jake gelassen.
„Jake..."
„Ganz ruhig, Baby, ich erledige das schon."
„Ist sie dein Mädchen?"
„Das geht nur sie was an", sagte Jake in einem eher noch sanfteren, nüchternen Tonfall. „Und was dich angeht, solltest du jetzt mal Leine ziehen. Du quatschst sie nicht mehr an, kapiert? Außer wenn sie mit dir reden will. Aber dann ist das ihre Sache, und ich hab nichts damit zu tun."
„Du hast jetzt auch nichts damit zu tun. Kommst dir wohl stark vor, was? Weil du deine Jungs dabei hast", sagte er und schaute dabei zu Scar. „Coota!" Der Kriegsschrei erschallte über dem Stimmengewirr vor der Schule. Sechs Jungen drängten sich schnell durch die Menge. Sie trugen blaue Pullover mit grauen Barracudas auf der Brust. Sie stolzierten daher wie die härtesten Schläger aus dem Viertel. Ihr Gang war der von Corner Boys. Die um ihre Fäuste gewickelten Taschentücher waren das Zeichen dafür, daß sie es ernst meinten.
„Nein, Jake", rief Armenta, aber da schoß auch schon Jakes geballte Faust durch die Luft und landete auf der Nasenspitze des Typen.
„Weshalb wirst du denn gleich so heiß, Jake?" fragte ein Typ mit geglätteter Conk-Frisur, wulstigen Lippen und Schlitzaugen, während er den Typen mit der Sonnenbrille von Jake wegzog.

„Warum ziehst du mich weg, verdammt nochmal?" winselte der Typ. „Er fängt doch hier Krieg an!"

„Er wollte keinen Ärger mit dir", sagte der Typ mit dem Conk, „reg dich also ab, Jake. Wir sehen uns, Mann. Kommt Jungs, gehen wir! Los, Shades." Wie die aufrechten Zehn stolzierten die Cooters davon.

„Wenn ihr auf diesen Penner nicht aufpaßt, werdet ihr mich noch schneller kennenlernen, als euch lieb ist."

„Er wollte echt keinen Ärger mit dir", sagte der Typ noch einmal und schob Shades vor sich her.

„Soll mir recht sein."

„Also bis dann, Jake."

„Geh's ruhig an, Slits."

Shades, dem das Blut inzwischen auf die karierte Weste tropfte, versuchte sich aus den Armen der Cooters zu befreien, die ihn zurückhielten. „Aber... aber..., Slits..."

„Halt die Klappe, du blöder Bastard", raunte ihm Slits mit heiserer Stimme zu. „Das war eben Jake Adams, mit dem du dich angelegt hast."

„Du meinst den Bandenchef der Termites?"

„Das war er, bis er aus dem Verein ausgestiegen ist. Wenn du dich mit ihm anlegst, dann hetzt du uns die ganze Bande auf den Hals. Wir können es nicht auf eine Straßenschlacht mit den Termites ankommen lassen, jetzt noch nicht."

Shades sah Slits an und wußte nicht, was er sagen sollte. Er holte ein Taschentuch heraus und tupfte sich damit die Nase ab. Die Barracudas drängten sich weiter durch die Menge.

„Jake Adams, du bist schrecklich!" sagte Armenta und meinte es sehr ernst.

„Was hätte ich denn tun sollen, einfach ruhig stehenbleiben und zusehen, wie er dich begrapscht?" Jake öffnete ihr die Tür des Dynaflow.

„Junge, du bist aber verdammt empfindlich", sagte Armenta.

„Hunde, die bellen, beißen nicht", warf Scar ein.

„Jake, ich will nicht, daß du dich wegen mir schlägst."

„Ich hab mich nicht wegen dir geschlagen, ich habe mich für dich geschlagen."

„Was willst du damit sagen?"

„Ich hab mich nicht geschlagen, um jemanden von Annäherungsversuchen abzuhalten, sondern ich wollte einfach nur, daß er dich nicht belästigt, wenn du nicht belästigt werden willst."
„Du bist ein komischer Typ." Jetzt lachte sie, und der Fahrtwind, der durch die heruntergedrehten Scheiben hereinblies, zerzauste ihr Haar. Der Dynaflow glitt durch die Straßen. Armenta verbreitete einen berauschenden Duft, der Jake den Atem nahm. Es war etwas wie ein Hauch von Körperlotion, verbunden mit dem unwiderstehlichen Duft warmer Brötchen. Sie hatte etwas vom Geruch einer reifen Frau, ein sehr reiner Geruch, der auf Jake magisch wirkte. Es handelte sich nicht um ein Parfum, das man in einem Laden kauft – nein, es war Armenta selbst. Sie mußte ihrem Ärger über seinen Auftritt noch einmal Luft machen und zog einen leichten Schmollmund, wobei ihre Zähne im Sonnenlicht glänzten und ihre Augen Überzeugungskraft ausstrahlten. Sie wollte ihm das Versprechen abringen, sich nie mehr zu prügeln. Er erschreckte sie zu Tode, als er plötzlich beide Hände vom Lenkrad nahm und ihr einen Kuß auf den Mund gab.
„Kannst du nicht einfach mal ruhig sein", sagte er.
Sie strich sich ihr glänzendes Haar aus den Augen. Er sagte ihr, sie sehe wie ein zotteliger Hund aus, der mal einen Haarschnitt vertragen könnte. Das scheine ihm wohl zu gefallen, antwortete sie. Und damit hatte sie gar nicht so unrecht. So versuchten sie, einander an die Wand zu reden, während sie durch die Straßen fuhren. Schließlich einigten sie sich auf einen Kompromiß. Er versprach ihr, er würde sich nicht mehr schlagen, besonders, wenn sie dabei war – außer, wenn es sich wirklich nicht vermeiden ließe. Und während sie so seit gut zehn Minuten redeten, hatte es sich Scar auf dem Rücksitz bequem gemacht, sich zurückgelehnt und seinen schmalkrempigen Hut tief über die Augen gezogen.

10

Nachdem er Armenta und Scar abgesetzt hatte, fuhr Jake über die Peabody Avenue zurück. Er sah viele Kids, die ihre Lone Ranger und Hopalong Cassidy Cowboyanzüge anhatten, und deren Spielzeugpistolen in der Sonne glitzerten. Überall wimmelte es von Kindern. Auf Hinterhöfen, in denen schon seit Jahren kein Grashalm mehr gewachsen war, spielten sie Murmeln. Ein paar versuchten Drachen steigen zu lassen, aber der Wind war nicht stark genug. Sie legten sich lange Stoffetzen als Umhänge über ihre Schultern und verwandelten sich in Superman und Captain Marvel. Sie sprangen von einem Dach eines Kohlenschuppens zum nächsten und dann wieder auf den Boden, was manchmal der Höhe von eineinhalb Stockwerken entsprach. Auf verwilderten Baugrundstücken fochten sie Ringkämpfe aus, auf Bolzplätzen spielten sie Football und brachten sich gegenseitig um, wenn sie sich als Cowboys oder Indianer gegenseitig Hinterhalte legten. Die ganze Nachbarschaft war erfüllt von ihren schrillen Stimmen. Auf Rollschuhen flitzten sie durch die Straßen oder auf selbstgebauten Untersätzen, die sie Rollbretter nannten – kurze, zusammengenagelte Holzbretter, die sie mit alten Kinderwagenrädern versahen. In den Seitengassen strömten sie zu einem Spiel zusammen, das sie Cork-Ball nannten. Es wurden zwei Mannschaften gebildet, mit je einem Werfer, einem Fänger und einem Feldspieler. Mit einem Besenstil mußte man einen Tennisball treffen. Wenn man den Ball nicht traf und es dem gegnerischen Fänger gelang, ihn zu fangen, dann war man draußen. Wie immer um diese Tageszeit gehörte die Peabody Avenue den Kindern. Genauso wie Gussies Vater jede Nacht seine Alte fürchterlich verprügelte und Gertruds Schwester auf den Strich ging, den Simpsons die Zwangsräumung drohte und Joe die halbe Zeit nicht zur Schule ging, weil er sich wegen seiner Lumpen schämte, der Bruder von Moses im Gefängnis verrottete oder der Weinsäufer Jepe, genannt Wino Jepe, Louies zwölfjähriger Schwester nachstellte, und der Vermieter das geplatzte Toilettenabflußrohr in der Wohnung im Souterrain nicht reparieren ließ... – Gott sei mein Zeuge, irgendwann einmal werde ich von hier wegziehen, weit weg. Irgendwo hinaus an den Stadtrand...

Jake drehte das Radio an und erwischte die letzte Stunde von Mad Platters Sendung. Von vier bis halb fünf gab es Boogie-Joogie speziell für Spießer.

> We're playing this boogie, we're playing a boogie-woogie that rocks. We're playing this boogie, we're playing it for the bobby sox.

Roy Milton und seine Band Solid Senders spielten freie Improvisationen und schufen dabei treibende Jazzklänge. Es war eine der wenigen Spießernummern, die ihm gut gefiel. Ab halb fünf waren dann coole Klänge angesagt, eine Mischung aus echtem Bebop und progressivem Jazz, der durch Aufnahmen von Leuten wie Nellie Lutcher, Louis Jordan und Ruth Brown aufgelockert wurde, Musik, die sonst eher den Geschmack der Maisbrotfresser traf, doch inzwischen auch von Eingeweihten gerne gehört wurde.

Wie immer kam der alte Adams pünktlich um sechs nach Hause und war überrascht, Jake anzutreffen. „Mann, ich bin echt geschafft", sagte er, während er seine Arbeitsjacke in den Garderobenschrank hängte und seine Hausschuhe anzog. „Hast du nicht Lust, uns etwas zu Essen zu machen, wenn du schon mal da bist?"

„Klar", sagte Jake und freute sich, daß sein Alter den Wunsch geäußert hatte, denn normalerweise hielt er alles für ungenießbar, was Jake für ihn kochte. Gerne hätte er etwas Ausgefallenes zubereitet, aber er wußte, daß sein Vater eine gehörige Portion Schweinefleisch mit Bohnen vorzog und sich als Zugabe lieber noch etwas vom Frühstücksschinken gönnte.

„Diese beschissene Fabrikarbeit macht mich fertig, manchmal glaub ich schon nicht mehr dran, daß ich die letzten fünf Jahre bis zur Rente noch durchsteh."

Jake schwieg. Er hielt es nicht für schlau, seinem Vater ein gutes Geschäft vorzuschlagen, vielleicht sogar einen kleinen, eigenen Laden oder so etwas. Aber er machte sich nichts vor. Er wußte, daß Monk sowas sicher deichseln könnte, aber noch sicherer war, daß sein Alter ihm bei diesem Thema eine Deichsel auf den Schädel hauen würde.

Der alte Adams könnte es nicht mit seinem Stolz vereinbaren, von irgend jemandem Hilfe anzunehmen. Das war auch einer der Gründe, weshalb es ihm schwerfiel, mit seinem Sohn zu sprechen, da es offensichtlich war, daß es Jake inzwischen finanziell viel besser ging als ihm. Wie hätte ein Vater versuchen können, seinen Sohn zu überzeugen, das alles aufzugeben und wieder ein Leben zu führen wie vor ein paar Jahren? Und schließlich konnte er auch nicht unbedingt sagen, daß Jake etwas Unrechtes tat. Glücksspiel und Weiber – zum Teufel nochmal, welcher junge Spunt machte das nicht? Jake war einfach nur zufällig in der Lage, diese Gelegenheiten zu seinem Vorteil zu nutzen. Was sollte daran so falsch sein? Er ist ein richtiger Adams, das stand außer Zweifel. Der Alte kämpfte gegen seinen aufkeimenden Stolz an und unterdrückte sein ursprüngliches Bedürfnis, Jake eine ordentliche Standpauke zu halten, sobald dieser ihm über den Weg liefe. Was soll's, sagte er sich.

11

Wie abgemacht tauchte Jake um acht Uhr bei Armenta auf. „Hallo", begrüßte sie ihn mit ihrer tiefen Stimme und nahm ihn bei der Hand. „Komm rein." Armenta wohnte am Merchant Place, draußen im Westen, in einem besseren Viertel, das nicht mehr zu Jakes Gebiet gehörte. Das zweistöckige Ziegelhaus im Kolonialstil war von Lüstern hell erleuchtet, und auf den Parkettböden lagen dicke Teppiche, die weder alt noch verschlissen waren.

„Ihr habt ja 'ne tolle Bude hier", sagte Jake.

„Mom und Dad", sagte Armenta lächelnd, „das ist Jake Adams."

Armentas Vater war groß und drahtig. Seine Gesichtszüge wirkten wie aus Kupfer gegossen. Er hatte dichtes schwarzgelocktes Haar. „Hallo, junger Mann", sagte er etwas steif. Er hatte einen leichten Akzent, den Jake nicht einordnen konnte.

„Wir freuen uns, Sie kennenzulernen, Jake. Sie müssen uns unbedingt öfter besuchen kommen." Das war Armentas Mutter. Ihr Gesicht wirkte noch immer jugendlich, aber ihr Körper zeigte schon eindeutige Spuren eines Fettansatzes der mittleren Jahre. Jake stellte sich vor, daß Armenta in dreißig Jahren auch so aussehen würde.

„Ist das Ihr Wagen da draußen, junger Mann?" fragte Mr. Arnez.

„Ja, das ist meiner, Mr. Arnez."

„Hm! Sie müssen ja einen tollen Job haben, wenn sie sich so einen Schlitten leisten können."

„Aber Daddy, du hast doch versprochen...", sagte Armenta mit gequälter Stimme.

„Komm schon, Henry, lassen wir die jungen Leute unter sich." Armentas Mutter zog ihren Mann aus dem Wohnzimmer.

„Aber Edna, jetzt läuft doch gerade meine Lieblingssendung."

„Henry", sagte sie streng. Sie entfernten sich langsam durch den Flur und ihre Stimme wurde leiser. „Er scheint ein netter Junge zu sein."

„Er hätte sich wirklich eine bessere Zeit für seinen Besuch aussuchen können. Es ist jetzt schon nach acht."

Mrs. Arnez lachte. „Oh Henry", sagte sie. „Wenn er früher gekommen wäre, dann hättest du todsicher geglaubt, er wolle sich von uns zum Abendessen einladen lassen."

Jake, der die Unterhaltung vom Wohnzimmer aus mitverfolgte, konnte nicht anders, er mußte eine Bemerkung machen: „Ich glaube nicht, daß dein Alter mich mag."

„Ach, Daddy ist nur aufgebracht, weil du ihn nicht mit ‚Sir' angesprochen hast", sagte Armenta.

„Wir leben im zwanzigsten Jahrhundert, Baby. Heutzutage kann doch keiner mehr erwarten, mit ‚Sir' angesprochen zu werden."

„Daddy ist noch einer von der alten Garde. Er findet es einfach respektlos, wenn ihn Jüngere nicht mit ‚Sir' ansprechen."

„Sprichst du ihn auch mit ‚Sir' an?"

„Natürlich."

„Ich glaub, ich spinne", sagte Jake. „Woher kommt dein Alter eigentlich?"

„Ach, vergiß Daddy jetzt mal", sagte Armenta und zog Jake neben sich auf die Couch. „Fällt dir nichts Besseres ein, worüber wir reden könnten?" Sie saßen dicht beieinander. Ihr Duft nahm ihn wieder ganz gefangen. Er fühlte sich unbehaglich, so als würden tausend kleine Nadeln ihn überall stechen, besonders durch die Art, wie sie ihn ansah. „Stehst du auf B und auf Sassy?"

„Aber klar."

„Und wie ist's mit Pres und Bird?"

„Voll abgefahren", sagte Jake. „Hast du irgendwas von Miles, Ventura, Diz oder Kenton da?"

„Klare Sache." Sie lächelte ihn an.

„He, Baby, du bist verdammt *cool*."

„Ich bin ein Kind des zwanzigsten Jahrhunderts", sagte Armenta ganz sachlich.

„Dein Alter ist ein völliger..." er zeichnete mit seinen Zeigefingern ein großes Quadrat in die Luft, das Zeichen für einen *square*, einen Spießer.

Armenta ertappte sich zu ihrer eigenen Überraschung dabei, daß sie lachte. „Hör auf, ich bitte dich. Ich mag meinen Alten, selbst wenn er ein..." – ihre Finger beschrieben das Zeichen für Spießer.

„Und wie steht's mit mir?"

„Dich mag ich auch, Jake", sagte sie ernst. „Hör dir mal diese tolle Jam Session an, ich wette, so etwas hast du noch nie gehört." Sie ging durch das Zimmer und legte eine Scheibe auf den Plattenteller der riesigen Musiktruhe mit eingebautem Radio. Es war eine Instrumentalaufnahme, an der Jake die Klangfarbe und das phantastische Spiel eines Tenorsaxophons gefielen.

„Wer ist das?" fragte Jake. „Klingt wie Pres auf einem Tenor."

„Getz."

„Wer?"

„Stan Getz, hat mit Woody zusammen gespielt. Erinnerst du dich noch an ‚Early Autumn'?"

„Wie hieß er doch gleich, Getz? Ja genau, ich kann mich noch an seinen Drive erinnern. Er ist echt stark. Wie heißt das Stück?"

„Sweetie Pie."

„Echt scharf. Ich fahr voll auf ihn ab, gelinde gesagt."

Sie machten ihre eigene Session quer durch die Plattensammlung. Zwischendurch tanzten sie, besonders wenn Sarah Vaughan oder Billy Eckstine sangen. Die meiste Zeit jedoch saßen sie einfach nur da und hörten zu. Armenta fing mit Bird an und spielte all die extrem guten Scheiben durch. Sie hatte auch eine Platte von Thelonious Monk, aber beide gestanden sich ein, daß sie noch nicht *cool* genug waren, um diese Art von Musik zu verstehen.

„Baby, ich steh total auf dich", sagte Jake.

„Nach dem, was ich bis jetzt über dich gehört habe, stehst du so ziemlich auf alle Mädchen."

„Na ja, Mädchen haben mir schon immer gefallen", gab Jake zu. „Das ist eines dieser unerklärbaren Rätsel des Lebens. Ich glaube, ich bin eben einfach so."

Das brachte sie wieder zum Lachen. „Ich hab sowas läuten hören…"

„Du scheinst ja schrecklich viel zu hören. Wo erzählt man dir all diese Geschichten?"

„In der Schule", antwortete Armenta, „'ne Menge Mädchen sprechen über dich, besonders Geneva und Flordell. Sie widern mich an. Jedesmal, wenn ich auf den Flur gehe, höre ich sie nur über dich reden."

Jake entschloß sich, das Thema zu wechseln. „Bist du das einzige Kind?"

„Nein, ich hab fünf Schwestern."

„Fünf?"

„Ja, genau. Und mein alter Herr und Eddie Cantor."

„Und wo sind die anderen alle?"

„Die sind schon verheiratet. Ich bin das Baby der Familie."

„Du bist mein Baby", sagte Jake.

Sie erzählte ihm von ihren Schwestern. Zwei hatten Ärzte geheiratet. Joyce, die mit siebenundzwanzig die älteste war, war mit einem bekannten Anwalt in Milwaukee verheiratet.

Sue hatte sich einen Hochschullehrer geangelt und war das schwarze Schaf der Familie. Und Wilma, die mit ihren zwanzig Jahren Armenta altersmäßig am nächsten war, befand sich mit ihrem Ehemann, einem Missionar, in Afrika.

„Mann!" stieß Jake aus. „Steht ihr denn überhaupt nicht auf einfache, gewöhnliche Leute?"

„Nicht, wenn es ums Heiraten geht", sagte Armenta. „Daddy würde das nie akzeptieren."

„Ich glaub's einfach nicht!" sagte Jake. „Entschuldige, aber ich kann's verdammt nochmal nicht fassen! Was ist dein Alter denn überhaupt? Ich meine, was macht er?"

„Er ist Grundstücksmakler."

„Ist er etwa *der* Henry Arnez, der Chef der Arnez Immobilienagentur?"

„Mhmm."

„Also, da bin ich echt platt. Ich dachte immer, das sei ein Weißer."

„Er kommt aus der Karibik", sagte Armenta.

„Das macht keinen großen Unterschied. Er ist auf jeden Fall ein Farbiger. Da bin ich echt platt." Das war alles, was er dazu sagen konnte.

„Du hast dich nicht sehr verändert, Jake Adams."

„Was willst du damit sagen?"

„Du warst immer schon schrecklich."

„Das versteh ich nicht, Baby. Das hört sich an, als würdest du mich schon mein Leben lang kennen."

„Ich kenne dich schon lange genug", sagte sie, „schon seit der Grundschule."

„Red keinen Quatsch", sagte Jake. Er glaubte ihr das nicht.

„Nein, wirklich...", sie hielt inne, als sie Jakes spöttischen Gesichtsausdruck bemerkte. „Also, ich meine... ach Mensch, Jake Adams, du kannst mich manchmal wirklich wahnsinnig machen", fuhr sie ihn an. „Ich war eines dieser kleinen Mädchen, die immer herumstanden und dich die ganze Zeit über in der Schule beobachteten. Du hast ja dauernd in irgendwelchen Schwierigkeiten gesteckt."

„In der Grundschule, ja? Ach, was du nicht sagst."

„Und in der High School."

„Du bist mir nie aufgefallen. Wie lange wohnst du schon hier?"

„Seit ich auf der Welt bin."

„Seltsam, wie lange warst du denn... Ich begreife nicht, wie ich so ein süßes Mädchen wie dich übersehen konnte."

„Ich war verdammt schüchtern, damals", sagte sie.

„Das kann man heute nicht mehr von dir sagen."

„Bin halt über mich selbst hinausgewachsen."

„Ich kapier immer noch nicht, wie ich dich übersehen konnte", wiederholte Jake.

„Eins steht auf jeden Fall fest, du gefielst mir damals."

„Willst du damit sagen, daß es heute nicht mehr so ist?" fragte Jake und zog eine Augenbraue hoch.

„Als du mit dieser schrecklichen Termites-Gang rumgelaufen bist, hab ich jeden Tag damit gerechnet, daß man mir erzählt, daß du im Gefängnis gelandet bist."

„Ich bin nicht mit ihnen rumgelaufen – ich war ihr Anführer", sagte Jake, und es gelang ihm nicht, den Stolz in seiner Stimme zu unterdrücken.

„Ich bin froh, daß du nicht mehr mit ihnen zusammen bist."

„Das ist Kinderkram", sagte Jake. „Dafür bin ich jetzt zu alt."

„War das heute nachmittag auch Kinderkram?"

„Dieser Penner hat mich heiß gemacht", sagte Jake. „Ich würd auf jeden wütend werden, der dich blöd anmacht."

Armenta fühlte sich geschmeichelt, obwohl sie spürte, daß sie es nicht sein sollte. „Du solltest auf dich selbst wütend sein", neckte sie ihn.

„Warum?

„Weil du mich diese ganzen Jahre über nie bemerkt hast."

„Ich hab nicht gewußt, daß es dich gibt."

„Ich versteh nicht, warum nicht. Ich dachte, du fandest mich damals süß", sagte sie leicht schmollend.

„Du bist ja auch süß. Und du weißt ganz genau, daß du ein gut aussehendes Mädchen bist. Du siehst dich doch selbst jeden Tag im Spiegel. Wie ist es nur möglich, daß ich dich nicht schon früher getroffen habe?"

„Ich hab dir doch schon gesagt, daß ich schüchtern war. Aber ist ja auch egal. Es kommt noch dazu, daß Rudolph mich in der High School an einer ziemlich kurzen Leine gehalten hat."
„Ist das der, von dem du den Pullover trägst?"
„Ja."
„Er ist ein guter Leichtathlet", sagte Jake. „Dann bist du also die Armenta, von der er immer geredet hat. Das hörte sich immer so an, als ob du eine Königin wärst oder sowas. Wieso hab ich dich nie mit ihm zusammen gesehen?"
„Du warst immer zu sehr damit beschäftigt, mit anderen Mädchen zu schäkern."
„Und wo ist Rudolph jetzt?" wollte Jake wissen.
„Auf dem College."
„Auf welchem?"
„Auf dem Lincoln. Nach dem Abitur im Juni werde ich auch dorthin gehen."
„Ach!" Jakes linke Augenbraue ging wieder vielsagend hoch.
„Es ist nicht so, wie du denkst. Ich will studieren."
„Für eine Menge Leute ist aber genau das, was ich meine, das eigentliche Studium."
„Du hast eine unanständige, schmutzige Phantasie", sagte Armenta. „Ich verstehe gar nicht, wie ich mich überhaupt mit dir einlassen konnte."
„Das ist ganz einfach", sagte er. „Weil ich dich mag und du mich auch." Dann küßte er sie. Sie öffnete ihren Mund nur leicht, ihre Hände blieben in ihrem Schoß liegen, ihre Augen blieben offen, die Lippen kalt.
„Machst du das mit Maxine auch so, reißt sie einfach an dich und küßt sie?"
„Was hat Maxine damit zu tun?" Was anderes fiel ihm dazu nicht ein. Es war ihm nicht klar gewesen, daß sie über Maxine Bescheid wußte.
„Sie ist doch deine Freundin, oder etwa nicht?"
„Sie ist ein Mädchen, mit dem ich befreundet bin."
„Genau das ist es, Jake", sagte sie rasch. „Alle Mädchen sind einfach nur mit dir befreundet. Du bist mir einfach mit zu vielen befreundet."

„Was möchtest du gerne haben – ein kleines Traumhäuschen mit einem weißen Lattenzaun drumherum?"

„Vielleicht, aber wer auch immer dann mein Mann ist, bei dem möchte ich sichergehen, daß er nur meiner ist und sich nicht nach jedem Weib umdreht, daß zufällig vorbeiläuft und ihm schöne Augen macht."

Darauf lief es also hinaus. Er hatte noch nie ein Mädchen kennengelernt, das ihn nicht an die Kette legen wollte, ihm kein Zeichen an den Rücken heften wollte, auf dem stand: Hände weg. Er gehört mir. Laßt die Finger von ihm. „Wie kommst du auf die Idee, daß du Frau genug bist, einen Mann ganz allein für dich beanspruchen zu können?"

„Manchmal frage ich mich, ob du Mann genug dazu bist."

„Ich weiß nicht, was du damit meinst."

„Manchmal glaub ich, daß du einfach nur... daß du dich nur deshalb herumtreibst, weil du wissen willst, wieviele Mädchen du aufs Kreuz legen kannst, wie du es nennst, um dir selbst zu beweisen, daß du ein Mann bist und daß alles in Ordnung ist mit dir."

Jake errötete. Er wußte, daß der Großteil von dem, was sie gesagt hatte, stimmte. Genau das passiert einem Kerl, der arm ist, wenn er sich umsieht und herausfindet, daß es nicht der ganzen Welt so geht wie ihm. Dann will man Dinge haben. Will man eine Menge Klamotten, ein großes, funkelndes Auto, Geld und einen Haufen Mädchen. Außer man ist ein Spießer. Man muß doch beweisen, daß man jemand ist, oder nicht?

„Du hast mich ganz falsch verstanden", sagte Jake einfach. „Ich mach mir wirklich etwas aus dir. Schon die ganze Zeit, seit ich dich das erste Mal..." Er sah, wie ein breites Grinsen ihr Gesicht überzog. „Ach, vergiß es!" Er stand auf. „Bis bald", sagte er.

Sie folgte ihm bis zur Tür. Er drehte sich noch einmal um, überlegte es sich dann aber wieder anders und ging weiter Richtung Tür. „Armenta..." Er war höllisch unsicher, fummelte fahrig an sich herum wie ein Pfadfinder bei seiner ersten Verabredung. Noch nie hatte ihm ein Mädchen das angetan, daß er sich so beschissen vorkam. An der Tür drehte er sich zum

Abschied noch einmal um. Sie küßte ihn. Ihre Zunge setzte seinen Gaumen in Brand. „Warum hast du das gemacht?" fragte er sie.

„Damit du weißt, wie es hätte sein können, Jake."

Er stand da und sah auf die schwere Eichentür, hinter der sie verschwand. Er fuhr weg und verfluchte den Kloß, der ihm im Hals saß und die Kehle zuschnürte.

Die spinnt, die Nutte, wollte er sich einreden. Doch er dachte nicht wirklich schlecht von ihr. Er fuhr in den Park hinaus. Im Park wimmelte es von Autos, die langsam auf den gewundenen Wegen fuhren oder still am Fahrbahnrand parkten. In den Anlagen schmusten Pärchen im Gras oder hielten sich eng umschlungen auf den Bänken. Der Park war erfüllt von einem leisen Stimmengemurmel und dem Rascheln von Kleidern. Jake fuhr durch die Dead Man's Curve und parkte vor dem Springbrunnen. Verschwommen schimmerten die einzelnen Fontänen in der Abendbeleuchtung des Brunnens, wechselten von Rot über Orange ins Gelbe, gingen in alle Regenbogenfarben über. Es war, als wollte die Stadt damit angeben, daß ihre Wasserfontänen ein solch farbenprächtiges Lichterspiel hervorbrachten. Der Mond hing tief am Himmel, genau unter einer spärlichen Ansammlung von Wolken in der sonst sternenklaren Nacht. Auf der Oberfläche des Mondes konnte man das Gesicht des Mannes im Mond erkennen. Jake wollte von Frauen nichts mehr wissen. Die Weiber waren wie Straßenbahnen: war die eine weg, konnte man die nächste nehmen. Er verstand Armenta nicht. Wie ging man mit so einer um? Sie war etwas anderes, eine Dame vielleicht. Alle Weiber glichen sich mehr oder weniger, oder etwa nicht? Zur Hölle damit, es brachte nichts, zu versuchen, dahinterzukommen. Er wollte es nicht zulassen, daß sie ihm zu nahe ging. Nein, auf keinen Fall! Die Frau, die Jake Adams das Herz stehlen konnte, mußte erst noch geboren werden. Er blieb lange im Park und beobachtete, wie sich die bunten Lichter der Fontänen veränderten. Schweigend saß er dort, schaute nur auf die Farben.

12

Spider und Evelyn saßen auf den schiefen Stufen ihrer vorderen Veranda. Auf der anderen Straßenseite tauchte gerade der Mond über den heruntergekommenen Häusern auf. Mutterseelenallein drehte ein Glühwürmchen seine Runden um die kaputten Lattenzäune entlang des Häuserblocks.

„Die sind schon früh draußen in diesem Jahr", sagte Evelyn und schaute dem Glühwürmchen nach.

„Ja", sagte Spider nachdenklich, „genau da sollten wir auch sein, draußen, weit weg von hier!"

„Manchmal ist es doch ganz schön, zu Hause zu sein. Heute kann man es doch ganz gut aushalten im Freien."

„Ich mag nicht zu Hause bleiben", sagte Spider. „Da krieg ich Zustände."

Evelyn sagte nichts mehr. Sie wußte nur zu gut, was Spider meinte. Oft überfiel auch sie dieses Gefühl beim Anblick ihres baufälligen Viertels, das mit jeder neuen Generation weiter verkam, und wenn sie sah, wie die Wohnung, in der sie mit ihren Eltern lebte, genauso oder noch schlimmer heruntergekommen war als die anderen Häuser des Blocks. Sie erinnerte sich daran, daß ihre Mutter gesagt hatte, sie könnten es sich nicht leisten, noch mehr Kinder zu haben. Sie erinnerte sich an das Brot und die Kuchenstücke, die ihr Vater manchmal mit nach Hause gebracht hatte, als er noch bei der Müllabfuhr arbeitete. Als Hausmeister an einer der Grundschulen hatte er jetzt einen angeseheneren Posten – nur Kuchen gab es keinen mehr. Würde ihr Vater nicht so viel trinken und ständig Geld verspielen, dachte sie, dann könnten sie in einem besseren Viertel leben. Bei dem, was sich ihre Mutter und ihr Vater nicht leisten konnten, ging es nicht wirklich um die Kinder. Ihr Vater sprach dauernd davon, irgendwo ein Haus kaufen zu wollen, weit weg von dem Gesindel, wie er es nannte. Er sprach immer davon, er werde eines Tages Glück haben und viel Geld gewinnen. Das habe ich im Gespür, sagte er. Aber nur eins stand wirklich fest: Sie waren immer pleite. Trotzdem wollte ihre Mutter auf keinen Fall, daß Evelyn ihr eigenes Geld in die

Wohnung steckte. Sie achtete darauf, daß ihr Mann kein Geld von Evelyn borgte, aber ab und zu machte er es trotzdem. Evelyn konnte es ihm nicht abschlagen, selbst wenn sie wußte, daß sie es nie wiedersehen würde.

„Woran denkst du?" fragte Spider.

„Ach, an nichts. Ich hoffe nur, daß wir bald von hier weggehen können."

„Das werden wir."

„Wir ziehen aber nicht irgendwo hier ins Viertel, Bert? Unser Haus wird nicht so eins sein wie dieses hier, oder?"

„Auf keinen Fall!" antwortete Spider. „Das Beste ist gerade gut genug für uns. Wir werden endlich leben. Wir werden richtig groß rauskommen."

Genau das mochte sie an Spider. Er war sich so sicher, war so überzeugt von allem. Das einzige Problem war, daß sie nie mitbekam, daß er irgend etwas Konkretes unternahm, um ihre Träume wahr werden zu lassen. Mit Schrecken stellte sie fest, daß er ihrem Vater sehr ähnelte. Sie schauderte, als er sie küßte, und schob ihn weg.

„Was ist los? Warum machst du das?"

„Ich hab's nicht so gemeint, Bert", antwortete Evelyn. „Ich bin müde, ich glaube, ich sollte ins Bett gehen, damit ich morgen Lust habe, zur Arbeit zu gehen."

„Das sollten wir beide", sagte Spider.

„Was meinst du damit?"

„Du weißt genau, was ich meine. Wenn ein Typ es die ganze Zeit über mit einem Mädchen so ernst meint, wie ich es tue, dann sollte sie ihn dementsprechend behandeln."

„Tu ich das denn nicht?"

„Ich denke schon", sagte Spider. „Aber ich bin einfach Tag und Nacht verrückt nach dir, da kann ich nichts machen. Ich glaube, ich bin einfach so."

„Ich bin froh, daß du so bist", sagte Evelyn.

13

Um den vorderen Billardtisch im Booker's herrschte ein großes Gedränge. Es war ein New-York-Spiel im Gange und sogar Booker selbst spielte mit, aber Scar lehnte einfach nur an der Mauer und versuchte, im Kopf wieder klar zu werden. Scar wußte, daß auch er besser mitspielen sollte. Es würde Wochen dauern, bis sie wieder einmal so viele Leute in einem Spiel hätten. Er könnte wirklich voll abkassieren, aber er fühlte sich jetzt nicht in der Lage dazu. Ihm war schlecht. Ihm war fürchterlich schlecht. Diesen Typen könnte er mindestens zwanzig Mäuse abnehmen, aber dieser Gedanke half auch nicht, daß er sich besser fühlte. Daher lehnte Scar an der Mauer und versuchte, das Spiel zu verfolgen, sich gedanklich damit zu beschäftigen oder mit irgend etwas anderem, um sich nicht selbst eingestehen zu müssen, daß etwas nicht stimmte mit ihm. Es war kein leichtes Spiel, okay, das mußte man zugeben, viel eher ein Spiel wie gemacht für gutgläubige Trottel, denen nie in den Sinn kam, daß sie gar nicht gewinnen konnten... und da war wieder dieser nagende Schmerz, der nach einer Dosis verlangte... Denk einfach nicht dran, denk an etwas anderes, irgend etwas anderes. Das Billardspiel, das ‚New York' genannt wurde, ...ein Spiel für gutgläubige Trottel. Bis zu acht Spieler konnten mitmachen. Die Auslosung erfolgte über kleine Billardkugeln, die man in einem Würfelbecher mischte. Jeder Spieler zog zwei dieser Kugeln, die dann den Nummern der Billardkugeln entsprachen, die man zu versenken hatte. Man mußte zuerst alle Kugeln von der Eins aufwärts oder von der Sechzehn abwärts einlochen, bis man die Zahl erreichte, die man gezogen hatte. Die gutgläubigen Trottel glaubten natürlich, es handle sich dabei um ein Glücksspiel, und daß der gewinnen würde, der die Zahlen zog, die am nächsten bei der Eins oder Sechzehn lagen. Doch wie bei allen Spielen, die Geschicklichkeit erfordern, machte unweigerlich der Spieler das Rennen, der technisch am besten war... Aber für Scar war es sinnlos, sich darüber Gedanken zu machen, er brauchte einen Schuß und das verdammt schnell. Er versuchte, sich aufzurichten und locker zu wirken, bevor die anderen bemerkten, was wirklich nicht stimmte mit ihm, bevor sie ihn als Junkie abstempelten, wie sie das mit Red gemacht hatten. Aber es war zwecklos, er konnte sich auf nichts konzentrieren. Er nahm nicht mal Jake wahr, der zur Tür hereinkam.

„Was läuft denn so, Mann", sagte Jake, als er sich zu ihm gesellte. Jake gefiel es nicht, wie Scar aus den Augen schaute. Mit seinem Blick stimmte was nicht. Und Jake wollte sich nicht eingestehen, daß er wußte, was es war. Gerade in diesem Augenblick kam Monk herein – ein Weißer im schwarzen Ghetto.

„Hallo, Monk."

„He, Booker, hi, Jungs. Komm mal kurz mit raus zum Auto, ja, Kleiner?" sagte Monk zu Jake.

Draußen setzte sich Monk ans Steuer seines Lincoln, und Jake nahm neben ihm Platz. „Wie geht's?" fragte Monk.

„Läuft alles bestens", gab Jake zurück.

„Diesmal habe ich eine größere Lieferung. Glaubst du, daß du damit zurechtkommst?"

„Du kennst mich doch", antwortete Jake.

„Ich denke schon", meinte Monk und sah ihm in die Augen. „Halt dich an mich, Kleiner, ich passe schon auf, daß nichts schiefläuft bei dir. Ich baue dich noch weiter auf, und dann kannst du ins große Geschäft einsteigen." Er boxte Jake spielerisch in die Rippen. „Ich habe Stoff für ungefähr vierhundert Mäuse. Hast du die Kohle dabei, oder soll ich sie dir vorstrecken, bis du das Zeug unter die Leute gebracht hast?"

Das gab Jake Auftrieb. Es gab nicht viele Typen, denen Monk Stoff auf Pump überließ. Genaugenommen gab es nur ganz wenige, die Monk für sich dealen ließ. Jake bewunderte Monk, er war ein gerissener Typ. „Ja, gerne", sagte Jake.

„Halt die Augen offen", warnte ihn Monk. „Bei dieser Lieferung ist außer Pot, Heroin und Morphium auch etwas Kokain dabei. Am Samstag werden einige Kokser ins Paradise kommen. Bei ihrem letzten Auftritt sind sie in die Klemme geraten. Du mußt es also wirklich cool abwickeln. Die Bullen könnten sie noch immer auf dem Kieker haben."

„Ich dachte, die Bullen in dieser Stadt tanzen nach deiner Pfeife", sagte Jake.

„Noch nicht ganz, aber bald hab ich sie soweit."
„Das möcht ich seh'n", sagte Jake.
Monk gab Jake das Paket. Das war der riskante Teil, die Übergabe, wenn jetzt zufällig Bullen auftauchen würden... Monk fuhr davon, und Jake stieg schnell in seinen Dynaflow, wo er das Paket unter dem Vordersitz versteckte. Er wußte, er würde sich erst wieder sicher fühlen, wenn es zu Hause unter den Bodenbrettern seines Zimmers lag. Mit diesem Stoff würde er über zweihundert Mäuse machen, vielleicht zweihundertfünfundzwanzig. Das waren ungefähr siebzig mehr, als er bisher an den Deals verdient hatte. Er kam zu dem Schluß, daß dies eine fette Woche werden würde. Er hatte Pot für die Kiffer, Heroin und Morphium für die Fixer und jetzt noch Schnee für die Kokser. Er erweiterte gerade sein Angebot, und das Risiko war minimal für ihn, da sämtliche Deals über Monks Stammkunden liefen, hauptsächlich Leute aus dem Showgeschäft, die jede Woche neu in die Stadt kamen. So wickelte Monk die Geschäfte ab. Er gab Jake genaue Anweisungen, an wen er verkaufen sollte, und alle anderen waren dann tabu. Ihre Organisation ging nicht so vor wie andere, die an alle Süchtigen verkauften und bei denen ein Dealer nie lange im Geschäft blieb, bevor er hochging.

Scar kam aus der Billardkneipe und ging zu Jake, der in seinem geparkten Wagen saß. „Mann, ist mir schlecht", sagte Scar.

„Was ist los mit dir?" fragte Jake, obwohl er genau wußte, was es war.

„Irgend so ein Scheißkerl hat mich abgelinkt", sagte Scar, dem es schwerfiel zu sprechen. „Vier Cents für den Schuß und es war reines Brausepulver."

Mit vier Cent für einen Schuß war Scar kein Anfänger mehr, dachte sich Jake. Er fragte sich, was Scar wohl machen würde, wenn er erst mal fünfzehn oder zwanzig am Tag brauchen würde, was unweigerlich bald der Fall sein würde. Könnte aber auch sein, daß ihn der Versuch, von der Nadel wegzukommen, noch vorher umbrachte. Er half Scar in den Wagen hinein.

„Dieser verdammte Hurensohn. Mann, bin ich im Eimer."
„Cool bleiben, Scar."

„Das war echt'n Schuß in den Ofen, Mann."
„Reg dich nicht auf, Scar."
„Mir zerreißt's den Schädel", stöhnte Scar.
Jake bog in eine Seitenstraße hinter der Welch Street ein, hielt neben einem Kohlenschuppen an und machte die Scheinwerfer aus. Irgendwo in diesem endlosen Tunnel der Finsternis hörte man erbitterte Flüche... einen Schuß zu fünf Cent... Winos, die miteinander um ihre letzten Münzen spielen... jeder versucht, genug Geld zu gewinnen, um noch eine Flasche Muskatellerwein kaufen zu können, die zu guter Letzt dann doch alle zusammen austrinken würden. Das Aufflackern eines Zündholzes im unbeleuchteten Wagen... das Gummiband, das Aufheizen des Löffels, das Aufziehen der Spritze, der Einstich der Nadel...
„Schau nicht so nervös", sagte Scar, als er sich endlich entspannen konnte. „Ich hab schon die ganze Zeit gewußt, daß du dealst."
„Wie hast du das bemerkt?" fragte Jake
„Mir entgeht kaum was von dem, was du tust." Mit einer ungeduldigen Handbewegung tat Scar das ab, was Jake gerade durch den Kopf schoß. „Du brauchst dir keine Sorgen zu machen, von den anderen weiß es keiner."
Jake konnte zwar nicht sagen warum, aber er spürte genau, daß Scar wußte, wovon er sprach. „Wie bist du in die Scheiße reingeraten?" fragte Jake.
„Kann ich nicht genau sagen", antwortete Scar gleichgültig. „Hat sich einfach so ergeben, nehme ich an. Anfangs probierst du es einfach nur aus, und über Nacht bist du dann voll drauf." Das waren Scars Worte, der sie Jake, seinem besten Freund, weismachen wollte. Scar, der genau wußte, daß er zu fixen angefangen hatte, weil er mehr als alles auf der Welt auf dem College Football spielen und vielleicht sogar ins Profilager wechseln wollte. Aber sechs Stipendien hatte er ablehnen müssen, obwohl er jedes einzelne davon nur allzu gern angenommen hätte. Stattdessen mußte er arbeiten gehen, um für seine invalide Mutter zu sorgen, weil sein Vater, der sie eines Nachts betrunken in einem Tobsuchtsanfall zum Krüppel geschlagen hatte, zwei Tage nach Scars Abitur im letzten Jahr ums Leben

gekommen war, als er mit einem geliehenen Auto betrunken gegen einen Laternenpfahl krachte. Sein Alter hatte nicht nur diesen Wagen zu Schrott gefahren, sondern auch Scars Traum zunichte gemacht. Der Traum zerstob wie Konfetti in einem Wirbelsturm. Nur deshalb hatte Scar auf dem Viehhof geschuftet, wo es bestialisch stank. Diese Arbeit hatte ihn verbittert, aber er hatte alles in sich hineingefressen, und selbst Jake hatte damals nie wirklich gewußt, wie es seinem besten Freund ging. Eines Tages dann war Scar schwach geworden und hatte sich dem Wunsch hingegeben, mal richtig abzuheben. Marihuana, das er schon seit der High School kannte, fand er nicht mehr interessant. Red hatte ihm zwar schon geflüstert, wie schrecklich das Fixen war, doch vergebens. Nun war er süchtig, und seine Mutter lebte auch nicht mehr, und er hätte aufs College gehen können, doch wer will schon einen Footballspieler haben, der bis zum Hals vollgepumpt ist mit Drogen? Und so hatte er sich auch nicht mehr bemüht, herauszufinden, ob man seine Stipendien vielleicht erneuern würde, und hing stattdessen an den Straßenecken herum, verdiente sich seinen Lebensunterhalt beim Billardspiel oder mit gezinkten Würfeln und war zu einem Junkie geworden, der einfach nicht mehr wußte, wie er aussteigen sollte. Red hatte doch Recht gehabt mit dem Fixen.

„Wieviel bin ich dir schuldig, Jake?"

„Vergiß es." Er gab Scar genug Stoff für eine Woche.

„Ich werd es dir zurückzahlen."

„Vergiß es, hab ich gesagt."

„Warum kann ich mich mit dem Zeug nicht bei dir eindekken?"

„Ich verkauf meinem besten Freund keinen Stoff." Jake spuckte diese Wörter aus, als würden sie einen unangenehmen Geschmack haben.

„Ich versteh schon, was du meinst", sagte Scar. „Irgendwann werd ich loskommen von der Nadel."

Jake sagte nichts darauf. Er wußte, daß Scar es ernst meinte, aber er glaubte nicht, daß Scar es schaffen würde. Armer Scar. Er fuhr weiter und ließ Scar vor seinem Wohnhaus aussteigen. „Bis dann."

„Wir seh'n uns, Jake." Das war Scar.

Mit Maxine war es in dieser Nacht nicht so wie sonst. Es war nie mehr so wie früher mit Maxine nach dieser Nacht.

14

Zwei Uhr nachmittags und die Sonne schien. Jack saß mit seiner Clique im Chicken Shack, einem kleinen Café für Teenager gegenüber der Schule. Hier gab es Hot Dogs, Hamburger und Pommes Frites, eine Palette von Eisspezialitäten und natürlich auch Limo. Im Chicken Shack waren keine gebratenen Hähnchen oder etwas ähnliches aus der höheren Preisklasse im Angebot. Bei den Jugendlichen aus der High School war es ein sehr beliebtes Lokal, weil die Musikbox immer mit den neuesten Platten bestückt war und weil es Nischenplätze gab, wo die jungen Liebespärchen heimlich schmusen und ein wenig auf Entdeckungsreise gehen konnten. Mrs. Jackson, die ältere Frau, der das Lokal gehörte, wurde von allen Mom genannt. Sie war stolz darauf, daß sich die Jugendlichen bei ihr wie in einer großen glücklichen Familie fühlten. „Mensch, hör dir mal Diz an. Ich hab noch nie 'nen Typen gehört, der auf der Trompete so abfahren kann wie er."

„In den unteren Tonlagen mag ich lieber Miles, aber Diz ist auch ein irrer Typ." Die Jungs umlagerten die Musikbox, ihre Köpfe mit den großen Hüten zuckten im Rhythmus und ihre Körper wippten im Takt der Musik. ...*oh he's got a fine brown frame. I wonder what could be-ee-ee his name...* „Mensch, findest du Nellie nicht umwerfend?"

„Sie ist ganz große Klasse, Mann, wie'n natürlicher Treibstoff." ...*he looks good to me and all I can see, is his f-i-n-e, brow-w-n-n frame...*

„He, sag mal, hast du etwas von dieser verrückten Sache mit der Tankstelle gehört?"

„Ja, Ethyl hat 'ne Ladung Blei abbekommen."

Von den Jungs hatte jeder was zum Thema beizutragen. Hier zwischen den Hot Dogs, Hamburgern und Milchshakes mit den Strohhalmen rauchten sie und kamen sich großartig vor mit ihren Männergesprächen.

„Gibt's Schwierigkeiten, Jake?"
„Nein, überhaupt nicht. Alles unter Kontrolle."
„So ruhig hab ich dich noch nie gesehen", sagte Spider. Spider trug wieder einen neuen Anzug.
„Du wirst langsam ein echt scharfer Typ, Mann", sagte Scar.
„Du weißt ja, wenn man Erfolg hat, soll man's auch zeigen."
„Bald bist du so scharf wie Jake", sagte Scar.
„Ihr wißt, wovon ihr sprecht", sagte Jake.
„Mensch, ich hab noch nie jemanden getroffen, der so viel Glück beim Würfeln hat wie du."
„Dieser schwarze Junge hier weiß genau, wie er mit Würfeln umzugehen hat", sagte Spider und klopfte sich dabei selbst auf die Schulter. Alle brüllten herzlich vor Lachen.
„Seid doch ein bißchen leiser, Jungs", rief ihnen Mom zu. „Das ist hier kein Nachtlokal."
Die ganze Clique brach in Gelächter aus.
„He, seid vorsichtig, sonst setz ich euch vor die Tür und ihr könnt euch ein neues Zuhause suchen."
Noch mehr Gelächter ...*run Joe*... „Voll abgefahren, Mensch. Louie is'n Spießer, aber er gehört dazu." ...*run Joe, run Joe, the man's at the do*... Der Calypso ‚Run Joe' erschallte aus der Musikbox und sein Beat riß die ganze Clique mit, ließ die Füße im Takt wippen, Finger schnalzen, Hände klatschen. ‚Run Joe' erfüllte das kleine Café mit seinem Klang, drang durch die Mauern nach außen und tänzelte fröhlich die Straße hinunter.
„Renn so schnell du kannst, Joe, lauf, deine Mama hat's dir doch gesagt", rief jemand.
„Ja, Mann, ich hab dich davor gewarnt, mit dieser Meute rumzuhängen!"
So ging es bis fünf vor drei. Dann verließen alle das Café, um die Mädchen zu begrüßen, die aus der Schule kamen.
„Nein, diese Jugend heutzutage...", sagte Mom. Die Hände in die Hüften gestemmt, sah sie ihnen zu, wie sie aus dem Lokal strömten.
„Komm schon, Jake", sagte Scar. „Ich hab mir'ne neue Tante geangelt."
„Seit wann kennst du sie?"
„Hab sie vor ein paar Tagen abends im Kino getroffen."

„Warum haben wir sie dann gestern nicht abgeholt?"
„Du weißt ja, wie ich's angehe", sagte Scar. „Ich lasse sie zuerst immer etwas zappeln, bevor ich aufs Ganze gehe."
„Der ist aber überhaupt nicht eingebildet", sagte Spider. „Los, wir müssen uns ranhalten!"
Sie eilten der davonstiebenden Menge hinterher. Die Jungs standen schon an der Ecke, dich gedrängt um einen Laternenpfahl. Sie trugen karierte Gilets, tief über die Ohren gezogene Hüte und lehnten sich auf schwarze Stockschirme.
„He, seht euch mal den geilen Schlitz in dem karierten Rock bei der Dicken an!"

15

Drei Uhr nachmittags und die Sonne schien. Die Schule gab ihre Verantwortung für diesen Tag ab und übertrug sie wieder den Eltern. Die Schülerinnen und Schüler stürmten aus dem Gebäude und gingen an tausend verschiedene Orte, bevor sie nach Hause zurückkehrten.
„Hi, Scar", sagte Pearl, und ihre großen grauen Augen leuchteten ihn an.
„Wow, Fräulein Langstrumpf höchstpersönlich", sagte Scar. Sie errötete, als sein Blick über ihren Körper wanderte.
„He, Curt! Scar ist da", rief Pearl.
„Hi, Scar", sagte Curt und zögerte, blieb jedoch nicht stehen. Sie zog ihre dichten Augenbrauen hoch und sah ihn fragend an.
„Hi", sagte Scar. Doch Curt ging einfach weiter, ihre Bücher fest mit ihren gekreuzten Armen umklammert. Sie bewegte sich in einem wiegenden Rhythmus, der Teil ihres natürlichen Ganges war.
„Wir seh'n uns", sagte Pearl und lief Curt hinterher. „Bis dann, Jake."
„Mach langsam", rief Jake ihr hinterher, „und sag Curt, sie hätte gar nicht soviel Worte machen müssen."
„Meine ich auch", setzte Scar nach. „Zum Glück hat sie's ja auch nicht."

Spider stieg aus dem Wagen. „Wartet vorn an der Ecke auf mich, okay?"

„Mit was für einer Alten ist Spider zusammen?" fragte Jake.

„Der geht noch immer mit Evelyn."

„Mann, mit der geht er doch schon seit der Grundschule."

„Das kommt vor, wenn man einen guten Fang macht."

„So 'nen Glückstreffer landet man eher selten", meinte Jake.

„Außer man findet so ein Glückspaket von einsfünfundsechzig mit hübschen schwarzen Haaren."

„Du weißt sehr gut, was mir gefällt", sagte Jake. „Von Treue scheinst du auch nicht viel zu halten."

„Meine Zeit ist vorbei", sagte Scar.

Jake schaute Scar ungläubig an und fragte sich, was er wohl damit sagen wollte. Vielleicht... daß er...

„Da kommt meine Tigerkatze", sagte Scar. „He, Kenny!"

Kenny kam zum Wagen herüber. Sie war ein Mädchen mit dunklem Teint, klein, gut gebaut und mit reizvollen Zügen. Wie schafft Scar das nur immer wieder? wunderte sich Jake und betrachtete die lange Narbe in Scars Gesicht. Er sah nicht so aus, als hätte er nichts zu bieten, aber was immer es war, die Mädchen schienen es ganz genau zu wissen, alle flogen auf ihn.

„Wie geht's?" fragte Scar lässig.

„Hi, Alonzo", grüßte Kenny zurück.

Jake lachte. Alonzo – es war schon lange her, daß jemand Scar bei seinem richtigen Namen genannt hatte. „Er heißt Scar", sagte Jake.

„Laß nur, Alter", sagte Scar und stieg aus. „Bitte einzusteigen. Der öffentliche Nahverkehr steht Ihnen gern zu Diensten." Er öffnete die hintere Wagentür, ließ Kenny einsteigen und setzte sich neben sie.

„Das ist Jake. Jake, darf ich dir Kenny Waston vorstellen."

„Kenny", sagte Jake. „Wer hat dir diesen Namen gegeben?"

„Na, meine Eltern natürlich, was glaubst du? Sie haben den Namen in einem Buch gefunden, das sie gelesen haben", sagte Kenny. „Er gefiel ihnen, und deshalb nannten sie mich Kenny."

„Ja, okay, ich mag Maisbrot und grünen Senf, aber ich würde deshalb nie meine Kinder so nennen."

Scar lachte. Kenny blickte die beiden verdutzt an.

„Es macht ihm einen Riesenspaß, dich zu necken", sagte Scar lachend. „Laß dich nicht fertigmachen von ihm."
„Ach so", sagte Kenny. Jetzt lächelte sie auch wieder.
„Du bist in Ordnung, Kenny", sagte Jake.
„Oh Mann."
„Du bist Jake Adams?"
„Ja."
„Ich habe schon von dir gehört."
„Wer hat dir was erzählt?"
„'ne Menge Leute reden über dich", sagte Kenny. „Gehst du mit Armenta?"
„Ha!" sagte Scar. „Ich glaube, du hältst jetzt lieber die Klappe." Er lachte.
„Über dich hab ich auch schon einiges gehört", sagte Kenny. Jetzt war es Jake, der lachte.
„Das kann nicht sein, ich hab Angst vor Mädchen."
Nun mußten alle lachen.
„Ihr Jungs seid schrecklich."
„So bin ich eben, schrecklich gut", sagte Scar und zog sie zu sich. Er kitzelte sie, bis ihr Schmollmund wieder verschwand. Wenn sie lachte, bekam sie kleine Grübchen.
Jake und Kenny unterhielten sich und versuchten herauszufinden, welche gemeinsamen Freunde sie hatten. Jake fing wieder an zu flirten.
„Verdammt", sagte Scar. „Ihr zwei scheint ja echt gut zusammenzupassen. Vielleicht solltet ihr euch näherkommen."
„Ach, Alonzo", sagte Kenny und zog ihn enger an sich. „Benimm dich doch mal so, wie's sich für dein Alter gehört."
„Das klingt wie ein Antrag", sagte Scar. Er legte seinen Arm um sie und tat, als wolle er sie küssen.
Sie lachte und schob ihn weg. „Du bist mir zu männlich."
„Er ist ein Mann."
„Ich bin nicht andersrum, mein Schatz, wenn du das gemeint hast", flötetete Scar in einer hohen weiblichen Stimme. „Sieh mal, da ist Armenta. He, Armenta, wohin geht's?"
„Hi, Scar", grüßte Armenta zurück. „Hi, Kenny... Hallo, Jake."
„Hi", sagte Jake.

„Komm, steh nicht so rum, steig ein", sagte Scar.

Armenta sah zu Jake. „Ich muß noch..."

„Steigst du nun endlich ein, du hältst ja den ganzen Verkehr auf", sagte Scar. „Was hast du vor, willst du da stehenbleiben und die kleinen Jungs verrückt machen und sie auf erwachsene Gedanken in ihren kindischen Köpfen bringen?"

„Steig ein", sagte Jake.

„Ich..."

„Steig ein."

„Nicht hinten, vorne. Ich bin doch nicht dein Macker", sagte Scar.

„Dafür danke ich Gott", sagte Armenta und blickte mit einem Augenzwinkern zu Kenny.

An der Straßenecke hatte sich eine wogende Menge rund um eine Gruppe von Schülern angesammelt. Die Barracudas hatten jemand gefunden, den sie nicht mochten.

„Die Cootas sind schrecklich", sagte Kenny.

„Das glauben sie zumindest von sich", sagte Scar.

„He, Leute, wartet auf mich", rief Spider. Er tauchte plötzlich aus dem Gewimmel an der Ecke auf und kam zum Wagen herübergelaufen. Er setzte sich zu Scar und Kenny auf den Rücksitz. „Hi, Kenny."

„Hi, Bert." Kenny schien Spitznamen nicht zu mögen.

„Mann, die Cootas haben sich mit einem von den Counts angelegt. Sie prügeln noch immer auf ihn ein."

„Treten sie auch?"

„Ja."

„Echt hart", sagte Jake.

„Die wissen genau, auf wen sie losgehen können", sagte Spider. „Hab noch nie gesehen, daß sie sich an einen von den Termites rangetraut hätten."

„Die werden noch höllische Schwierigkeiten bekommen, wenn sie die Counts fertigmachen wollen", sagte Jake.

Jake setzte Spider zuerst ab. Er wohnte nur sechs Häuserblocks südlich von der Schule. Kenny war drüben auf der Bell Avenue zu Hause, im gleichen Viertel wie Maxine. Er setzte Scar mit ihr zusammen ab. Kenny wohnte in einer dieser Mietskasernen. Ein Haufen Kinder tummelte sich auf den verwitterten Holzstufen. Ein paar spielten im vorderen Hof mit Murmeln. „Hi, Schwester", sagte eines der kleinen Mädchen, die alle verschmierte Gesichter hatten und Zöpfe trugen. „Marvin, Willa, unsere Schwester ist wieder zu Hause."

„Wem gehört das Auto?"

„Weiß ich nicht, aber es sieht echt stark aus." Die Kinder rannten zum Wagen hinüber und hinterließen überall ihre schmutzigen Fingerabdrücke.

„Hört mit diesem Lärm auf", sagte Kenny. „Und ihr zwei, Billy und Thomas, könnt ihr denn nicht mal bei euch zu Hause spielen?" fragte sie die beiden verärgert. „Macht den Saustall doch mal in eurem Hof."

„Mama arbeitet heute abend länger", sagte Willa. „Und wer ist das?" fragte sie mit Blick auf Scar, an dem ihr die karierte Sportjacke und die Hose mit Außensaum auffiel. „Dein Freund sieht echt scharf aus."

„Bis bald", sagte Jake.

„Ja, und nichts überstürzen!" Typisch Scar.

Jake fuhr auf die andere Seite der Stadt, wo Armenta wohnte.

„Wir seh'n uns, Jake, und danke", sagte Armenta und lief schon die Stufen hinauf und ins Haus hinein, bevor Jake überhaupt Gelegenheit hatte, etwas zu sagen, ohne ihr nachschreien zu müssen und sich lächerlich zu machen. Jake fuhr davon und versuchte, gute Laune aufkommen zu lassen und so zu tun, als kratze ihn das alles nicht. Es klappte nicht. Vier Uhr nachmittags und die Sonne schien.

In dieser Nacht setzte Jake im Paradise Stoff im Wert von einhundert Dollar ab. Er betrat das Tanzpodium und bestellte seine Lieblingsnummer. Er sagte den Musikern, wo er den Stoff für sie versteckt hatte, und erfuhr, wo sie das Geld für ihn deponiert hatten. So lief die Sache. Hier linkte keiner den anderen, niemals.

16

Am Freitagabend machte Jake Schluß damit, Maxine aus dem Weg zu gehen; er wußte jetzt, was er tun würde. Maxine sah wie immer gut aus. Sie trug ein modisches, elegantes Kleid, das in der Taille leicht gestrafft war und sich über ihren Hüften bauschte. Der Rocksaum umkreiste wogend ihre Beine, die gut entwickelt waren wie bei allen Tänzerinnen. Für ein Mädchen war Maxine sehr groß, aber sie war nicht zu dünn. Ihren Spitznamen Slim verdankte sie der Anmut und Geschmeidigkeit ihres Körpers, die sich in jeder ihrer Bewegungen zeigten. Jake stieg aus und öffnete ihr die Wagentür. Sie hauchte ihm einen Kuß auf die Wange.

„Gott sei Dank hast du das gemacht, bevor ich losgefahren bin", sagte Jake.

„Warum?" fragte Maxine, während er sich ans Steuer setzte.

„Das hätte sonst meinen Blutdruck so stark in die Höhe getrieben, daß ich nicht mehr in der Lage gewesen wäre, weiterzufahren", sagte Jake.

Maxine lachte laut auf. Sie trieben ein Spiel miteinander, und beide wußten das.

Nach dem Kino überquerten sie die Straße und gingen ins Paradise. Sie taten so, als wäre alles beim alten, zögerten das Unvermeidliche mit belanglosen Plaudereien hinaus.

„Ist Gregory Peck nicht echt süß und sexy? Ich bin immer wieder ganz weg, wenn ich ihn in einem Film sehe."

„Merkwürdigerweise hat er mich nicht gerade umgeworfen, dafür aber dieses Mädchen, diese Jones... wow, die war wirklich gut. Ich habe noch nie vorher so eine tolle Schnitte gesehen. Hast du mitgekriegt, wie ihr Overall oben fast geplatzt ist vor lauter..."

„Jake." Sie boxte ihn neckisch.

„Sie sieht fast so gut aus wie du..." Eine peinliche Pause.

„Du bist ein Scheißkerl."

„Und du..."

„Ich mag dich", sagte sie. Sie saßen an der Bar und nippten an ihrem Scotch mit Wasser. Auf der erhöhten Bühne im Hintergrund spielte die Band laut und mit schnellem Tempo. Die müden Musiker holten das Letzte aus sich heraus. „Ich mag dich. Es ist mehr als mögen", gestand sie ihm.

Er verabschiedete sich von Maxine vor ihrer Haustür. Er war Stoff im Wert von einhundert Dollar losgeworden. Und ließ es sich selber gutgehn mit einem schönen rotglühenden Joint

17

Samstagabend im Paradise. Jake, Maxine, Scar, Kenny, Spider und Evelyn. Eine bekannte Band und ein gedrängt voller Club. Die drückende Hitze von vielen Menschen. Rotierende bunte Spots werfen ihr Licht von der Decke und tauchen das Lokal in Wellen von Rot, Gelb und Tiefblau. Manchmal Purpur- und dann wieder Fuchsrot. Durch die Lichter wirkt die Atmosphäre des Clubs so verschwommen wie der Anblick des neuen Tages beim Öffnen der Augen nach einer unruhigen Nacht. Der Rausch kommt auch ohne die Mithilfe von Alkohol. Die Menge sieht in geräuschvoller Erwartung zu. Alle sind gut aufgelegt, weil die Band ihnen gibt, was sie brauchen. Das aufreizende Heulen des Saxophons übertönt mit triumphalen Melodien das lärmende Publikum. Trompeten fallen in die Stimme des Saxophons ein, legen ihre Riffs laut und klar über das dissonante Heulen. Blecherne, abgehackte Läufe gehen bruchlos in gedämpfte Untertöne über. Das Schlagzeug und der Baß betonen den Rhythmus. Die Menge geht mit der Band mit, wiegt sich zur Musik, lädt die Luft mit wirbelnden Fingerbewegungen und trommelnden Händen statisch auf.

„Hört nicht auf, spielt weiter."

Sie tanzen schnell wirbelnde Parodien des Jitterbug und des Bebop. „He, Baby, weißt du wie der Hucklebuck geht?" Der Champagner perlt, das warme Feuer des Scotch läßt das Bild einer neuen Welt entstehen. Überirdische, atemlose Klänge des Bebop, rasende Rhythmen des Jazz, der gute, alte, erdige Blues...

... *„Some like to do it in the winter!"*

... „Ja."

... *„Some like it in the spring..."*

... „So wie ich!"
... *„But, they call me daddy rolling stone – oh, my – when it's pouring down ra-ii-nnn-nn..."*

Maxine wollte gerne tanzen, aber Jake war noch nicht in der richtigen Stimmung dazu. Die würde sich erst später einstellen, wenn die Wirkung des Alkohols ihn in einen Zustand von Gleichgültigkeit versetzt hat. Spider strahlte vor Freude, weil er Evelyn dazu überreden konnte, mit ihm auszugehen. Kenny behielt Scar im Auge.

Champagner perlte in ihren Gläsern, Scotch floß brennend ihre Kehlen hinunter. Sie waren schließlich erfolgreiche Geschäftsmänner und tranken nur das Beste. Alkohol, Scherze...

Eine Bühnenattraktion folgte auf die andere. Manchmal standen Shake-Tänzer im Vordergrund, dann wieder Revuetänzerinnen, vulgäre Slapstickeinlagen, verwegene Darbietungen der Musiker. So verging die Nacht, und irgendwo inmitten dieser schwindelerregenden Betriebsamkeit wickelte Jake seine Geschäfte ab.

„Sieh mal", sagte Jake, und sein Kopf brummte ihm schon vom Alkohol. „Kannst du das auch?" Er begann im Takt des Bongorhythmus' zu klatschen. Er schlug seine Hände zu jedem Takt einmal zusammen, dann zweimal und dreimal, bis er den Rhythmus völlig verlor, und die Hände die schnellen Schläge nur noch andeuteten, ohne sich zu berühren. Um den anderen anzuzeigen, wie oft pro Takt geklatscht wurde, hielt er die entsprechende Anzahl Finger hoch. Mit seinem Daumen und dem Zeigefinger formte er eine Null, wenn sie aussetzen sollten. Dann machte er es noch komplizierter, indem er eine ganze Reihe von Takten ausließ, anstatt einfach immer nur abwechselnd einmal im Rhythmus zu klatschen und dann wieder nicht. Die Finger seiner anderen Hand zeigten an, auf welchen Takt in die Hände geschlagen wurde. Einzelne Leute begannen sich von der Band abzuwenden, um nicht zu versäumen, was an ihrem Tisch geschah. Ein paar Leute begannen mitzuklatschen, und als dann die Menge versuchte, den Rhythmus zu halten, kam alles durcheinander. Das ganze Lokal swingte im Groove, und das Klatschen drang bis zu den Musikern auf die Bühne hinauf, die auch einstiegen und im Rhythmus der Menge mitklatschten. Sie alle hatten einen Riesenspaß daran, den komplizierten Taktmustern zu folgen. Der Funke sprang auf die ganze Band über, die spontan über das Thema zu improvisieren anfing. Sie jamten zwanzig Minuten lang. Innerhalb eines rhythmischen und melodischen Grundmusters wechselten sich wilde, grelle Dissonanzen mit langsamen, lieblichen Klängen ab. Die Band liebte sich selbst. Die Menge liebte die Band. Sie hatten das bekommen, was sie hören und sehen wollten – es wurde immer später, und die Band spielte in den neuen Tag hinein.

18

Fünf Uhr morgens. Die Sonne wirft einen schwachen Strahl in den finsteren Himmel. Ein Milchmann und seine Flaschen, ein Taxifahrer auf seiner letzten, frühmorgendlichen Fahrt, ein Lumpensammler lenkt seinen einsamen, abgemagerten alten Gaul mit dem Wagen durch die Seitenstraßen und stochert im Abfall der überquellenden Mülleimer. Die Arbeiter aus der Nachtschicht sind auf dem Nachhauseweg, die aus der Frühschicht auf dem Weg zur Arbeit. Ein paar langsam fahrende Busse, eine Straßenbahn, die quietschend ihre erste Runde dreht. Nachtlokale spucken ihre illustren Gäste wieder aus. Ein Polizist, dem es im Morgennebel fröstelt, flucht lautlos und macht seine Runde, ohne jemandem zu begegnen. Im 24-Stunden-Restaurant schläft eine Kellnerin zusammengekauert in einer Sitzecke. Ihre ausgetretenen Schuhe stehen vor ihr auf dem Boden, ihre Strümpfe mit den vielen Laufmaschen hat sie heruntergerollt. An der Theke steht ein alter Mann und trinkt Kaffee, während es die Musikbox nach Münzen hungert. Ein Zeitungsjunge wischt sich mit dem Handrücken den Rotz von der Nase. Die Räder seines Fahrrades singen auf dem taunassen Gehsteig. Der dumpfe Aufprall in der friedlichen Stille, wenn die Zeitung ihr Ziel auf dem Rasen oder der Veranda trifft. Das Licht in der Küche, der starke Geruch von Filterkaffee. Das erste Gähnen und der unterdrückte Impuls, sich noch einmal hinzulegen. Irgendwo in einem Hinterhofhühnerstall kräht ein Hahn. Fünf Uhr morgens, und ein neuer Tag bricht an.

19

„Was wird deine Mutter dazu sagen, daß du so spät in der Nacht nach Hause kommst?" fragte Scar Kenny. „Oder soll ich lieber sagen, so früh am Morgen?"
„Wie spät ist es?" wollte Kenny wissen.
„Viertel vor sechs."
„Ich dachte, es sei erst kurz nach vier."
„Das war es, als wir den Club verließen. Wir sind lange bei Bill's geblieben", sagte Scar.
„Er hat echt gutes Barbecue."
„Und jetzt unterhalten wir uns hier draußen schon fast eine Stunde", sagte Scar.
„Das war das beste Barbecue, das ich je gegessen habe."
„Ich hätte dich viel früher nach Hause bringen sollen", sagte Scar.
„Es ist mir noch nie im Leben so gut gegangen wie heute nacht", sagte Kenny.
„Kenny...", hob Scar an.
Aber Kenny spürte die Wirkung des Champagners und war so versunken, daß sie nur ihren eigenen Gesprächsfaden fortsetzte. „Du hast mich noch nicht mal geküßt", schmollte sie.
Er gab ihr einen Kuß. „Ach, es wäre so schön, wenn wir noch irgendwohin gehen könnten", sagte sie.
„Morgen."
„Morgen habe ich vielleicht nicht solche Lust wie heute."
„Wirst du sicher haben. Glaubst du nicht, es ist besser, wenn du jetzt hineingehst?"
„Mama wird mich umbringen", durchfuhr es Kenny plötzlich.
„So schlimm ist es auch wieder nicht."
„Du kennst Mama nicht. Versuchen wir es durch die Hintertür", schlug Kenny vor. „Vielleicht kann ich mich da reinschleichen."
Sie gingen um das Haus herum nach hinten und versuchten, dabei keine Geräusche zu machen. Als sie durch den mit Abfall verstellten Durchgang kamen, schlug ihnen beißender Uringeruch entgegen. „Mama rackert sich für uns Kinder ab. Sie

sagt immer, wir sollen ihr keine Schwierigkeiten machen. Sie würde sich das nicht gefallen lassen, und ich weiß, daß sie es ernst meint. Ich kenne Mama."
„Wie viele seid ihr?" fragte Scar.
„Zehn."
„Zehn!"
„Psst!" du weckst Mama noch auf. „Nur vier wohnen noch hier. Die anderen sind verheiratet oder in der Army. Zwei meiner Brüder sind im Zweiten Weltkrieg umgekommen."
„Das ist schlimm."
„Die Entschädigung hat uns sehr geholfen. Manchmal schikken auch meine Brüder und Schwestern Geld nach Hause, außer Arthur. Mama hat ihn rausgeworfen. Seit damals haben wir nichts mehr von ihm gehört", erzählte Kenny.
„Glaubst du, daß du es schaffst reinzukommen, ohne jemanden aufzuwecken?" fragte Scar, als er merkte, daß die Hintertür offen war.
„Wenn nicht, dann wirst du mich brüllen hören. Dann mach dich besser aus dem Staub und renn wie der Teufel", kicherte Kenny. „Gute Nacht..." Er schnitt ihr die Worte mit einem Kuß ab. Sie winkte ihm zu und ging mit den Schuhen in der Hand auf Zehenspitzen die Stufen hinauf.
Mann, du bist vielleicht ein Teufelskerl, sagte sich Scar. Wo ist das Mädchen, das du nicht haben kannst? Die muß erst noch geboren werden. Aber es stellte sich keine Befriedigung ein. Das war inzwischen nicht mal mehr lustig. Wo ist das Mädchen, das du nicht haben kannst? Die muß erst noch geboren werden. Zu schade, daß nie jemand Maxine davon erzählt hat.

Im Nachhinein gelang es Jake nicht mehr, genau nachzuvollziehen, wie er schließlich mit Maxine Schluß gemacht hatte. Er konnte nicht mit Bestimmtheit sagen, ob er es ihr selbst gesagt hatte, oder ob sie von sich aus einsah, daß es aus ist, und ihm so den Ärger ersparte. Ihm schien es, als hätte sie den Großteil des Gespräches geführt. Er erinnerte sich, daß sie es wie selbstverständlich aufgenommen hatte. Sie war ruhig geblieben, schien sich nicht besonders aufzuregen. Die gute alte

Slim, auf sie konnte man sich verlassen. Sie sah das Ganze realistisch. Nichts hält ewig. Zum Teufel nochmal, das wußte doch jeder. Er war froh, daß Maxine es so hingenommen hatte. Er mochte sie dafür.

Als Armenta die Tür öffnete und ganz offensichtlich überrascht über sein Erscheinen war, fühlte er sich nicht in der Lage, etwas zu sagen. Er mußte schon ein paar Minuten lang regungslos dagestanden haben, als er merkte, daß sie ihn hineingebeten hatte. Dann saß er im Wohnzimmer auf dem Sofa und sagte noch immer nichts. Armenta fragte ihn, ob er Lust hätte, ein paar Platten zu hören. Er nickte. Armenta hatte nichts zu sagen. Jake kam sich dumm vor. In solchen Augenblicken haßte er Armenta richtiggehend, weil er dachte, sie mache sich über ihn lustig und lache insgeheim über seine Unsicherheit. So saßen sie also schweigend da und hörten Platten. Schließlich dachte Jake, zum Teufel damit. Er wollte es keinem Mächen durchgehen lassen, wenn sie ihn wie Dreck behandelte. Er nahm seinen Hut, stand ganz förmlich auf und sagte: „Wir sehen uns."

„Ich will dich nicht mehr sehen", sagte Armenta und folgte ihm zur Tür.

Jake war bestürzt, aber er wollte sich das auf keinen Fall anmerken lassen. Er würde überhaupt nichts mehr machen, was ihr eine Gelegenheit bieten könnte, über ihn zu lachen. Doch anstatt ganz gelassen hinauszugehen, ohne sich noch einmal umzudrehen, fand er sich selbst in der lächerlichen Lage, daß er zögerte. Es hätte ihm ein masochistisches Vergnügen bereitet, wenn sie die Tür hinter seinem Rücken zugeschlagen und ihn von der Türschwelle geschoben hätte. Warum sollte er überhaupt wegen ihr so ein albernes Theater machen? Sie machte sich gar nichts aus ihm. Er trat auf die Veranda und zögerte noch immer. Als die Tür aber nicht zuknallte, drehte er sich um und sah sie im Türrahmen stehen, den Blick auf ihn gerichtet. Er hätte gesagt, daß ihr Gesicht ausdruckslos war, weil ihm einfach die Worte fehlten, um genau beschreiben zu können, was er dort sah. „Gute Nacht", sagte er.

„Gute Nacht."

„Ich bin zufällig vorbeigekommen..." Er hielt kurz inne. „Ich wollte dir nur sagen, daß Maxine und ich nicht mehr zusammen sind."

Armenta sagte nichts, aber Jake war sich sicher, daß sie innerlich wieder über ihn lachte. Er fühlte sich, als schleppten seine Schuhe nur noch einen Haufen Elend. „Ich glaub, ich hab dich falsch eingeschätzt, Kleines", sagte er teilnahmslos. „Mir soll niemand nachsagen können, daß Jake Adams je darauf bestanden hat, eingelassen zu werden, wo er nicht erwünscht ist. Bis dann." Er drehte sich mit einem Ruck um und ging mit erhobenem Kopf die Stufen hinunter. Er wollte nur noch weg von hier, er hatte sich schon genug zum Narren gemacht.

Was fühlte Armenta, als sie Jake die Stufen hinuntergehen sah? Was immer es auch war, Mitleid auf jeden Fall nicht. Niemand könnte Jake jemals bemitleiden, dachte sie. Er wirkte fast wie ein kleiner Junge. Armenta hatte Jake noch nie so gesehen. Sie konnte sich Jake überhaupt nicht als kleinen Jungen vorstellen. In ihr Bild paßte er nur als eingebildet, gefühllos und manchmal sogar brutal. Aber sie hatte das immer als eine Abwehrhaltung aufgefaßt, mit der er beweisen wollte, wie hart er war, und um vor den Menschen zu verstecken, wer sich tatsächlich dahinter verbarg. Jakes ständiges protziges Hervorkehren von Arroganz und Gleichgültigkeit hatte sie immer fasziniert. Besonders, seit er angefangen hatte, Geld zu machen und sich schick anzuziehen (in der Grundschule hatte er immer so schäbige Sachen getragen), bemühte er sich so sehr, allen dauernd zu beweisen, daß er ein Mann war, daß es manchmal schon kindisch wirkte. Aber noch nie hatte sie Jake als kleinen Jungen gesehen, nicht einmal in der Grundschule. Sie konnte sich nicht erklären, wieso das so war, weil sie ihn schon immer, seit sie ihn das erste Mal getroffen hatte, bemuttern und dazu bringen wollte, sich anständig zu benehmen. Er war so frech, er war der schlimmste Typ weit und breit.

„Jake."

Er drehte sich am Fuß der Treppe um.

„Ich hab nichts dagegen, wenn du mal vorbeikommst, wenn du in der Nähe bist. Falls du Lust dazu hast", fügte sie kokett hinzu.

Jake wandte sich wieder um, ging auf die Straße und schloß seine Wagentür auf. Er fuhr davon, ohne sich noch einmal umzudrehen.

„Dieses Mädchen meint es nicht ernst", erzählte er Scar im Booker's.

„Wie kommst du darauf?"

„Sie spielt mit mir."

„Oder sie versucht einfach nur, dich davon abzuhalten, daß du mit ihr spielst."

„Du kennst mich doch."

„Und sie dich auch."

„Sie hat keine Augen für mich", sagte Jake.

„Sie hat selbst Augen."

„Du weißt, was ich meine. Sie sieht mich einfach nicht."

„Ja, und ich meine auch, was ich sage. Dieses Mädchen ist in dich verknallt, und du bist ihr hilflos verfallen. Hör also auf, das vor ihr zu verheimlichen, und ihr werdet bestens miteinander auskommen."

„Trinken wir auf dich", sagte Jake.

„Trinken wir darauf, daß sie dir gehört."

Monk kam kurz vorbei. Er hatte wieder ein Geschäft für ihn. Die Nacht zog sich hin, rieb sich schleppend gegen das spröde Licht der Dämmerung.

20

Der Mai zog ins Land, und frustrierte Blumen sprengten sich lautlos den Weg frei durch die Erde ans Licht. Eine grüne Pflanzendecke nahm wieder Besitz von der armseligen Landschaft. Moos umhüllte ausgedorrte Äste. Wanderdrosseln, freche blaue Eichelhäher und scharlachrote Kardinalvögel gesellten sich jetzt wieder zu den treuen Staren. Ihre Farben strahlten im Sonnenlicht. Die Mad Platter Show stellte den jugendlichen Zuhörern die Neuerscheinungen auf dem Plattenmarkt vor. Da war eine Nummer von Charlie Ventura dabei, die ‚East of Suez' hieß. Im Chicken Shack tauchte ein Unbekannter im Verzeichnis der Musikbox auf: George Shearing. Mit seinen Hits ‚East of the Sun', ‚Continental' und ‚September in the Rain' fand er eine Fangemeinde unter den Teens, die Ahnung hatten. Bei Einbruch der Dunkelheit fingen die Kinder an, Verstecken zu spielen. Nachts lag im Park eine Armydecke neben der anderen. Die Winos wechselten von Muskateller auf Johannisbeerwein. Die Barracudas wurden wieder frecher. Bei Emma Culpard, dem dreizehnjährigen Mädchen, das gleich neben Jake ein Stück weiter die Straße hinunter wohnte, war es augenscheinlich, daß sie schwanger war. Gussy, ihr kleiner Bruder, wurde durch das Gekicher der anderen ständig an diese Tatsache erinnert. Wino Jepe kam wegen einer Sittenwidrigkeit ins Gefängnis. Pop Garvelli trug seinen Strohhut. Spider, Scar und Jake hatten wieder eine gute Nacht im Zodie's. Ein Polizist, der neu und unerfahren war, wurde aufs Land versetzt, nachdem er versucht hatte, irgendeinem bekannten Musiker im Paradise eine Anklage wegen Rauschgiftbesitz anzuhängen. Der Frühling hatte sich wieder in seiner ganzen Pracht zurückgemeldet.

Drüben auf der Bell Avenue saßen Kenny und Scar auf den Holzstufen der vorderen Veranda. Im ganzen Viertel strömten die Menschen wieder aus den Häusern, Jungen und Mädchen schlenderten die Straßen entlang und trafen sich in den Hausdurchgängen. Der fliegende Händler, der aus seiner fahrenden Dampfküche Schweinshaxen, Würste und Tamales anbot, verteidigte seinen angestammten Platz an der Ecke. Seine Schürze war mit Senfkrusten überzogen. Schweißtropfen standen ihm auf dem Gesicht. Seine müden Füße schmerzten in den durchgetretenen Schuhen. Mit seinem abgenutzten Lächeln, bei dem er seine paar übriggebliebenen schiefen Zähne bleckte, gierte er erwartungsvoll in die Nacht. Hin und wieder erklang der schrille Ton seiner Dampfpfeife und lockte die Gelegenheitsarbeiter zu seinem Wagen. Jungen versammelten sich um den Laternenpfahl an der Straßenecke und unterhielten sich über Mädchen, die sie einmal gekannt hatten – wirklich oder nur in ihrer Phantasie. Da sie die Mädchen so lebendig und genau beschrieben, glaubte man bei jeder Geschichte, daß sie der Wahrheit entsprach. Die Kohlenschuppen wurden zu Treffpnkten für die verliebten Jugendlichen. In den kleinen Seitenstraßen spielten sie um Geld. Wein und Pot erhitzten ihre Gemüter. Bald würden sie durch die Nachbarschaft ziehen, auf der Suche nach Ärger. Und wenn sie keine geeigneten Opfer fänden, würden sie untereinander Streit anfangen.

„Meine Mutter wird bald nach Hause kommen", sagte Kenny zu Scar.

„Die hat aber eine schreckliche Arbeitszeit."

„Sie muß acht Stunden arbeiten, und wenn im Hotel noch späte Gäste ankommen, muß sie noch länger bleiben. Du weißt doch, die Tellerwäscher sind immer die letzten."

„Ja, und wir werden immer die Tellerwäscher sein."

„Was?"

„Nichts", sagte Scar. „Du weißt schon, Kenny, es ist schwer eine gute Arbeit zu finden, besonders wenn man keine gute Ausbildung hat."

„Mama hat's nicht weiter als bis zur fünften Klasse geschafft, aber sie ist nicht dumm. Sie hat sich alles selbst beigebracht. Wenn es ums Leben geht, kennt sie sich schrecklich gut aus, obwohl sie von Büchern und solchen Sachen keine Ahnung hat."

„Ja", sagte Scar und wußte, daß es hoffnungslos war. Kenny würde nicht verstehen, wovon er sprach. „Was willst du nach dem Abitur machen?"

„Ich weiß es noch nicht", sagte Kenny. „Wahrscheinlich bei der Stadt arbeiten oder sowas."

„Wie stellst du dir das vor?"

„Eine Menge farbiger Mädchen arbeiten da. Zum Beispiel Max..."

„Maxine ist schlau. Sie hatte in der High School immer sehr gute Noten", sagte Scar. „Sie kam gleich nach mir."

„Na und?"

„Du mußt eine Aufnahmeprüfung bestehen, um so einen Job zu kriegen", sagte Scar.

„Das sind eben gute Jobs", sagte Kenny.

„Das finden eine Menge Leute."

„Glaubst du denn, du könntest mehr erreichen?"

„Vielleicht, irgendwann mal."

„Du hälst dich wohl für sehr schlau, Alonzo Carroway."

„Ich glaub nicht, daß du klug genug bist, einen Job bei der Stadt zu kriegen."

„Ach ja? Für welche Arbeit wäre ich denn deiner Meinung nach gescheit genug?"

„Zum Geschirrabwaschen irgendwo in der Küche."

Kenny sah Scar an, abermals stand ihr die Verlegenheit ins Gesicht geschrieben.

„Laß dich nicht unterkriegen von mir, Kleines", sagte Scar.

„Du hast nie etwas anderes im Sinn", sagte Kenny. „Immer willst du mich in eine Ecke drängen, wo du mich fertig machen kannst."

Scar war überrascht. Er hätte Kenny nie zugetraut, daß sie mit so einer Bemerkung herauskäme.

„Jetzt kommt meine Mutter", sagte Kenny.

Mrs. Waston kam in einem müden, schleppenden Gang die Stufen herauf. Einem Gang, wie ihn Menschen haben, die bei der Arbeit viele Stunden pausenlos auf den Füßen sind. Graue Strähnen durchzogen ihr wolliges Kopfhaar. Sie war eine große und muskulöse Frau, deren Körper durch zu viele Stunden harter Arbeit und zu viele in zu kurzen Abständen geborene Kinder aus der Form geraten war. Auf ihren Strümpfen liefen Laufmaschen um die Wette. *Wie viele Ehemänner haben Sie gehabt, Mrs. Waston? Wie viele haben sie geheiratet?*

„Hi, Kinder", sagte Mrs. Waston. „Ich bin geschafft. Der Herrgott ist mein Zeuge." Mit grober Hand rieb sie über ihr schmerzendes Kreuz. „Hab noch nie erlebt, daß Leute so einen Saustall hinterlassen können wie diese weißen Schmutzfinken... Bleibt nicht die ganze Nacht hier draußen, ihr zwei", sagte sie, als sie ins Haus ging. „Ihr wollte doch nicht etwa hier draußen herumzusitzen und euch umarmen und küssen, oder?" fragte sie lachend. „Falls ihr euch zu sehr erhitzt und aufregt, kommt doch ruhig rein, da stört euch niemand."

21

Jake verbrachte die meisten Abende bei Armenta. Er spürte, daß Mr. Arnez ihn nicht mochte, und erzählte es Armenta. Sie beruhigte ihn, er brauche sich deshalb keine Sorgen zu machen. Armenta wollte die Haltung ihres Vaters über Jake und sie einfach nicht wahrhaben. Davor hatte sie Angst. Mrs. Arnez war da anders. Sie nahm ihren Mann immer ziemlich ernst. Mr. Arnez war jemand, der zu allem eine feste Meinung hatte, und seine Anschauungen änderten sich selten. Mrs. Arnez wußte, daß sie seine Einstellungen nur dadurch ändern konnte, daß sie die Bedeutung der Dinge, wogegen er war, verharmloste oder in Zweifel zog.

An dem Abend, als Jake mit Armenta in ein Autokino fuhr, sagte Mr. Arnez zu seiner Frau, daß ihm dies nicht gefiele.

„Ich finde, daß er ein netter Junge ist", sagte Mrs. Arnez.

„Dieser von Geheimnissen umgebene achtzehnjährige Mann? Armenta will mir überhaupt nichts über ihn erzählen. Sie ist sofort zutiefst beleidigt, wenn ich nur ganz einfache Fragen stelle, wie zum Beispiel, aus welcher Familie er stammt, wo er arbeitet und solche Dinge."

„Sie will nicht, daß du dich in ihre Angelegenheiten einmischst", sagte Mrs. Arnez.

„Mich in ihre Angelegenheiten einmischen! Ein Vater hat doch wohl das Recht, zu erfahren, mit wem seine Tochter ihre Zeit verbringt! Und ich kann dir jetzt schon sagen, daß mit diesem Jungen irgend etwas nicht stimmt."

„Ach, Henry, du kannst dich so aufregen wegen nichts."

„Dieses Mädchen hatte immer schon einen schlechten Geschmack, wenn es um Jungen ging."

„Meine Eltern haben mir dasselbe gesagt."

„Nimm doch diesen Rudolph. Ein Schwachkopf von einem Leichtathleten. Was hat sie nur an dem gefunden?"

„Ich habe gehört, daß er ein ziemlich gescheiter Junge war, Henry. Er wird aufs College gehen."

„Mit einem Leichtathletikstipendium."

„Ach so?"

„Edna, du kannst versuchen, mich zu überzeugen, so viel du willst, aber ich sage dir das eine, Armenta soll lieber nichts Ernsthaftes mit diesem Jake anfangen, bevor ich nicht eine Menge mehr über ihn weiß. Du weißt doch, wie man über Leute redet, die etwas zu verbergen haben."

„Wer verbirgt etwas?"

„Es ist eine abgekartete Sache, daß sie mir nichts sagt", sagte Mr. Arnez.

„Du hörst das Gras wachsen, Henry. Warum gehst du nicht einfach schlafen? Du weißt doch, daß du morgen früh in der Kirche sein mußt."

„Dir scheint es ja egal zu sein, ob deine Tochter morgen früh in die Kirche geht oder nicht."

„Sie muß nicht mit uns zusammen gehen. Sie kann auch in die Elf-Uhr-Messe gehen."

„Wie spät ist es jetzt?"

„Zehn nach elf."

„Schon sehr spät für eine Siebzehnjährige, jetzt noch unterwegs zu sein."

„Das Autokino hört erst spät auf. Und vielleicht haben sie nach dem Film noch Lust auf eine heiße Milch oder sonst etwas. Leg dich jetzt hin, Henry. Sonst kommst du morgen früh nicht aus dem Bett, und du weißt doch, daß wir zur Messe müssen."

Henry Arnez hörte nicht auf zu reden, aber Mrs. Arnez kümmerte sich nicht weiter darum. Seit siebenundzwanzig Jahren mußte sie sich schon anhören, was ihr Mann für die richtige Erziehung ihrer Töchter hielt.

22

In einem Waldweg auf dem Land beobachteten Jake und Armenta den Mond durch das Gewirr der Baumspitzen.

„Es ist immer die gleiche alte Geschichte", sagte Jake laut überlegend.

„Was?" wollte Armenta wissen.

„Ich dachte gerade an ein Lied. Erinnerst du dich an den Film *Casablanca*?"

„Ja, sicher, mit Tony Martin."
„Humphrey Bogart gefiel mir besser."
„Dir bestimmt. Was ist los?" fragte Armenta, als sie Jakes innere Unruhe bemerkte.
„Nichts."
„Stimmt irgend etwas nicht?"
„Warum?"
„Du wirkst so eigenartig."
„Nein, es ist alles in Ordnung", sagte Jake.
„Wirklich wahr?" Sie sah ihm gerade in die Augen. Er konnte nicht sagen, ob das unter ihren langen, seidigen Wimpern ein herausfordernder Blick war oder ein spöttisches Lächeln. Er konnte seine Hände nicht länger zurückhalten. Sie sah ihn mit einem Blick an, den sich eine Mutter für ihren ungezogenen Lieblingssohn vorbehält. Dieser Blick machte ihn wütend, und er küßte sie mehr aus Zorn als irgend etwas sonst. Sie schmiegte sich bebend an ihn, und sein Gaumen stand wieder in Flammen. Als er sie auf den Sitz hinunterdrückte, waren ihre Augen, von denen er gerade noch geschworen hätte, daß sie ihn spöttisch anlächelten, fest geschlossen. Sie murmelte schwach: „Hör auf." Ihre Beine aber reagierten auf das Drängen seines Körpers. Ihr schneller Atem ging in ein Stöhnen über.

Danach sah sie ihn mit diesem Blick in den Augen an. „Laß mich hoch, Jake", sagte sie nüchtern. Sie tat so, als wolle sie sich weit weg von ihm auf die andere Seite des Wagens setzen, aber er schnappte sie und zog sie eng an sich, so daß ihr Kopf auf seiner Brust ruhte.

„Ich wollte dir nicht weh tun", sagte er verlegen.

Sie lächelte schwach. Er konnte spüren, wie die Schamesröte in ihr hochstieg. „Ich hab es vorher schon einmal gemacht", sagte sie.

„Warum?"
„Aus Neugier!"
„Ist deine Neugier jetzt gestillt?"
„Das geht dich nichts an." Sie gab ihm einen spielerischen Klaps. „Woran denkst du?" fragte sie unsicher.

„Ich bin verrückt nach dir", sagte Jake. „Ich hab noch nie jemanden wie dich gekannt. Ich hab gar nicht gewußt, daß mich jemand so erregen kann."

„Hast du's schon mal mit Dalles versucht?" fragte Armenta spöttisch. „Dalles macht alles."

„Armenta!" Er küßte ihr diesen Blick von den Augen.

„Du mußt jetzt nicht so dick auftragen", sagte sie. „Du hast doch bekommen, was du wolltest, oder nicht?"

„Warum zum Teufel nochmal gehst du mit mir aus, wenn du mich gar nicht magst?" fragte Jake

„Wer hat irgend etwas in dieser Richtung behauptet?" fragte Armenta überrascht zurück.

„Du benimmst dich aber so. Egal, was ich sage, du machst dich darüber lustig."

„Du glaubst ich... ich würde... obwohl ich dich gar nicht mag?"

„Ja, genau so ist es doch", behauptete Jake wütend.

„Wieso, du... du..." Sie sah jetzt so heiß aus, als könnte sie jederzeit Rauchsignale aussenden. Beide brachen plötzlich in Lachen aus.

„Warum müssen wir uns immer bekämpfen?" fragte Jake und zog sie wieder eng an sich.

„Du bist so frech. Du bist der unmöglichste Kerl auf der ganzen Welt," sagte Armenta. „Magst du mich wirklich?" fragte sie und warf ihm einen prüfenden Blick aus den Augenwinkeln zu.

„Von deinem Nabel bis zu deinen Knien", antwortete Jake. Er packte ihre Handgelenke, bevor sie ihm eine Ohrfeige geben konnte, und küßte sie, bis sie aufhörte, sich zu wehren.

„Ach, du...", sagte sie.

„Und deine Beine und deine Knöchel und deine Füße und deine Zehen und deine Brüste und deine Arme und deine Schultern und deinen Hals und dein Kinn und deinen Mund und deine Stubsnase und deine Augen und deine Haare und dich und dich und dich", flüsterte Jake ihr ins Ohr.

„Du bist so dumm, Jake Adams", sagte sie lächelnd. „Wie spät ist es jetzt?"

„Fünf nach zwölf."

„Bring mich nach Hause. Du weißt, ich hab meiner Mutter versprochen, daß ich um zwölf zu Hause bin", stieß sie hervor, während sie sich zärtlich liebkosten und miteinander balgten.

23

Eine Woche später, als Jake gerade seine Geschäfte im Paradise erledigte, sah er zufällig Maxine an der Bar zwischen zwei Männern sitzen. Es war offensichtlich, was die beiden vorhatten. Jake erkannte einen der Kerle, der Benbow hieß und einen Ruf als Weiberheld genoß. Die Männer luden Maxine auf einen Scotch on the rocks nach dem anderen ein. Maxine versuchte, einen aufreizenden Blick in ihren Augen zu behalten, aber der Whisky ließ ihn immer wieder verschwimmen. Sie trug ein vornehmes schwarzes Kleid, das sich an ihre erwachsenen Formen schmiegte. Ein leichtes, gekünsteltes Gekicher kam immer wieder über ihre Lippen, die sonst durch ein spöttisches Lächeln gespannt waren. Der Whisky ließ ihre Vornehmheit langsam verblassen. Jake ging zur Bar hinüber und berührte Maxine am Arm. „Hi, Slim, was versuchst du zu beweisen?"

„Jake! Hallo, du Scheißkerl", sagte sie.

„Wer ist dieser Freund?" wollte der Typ zu ihrer Rechten wissen. „Das ist Jake", sagte Maxine in einem vertraulichen Tonfall. „Jake, das...", sie hielt kurz inne. „Wie war doch gleich dein Name?" Maxine kicherte, um ihre Verlegenheit zu verbergen.

„Eddie."

„Genau! Also das ist Eddie." Sie klopfte Eddie leicht auf die Schulter und wandte sich wieder zu Jake. „Benbow, das ist..."

„Ich kenne ihn", sagte Benbow.

„Ach so!" Maxine wirkte belustigt.

„Wie läuft's denn so, Jake" fragte Benbow.

„Alles bestens", gab Jake zurück.

„Ich hatte echt eine tolle Zeit", erzählte Maxine Jake. „In dieser Stadt muß es Tausende Bars geben. Ich glaube, in dieser Stadt gibt es mehr Bars als auf der ganzen Welt zusammen." Sie stürzte ihren Whisky hinunter. „Hoppla", sagte sie, streckte ihre Beine aus und spielte mit ihren Zehen, die in Schuhen steckten, die vorn offen waren. Sie kicherte wieder. Irgendwie konnte sie einfach nicht zu kichern aufhören. „Der brennt nicht einmal beim Runterschlucken. Das ist doch eigenartig, findest du nicht auch? Na, Jake, warum brennt er denn nicht mehr beim Runterschlucken? Erinnerst du dich noch, wie du mich immer geneckt hast, wenn ich beim Trinken mein Gesicht verzogen hab? Das mach ich jetzt nicht mehr. Schau, ich zeig es dir. Charlie, bring mir noch einen Whisky. Und für Jake auch einen. Euch beiden macht das doch nichts aus, oder?" sagte sie und sah Benbow und Eddie an.

Sie nickten.

„Ich will keinen, und du brauchst keinen mehr", sagte Jake.

„Was ist los, du Scheißkerl?" sagte Maxine. „Du hast doch nie versucht, mich vom Trinken abzuhalten."

„Das war früher auch nicht nötig."

„Ach, sieh mal an!" sagte Maxine. „Du bist ein sehr ungezogenes Mädchen, Maxine. Dieser Scheißkerl sieht es nicht gerne, wenn du trinkst. Warum muß ich immer das machen, was du willst? Warum kann ich nie das machen, was ich will?" sagte Maxine. Sie weinte, obwohl sie wußte, daß sie nicht weinen durfte, niemals und besonders nicht vor Jake.

„Sag mal, belästigt dich dieser Kerl?" fragte Eddie.

„Reg dich nicht auf", sagte Jake ganz ruhig.

„Ich werde..."

„Versuch's doch", entgegnete Jake kühl.

„Laßt uns doch alle Freunde sein", sagte Maxine lächelnd und tupfte sich die Augen mit einem unpassend damenhaften Taschentuch ab.

„Komm mit, Slim", sagte Jake, „ich bringe dich nach Hause." Er faßte sie bei den Schultern und half ihr vom Stuhl. Er war angewidert. Er hatte Maxine anders eingeschätzt.

Eddie wollte auch aufstehen, aber Benbow hielt ihn zurück und legte ihm seine schlanke Hand auf die Schulter. „Zum Teufel nochmal, was glaubt dieser Kerl denn, wer er ist?" stieß Eddie hervor.

„Vergiß es", beschwichtigte Benbow ihn, hob sein Glas an die Lippen und trank gelassen einen Schluck Whisky.

„Aber ich hab schon vier Dollar für diese Schnalle ausgegeben!"

Benbow sah Eddie angewidert an. Er rückte sich seinen hellen Strohhut mit dem braunen Band zurecht und zog ihn sich im richtigen Winkel über sein schmales Gesicht. „So läuft es nun mal", sagte Benbow. Er zog seine teure Benrus Citation auf und rieb das wuchtige goldene Armband der Uhr am Ärmel seines dunklen Sommersakkos. Er betrachtete sich selbst prüfend im Spiegel über der Bar und zog die dunkelbraune Krawatte zurecht. Er bemerkte, daß seine Fingernägel nicht mehr ganz makellos waren, und nahm sich vor, am nächsten Tag bei seiner Maniküre vorbeizuschauen.

Vor der Bar fing Maxine wieder an zu kichern. „Benbow hat mich auf eine Party in seine Kellerbar eingeladen. Er hat einen neuen Cadillac", sagte sie. „Der ist viel besser als dein alter Dynaflow."

„Mann, sieh dir mal an, wie abgefüllt die Alte da ist", sagte ein Typ zu seinem Kumpel, mit dem er zusammen an der Ecke stand.

„Dir könnte es auch viel besser gehen, Slim", sagte Jake, verärgert über die Art, wie Maxine in ihren Stöckelschuhen im Zickzack dahintorkelte.

„Warum haust du nicht einfach ab, wenn es dir nicht paßt, wie ich gehe?"

„Wenn ich nicht so ein Dummkopf wäre, würde ich das auch tun."

Maxine sah Jake an. „Ich glaub nicht, daß du ein Dummkopf bist", sagte sie sanft. Sie drückte seinen Arm fest mit ihrer Hand.

Er hatte vor, sich an der Tür von Maxine zu verabschieden, aber er schaffte es nicht. Maxine redete im Kreis, wie das Betrunkene häufig tun, und dennoch wußte Jake, daß sie keinen Rausch hatte. „Bleib noch etwas bei mir", bat sie Jake. Sie ließ ihn auf dem Bett Platz nehmen, setzte sich auf seinen Schoß und schmiegte ihr Gesicht an seine Schultern. Sie erzählte ihm eine Menge Dinge. Sie sagte ihm, daß sie nicht albern sein und sich wie ein kleines Mädchen benehmen wolle. Sie sagte ihm, daß ihr Vater gestorben sei, und daß es niemanden mehr gäbe, an den sie sich wenden könne. Sie sagte, sie habe Angst und schäme sich, daß sie sich vor dem Leben fürchte, daß sie versucht habe, so zu werden, wie er es ihr gesagt hatte, daß sie aber nicht so stark wäre wie er. „Ich mag dich noch immer, Jake", gestand sie mit zitternder Stimme. „Obwohl... alles aus ist zwischen uns."

Warum hatte sie ihn dann angesehen? Warum konnte sie ihr Gesicht nicht einfach an seiner Schulter lassen und ihn nicht so ansehen? Als sie atmete, war es so, als fühlte er jeden einzelnen Muskel ihres Körpers beben. Sie wand sich in seinem Schoß und preßte ihren Körper gegen seinen, während ihr die Tränen über die Wangen liefen. Sie hielt ihn fester und versuchte, sich wieder zu beherrschen. Sie massierte seine Schultern in einer langsamen Kreisbewegung. Es war, als zünde man mit einem Streichholz die Flamme eines Gasofens an. Er spürte nicht einmal, wie sie mit ihren Zähnen seinen Nacken bearbeitete. Sie war ganz ungeduldig, ließ ihm keine Zeit und traf ihn unvorbereitet. Seine Schultern waren völlig benetzt von ihren Tränen.

„Ich wollte dir nicht weh tun, Slim", sagte Jake.

Sie war nicht in der Lage, etwas zu sagen. Ihre Fingernägel hinterließen Spuren auf seinen Schultern. In der Wohnung auf der anderen Seite des Flurs war ein Radio zu hören, das durch die dünnen Wände plärrte. Arthur Prysock sang mit ausdrucksstarker Baritonstimme die Schnulze ...*I wonder where our love has gone...*

24

Der Festsaal der High School war überfüllt mit den Verwandten des Abschlußjahrganges. Jake und Scar saßen oben auf dem Balkon in der vierten Reihe von hinten. Von ihrem Platz aus wirkte die Bühne wie eine riesige Masse kastanienbrauner Roben mit weißen Kragen und braunen Flecken, wo die Köpfe zu vermuten waren. Die Schulband spielte einige Sätze aus der *New World Symphony*. Der Chor sang Spirituals. Die überraschend reifen Baßstimmen bildeten einen abwechslungsreichen Hintergrund zu den temperamentvollen hohen Sopranstimmen. Die Glatze des Direktors leuchtete im Licht der Scheinwerfer und spiegelte sich funkelnd im Zuschauerraum wider, während sein Kopf ruckartig im Rhythmus der abgedroschenen Rede, die er jedes Jahr im Januar und im Juni hielt, auf und nieder ging. Die Glatze dieses Mannes schien seine Persönlichkeit zu betonen. Er hatte sicher jahrelang gebuckelt und geschleimt und dabei seine Haare eingebüßt. Sein Leben stand im krassen Gegensatz zu der leuchtenden Botschaft, die er den Schülern mit auf den Weg gab. Seine kraftlose Stimme verstärkte noch den Eindruck, daß eine derartige Rede zu Unrecht über die Lippen eines solchen Mannes kam. Das Publikum lächelte den Direktor breit an. Dieses Grinsen konnte alles bedeuten.

Jake, der sich darauf konzentriert hatte, Armenta unter all den Roben auszumachen, gab dieses Vorhaben schließlich als hoffnungslos auf. Scar hatte eine wirksamere Methode, sich dem zu entziehen, was der Direktor sagte. Er war einfach eingeschlafen. Schließlich wurden die Schülerinnen und Schüler einzeln aufgerufen, auf die Bühne zu kommen, um ihr Zeugnis in Empfang zu nehmen. Das Publikum wurde gebeten, bei der Überreichung der Zeugnisse nicht zu klatschen. Diese Aufforderung wurde nicht beachtet. Der Beifall zeigte an, wie beliebt eine Schülerin oder ein Schüler war und wie viele Verwandte von ihr oder ihm anwesend waren, und es war daher für Jake oder Scar keine Überraschung, daß Armenta sehr starken und Kenny fast keinen Applaus bekam.

Das Publikum verteilte sich, um die frischgebackenen Abiturienten auf dem Gang im zweiten Stock zu beglückwünschen. „Wir treffen uns beim Auto", sagte Scar zu Jake und führte Kenny von den ausgelassenen Verwandten weg, die ihre Lieben umschwärmten. Von Kennys Familie war niemand gekommen, und Scar wollte ihr keine Gelegenheit geben, sich darüber Gedanken zu machen. Er erinnerte sich, wie einsam Maxine im vorigen Jahr ausgesehen hatte.

Mr. Arnez war fast herzlich zu Jake, als dieser schließlich Armenta von ihren gratulierenden Angehörigen fortführte.

„Ich hoffe, sie bleiben nicht zu lange weg heute", sagte Mr. Arnez zu seiner Frau.

„Das werden sie sicher nicht", sagte Mrs. Arnez.

„Nun ja, diese Sache erledigt sich mit dem heutigen Tag sicher von selbst. Wenn wir Armenta jetzt auf das College schicken, brauchen wir uns endlich keine Sorgen mehr zu machen, daß dieser Vogel ihr dorthin nachfliegt. Wenn sie erstmal dort ist und mit den richtigen Leuten zusammenkommt, wird sie ihn bald vergessen haben", sagte Mr. Arnez mit Genugtuung.

25

Auf dem Abschlußball der High School trugen Kenny und Armenta schulterfreie Abendkleider – Kenny eine elegante Imitation des teuren Modellkleides, von dem Armenta das Original anhatte.

Jake und Scar waren angezogen, wie es sich gehörte. Sie fühlten sich aber unwohl in ihren Smokinghemden, den leichten Sommerjacketts, Smokinghosen und blankpolierten schwarzen Lederschuhen.

Kenny lieferte den Gesprächsstoff für den Ball. Sie hatte eine weiße Orchidee auf ihrem blauen Kleid über dem Busen angesteckt. „He, Baby, machst du das Kleid so, oder macht das Kleid dich so, oder macht ihr es euch gegenseitig?" fragte Scar.

„Ach, halt doch die Klappe", entgegnete Kenny.

„Unterhältst du dich gut?"

„Dumme Frage", sagte Kenny. Ihre Augen waren ganz lebendig vor Aufregung.

„Manchmal soll man sich auch gut unterhalten", sagte Scar.

„Ach, Alonzo", sagte Kenny und strich ihm zart mit den Fingern über den Hals. „Du bist wirklich verrückt."

„Du bist ein braves Mädchen", sagte Scar. „Ich hoffe, du wirst eines Tages glücklich sein."

„Ich bin jetzt glücklich."

„Jetzt ist eine so kurze Zeitspanne", sagte Scar. Sie tanzten zur Musik von Percy White, einer Band aus ihrem Ort.

„Scar hat mich reingelegt", erzählte Jake Armenta, als sie in der Ecke saßen und Scar und Kenny beim Tanzen zusahen.

Armenta lächelte. „Wie denn?" fragte sie.

„Mit dieser weißen Orchidee. Wir haben ausgemacht, daß wir Orchideen besorgen, aber mein Gott, er muß doch ein Vermögen für dieses weiße Teil ausgegeben haben."

„Dieses schäbige, alte purpurrote Teil ist gut genug für mich", sagte Armenta.

„Orchideen, die gut genug für dich wären, werden noch gar nicht gezüchtet."

Armenta drückte Jakes Hand ganz fest. Sie lächelte. Es war ein trauriges Lächeln.

„Was bedrückt dich?" fragte Jake.

„Ach, nichts", sagte Armenta und drückte seine Hand wieder ganz fest.

„Komm schon, hör auf", sagte Jake. „Geht dir dieser Laden hier nicht auf den Wecker?"

„Genau das ist es. Ja, genau. Ich wünschte mir nur..."

„Ich dachte, du bist deiner schüchternen Phase schon entwachsen?"

„Ich mußte gerade an Mary denken", sagte Armenta.

„Mary?"

„Mhmm, Mary Ballard. Sie hat den Abschluß nicht geschafft", sagte Armenta nachdenklich.

„Es gibt immer jemanden, der es nicht schafft", entgegnete Jake.

„Aber sie war die Drittbeste", erwiderte Armenta und schüttelte den Kopf. „Wir waren gute Freundinnen. Wir wollten zusammen aufs College gehen."

Auf der Tanzfläche stieß Kenny Scar von sich weg. „Halt mich nicht so eng", sagte sie. „Du zerdrückst mir noch die Orchidee."

„Wenn ich gewußt hätte, daß dieses verdammte Ding sich zwischen uns drängt, dann hätte ich sie nie gekauft", sagte Scar.

„Das hättest du auch nicht tun sollen", sagte Kenny und lächelte aus tränenverschleierten Augen.

Scar zuckte die Schultern. Anders als Jake war er immer verlegen, wenn sich jemand bei ihm für etwas bedankte, und daher tat er es ab, als wäre es nichts. Er sah Pearl an sich vorbeitanzen und versprach ihr, nach dieser Nummer zu ihr zu kommen. Beim nächsten Tanz ließ er Kenny bei Armenta und Jake und tanzte mit Pearl. Scar fühlte sich wie ein Schwamm. Er spürte, er mußte jede einzelne Minute mit all seinen Freundinnen und Freunden hier in sich aufsaugen. Er fragte sich, ob es ihnen allen bewußt war, daß dies für viele von ihnen das letzte Mal sein würde, daß sie sich sahen.

„Sie himmelt dich noch immer an... Curt meine ich", flüsterte Pearl Scar ins Ohr.

„Das wird sich schon legen", erwiderte Scar.

Scar sah ein paar seiner alten Mannschaftskollegen in einer Ecke und gesellte sich zu ihnen, nachdem er Pearl von der Tanzfläche geführt hatte.

„Wir haben dich letztes Jahr vermißt", sagte Mike.

„Ihr habt gut gespielt", sagte Scar.

„Ja, aber wir hatten niemanden, der in der Lage gewesen wäre, in letzter Minute noch die Kastanien aus dem Feuer zu holen, so wie du es immer gemacht hast."

„Ach, ich hab noch nie sowas Tolles gesehen wie das Zusammenspiel von Flakes und Hill", sagte Scar. „Erinnert ihr euch noch an den Paß, den er in der letzten Minute des Spiels gegen Riddick geschossen hat? Ich verstehe bis heute noch nicht, wie es ihm überhaupt gelingen konnte, den Ball wegzuschießen, wo doch alle über ihn hergefallen sind, und dann noch dazu so weit. Der Ball muß gute fünfzig Meter geflogen sein. Und habt ihr gesehen, wie Hill dann aus dem Nichts aufgetaucht ist, um ihn anzunehmen? Und das mit nur einer Hand. Wie der diesen Ball fangen konnte, wird mir immer unbegreiflich bleiben."

„Er fängt sie alle mit einer Hand", sagte Flakes.

„Nur die hart geschossenen", sagte Hill.

Armenta saß in einer Ecke, nippte an ihrem Punch und sah Jake und Kenny beim Tanzen zu. Rudolph hätte versucht, jede Nummer mit ihr zu tanzen. Rudolph war so verläßlich. Rudolph war so langweilig. Jake sollte mal besser nicht vergessen, wer seine Freundin ist, dachte sich Armenta.

Burnell kam vorbei und forderte Armenta zum Tanzen auf. Sie glitten über die Tanzfläche. Burnell war ein guter Tänzer. „Wie läuft es bei dir und Jake?" wollte Burnell wissen.

„Keine Klagen."

„Wenn ich so eine tolle Freundin wie dich hätte, würde ich sicher mit keiner anderen tanzen", sagte Burnell.

„Beatrice sieht auch nicht schlecht aus. Ihr laufen doch die ganzen Jungs aus der Schule nach."

„Sie sieht lange nicht so gut aus wie du."

„Na, du hast vielleicht eine Art."

„Das sind doch nur Worte", sagte Burnell.

„Das weiß ich und ich weiß auch, daß du Beatrice verfallen bist."

„Ich würde mir gern sicherer sein, wie sie zu mir steht."

„Meinst du das im Ernst?"

„Wir werden heiraten", sagte Burnell unsicher.

„Wunderbar", sagte Armenta und meinte es auch so. „Es freut mich, das zu hören."

„Ich weiß nicht, wie es laufen wird, ich gehe zur Air Force."

„Es wird klappen", bestärkte ihn Armenta. „Weil du es so willst."

„Ich wünschte, ich wäre mir so sicher wie du", sagte Burnell.

Nach dem Tanz erzählte Armenta Jake von Burnell und Beatrice.

„Ein Beweis mehr für meine Theorie, daß Frauen gefährlich sind", sagte Jake.

„Er geht zur Air Force", sagte Armenta.

„'ne harte Sache", sagte Jake und zog eine Augenbraue in die Höhe.

„Was soll daran falsch sein?"

„Ich habe immer gehört, daß eine räumliche Trennung das Herz empfänglicher macht – für jemand anderen", fügte Jake hinzu.

„Jake", sagte Armenta. „Glaubst du denn nicht, daß ein Mädchen treu sein kann?"

„Weder Mann noch Frau", sagte Jake und schüttelte den Kopf.

„Jake", sagte Armenta schmollend.

„Ich glaube nur eines."

„Und das wäre?"

„Sie werden es versauen."

„Glaubst du, daß ich das auch machen würde?" Zweifel ließen Armentas Stimme noch tiefer erscheinen, als sie es sonst schon war.

„Ich wünschte, ich könnte das Gegenteil glauben."

„Also, ich würde es nicht machen."

„Ich hoffe, ich muß das nie rausfinden."

„Ich würde es nicht machen", wiederholte Armenta.

„Das ist leichter gesagt als getan."

Auf der Toilette standen die Mädchen herum und unterhielten sich.

„Das hätte ich mir gleich denken können, daß Armenta Arnez versuchen würde, so anzugeben", sagte eines der Mädchen.

„Ja, und Kenny wird schon so wie sie, seit die beiden miteinander ausgehen."

„Wer hat schon je davon gehört, daß jemand eine weiße Orchidee auf einem High-School-Ball trägt?"

„Du bist ja nur neidisch, Schätzchen, weil dein Typ dir keine besorgt hat."

„Die, die du da trägst, Baby, sehen aus wie einfache Nelken für eineinhalb Dollar."

„Wie recht du hast. Genau wie deine, Schätzchen. William hätte mir auch eines dieser zarten, kleinen, teuren weißen Dinger kaufen können."

„Scar war sowieso schon immer ein Angeber. Bei ihm muß man mit sowas rechnen."

„Du bist wahrscheinlich selbst in Scar verknallt. Was willst du hier überhaupt gerade beweisen?"

„Ich will gar nichts beweisen, aber William hätte auch ruhig ein bißchen angeben können wie Scar."

„Möchte gerne wissen, was der an der alten schwarzen Kenny findet."

„Jetzt beruhige dich mal wieder, du betrunkene Schnalle", sagte Pearl. „Kenny ist eines der süßesten Mädchen, die je auf diese Schule gingen, außerdem hat sie eine tolle Figur, Schätzchen, und sie muß auch nicht in die Stadt fahren, um sich Schaumgummieinlagen für den Büstenhalter zu kaufen, wie einige Leute, die ich kenne."

„Soll das etwa eine Anspielung..."

„Ich mach kein Anspielung, ich sag's, wie's ist. Meine braucht man nur anzutippen, um zu wissen, die sind echt und ohne Kissen!"

Die Stimmung wurde gespannt. „Ach, Kenny ist in Ordnung", sagte ein Mädchen, „aber diese Armenta..."

„Was ist mit ihr?" fragte Curt.

„Ich versteh nicht, was Jake in ihr sieht."

„Hast du dir schon jemals ihre Beine angesehen?" fragte Curt.

„Oder die Brüste?" fügte Pearl hinzu.

„Die beiden werden nicht lange zusammenbleiben."

„Nee, Jake hält sich nie zu lange mit einem Mädchen auf", sagte Geneva.

„Er ist wirklich ein gutaussehender dunkler Junge."

„Ich hab schon dunklere gesehen."

„Ich hab schon hellere gesehen."

„Und er trägt wirklich tolle Klamotten."

„Und hat Geld."

„Und einen Dynaflow..."

Jake tanzte gerade wieder mit irgendeinem anderen Mädchen. Armenta saß in der Ecke und unterhielt sich mit Gertrude, einem mageren Mädchen mit Sommersprossen im Gesicht, die ihren Abschluß mit dem besten Zeugnis gemacht hatte. „Ich sag das nicht gern. Ich weiß, ich sollte nicht..."

„Du solltest was nicht?" fragte Armenta. Jake sollte lieber mal wieder zu ihr kommen, dachte sie.

„Hast du das von Mary schon gehört?"

„Nein."

„Es war ihr Baby, das sie in der Toilette gefunden haben", sagte Gertrude. „Deshalb war sie beim Abitur nicht dabei."

„Mary!" sagte Armenta.

„Ja, es stimmt", sagte Gertrude.

„Aber sie war immer so nett."

„Das beweist doch nur, daß man bei manchen Leuten nie weiß, wie sie wirklich sind", sagte Gertrude.

„Was?" sagte Armenta, noch immer schockiert.

„Ach, nichts", sagte Gertrude. „Mir könnte das jedenfalls nicht passieren", sagte sie mit einem frommen Gesichtsausdruck.

„Nein, ich glaube, dir könnte das wirklich nicht passieren", sagte Armenta. „Weil du gar keinen Freund hast."

Armenta war tief getroffen. Mary war eine ihrer engsten Freundinnen. Sie war die Drittbeste in der Klasse, gleich hinter Gertrude und Armenta. Armenta kam einfach nicht darüber hinweg. Als Jake zurückkam, versuchte sie, ihre Tränen zu unterdrücken.

„Mary hat ein Baby bekommen", erzählte sie Jake. „Deshalb hat sie beim Abitur gefehlt."

„Mary Ballard?"

„Ja, sie haben es... in... in der Kloschüssel gefunden." Armenta schauderte. „Erinnerst du dich noch, ich habe dir davon erzählt."

„Sowas kann vorkommen", sagte Jake.

„Aber sie war so nett."

„Zu einem war sie besonders nett."

„Und so gescheit..."

„Und so menschlich", sagte Jake.

„Tut dir denn nie jemand leid, Jake?" fragte Armenta, die glaubte, ihren Ohren nicht trauen zu können.

„Nicht, wenn ich es vermeiden kann."

Armenta sah Jake an. Er griff nach ihrer Hand und drückte sie. Jake schockierte immer alle. Er hatte immer etwas Faszinierendes an sich. Jetzt fragte sich Armenta, ob ein Großteil dieses Reizes nicht eher die Faszination des Schreckens war. Sie konnte einfach nicht glauben, daß Jake das ernst meinte. Kein menschliches Wesen konnte so etwas ernst meinen. Auch sie drückte jetzt seine Hand. Als er mit ihr tanzte, hielt er sie sehr eng umschlungen.

...*Hey little girl*..., spielte die Band, ...*I've got eyes for*...

„Ich habe ein Stipendium für die Central State", sagte Flakes gerade. „Ich werde der beste kleine Quarterback sein, der jemals dort gespielt hat."

„Du bist der einzige Angeber, der wirklich so gut ist, wie er von sich behauptet", sagte Scar.

„Dann ist er doch kein Angeber. Dann führt er einfach Tatsachen an", sagte Williams.
„Wohin gehst du? Auf die Country?" fragte Scar.
„Xavier."
„Das bedeutet, daß du und Scott gegeneinander spielen werdet, wenn Xavier gegen die Country antritt."
„Ja."
...*Hey little girl, I got eyes for you*...
„Zu blöd, daß ihr nicht alle Stipendien für dasselbe College bekommen habt", sagte Scar.
„Wie recht du hast."
...*Hey little girl, what you gonna do*...
„Du solltest mit mir auf die Central kommen", sagte Flakes zu Scar. „Jetzt hält dich doch nichts mehr davon ab, auch zu studieren."
„Eigentlich nicht", log Scar. „Vielleicht werd ich es irgendwann einmal machen", fügte er hinzu und glaubte es fast selber.
...*Hey little girl, ain't you mighty fine*...
„Warte nur nicht zu lange", riet ihm Flake.
...*Hey little girl, ain't you mighty fine*...
„Ich schau mal lieber nach meinem Tiger", sagte Scar, der nicht länger darüber sprechen wollte.
„Gute Idee. Sollten wir alle tun."

Scar saß in der Ecke und wartete, daß Kenny von der Tanzfläche zurückkam. Jetzt war alles vorbei. Die Begeisterung des Abends wich den harten Tatsachen der Wirklichkeit. Er sah, wie sich Jake und Armenta Wange an Wange auf der Tanzfläche bewegten. Den hat es wirklich voll erwischt, dachte Scar bei sich. Mann, ich brauche einen Schuß.
...*Hey little girl*...
Scar hoffte, daß die Tanzveranstaltung beendet war, bevor ihm schlecht wurde, bevor der Entzug einsetzte.
...*Hey little girl, I'm in love with you*...
Und so verging die Nacht, der bittersüße Abschlußball, das letzte Beisammensein der Klasse.
...*Hey little girl, I'm in love with you*...

Und dann trennten sich ihre Wege...
...*I'll do anything, baby, anything in the world for you...*

26

Im Juli war es immer heiß. Dieser Juli war keine Ausnahme. Abgesehen von Lokalen wie Molly's und Booker's Billardkneipe, in denen es sich erst um zwei Uhr morgens auf natürlichem Wege abkühlte, waren die Bars und öffentlichen Einrichtungen auf der Welch Street mit Klimaanlagen ausgestattet. Das Treiben auf der Straße war so leidenschaftlich wie das Wetter. Die Leute zogen sich dementsprechend an und ließen sich durch die Hitze von nichts abhalten. Sie verteilten sich auf den Straßen wie Spielkarten, die zwischen unsichtbaren Spielern hin und her wanderten. Die Welch Street kochte vor Hitze.

Die Typen, die im Booker's herumhingen, hatten Panamahüte zu zehn Dollar auf dem Kopf, trugen T-Shirts und Levis-Jeans und Schuhe von Stacey Adams. Das New-York-Spiel nahm gerade ein jähes Ende. Scar hatte die Begeisterung seiner Mitspieler gedämpft. Die Typen, die in die internen Regeln eingeweiht waren, hatten sich gegen ihn abgesprochen. Sie verrieten sich heimlich gegenseitig die Nummern, der Billardkugeln, die sie gezogen hatten, und versenkten dann nicht ihre eigenen Kugeln, sondern die der anderen, aber Scar machte trotzdem das bessere Spiel. Je größer der Druck war, den sie auf ihn ausübten, umso exakter traf er seine Kugeln. Wenn es ihnen nicht gelang, Scars Kugeln mit ihren eigenen so zu blockieren, daß er die einzulochenden Kugeln nicht mehr treffen konnte, dann hatte Scar das Spiel in der Hand. Dies geschah zu oft und gefiel ihnen nicht. Seine eigentlich miteinander verschworenen Spielgegner wurden wütend aufeinander. Scar war längst klar, was sie gegen ihn ausgeheckt hatten, und hatte seinen Spaß daran. Er war mit zehn Dollar im Vorsprung, als Jake hereinkam.

„Was läuft so, Präsident?" sagte Booker und probierte den neuen Ausdruck aus, den sich die Jugendlichen für ihren Anführer ausgedacht hatten.

„Es heißt: ‚Was läuft so, Präs'", sagte Scotty.

„Präs oder Präsident. Wo liegt da der Unterschied?" gab Booker zurück.

„He, Leute", sagte Jake und sprach die ganze Runde an. „Was geht denn bei euch ab?"

„Wir haben gehört, daß deine Alte aufs College geht", sagte Booker zu Jake.

„Ja, so sagt man."

„Mann, machst du dir keine Sorgen, daß dir die Collegefritzen dazwischenfunken könnten? Die hängen da mit ihr zusammen über Büchern, haben Ahnung von Psychologie und all dem Kram, und du bist nicht dabei. Mann, das würde mir keine Ruhe lassen, wenn ich du wäre."

„Du bist aber nicht ich", sagte Jake.

„Alles klar, Präsident, bleib cool", sagte Booker.

„He, Mann, hör mal", sagte Jake zu Scar, „laß die Jungs hier mal 'ne Pause machen und komm mit mir und wir hör'n uns Tree im Zodie's an. Cage ist in der Stadt, und du weißt ja, daß sie immer zusammen jammen, wenn er hier ist."

„Ob die beiden sich wieder ihre Flüche um die Ohren hauen?"

„Machen sie doch immer, oder?"

„Da wird sicher wieder irre", sagte Scar, „aber vielleicht wollen die Jungs ja lieber ein Revanchespiel versuchen..."

„Das ist doch nicht dein Ernst, oder?" sagte Scotty. „Wenn du nicht mehr mitspielst, kann vielleicht einer von uns 'n bißchen Kohle machen."

Scar lachte. „Reine Glückssache, Mann. Reine Glückssache." Er stellte seinen Billardstock in den Halter. Das Spiel ging ohne ihn weiter.

Draußen auf der Straße hörte man die Klänge der Nacht. Das Schreien eines Babys, Kinder, die in den Hausdurchgängen Kriegen spielten. Stimmen von Jungen und Mädchen, die sich in Hausfluren herumdrückten. Das schrille Läuten der Alarmglocke von Judiheimers Pfandleihe, wo das gähnende Loch in der Fensterscheibe gegen den gerade erfolgten Gesetzesbruch protestierte.

Im Zodiac saßen Jake und Scar mit dem Rücken zur Bar, damit sie auf die Bühne sehen konnten, auf der Tree mit seiner

Gruppe spielte. Cage war noch nicht aufgetaucht, und die Menge wartete gespannt auf seinen großartigen Auftritt. „Was treibt Spider so? Hab ihn schon lange nicht gesehen", sagte Jake.

„Er hängt die ganze Zeit mit Evelyn zu Hause 'rum. Es würd mich nicht wundern, wenn die beiden noch heiraten."

„Ja, genau", sagte Jake. „Der Typ meint's ernst, oder?"

„Muß wohl so sein, demnächst bindet er sich noch 'ne Spießerkrawatte um."

„Na ja, die gehen ja wirklich schon lange miteinander."

„Und Spider hat immer schon gesagt, daß er mit einundzwanzig heiraten will."

„Das war vielleicht 'ne verrückte Geburtstagsparty damals."

„Ja", lachte Scar. „Ich fand Spider zum Totlachen, als er dieses Zeugs redete. Er meinte doch tatsächlich, er sei schon zu alt für eine Geburtstagsabreibung, aber die Jungs haben ihn trotzdem in die Mangel genommen. Das erinnert mich gerade an was, Mann. Ich hab gehört, die Cootas haben vor, sich einen Namen zu machen und was gegen die Termites zu unternehmen."

Jake zuckte die Achseln. „Nur Dummköpfe begehen Selbstmord. So blöd ist Specs nun auch wieder nicht. Aber, wie dem auch sei, wir gehören eh nicht mehr zu den Termites."

„Aber du weißt ja, einmal ein Termite, immer ein Termite."

„Wen kümmert so ein Spruch schon? Ist mir egal, ich werde vielleicht nicht mehr lange in dieser Stadt bleiben."

„Nee?"

„Nee!"

Der Scheinwerferkegel, der auf die Bühne strahlte, änderte plötzlich seine Richtung und strich über die Gäste hinweg zur Tür. Tree trompetete wie ein Elefant auf seinem Tenorsaxophon, das in seinen gigantischen Händen eher klein aussah. Er krümmte seinen Zweimeterkörper Richtung Tür und ließ sein Saxophon ein tiefes Stöhnen von sich geben.

„Leg los", rief Scar.

Tree hob das Saxophon gegen die Decke, warf den Kopf nach hinten und spielte ein paar kurze Phrasen, um den erfolgreichen Sohn der Stadt willkommen zu heißen. Trees kräftige

Gestalt vibrierte nicht weniger als das Saxophon, seine kraftvolle Lunge ließ klare, schrille Töne erklingen.

Unscheinbar und mit einem Lächeln auf dem Gesicht stand Cage in der Tür. Sein schmächtiger Körper hielt ein Altsaxophon umschlungen, das fast so groß war wie er. Cage hatte den Glanz des Erfolges an sich. Wenn er grinste, funkelte ein goldener Backenzahn auf, und wenn er sein golden schimmerndes Saxophon an die Lippen hob, glitzerten Goldringe an seinen Fingern. Cage antwortete Tree mit den scharfen, frivolen Tönen seines Altsaxophons. Die Menge tobte.

Da-de-da-de-da-zee-dop, blies Tree. *Mach ihn nieder, den Scheißkerl...*

Zee-de-da. Zee-de-da, antwortete Cage. *Selber einer, selber einer...*
Donnernder Applaus.

Da-de-da-de-zee-dop, blies Tree.

Du bist selber einer, antwortete das Altsaxophon.

Hast deine Fanny Brown reingelegt.

Ist dieses Mädchen noch immer in der Stadt? fragte das Altsaxophon.

Tree blies heiße, kurze Töne und forderte Cage auf, auf die Bühne zu kommen, wo er ihn vorführen konnte.

Cage stieg auf die Herausforderung ein. Er kämpfte sich durch die Menge, und blies unter rythmischen Bewegungen wilde Beleidigungen aus seinem Horn. Tree antwortete grell und laut mit seinem Tenorsaxophon.

Stürmischer Applaus.

„Mann, die beiden sind wahnsinnig."

„Sie sind mit Abstand die coolsten", stimmte Scar ihm zu.

Zee, *ba-de-ba-zee, be-zee-ba*. *Nimm dir besser ein weißes Mädchen*, blies Cage, als er auf die Bühne stieg. Zee-*ba, dedezee, deba, zee-de*. *Und laß die Niggerweiber in Ruhe.*

Zee-ba-bop-ba-bop-ba-ba, zee-ba-ba-bop-ba-ba. Ich will dich stöhnen hören, Baby, ich will dich stöhnen hören!

Spiel lieber mit einem hübschen, kleinen weißen Mädchen, als auf einem Saxophon.

Zee, da, ba, de, de, Zee-d-da, de-de. Ist er nicht komisch, ist er nicht komisch? blies Tree.

Die Menge lachte. „Was hat er gesagt?" wollte eine Frau wissen. Manche sahen sich lachend an, waren mitgerissen vom Rhythmus der Musik, doch die Aussage verstanden sie nicht. Sie baten diejenigen, die mehr Ahnung hatten, sie einzuweihen. Doch die sagten nur, immer schön cool bleiben, damit ihnen selbst nichts entging vom Geschehen auf der Bühne. Und die Spießer machten einfach mit und ließen sich von der Leidenschaft der Musik gefangennehmen.

Behalt nur dein hübsches weißes Mädchen mit seinem hübschen goldenen Lockenköpfchen. Ich nehme lieber eine Süße mit flacher Zunge und großem Busen, weil die sich auskennt im Bett. Cage ließ vor lauter Lachen fast sein Horn fallen.

Zee, da-da-be-bla-aa, blies Cage.

Zee-de-bop, zee-de-bop.

Jetzt wurden Tree und Cage richtig garstig.

„Wann willst du denn abhauen?" wollte Scar von Jake wissen.

„Nicht, bevor die mit ihrer Session fertig sind" antwortete Jake.

„Nein, nicht von hier, ich meine, wann verläßt du diese Stadt, Mann?"

„He, hör dir Tree an", sagte Jake.

„Ja, ja, ich krieg ihn schon mit", sagte Scar. „Du mußt wohl auf eine Goldmine gestoßen sein, daß du von hier abhaust, wo du doch hier so viel Kohle machst."

„Ich werde Monk anhauen, ob ich nicht in J City das gleiche Geschäft für ihn abwickeln kann", sagte Jake.

„Du meinst dort, wo das Lincoln College ist?"

„Ja, genau."

„Also das heißt, du gehst mit Armenta zusammen dorthin?"

„Wenn ich Monk dazu überreden kann."

Scar wußte nicht, was er sagen sollte. Jake war Armenta verfallen, das war klar, aber, oh Gott... nur aufs College zu gehen, um...Vielleicht war er nur eifersüchtig, weil er selber nicht aufs College gehen konnte. Trotzdem, wie zum Teufel nochmal konnte Jake glauben, daß Monk ihm das erlauben würde? „Hast du Angst, daß sich jemand an deine Alte ranmacht, wenn du nicht in ihrer Nähe bist?"

„Du denkst genau wie Booker", sagte Jake. „Ich möchte mir vielleicht einfach nur was von dem Studentenleben reinziehen, das ist alles. Man sagt doch, daß etwas Bildung nicht schaden kann."

Scar ließ das Thema fallen. Es war das erste Mal, seit er ihn kannte, daß Jake sich als Träumer entpuppte. Wer auch nur einen Funken Verstand im Leib hatte, wußte genau, daß Monk Jake sicher nicht nach J City gehen lassen würde, und ihn dann auch noch weiter für sich arbeiten lassen... nein, auf keinen Fall. Scar fragte sich, was Maxine wohl gerade tat.

Jake hätte Scar beinahe den wirklichen Grund genannt, wieso er nach J City gehen wollte, aber Scar hatte ohnehin schon seine Vermutungen. Eigentlich hatten es alle schon vermutet. Er war froh, daß er Scar nicht die ganze Wahrheit erzählt hatte. Mann, wie die alle gelacht hätten. Aber sie hätten so oder so gelacht. Zum Teufel mit ihnen, sollen sie ruhig lachen! Doch wie sollte er es anstellen, Monk zu überreden? Mann, es mußte irgendeinen Weg geben, wenn ihm doch bloß einer einfiele. Er hatte auf keinen Fall vor, mit dem Dealen aufzuhören, das war sicher, für nichts auf der Welt, nicht einmal für Armenta.

Tree blies eine neue Phrase auf seinem Tenorsaxophon, doch bevor er damit fertig war, beendete Cage sie für ihn. Tree schimpfte Cage einen Hurenbock. Cage blies eine neue Phrase, und Tree unterbrach ihn, indem er seine dagegensetzte. Musik und Applaus gingen ineinander über.

27

Spider verließ das Brook Brothers Tailor Shop unten an der Ecke Kinkel Street und Broadway. Brook Brothers war eine der teuersten Schneidereien im Stadtzentrum. Er trug seinen neuen Anzug in einer Schachtel unter dem Arm. Seine neuen Greenfield Wildlederschuhe waren noch ziemlich steif und kaum eingelaufen. Mann, ich werde jetzt wirklich ein scharfer Typ, sagte er zu sich selbst. Er nahm die Würfel aus seiner Tasche, küßte sie und steckte sie wieder ein. Er überquerte den Broadway und ging zur Third Street hinunter, wo er an der

Kreuzung links abbog. Er ging noch bis zum Ende des Häuserblocks und lehnte sich dann an einen Zeitungskiosk.

„Eine Zeitung, mein Herr?"

„Sowas lese ich nie."

„Wie wollen sie dann auf dem laufenden bleiben mit dem, was in der Welt passiert?" fragte der Zeitungsverkäufer.

„In meiner Welt weiß ich, was passiert." Es war fünf Uhr. Evelyn müßte jede Minute vorbeikommen, dachte Spider.

Wie schnell trippelnde Ameisen strömte eine endlos scheinende Reihe von Angestellten aus dem Lane Bryant Gebäude. Spider wartete fünf Minuten bis er Evelyn endlich entdeckte. Sie sah ihn und wollte gerade bei Rot die Straße überqueren, als sie der Verkehrspolizist verärgert auf den Bürgersteig zurückwinkte. „In dieser Stadt haben wir Gesetze gegen unachtsame Fußgänger", rügte er sie und ließ sie schließlich die Straße überqueren.

„Tut mir leid", sagte Evelyn, „ich war mit meinen Gedanken gerade woanders."

Evelyn lächelte und hakte sich bei Spider ein.

„Schwer gearbeitet?"

„Es geht so."

„Hast du die Leute wegen Kenny gefragt?"

„Mhmm. Ich laufe ihnen deshalb schon seit Wochen hinterher. Ich weiß, daß Kenny aus dieser dampfenden alten Wäscherei weg will, aber zur Zeit gibt es keine freie Stelle."

„Laß uns irgendwo hingehen und was futtern."

„Meine Mutter wartet zu Hause mit dem Essen auf mich", sagte Evelyn.

„Dann trinkst du eben einfach 'nen Milchshake oder sonst was, während ich was esse", sagte Spider. „Mir schmeckt das Essen zu Hause nicht."

„Ach, Bert!" Evelyn war wütend, als er sie in ein Walgreen Drugstore führte und sie in ihrer Ecke lange auf die Bedienung warten mußten. „Ich werde zu spät nach Hause kommen."

„Wir nehmen dann einfach ein Taxi", sagte Spider.

„Du solltest nicht so mit dem Geld um dich schmeißen."

„Das Leben kostet eben was", verteidigte sich Spider.

„Ich werde mir den Appetit verderben", sagte Evelyn und nippte an ihrem Milchshake, während Spider ein Steak mit Pommes Frites und einem gemischten Salat aß. „Wieviel kostet das alles zusammen?"
„Einen Dollar fünfundsechzig."
„Du bist wirklich verschwenderisch."
„Gute Dinge haben eben ihren Preis", sagte Spider.
„Wenn du schon soviel Geld hast, solltest du mich lieber gleich zwanzig Dollar sparen lassen, anstatt der zehn."
„Müssen wir schon wieder damit anfangen?"
„Wenn ich von meinem Lohn zwanzig Dollar sparen kann, sehe ich nicht ein, warum du das nicht auch kannst", sagte Evelyn.
„Im Gegensatz zu mir hast du zu Hause aber überhaupt keine Ausgaben."
„Bert, du könntest es aber trotzdem, wenn du nur wolltest."
„Du wirst ja eine richtige Pfennigfuchserin, wenn wir erstmal verheiratet sind", sagte Spider. „Übrigens, wann soll es denn endlich ernst werden?"
„Sobald du dazu bereit bist."
„Ich bin jetzt schon bereit."
„Nein, bist du nicht."
„Ich bin so bereit, wie ich nur sein kann", beharrte Spider.
„Sobald wir genug Geld haben..."
„Ach, hör doch auf damit, Baby, ich bitte dich."
„Wir können nicht einfach mit nichts anfangen."
„Wer hat nichts?"
„Wenn du mir mehr Geld zum Sparen geben würdest..."
„Mannomann, mein Baby denkt immer nur an das eine! Ich gebe auf", sagte er.
„Hast du vor..."
„Ja. So wie du immer auf der Kohle herumreitest, könnte man fast glauben, du hättest vor, damit aus der Stadt abzuhauen oder sowas", sagte Spider grinsend.
„Bert!" protestierte Evelyn und fand das gar nicht mehr komisch.
„Mann, das Essen war gut", sagte Spider schließlich. „Ich versteh nicht, wieso du dir die ganze Zeit wegen der Kohle

Sorgen machst. Man kommt so leicht an sie ran, wenn man erst einmal weiß, wie der Hase läuft."

„Mit dem Spielen mußt du auch aufhören; ich kann doch keinen Spieler heiraten."

„Oh verdammt", sagte Spider. „Na gut, ich werd mich morgen nach 'ner festen Arbeit umsehen." Was soll's, dachte er, er konnte sich irgendwo einen Halbtagsjob besorgen und ihr dann sagen, daß er eine feste Stelle habe. Den Unterschied würde sie nie bemerken. Nur ein Verrückter würde ganztags schuften, wenn er stattdessen ein paar Würfel über den Tisch rollen lassen konnte und wußte, daß das Glück auf seiner Seite war.

„He, ich will dir meine neuen Klamotten zeigen", sagte Spider. „Ich zeige sie dir gleich im Taxi."

28

Scar befand sich in Maxines Viertel, hielt sich aber in Kennys Wohnung auf. Kenny war nicht sehr gesprächig. Sie sagte Scar schließlich, daß sie keine Arbeit mehr habe.

„Wieso, was ist mit deinem Job?" fragte Scar.

„Ich hab gekündigt."

„Wann?"

„Gestern."

„Warum?"

„Ich habe diesen ganzen Dampf nicht mehr ausgehalten! Mir ist schlecht geworden davon", sagte Kenny entschuldigend. „Bist du sauer auf mich?"

„Wer? Ich? Nee. Eine Wäscherei ist ein sehr harter Job für ein Mädchen."

„Ich bin so froh, daß du nicht sauer bist", sagte Kenny. „Meine Mama hat einen Anfall bekommen. Sie hat gesagt, ich tauge nichts. Sie hat gesagt, daß sie achtzehn Jahre damit vertan hätte, mich aufzuziehen und mir ordentliche Kleidung zu kaufen, und nun, da ich endlich groß genug wäre, ihr etwas unter die Arme zu greifen, wäre ich zu störrisch zum Arbeiten."

„Hör mal, so schlimm ist das nun auch wieder nicht", sagte Scar, als er bemerkte, daß Kenny die Tränen kamen.

„Sie hat mich rausgeschmissen."

„Diese Schlampe."
„Sie ist meine Mutter."
„Sie ist trotzdem eine Schlampe."
„Sprich nicht so, Alonzo."
„Wo wirst du heute übernachten?" fragte Scar.
„Weiß ich nicht. Ich muß weg sein, wenn sie zurückkommt. Ich habe schon gebetet, daß du heute vorbeikommst", sagte Kenny. „Laß mich bei dir bleiben, bis ich was anderes finde."
„Du weißt nicht, was du sagst."
„Ich werd dir nicht zur Last fallen", sagte Kenny. „Ich werd nicht viel essen."
„Du verstehst nicht, was ich meine. Ein Mädchen kann es sich nicht leisten, sich in so eine Lage zu begeben."
„Ich muß aber irgendwo wohnen."
„Ja, du mußt irgendwo wohnen."
„Bitte!"
„Mir wäre lieber, es gäbe eine andere Lösung", sagte Scar.

Am nächsten Tag ging er Kennys Kleidung holen. Mrs. Waston war zu Hause. Als Scar gerade den Schlüssel ins Schloß steckte, kam sie zur Tür. „Ich dachte, Sie wären auf der Arbeit", sagte Scar.

„Das hab ich mir gedacht, daß ihr das annehmen werdet. In Sünde mit meiner Tochter zu leben! Hab nichts anderes erwartet, als ich dich das erste Mal gesehen hab. Sollte euch die Polizei auf den Hals hetzen. Ihr müßtet eingesperrt werden. Alle beide."

„Kenny braucht ein Zuhause."
„Werd nicht frech in meinem Haus."
„Ich wollte nur Kennys Kleider holen", sagte Scar.
„Gib mir den Schlüssel, mit dem du hier reingekommen bist."
„Den kriegen Sie, sobald ich Kennys Kleidung habe."
„Also sowas! Geh mir bloß nicht auf die Nerven. Raus aus meiner Wohnung!"
„Ich will Kennys Kleidung."
Mrs. Waston tobte. „Schieb sofort deinen schwarzen Arsch aus meiner Wohnung! Wenn, dann hol ich sie."

Sie brachte ihm doch noch Kennys Sachen und warf ihm die ganze Ladung um die Ohren, während er draußen auf der Veranda stand. Nachbarn beobachteten neugierig den Vorfall, ohne sich einzumischen.

„He, Mann", sagte der Taxifahrer, der auf Scar wartete. „Da hast du dich ja in ein schönes Wespennest gesetzt!"

„Ich hol gerade meine Freundin aus diesem Nest raus", erwiderte Scar.

„In was meine Tochter da bloß hineingerät", sagte Mrs. Waston, als sie den Schlüssel von Scar entgegennahm.

„Das hätten Sie sich vorher überlegen sollen, bevor Sie Kenny rausgeworfen haben", sagte Scar.

„Ich hab genug von diesen Frechheiten, Nigger. Halt deine schwarze Klappe und mach, daß du wegkommst." Sie knallte die Tür vor Scars Gesicht zu. „Sag dieser nichtsnutzigen Kenny, daß sie nicht mehr meine Tochter ist", schrie Mrs. Waston durch das Fenster, als Scar mit dem Taxi losfuhr. „Und sie soll ja nicht irgendwann weinend hier Auftauchen, wenn sie einen dicken Bauch hat!" Mrs. Waston drückte ihre verschwitzten fleischigen Hände gegen die pochenden Schläfen. „Ich habe eine nichtsnutzige Schlampe großgezogen. Ach, meine Kleine, meine Kleine", schluchzte sie.

Kenny war nicht da, als Scar schwer beladen mit ihrer Kleidung in die Wohnung zurückkehrte. Das Bett, das sie in der vergangenen Nacht geteilt hatten, war fein säuberlich gemacht. Scar bemerkte, daß ein frisches Bettlaken aufgezogen war und die Fußböden gefegt waren. Das schmutzige Geschirr war nicht mehr in der Spüle, und auf dem kleinen Couchtisch im Wohnzimmer stand eine Vase mit Rosen. Die Klamotten, die er gestern getragen hatte, hingen nicht mehr an dem Nagel an der Schranktür, wo er sie zurückgelassen hatte. Er öffnete die Schranktür und fand sie ordentlich aufgehängt neben dem Rest seiner Garderobe. Die Dreizimmerwohnung sah schön aufgeräumt aus. Es erinnerte ihn daran, wie sie anfangs ausgesehen hatte, als er gerade eingezogen war und sie renoviert hatte. Es hatte ihn überrascht, so eine hübsche, möblierte Wohnung in diesem Teil der Stadt zu finden. Ihm hatte die Farbzusammenstellung vom ersten Augenblick an gefallen. Ein blaues Wohnzimmer mit einer grauen Couch und einem Polsterstuhl. Ein grauer Couchtisch, der zu dem kleinen Beistelltisch paßte, auf dem eine blaue, ballonförmige Lampe stand. Er hatte ein kleines graues Radio gekauft und es auf den Tisch mit der Lampe gestellt. Das Schlafzimmer war rosarot mit hellen Schlafzimmermöbeln. Die Küche hatte ihn auch sofort begeistert. Die Wände waren elfenbeinfarben bis zur Mitte, wo sie auf die schwarze Holzvertäfelung trafen. Der Boden in der Küche erinnerte mit den großen schwarzen und weißen Linoleumfliesen an ein Schachbrett. Das Badezimmer war farblich auf die Küche abgestimmt, aber das, was ihn wirklich vom Hocker gerissen hatte, das waren die Holzfußböden. Bei seinem Einzug waren sie so schmutzig und mit so vielen schwarzen Flecken übersät gewesen, daß er gar nicht bemerkt hatte, daß sie aus Holz waren. Als er das dann aber entdeckte, lieh er sich eine Schleifmaschine und brachte die Böden wieder auf Vordermann. Jetzt rieb er sie einmal in der Woche mit Wachs ein. Es war eine tolle Bude, für die er fünfundsechzig Dollar im Monat bezahlte, aber das war es ihm wert. Das Mietshaus, in dem er wohnte, lag hinter einem heruntergekommenen Schuhputzladen und überragte ihn um zwei Stockwerke. Die Fassade des Hauses war schäbig und paßte gut in diese Straße. Doch die Wohnungen selbst waren etwas völlig anderes. Man konnte sich schwer vorstellen, daß man nach den paar Metern durch den stinkenden Hofeingang, zwischen dem Schuhputzsalon und der Kneipe hindurch und den wenigen Schritten die Treppe hinauf, in so eine Wohnung kam.

Scar hängte seine Sachen in den Wohnzimmerschrank und die von Kenny in den Schlafzimmerschrank. Sie ist ein braves Mädchen, dachte er sich. Aber wo ist sie jetzt?

Kenny lief sich die Füße wund. Es schien ihr, als hätte sie jede Arbeitsmöglichkeit in der Innenstadt aufgesucht, wäre in allen Geschäften, Fabriken und Betrieben vorstellig geworden. Zudem ging sie zweimal auf dem Arbeitsamt vorbei, einmal am Morgen und später dann nochmal am Nachmittag.

„Das Astoria Hotel sucht eine Tellerwäscherin. Das ist die einzige offene Stelle, die wir gerade haben", erklärte eine schwarze Angestellte überheblich, als Kenny das zweite Mal vorsprach.

„Haben Sie nicht etwas als Lagerarbeiterin oder Verkäuferin? Ich habe eine Freundin, die ist Lagerarbeiterin bei Lane Bryant's."

„Wir haben nur das, was ich ihnen eben angeboten habe", sagte die Angestellte.

„Wie steht es mit einer Arbeit im Krankenhaus?"

„Ich habe Ihnen doch gerade gesagt, was wir haben."

„Ich habe den Aufnahmetest für den Staatsdienst gemacht", sagte Kenny. „Aber von der zuständigen Stelle habe ich noch nichts gehört."

„Sie werden angerufen, wenn sie den Test bestanden haben", sagte die Angestellte.

„Aber es ist schon über einen Monat her."

„Dann werden sie wahrscheinlich nichts mehr von denen hören", sagte die Angestellte und grinste vielsagend.

Als Kenny in die Wohnung zurückkam, lag Scar auf der Couch und hörte Radio.

„Wo bist du gewesen, Kleines?" fragte er sie.

„Auf Jobsuche."

„Und hast du Glück gehabt?"

„Nein. Sie haben mir nur einen Job als Tellerwäscherin im Astoria angeboten."

„Das ist allerdings kein Glück."

„Was ist los mit dir?"

„Nichts."

„Du siehst merkwürdig aus, deine Augen sind ganz glasig", sagte Kenny.

„Bin gerade erst aufgewacht", sagte Scar. "Jetzt bin ich hungrig."

„Ich mach das Abendessen", sagte Kenny. „Was willst du haben? Du hast ja echt viel Zeugs im Kühlschrank."

„Ist mir egal. Mach irgendwas", sagte Scar.

Nach dem Essen setzte Scar seinen Panamahut auf. „Ich muß jetzt gehen", sagte er.

„Warum?"

„Muß etwas Kohle machen, um all diese Lebensmittel bezahlen zu können."

„Arbeitest du?"

„Ich verdiene meinen Lebensunterhalt."

„Womit?"

„Dies und das."

„Was ist ‚dies und das'?"

„Hier und dort ein kleines Geschäft", sagte Scar und zuckte die Schultern.

„Du wirst noch Ärger kriegen."

„Nee, nicht für das, was ich mache", sagte Scar.

„Vielleicht solltest du mir auch beibringen, wie man so zu Geld kommt."

Scar lächelte. „Mhmm. Du bleibst besser hier. Versuch einen Job zu finden, wenn du kannst."

29

„Was hat es mit diesem Gerede auf sich, daß du nach J City gehen willst?" wollte Monk von Jake wissen, der neben ihm in seinem 48er Lincoln saß.

„Ich hab meine Gründe", sagte Jake.

„Du weißt, worum du mich bittest?"

„Ja, Monk, ich weiß, worum ich dich bitte."

„Wen kennst du in J City?"

„Niemanden. Ich will dich nicht über's Ohr hauen, Monk. Das weißt du doch."

„Ich weiß gar nichts. Das will ich erst mal rauskriegen." Monk schnippte die glühende Zigarettenkippe aus dem Wagenfenster. „Hör mal, Kleiner. Ich hab jetzt gerade hier in dieser Stadt alles so aufgebaut, wie ich es haben will. Sobald die Wahlen vorbei sind, wird für mich alles wie am Schnürchen laufen. Ich hab jeden Bezirk in der Tasche. In jedem Stadtteil hab ich einen guten Mann laufen", sagte Monk und sah Jake an.

„Du weißt, Monk, ich würde nicht gegen dich arbeiten. Ich versuch nicht, dich zu betrügen. Warum sollte ich auch? Es gibt keinen anderen Job in dieser Stadt, in dem ich so viel Kohle machen kann."

„Warum dann dieses Gerede über J City?"

„Es ist schwer zu erklären", sagte Jake. „Ich... ich weiß nicht..."

„Weißt du was? Soll ich dir was verraten? Ich hab lange gesucht, bis ich jemanden für diesen Stadtteil gefunden habe, von dem ich annehmen konnte, daß er dealen kann, ohne Mist zu bauen. Jemanden, der nicht zu alt ist, und sich nicht für einen Klugscheißer hält, der mir etwas verheimlichen kann. Einer, der etwas riskieren will und dichthalten kann. Es war ziemlich schwer so jemanden zu finden, verstehst du? Dieser Typ mußte noch sauber sein, ein Typ, den jeder mag und über den keiner Fragen stellt. Es mußte ein ziemlich gerissener Junge sein, verstehst du? Denn wenn er auch nur einmal ein bißchen unsicher würde, wenn ihn die Bullen unter Druck setzen, würde er alles vermasseln, und in diesem Geschäft kann man sich keine Schnitzer erlauben. Vielleich hab ich mich geirrt, als ich meine Wahl für diesen Job getroffen hab."

„Ich versuche nicht, auszusteigen, Monk. Ich habe in J City einfach nur was zu erledigen. Du könntest mich in J City dealen lassen und deinen Mann von dort hier einsetzen."

„Einen Wechsel?"

„Ja."

„Warum sollte ich?" fragte Monk. „Was ist überhaupt los mit dir? Du müßtest in J City alles wieder von vorne lernen, weil keine Stadt wie die andere ist. Mach dir da mal keine falschen Vorstellungen. Außerdem müßte der Typ, den ich von J City herhole, deinen Stadtteil kennenlernen. Das bringt 'ne Menge Probleme und ist sehr riskant. Mir scheint das nicht sehr zweckmäßig zu sein. Wie denkst du darüber, Kleiner?"

„Okay, schon gut, Monk, vergiß es", sagte Jake.

„Das kann ich jetzt auch nicht mehr. Würdest du es vergessen, wenn du in meinen Schuhen stecken würdest?"

„Ich stecke nicht in deinen Schuhen, Monk."

„Nee, das stimmt allerdings, das tust du nicht. Ich denke auch, die wären viel zu groß für deine Füße, wenn du weißt, was ich meine."

„Verdammt nochmal, Monk, glaubst du etwa, daß ich... ich bin nicht drauf, Mann, ich verkaufe den Stoff nur."

„Dann red vernünftig. Spuck's aus. Was ist los mit dir?"

„Ich will dir nur eine Frage stellen, Monk. Am besten geeignet für einen Job ist doch wohl ein Typ, der sein Geschäft in- und auswendig kennt und dem es noch dazu Spaß macht. Habe ich nicht recht?"

„Das ist wirklich scharf beobachtet, Kleiner."

„Okay, dann ist alles klar. Ich bin hier nicht glücklich. Ich habe in J City was zu erledigen."

„Was?"

„Nichts, was irgendwie mit der Organisation zusammenhängt."

„Dann sehe ich nicht, wie ich dich gehen lassen kann."

„Hab ich dich jemals betrogen, Monk? Hab ich mich nicht immer um alles gekümmert, was meinen Teil der Abmachung betraf?"

„Bis jetzt."

„Dann mußt du mir diesen Gefallen tun. Ich muß einfach dorthin, das ist alles."

„Warum?"

„Es ist nicht... ach, ich will nur aufs College, das ist alles."

„Was willst du?"

„Was ist daran falsch? Es schadet doch niemandem, oder?"

„Nee, könnte ich auch nicht sagen. Ich verstehe dich einfach nicht, das ist alles."

Jake saß lange Zeit still und wußte, daß Monk ihn beoachtete. „Ich hab ein Mädchen dort", sagte er.

„Das steckt also dahinter?"

„Für dich mag das vielleicht unbedeutend sein, Monk."

„Du bist wohl voll verknallt in die Alte, was?"

Jake zuckte die Achseln. „Ja, ich steh auf sie", sagte er.

„Was wird geschehen, wenn sie herausfindet, woher du all diese schicken Klamotten und das Taschengeld bekommst?"

„Warum sollte sie das herausfinden?" fragte Jake.

„Sie geht doch aufs College, also kann sie nicht hinter dem Mond leben. Sie wird sich wundern, und dann wird sie anfangen, Fragen zu stellen."

„Sie wird keine Fragen stellen."

„Wird sie doch. Wenn du einmal anfängst, so über eine Alte zu denken, dann wirst du sie als nächstes heiraten wollen. Glaubst du denn, sie wird dir das Jawort geben, wenn sie weiß, daß du krumme Dinger machst?"

„Wir werden nicht heiraten", sagte Jake überzeugt.

„Es wird darauf hinauslaufen."

„Da mach ich mir keine Sorgen."

„Wirst du aber machen müssen, wenn du dich erst mal zwischen ihr und der Organisation entscheiden mußt, falls sie nicht zu dieser Sorte von Weibern gehört, die keine Fragen stellen und mit allem einverstanden sind. Aber das ist bei den wenigsten der Fall. Wie wirst du dich entscheiden, wenn es darum geht, Kleiner?" Monk starrte Jake durchdringend an. Jake zündete sich eine Zigarette an, damit seine Hände etwas zu tun hatten und ihn nicht verrieten.

„Du redest verrücktes Zeug, Monk. Du machst aus einer Mücke einen Elefanten", sagte Jake ruhig.

„Sieh mal, Kleiner. In diesem Geschäft können wir es uns nicht leisten, irgendwelche Damen zu mögen, schon gar nicht so eine, wie du sie hast. Das ist einer der Gründe, weshalb ich dich für mich dealen lasse. Du hast keins dieser Weiber zu dicht an dich rangelassen. Doch jetzt bist du so vertrottelt, daß du so einer Dame bis aufs College hinterherlaufen willst. Na gut", seufzte Monk. „Dann lauf halt diesem Rock nach, soll mir egal sein."

„Du meinst, daß du einverstanden bist, Monk?"

„Ja, ich glaube schon. Aber eins muß klar sein: Du gehst aus geschäftlichen Gründen da hin. Mir ist es egal, was du auf dem College machst, aber mach keinen Scheiß, wenn es um die Geschäfte der Organisation geht. Wenn du das machst... wenn ein Kerl den Ball nicht mehr beherrscht, dann muß er raus aus der Mannschaft, bevor er das ganze Team versaut. Das weißt du doch, oder?"

„Ja, Monk. Das weiß ich", sagte Jake verärgert.

„Na gut", lenkte Monk ein. „Und du weißt, was das bedeutet?"

Jake nahm eine andere Sitzposition ein. Er sah Monk an. „Ja, ich weiß, was das bedeutet", sagte er.

„Na gut", sagte Monk und strich mit seiner Hand über Jakes Haare. „Mach ruhig weiter mit deinem Mädchen", sagte er lächelnd. „Aber eine Sache will ich noch von dir wissen."

„Ja, Monk."

Monk lächelte noch immer. „Wenn es drauf ankommt, und du dich zwischen mir und deiner Alten entscheiden mußt, auf welcher Seite wirst du dann stehen?"

„So weit wird es nicht kommen."

Monks Lächeln wurde breiter. „Und wenn doch?" sagte er.

„Ich bin auf deiner Seite, Monk." Die Zigarette schmeckte eigenartig auf seinen Lippen. „Das weißt du doch."

„Na sicher", sagte Monk. Er boxte Jake spielerisch gegen die Schulter. „Ich werde alles in die Wege leiten."

Monk war der einzige Mensch, den Jake kannte, der so zu ihm sprechen konnte und ungestraft davonkam. Er mochte Monk, was immer er auch sagte. Monk war einfach so.

Monk dachte darüber nach. Er ließ es sich gründlich durch den Kopf gehen. *Ich bin auf deiner Seite, Monk, das weißt du doch.* Na sicher. Er konnte Joe herholen, Joe war ein heller Kopf. Er würde sich schnell hier einarbeiten, und Jake würde in J City sicher auch keine Schwierigkeiten mit den neuen Gegebenheiten haben. Trotzdem, es war nicht klug. Aber man mußte sehen, daß die Jungs ihre Freude daran hatten, oder nicht? Jake hatte recht gehabt, als er meinte, daß der seinen Job am besten macht, der Spaß daran hat. Es würde schon alles glattgehen. Ja, sicher. Er kannte doch seine Leute, oder etwa nicht? Er kannte alle, die für ihn dealten, ganz genau. Jeden einzelnen von ihnen. Und das mußte er auch, es war schließlich sein Geschäft. Das waren alles seine Jungs, die Farbigen, die Italiener, die Polen, die Mexikaner, er kannte sie alle. Jeden einzelnen, darauf konnte man wetten. Sein Leben lang hatte er in den Wahlbezirken gearbeitet und die schmutzigen Aufträge für die Bezirksvorsteher erledigt. Er kannte die Stadt so gut wie seine Mutter, und J City ebenso wie Callstown, wo er auch eine Organisation laufen hatte. Er hatte eine solide Organisation. Seine Jungs waren alle handverlesen und sie verkauften nur an Leute aus ihrer Umgebung. Sie kannten ihre Abnehmer ganz genau, weil sie den Stoff nur an ihre eigenen Landsleute verscherbelten. Er war gerissen, darüber bestand kein Zweifel. Es war wirklich schlau von ihm gewesen, alles so aufzubauen. Und er war immer sehr vorsichtig gewesen. Sicher, auf die Jungs konnte er sich verlassen. *Ich bin auf deiner Seite, Monk, das weißt du doch.* In fünf Jahren würde er reich sein. Nur fünf Jahre würde es noch dauern, bis er soweit war. Dann würde er aussteigen, weit weg ziehen und sich ein lockeres, sorgenfreies Leben machen. Das hatte er sich alles genau ausgerechnet. Ja. Und falls Jake Scheiße baute? Nein, Jake konnte er vertrauen. Jake würde nicht die ganze Kohle sausenlassen. Jake war ja nicht blöd. Jake war gescheit. Und die Wahlen, hatte er denn nicht die Wahlen gut hingebogen? Könnten sie ihm nach den Wahlen noch etwas anhaben? Nein, zum Teufel nochmal, niemand konnte ihm was anhaben, es sei denn, irgendein Spaßvogel... *Ich bin auf deiner Seite, Monk.* Ja, das wußte er. Er mußte es verdammt nochmal besser wissen.

30

Scar ging nicht mehr oft ins Booker's. In letzter Zeit hatte er dort keine Kohle mehr machen können. Vorgestern abend gelang es ihm zum ersten Mal seit Wochen, so viele Typen zum Mitspielen zu überreden, daß es sich lohnte. Doch dann hatte er einen schlechten Abend, aber so ist es nun einmal mit dem Scheißglück. Er ging auf die Third Street hinunter, wo die Eisenbahnschienen über die Welch Street führten. Vor ein paar Jahren wäre es reiner Selbstmord gewesen, ohne die übrigen Termites dorthin zu gehen. Dort hatte er auch in einem heftigen Bandenkrieg zwischen den Termites und den Ratz seine Schnittverletzung abbekommen. Genau dort hatte Jake diesen Bouie niedergeschossen. Jake war damals wirklich ein ziemlich wilder Typ gewesen.

Ein breiter, dicklippiger Typ, der in Größe und Körperbau einem Kühlschrank glich, schielte argwöhnisch unter seinem

Schlapphut hervor, der ihm auf den Ohren saß. Er richtete sich auf, wischte sich die Hände an seiner Jeans ab und putzte sich den blauen Kreidestaub von seiner rostbraunen Jacke.

„Mensch, das glaub ich doch nicht", sagte der Typ. „Mann, schaut mal, wer da gerade hereingeschneit kommt."

„Hi, Scar. Wo hast du die ganze Zeit gesteckt?" bestürmte ihn die Meute, die sich sofort um ihn drängte, als er durch die Tür des Billardsaals kam.

„Ihr wißt doch, daß ich drüben im Westen wohne", sagte Scar. „Da kann ich mich nicht mit euch abgeben, ihr ‚Hinter-den-Gleisen-Penner'." Über diesen Spruch lachten sie laut und lange. „Hi, Perk", sagte Scar zu dem Kerl, der wie ein Kühlschrank aussah, „ich hab gehört, du bist im Laufe der letzten zwei Jahre solide geworden, bist nicht mehr der Anführer der Ratz."

„Ich hab kein Bock mehr auf Bandenkriege", sagte Perk, „falls du das meinst."

„Geht mir auch so", sagte Scar

„Ich bin jetzt ins Profilager gewechselt", sagte Perk. „Nächste Woche hab ich meinen ersten Kampf."

„Im Ernst?"

„Der schlägt alle", sagte einer der Typen. „So einen wie Perk haben die noch nie geseh'n."

„Das kann er bestimmt nicht oft genug hören", sagte Scar.

„He, weißte noch, als wir unseren Krieg um die Vorherrschaft in der Stadt hatten, Ratz gegen Termites, knallhart?"

„Mann, das werd ich nie vergessen", sagte Scar.

„Sieht ganz so aus, als hätte ich dir damals sowas wie ein Zeichen verpaßt", sagte ein dünner Kerl mit einem Gesicht wie ein Wiesel.

Sie tasteten sich gegenseitig lachend ab.

„Ja, Frenchie, und das an einer Stelle, wo ich es sicher nie vergessen werde."

Sie lachten unsicher. Dann wurde es still.

„Das war echt 'ne höllisch geile Zeit", sagte Perk.

„Ja", sagte Scar gedehnt und in Erinnerungen schwelgend. „Sag mal, was ist denn aus diesem Bouie geworden?"

„Bouie liegt mit Tuberkulose im Krankenhaus. Diese Kugel damals hat ihm einen halben Lungenflügel weggefetzt", sagte Perk.

„Wirklich?"

„Ja."

„Ganz schön schlimm", sagte Scar.

„Ja, echt bös", sagte Perk.

„Mann, wir waren wirklich ein verrückter Haufen damals. Weißt du was? Ich bin froh, daß wir aufgehört haben", sagte Frenchie.

„Ja", sagte Scar.

„Was führt dich zu uns, Scar?"

„Ich werde langsam zu gut für diese Penner am anderen Ende der Stadt. Dachte also, ich schau mal bei euch vorbei und nehme euch etwas Kohle ab."

„Habt ihr das gehört?" sagte Perk und zeigte auf Scar. „Dieser Sack da glaubt, er könnte uns gefährlich werden." Die Jungs bogen sich vor Lachen.

„Hör mal, Mann. Dieser Kerl da glaubt, nur er weiß, wie man mit einem Billardstock umgeht."

„Dieser Trottel bettelt ja richtig darum, ausgenommen zu werden."

„Was spielen wir?" fragte Perk.

„Du kannst aussuchen."

„Okay, dann leg mal los."

Sie spielten ‚New York' auf dem vorderen Tisch. Zu acht. Scar war nach Perk dran, Frenchie nach Scar. Perk gewann das erste Spiel und versenkte seine Kugeln, bevor die anderen überhaupt eine Möglichkeit bekamen zu schießen.

„Du bist ziemlich gut", sagte Scar.

„Mann, das war noch gar nichts. Wart erst mal, bis Frenchie loslegt."

„Frenchie wird schon sehr viel Glück haben müssen, um überhaupt dazu zu kommen, einen Stoß anzubringen", sagte Scar.

Sie lachten. Frenchie kam während des ganzen Spiels nur zweimal zu einem Stoß. Sie spielten fünfzehn Runden zu einem Vierteldollar pro Mann. Scar gewann zehn davon, die anderen rauften sich um die übrigen fünf. Frenchie gewann kein einziges Spiel. Die Blicke wechselten zwischen Spott und reiner Verwunderung, als Scar eine Serie nach der anderen hatte. Perk plazierte die Spielkugel immer wieder hinter anderen Kugeln, nur um zu sehen, wie Scar eine Bandenkombination aufbaute, die Kugel traf und oft genug auch noch versenkte.

„Ich wärm mich gerade erst auf", sagte Scar.

„Ich steig aus", sagte Perk. „Ich weiß, wann ein anderer um Klassen besser spielt."

„Ich auch", pflichteten die anderen ihm bei.

„Er hat einfach nur Glück", behauptete Frenchie.

„Dann wirst du ihn ja haushoch besiegen."

„Nicht jetzt, ein andermal, jetzt bin ich müde, Mann."

„Wird schon mal passen", sagte Scar. Er hing mit den anderen noch eine halbe Stunde herum, und sie redeten über alte Zeiten.

31

Die Worte von Kennys Mutter verfolgten Scar noch oft in Gedanken. *...und sie soll ja nicht irgendwann weinend hierher kommen, wenn sie einen dicken Bauch hat.* Obwohl er wußte, daß es nicht unbedingt zu ihrem Besten war, gefiel es ihm, daß Kenny bei ihm wohnte. Das half ihm, zu vergessen, und das war wichtig. Er mußte sich erst darauf einstellen, mit jemandem zusammen in einem Bett zu schlafen. Nach einer Weile war er es gewöhnt und er fand es nicht mehr unbehaglich. Es machte sie sogar gierig aufeinander.

„Du bist so wild", sagte sie dann.

„Sanft wie ein Lamm."

„Du tust mir weh."

„Es scheint dir Spaß zu machen, wenn ich dir weh tue."

„Tut es dir leid, daß ich bei dir eingezogen bin?"

„Manchmal."

„Wann?"

„Wenn du nicht über mich herfällst und ich klar denken kann."

„Du bist nicht mehr normal."
„Was soll das heißen?"
„Du willst es immerfort machen."
„Nein, du willst es. Du bleibst einfach nicht auf deiner Seite des Bettes", sagte Scar.
Sie lachten.
„Warum läßt du die ganze Nacht das Radio laufen?"
„Damit ich im Schlaf Musik hören kann."
„Du bist verrückt." Sie balgten sich. „Warum bietest du mir nicht auch eine an?" fragte Kenny und beobachtete Scar, der gerade ein Zigarette anzündete und Rauchringe zur Decke blies.
„Weil du Nichtraucherin bist."
„Bring's mir bei."
„Du kriegst einen Erstickungsanfall", sagte Scar. Er zündete für Kenny eine Zigarette an und zeigte ihr, wie man inhaliert. Sie versuchte es. Sie mußte husten. „Ich hab dich gewarnt", lachte Scar.
So ging die Zeit dahin. Manchmal sprang Kenny um zwei Uhr morgens aus dem Bett, weil sie Hunger hatte. Dann setzte sie Scar so lange mit Fragen zu, was er essen wolle, daß Scar schließlich mit ihr in der Küche landete. Ungefähr um diese Zeit wurde gewöhnlich ‚Birdland' ohne irgendwelche störenden Empfangsgeräusche im Radio gespielt. Wenn Scar dann mit seinen Sandwiches ins Bett zurückwollte, ließ Kenny ihn nicht gehen. Schließlich legten sie sich doch wieder hin, hörten Radio und quatschten noch stundenlang. Solche Nächte führten meistens dazu, daß Kenny am nächsten Morgen noch so müde war, daß sie nicht aufstehen konnte, um auf Arbeitssuche zu gehen. Es gab eine Menge solcher Nächte.
Doch es gab auch Tage, an denen Kenny sich nach Arbeit umschaute. Auf ihren langen Wegen von einer Stelle zur nächsten lief sie ihre Schuhe durch. Sie fand ein paar Jobs als Tellerwäscherin, aber sie hatte sich vorgenommen, nach etwas anderem zu suchen. Scar kaufte ihr zwei Paar leichte Schuhe.
„Warum schenkst du mir die?" fragte Kenny.
„Du kannst doch nicht den ganzen Tag in Stöckelschuhen rumlaufen."

Scar zog von Billardsaal zu Billardsaal, auf der Suche nach einem Spiel. Er verdiente dabei nicht schlecht, und dann gab es da immer noch die gezinkten Würfel mit Spider. Einmal ging er wieder zur Third Street hinunter und traf dort Frenchie. Sie spielten mit neun Kugeln um einen Dollar pro Spiel. Eine Stunde später hatte Scar Frenchie zwanzig Dollar abgenommen.

„Du könntest es ruhig zugeben", sagte Perk. „Er ist einfach zu gut für dich."

„Mann, ich schwitze", sagte Frenchie. Er war sauer. Hatte er doch für diese zwanzig Dollar die ganze Nacht Serviertabletts von der dampfenden Küche in den Speisesaal des Astorias geschleppt.

„Bis zum nächsten Mal", sagte Scar.

„Ja."

„Dieser verdammte Glückspilz. Ich hätte ihn damals besser umbringen sollen, als ich Gelegenheit dazu hatte", sagte Frenchie.

„Eine zweite Chance dürftest du wahrscheinlich nicht bekommen", sagte Perk.

So verging der Sommer.

32

Die Football-Mannschaft der Marshall High trainierte in der frostigen Luft, die den Indian Summer verjagte. Vor drei Jahren noch zweite Garnitur, spielten sie nun in der ersten Liga. Die Tage waren lang, das Licht goldgelb, und das Wetter machte einen richtig träge. Red stand an der Ecke gegenüber der Schule. Er trug einen Übergangsmantel mit Hahnentrittmuster und Raglanärmeln. Red fragte sich, wie zum Teufel nochmal er an die Kohle rankommen könne, um seine Sucht zu befriedigen. Er gab den Versuch auf, seinen benommenen Blick auf die Mädchen zu richten, die aus der Schule strömten.

„Wie läuft's denn so, Red?"

„Das ist nicht meine Welt, Mann, ich kann nicht mal die Miete aufbringen." Red fragte sich, wo sich Scar in letzter Zeit herumtrieb. Ein paar Tage nachdem Jake zum College gefahren war, hatte er ihn das letzte Mal gesehen. Das war vielleicht ein Witz, Jake auf dem

College, Mann! Stell dir das mal vor. Er fragte sich, was wohl mit Scar los war.

Scar hatte keinen Sinn mehr darin gesehen, bei der Marshall High vorbeizuschauen. Es schien sich einfach nicht mehr zu lohnen. Booker blickte überrascht auf, als Scar durch die Tür hereinspazierte.

„Sag mal, wo hast du die ganze Zeit gesteckt?" begrüßte ihn Booker.

„Ich hab die Stadt nur noch durch die Türen von Billardkneipen gesehen", sagte Scar. „Ihr Penner hier laßt mich ja nicht oft genug spielen, um genug Kohle zu machen."

„Mein Laden ist nicht die Heilsarmee", sagte Booker. „Wenn du nur gekommen bist, um ein Spiel zu machen, kannst du dich gleich wieder aus dem Staub machen."

„Ich bin eigentlich nur vorbeigekommen, um ein bißchen zu quatschen", sagte Scar.

„Wie läuft's denn bei Jake auf dem College?" wollte Booker wissen.

„Hab nichts gehört von ihm", sagte Scar.

„Eigentlich hätte er sich inzwischen schon bei dir melden müssen", sagte Booker.

„Er ist doch erst drei Wochen weg."

„Mir kommt es viel länger vor. Wann ist er weggefahren? So um die zweite Septemberwoche?"

„Genau."

„Er ist sicher dieser Schnalle nachgelaufen", sagte Booker. „Wenn ein Kerl so die Kontrolle über sich selbst verliert, dann ist er plötzlich unter der Haube, ohne daß man's gemerkt hat."

„Ich nehm an, du sprichst aus Erfahrung", sagte Scar.

„Wart's ab, du wirst noch an meine Worte denken", sagte Booker.

Langsam füllte sich der Laden mit Schülern, die nach dem Unterricht vorbeikamen.

„He, Scar."

„Was gibt's, Scotty?"

„Nichts Neues. Hab gehört, dein Freund ist aufs College gegangen."

„Ja."

„Wozu soll das gut sein?"

„Er ist seiner Alten dorthin nachgelaufen", sagte Booker.

„Mann, fürs Vögeln scheinen manche Typen alles zu machen. He, Leo, wie wär's mit einem netten, gemütlichen Spiel mit neun Kugeln?" sagte Scotty.

„Ja, nichts dagegen einzuwenden."

„Ich bin auch dabei", sagte Butch.

„Ich kreide mir schon mal 'nen Billardstock ein", sagte Scar.

„Wenn du mitspielst, bin ich draußen", sagte Leo.

„Ich auch."

„Verstehst du, was ich meine?" sagte Scar und zwinkerte Booker zu.

Drüben auf der Peabody Avenue fingen die Jugendlichen gerade ein Footballspiel auf dem verwilderten Baugrundstück neben der schmalen Gasse an. Überall auf der Peabody lagen Blätter und Papierfetzen herum. Die Leute fegten die durch die Luft wirbelnden Blätter zusammen, häuften sie auf und verbrannten sie auf der Straße, obwohl es in der Stadt eine Verordnung gab, die das verbot. In der ganzen Peabody Avenue roch es nach verbranntem Laub. Unten im Lebensmittelladen bediente Pop Garveli seinen einzigen Kunden mit einer körperlichen Gewandtheit, die so lebhaft war, wie der aufkommende Wind.

„Es wird bald kalt werden", sagte Pop. „Wie geht es Jake?"

„Gut, nehme ich an. Ich hab noch nichts von ihm gehört. Geschrieben hat er auch nicht."

„So ist die Jugend nun mal", sagte Pop. „Es freut mich, zu hören, daß er aufs College geht. Er ist ein kluger Junge."

„Ich bin auch ganz froh darüber", sagte Adams lachend. „Dieser Junge hat mir eine Zeitlang ganz schön Sorgen gemacht, so wie der sich immer herumgetrieben hat."

„Das machen alle durch."

„Ja. Er hat aber nicht nur seine eigene Phase durchgemacht, sondern die von allen anderen gleich mit."

Pop lachte. „Ja, er hat wohl nichts ausgelassen."

„Wie geht es Georgia?" wollte Adams wissen.

„Bestens, nächstes Jahr macht sie Abitur. Ich werde sie dann auch aufs College schicken", sagte Pop stolz.

„Sehr schön. Es geht nichts über eine gute Ausbildung."

„Auf keinen Fall", sagte Pop.

„Wie die Zeit verfliegt. Jetzt sind sie schon so groß."

„Ja, so ist es nun mal. Ich kann mich noch gut erinnern, als Georgia und Jake noch ganz klein waren und hier herumliefen. Sie haben damals oft ganz schönen Unsinn gemacht." Pop wischte sich die Hände an seiner Schürze ab. Sein Blick wirkte durch die Erinnerung leicht verschwommen.

„Es ist, als wäre es erst gestern gewesen, daß Jakes Mutter noch lebte...", schweifte Adams ab.

„Ich glaub, Sie vermissen sie. Ich meine..."

„Ja, ja. Sicher vermisse ich sie."

„Nie daran gedacht, wieder zu heiraten?"

„Nein", antwortete Adams. „Sie war die einzige, mit der ich legal ins Bett gehen wollte."

„Ich glaube, solche trifft man nicht oft", sagte Pop.

„Stimmt."

„Muß ganz schön hart gewesen sein, den Jungen mehr als die Hälfte seines Lebens ohne Mutter großzuziehen. Ich weiß es von Maude und mir. Wir haben genug Schwierigkeiten, mit Georgia auszukommen."

„Jake ist eigenartig. Er hat mir eigentlich nie wirklichen Ärger gemacht, aber er hat mich auch nie richtig an sich rangelassen. Das durfte nur seine Mutter", sagte Adams gefühllos, weil er anders seine Bestürzung nicht verbergen konnte.

„Er ist ein braver Junge, ein verdammt braver Junge. Ich würde mir an ihrer Stelle keine Sorgen um ihn machen, Adams."

„Hi, Pop. Hallo, Mr. Adams", sagte Georgia, die gerade die Stufen herunterkam, die von oben in den Laden führten.

„Hi, Georgia", sagte Adams.

„Ich finde es toll von Jake, daß er aufs College geht. Pop wird mich auch gehen lassen, wenn ich nächstes Jahr mit der High School fertig bin. Stimmt doch, Pop?"

„Ich habe Adams gerade davon erzählt", sagte Pop.

„Ist es nicht einfach toll? Das mit dem College und alles, meine ich", sagte Georgia.

33

Im September regnete es. Das Wasser sammelte sich im Rinnstein, schlug gegen die Bordsteinkante, an der es abprallte und hinunterwirbelte bis an die Kreuzungen, wo es dann durch die Kanalgitter gurgelte. Die Jugendlichen hatten aufgehört, auf dem niedergetretenen und abgestorbenen Gras des brachliegenden Grundstücks Football zu spielen. Sie liefen durch die schmale Straße, die jetzt ein Flußbett mit winzigen Wasserströmen war, die sich ihren Weg über die unebenen Pflastersteine suchten. Hausfrauen stürzten aus den Häusern, um die auf der Leine hängende Wäsche vor Sturm und Regen zu retten. Grelle Blitze durchzuckten den Himmel, gefolgt von lautem Donnergrollen.

Gleichgültig und benommen sah Scar zur Tür der Billardkneipe hinaus. Er war voll auf Droge und es war ihm scheißegal, ob die anderen es bemerkten oder nicht. Inzwischen war es so weit, daß seine Sucht sein Spiel beeinträchtigte. Seine Ausgaben explodierten, und seine Geschicklichkeit nahm ab. Er erinnerte sich noch, wie er vor Jake stolz angegeben hatte, jederzeit vom Stoff loskommen zu können. Vor wieviel Millionen Jahren war das eigentlich gewesen? Gleichgültig und mit benommenem Blick beobachtete er, wie der Regen fiel.

Der Regen ließ nach. Dampfähnlich schwebten nur noch kleinste Tropfen langsam zur Erde wie winzige Schneeflocken. Der Herbststurm peitschte sie in kurzen Windstößen vor sich her, wirbelte die heruntergefallenen Blätter auf, die auf der Straße und den Höfen lagen, trieb das Laub, den Müll und den Nebel wie in einem Miniaturtornado durch die Luft, fegte Blätter, Müll und Regen in Form eines Schweifes von den zusammengeschaufelten Abfallhaufen.

Unten, an der nächsten Straßenecke von der Billardkneipe aus, lehnte Red an der Hauswand des ausgestorbenen Paradise, sein Mantel mit dem Hahnentrittmuster hing schützend über seinen ausgemergelten Körper, den Kragen hatte er im Nacken hochgeschlagen, seinen Schlapphut aus blauem Wildleder tief über die Ohren gezogen. Reds starre Augen tränten vom Wind, dunkle, geschwollene Tränensäcke hoben sich wie Muskeln von seinem ausgezehrten Gesicht ab. Er konnte das Zittern nicht unterdrücken. Verdammt nochmal, es gab nur eine Lösung, um dieses Zittern in den Griff zu kriegen. Er ballte seine in den Manteltaschen steckenden Hände noch fester gegen den hartnäckig pulsierenden Druck seines gequälten Körpers. Er fragte sich, wie es seine Beine überhaupt noch schafften, ihn aufrecht zu halten. Er trug alles, was er noch besaß, an seinem Körper. Den letzten Anzug hatte er bei Judiheimer's versetzt. Würde man die Straße überqueren und gleich neben dem Circle Theater in die Pfandleihe gehen, dann fände man dort, im langen, grabähnlichen Hinterraum, hängend und verteilt auf die Regale, Red – seine Anzüge, Mäntel, Schuhe und Hosen und auch sein Radio und, nicht zu vergessen, seine Armbanduhr und ein paar Ringe. Dort befindet sich Red, sicher und fest weggeschlossen. Er war verschuldet, und wie. Und er konnte sich einfach nicht vorstellen, wie er seine Seele je wieder aus der Pfandleihe befreien könnte. Laßt mich auf den Wolken treiben, Mann, mit dem Flash eines Schusses. Red tastete mit den Fingern nach den achtzehn neuen Eindollarscheinen, die ihm einen weiteren Tag Frieden schenken würden. Warum spürte er die Wirkung des Stoffes noch nicht?

Ein Wagen der städtischen Müllabfuhr brummte die Seitenstraße hinter der Welch Street hinunter, begleitet vom Geklirre der Flaschen, die er kurz zuvor an der Rückseite des Paradise aufgenommen hatte. Ein Typ von zweihundertfünfunddreißig Pfund Lebendgewicht, auf eine Körpergröße von einsdreiundachtzig verteilt, schwang rostige, überquellende Mülleiner mit durchnäßtem Abfall, Asche, Konservendosen und Flaschen, Sondermüll und ekelerregenden Substanzen in den müllverschlingenden Bauch des geräuschvoll klagenden Wagens. Zwei drahtige, unrasierte Arbeitskollegen durchliefen die gleiche ermüdende Routine mit dem kraftsparenden und methodischen Rhythmus von Männern, die ihr ganzes Leben lang hart gearbeitet hatten.

„Was für eine Schweinerei", sagte der massige Kerl mit dem hochroten Kopf.

„Hör auf zu meckern, Clint, alter Junge. Eine Ladung noch und dann ist Feierabend für heute."

„Hab noch nie ein schwarzes Viertel gesehen, wo nicht alles so verdreckt war."

„Was das angeht, hab ich noch nirgends einen Mülleimer gesehen, der nicht verdreckt war", sagte einer der beiden Männer und stöhnte unter der Last einer Abfalltonne.

„Eh, Leute, haltet die Klappe, ihr geht mir auf den Sack", sagte der Dritte.

„Na, Kelly, alter Junge, jetzt hör aber..."

„Alter Junge, alter Junge. Das ist alles, was er sagen kann. Alter Junge!"

„Tja, Jungs, ich werd nicht mehr lange bei euch sein", sagte der Riese mit dem roten Kopf. „Sobald die Wahlen..."

„Jetzt gibt er schon wieder mit seinen Beziehungen an..."

„Hast du deine jetzige *Position* auch so erreicht, Clinty, alter Junge? Durch Beziehungen? Ich bin einfach nur hingegangen und hab einen Bewerbungsbogen ausgefüllt."

Die beiden Männer lachten.

„Ja, ja, lacht ihr nur. Ihr werdet euch noch wundern, wenn die Wahlen gelaufen sind. Dann werd ich euch auslachen, ihr stinkenden Ärsche."

„Du wirst schon noch 'ne Weile deinen eigenen Achselschweiß riechen müssen, alter Junge."

„Abfahrt, Mac!" rief der dritte Mann. Der tabakkauende Fahrer, der im Führerhaus vor sich hinträumte, setzte das Fahrzeug in Bewegung. Der Wagen brummte über das unebene Kopfsteinpflaster der Seitenstrasse.

Zwei kleine braune Gesichter spähten durch ein wackliges Holztor auf die Straße hinaus. „Schnell, Betty, beeil dich und werf ihn raus. Die Müllabfuhr kommt gerade."

Das kleine Mädchen hievte ihren Müllsack über das Tor und ließ ihn in den Mülleimer fallen. Der Sack platzte, und eine Mischung aus Papier, Eierschalen und Kaffeesatz prasselte auf die Asche im Kübel, der leicht überquoll.

„Der Müllwagen, der Müllwagen, hier kommt der olle Müllwagen", riefen sie immer wieder.

Das rote Gesicht des riesigen Mannes lief dunkelrot an. Er ließ den Mülleimer fallen, den er gerade hochhob, der rollte davon und zog mit dem herausquellenden Inhalt eine kreisförmige Spur auf dem Kopfsteinpflaster. „Euch werd ich's zeigen!" schrie Clint und stürmte die Straße hinunter. Die Kinder rannten davon, zu Tode erschrocken von diesem Berg von einem Mann mit so einem zornverzerrten Gesicht.

„Mama!" schrien sie. Ihre Regenjacken, die durch den Nieselregen glänzten, flatterten wild durch die Luft. „Mama...!" Sie liefen so schnell sie konnten, rannten platschend den schlammigen Weg hinunter, der zu dem großen Holzhaus führte. Ein Hund kläffte wie verrückt, und überall in der Straße fielen andere Hunde in das Gebell ein. Die gedrungene, o-beinige Bulldogge rannte hinten zum Hof und versuchte, ihr riesiges Maul unter einer Lücke im Zaun durchzustecken. Der dicke Kerl stand wie angewurzelt da, sein Bein zweifingerbreit von der Schnauze des Hundes entfernt. Er schrie, und an seinem Hals traten angespannte Sehnen hervor, rotblonde Haarsträhnen rutschten unter seinem Hut hervor und hingen ihm ins Gesicht.

„Ich werd's euch schon noch zeigen, ihr gottverdammten Nigger!" schrie er.

Die enttäuschte Bulldogge schnappte wütend ins Leere, ein gefährliches Knurren entfuhr ihrer bebenden Kehle.

„In dem Alter wissen sie's einfach noch nicht besser."

„Ich werd's euch schon zeigen, ihr abgemagerten, stehlenden, stinkenden..." Der Bulldogge gelang es, ein Ende von Clints Hosenbein zu erwischen. „Scher dich zum Teufel, du Köter, oder ich trete dir die Schnauze ein!" Clint trat heftig gegen den Zaun und riß die Bulldogge sein Hosenbein aus dem Maul. Der Hund versuchte vergeblich, durch den Zaun zu kommen, sein gefährliches Knurren erfüllte die Luft.

„Der spinnt", sagte Mac von der Fahrerkabine des Wagens aus und beobachtete, wie Clint heiser weitertobte und der Regen ihm über das Gesicht lief.

„Ich werd's euch schon zeigen, verdammt nochmal. Wartet nur, bis die Wahlen gelaufen sind. Wartet nur, bis die mich zum Bullen gemacht haben. Dann könnt ihr was erleben!"

Der klagende Müllwagen stöhnte auf und begann über die unebene Straße zu zuckeln, die auf beiden Seiten von überquellenden Abfalltonnen gesäumt war und von langen Reihen kaputter Lattenzäune, die so durchhingen, als wären sie zu müde, noch länger aufrecht zu stehen. Blätter, schwer vom kalten Wasser, pflasterten die Straße, flatterten fröstelnd im kalten Herbstwind.

„Joe", sagte Red und versuchte, seine Stimme ruhig klingen zu lassen.

„Meinst du mich?"

„Ja."

„Wie kommt es, daß du meinen Namen kennst?"

„Ich kenne jeden, der dealt", gelang es Red noch zu sagen, bevor er von Krämpfen geschüttelt wurde. „Ich brauche einen Schuß, Mann, g-g-ganz dr-dr-drin-n-ngend", stammelte er.

„Ich weiß nicht, wovon du sprichst", sagte Joe.

„Mach keinen Scheiß, Mann. Siehst du denn nicht, daß ich einen Affen schieb?" Verzweifelt packte Red Joe am Arm.

„Ich kenn dich nicht, Alter", sagte Joe. „Ich weiß nicht mal, wovon du sprichst."

„Ich hab Kohle, Mann, hier, sieh mal!" Red zog mit seiner linken Hand die achtzehn Dollar aus seiner Tasche. „He, Mann, du bist in Ordnung, verkauf mir wenigstens einen Schuß."

„Ich kenn dich nicht, Alter", wiederholte Joe und streifte Reds Hand von seinem Arm ab, als handele es sich um einen ausgedörrten Ast, der von einem abgestorbenen Baum auf ihn heruntergefallen war. Red wurde abermals von Krämpfen geschüttelt. Als er sich wieder aufrichtete, hatte Joe schon die Straße überquert.

„He, Joe! He, warte doch!" Red wußte, daß er nicht wieder zu Ricky gehen konnte, er schuldete ihm noch immer zwölf Dollar. Er brauchte diesen Schuß unbedingt.

Der Wagen der städtischen Müllabfuhr rollte ächzend um die Ecke, die Flaschen klirrten. „Joe, Joe!" Red sprang auf die Fahrbahn. Der Müllwagen quietschte...

Red sah seinen fünfzehn Dollar teuer Wildlederhut die Straße hinuntersegeln; einen kurzen Augenblick lang sah er seine Umgebung ganz deutlich. Daß er selbst auch durch die Luft flog, wurde ihm nicht mehr bewußt.
„Verdammt nochmal!" sagte Mac.
„Hab dem Nigger noch zugerufen, er soll aufpassen!"
Die drei Männer auf der Ladefläche des Müllwagens sprangen über die Seitenwände der Pritsche. Eine Menschenansammlung bildete sich.
„Ist er tot?"
„Weiß ich nicht."
„Zurücktreten, bitte", sagte Mac, der Tabak kaute. „Verdammt nochmal, Clint, mach Platz!"
Die Jungs hielten die Billardstöcke noch in den Händen, als sie aus Booker's Billardkneipe kamen und die Straße herunterströmten.
„Wer ist das?"
„Weiß ich nicht, hab ihn noch nie gesehen."
„Dieser Kerl da muß es wissen", sagte eine dicke schwarze Frau, die sich mit Lebensmitteln abschleppte. Sie zeigte mit dem Finger auf Joe. „Die beiden haben miteinander gesprochen."
Joe sah in die Menge und verfluchte sich selbst, daß er zurückgekommen war, um den auf der Straße liegenden Junkie anzugaffen. Was würde Monk sagen, wenn...? Joe nahm seinen Hut ab und strich sich sein langes, gewelltes Haar zurecht. Alle sahen ihn an. „Keine Ahnung, wer das ist", sagte Joe. „Er hat versucht, einen Vierteldollar von mir zu schnorren. Mehr weiß ich auch nicht." Die Blicke der Menge huschten schnell wieder zu Red, der auf der Straße lag. Das linke Bein lag verdreht unter dem Körper, aus dessen rechter, zerfetzter Seite Blut floß. Reds linke Hand umklammerte noch immer einige der Dollarscheine. Die Menge folgte der Spur der Banknoten, die im Rinnstein auf einem zackigen Kurs dem nächsten Kanalgitter entgegenschwammen, mitgerissen von einem Strom aus Zweigen, Blättern und Abfall. „Mehr weiß ich auch nicht", beteuerte Joe erneut. Scheiße, er mußte weg von hier, wenn Monk das je herausfände...

„Um Gottes willen, jemand muß einen Krankenwagen rufen", sagte Mac.

„Ich hab schon angerufen", sagte ein kleiner Mann mit Brille. Er schnappte nach Luft, als er Red sah.

„Kennen Sie den Typen?" fragte Mac.

„Ja sicher, ich kenn den."

„Wer ist es?" sagte Mac. „Zurücktreten, bitte. Alle zurücktreten, bitte."

„He! Das ist doch Ralph Ewing", sagte Leo, der sich außer Atem durch die Menge drängte, den Billardstock noch immer in seiner Hand.

„Ja, genau", sagte Scotty. „Mann! Sieht aus, als wär er tot."

„Vor einer Viertelstunde war er noch in meinem Laden!"

„Er scheint wirklich tot zu sein", sagte Scotty und schüttelte den Kopf.

Alle Augen richteten sich auf Mac.

„Er rannte plötzlich auf die Fahrbahn, als ich um die Ecke bog", sagte Mac und machte eine hilflose Handbewegung. „Er schoß plötzlich aus dem Nichts heraus."

„Ich hab ihm noch zugerufen, er soll aufpassen. Das hab ich dem Nigger noch zugerufen!" beteuerte Clint.

„Hör mal, Mann, du scheinst noch nicht gemerkt zu haben, daß du hier im falschen Viertel bist für solche Sprüche", wies Scotty ihn zurecht.

„Genau, was heißt hier *Nigger*?" mischte sich Leo ein.

„Tretet bitte zurück. Wollt ihr ihn vielleicht noch umbringen? Gebt ihm wenigstens die Möglichkeit zu atmen", rief Mac verzweifelt.

„Woher kommst du, Alter?" wollte Leo von Clint wissen.

„Den nennen sie den Müllkutscher", sagte jemand aus der Menge. „Ist einer von den Schlägern aus dem Weißenviertel."

Die Jungs aus der Billardkneipe fingen an, Clint einzukreisen.

„Vielleicht sollten wir ihn gleich wieder dorthin zurückschikken. Dem gefällt es hier bei uns nicht", sagte Scotty leise und stolzierte auf Clint zu. Er hielt den Billardstock wie einen Baseballschläger über der Schulter.

„Fangt ja nichts an", warnte Clint.

„Das hast du falsch verstanden, Alter", sagte Leo. „Wir bringen es zu Ende."

„Hört auf!" schrie Mac und stieß Scotty von Clint weg. Die Jungs schauten Mac überrascht an. „Da liegt ein Junge schwerverletzt auf dem Boden und wird vielleicht sterben", sagte Mac außer sich, „und ihr habt nichts Besseres zu tun, als auf ihm rumzutrampeln und eine Schlägerei anzufangen. Nur weil dieser gottverdammte Clint *Nigger* zu euch gesagt hat. Na und? Was soll's! Nigger! Bimbo, Kanake, Judensau, Itaker, Asozialer, Ausländerschwein, Bleichgesicht, Kraut, Schlitzauge, Pollacke, Kaffer, Anarchist, Rothaut, Langnase... und was es sonst noch für Schimpfwörter gibt! Mir... mir fallen gar nicht alle ein. Aber eins weiß ich...", er hielt inne und holte tief Luft. Die Menge war still, wie gelähmt. „Durch keins dieser Wörter wird jemals irgendeiner so schlimm verletzt werden können, wie es der Junge ist, der hier liegt. Also, verdammt nochmal!" Mac stemmte die Fäuste in seine Hüften. „Prügelt euch ruhig, wenn ihr das braucht. Laßt euch nicht davon abhalten. Mir ist es scheißegal, hängt diesen verdammten Clint von mir aus an einem Telegrafenmast auf! Aber kein einziger von euch... hört ihr?... kein einziger von euch rührt auch nur einen Finger, solange der Junge hier liegt! Oder ihr kriegt es mit mir zu tun! Ich hab ihn umgefahren, ja, das stimmt! Vielleicht sogar so schwer verletzt, daß er sterben wird", sagte Mac leise mit gesenktem Blick. Aber dann hob er den Kopf und seine Augen blitzten herausfordernd: „Aber ich werde es verdammt nochmal nicht zulassen, daß einer von euch ihm auch nur ein Haar krümmt, solange ich hier stehe! Auf keinen Fall! Und jetzt tretet endlich zurück! Das gilt auch für dich, Clint, verdammt nochmal!" Mac schob Clint von Red weg.

„Wartet nur bis zu den Wahlen", sagte Clint. „Wartet nur bis die Wahlen vorbei sind..."

„Ach, halt doch endlich dein blödes Maul", sagte Clints Arbeitskollege Kelly und ging mit geballten Fäusten auf ihn zu.

Scotty sah Clint lange an. In seinem Gesicht spiegelte sich der innere Kampf seiner Gefühle. Er knallte den Billardstock auf den Boden und ging. Die anderen Jungs aus der Billardkneipe folgten ihm.

Ein Krankenwagen kam die Straße heraufgerast. Sein Warnsignal übertönte jaulend das Gemurmel der Menge. Dann schossen zwei Streifenwagen der Polizei um die Ecke und hielten an.

„Bloß weg hier", sagte Booker, der sich ohne die Jungs aus seiner Kneipe plötzlich schutzlos vorkam.

„Niemand verläßt den Ort", sagte ein Polizist und drängte durch die Menge. „Was ist hier los?"

„Platz machen!" sagte der andere Polizist, als die Männer mit der Tragbahre sich der gaffenden Menge näherten.

„Dieser Junge mit der hübschen Frisur hat gerade noch mit ihm gesprochen, kurz bevor es passierte", sagte die dicke Frau, immer noch beladen mit ihren Lebensmitteln.

Alle sahen sich nach Joe um. Doch er war nicht mehr da.

Scar lehnte an der Wand des menschenleeren Billardsaals und starrte gleichgültig und benommen in den Regen hinaus.

Kenny wollte Scar alles über Red erzählen, so wie sie es aus dem Radio wußte, aber Scar wollte es nicht hören. Kenny und Scar gingen auf Reds Begräbnis. Es waren eine Menge Leute von der Marshall High gekommen. Scar starrte gleichgültig und benommen auf den Sarg. Die Worte des Predigers ergaben keinen Sinn. Er hörte den Prediger gar nicht, er hörte nicht einmal mehr, was Kenny sagte... das war alles schon eine Million Jahre her... scheiß drauf. Sie gingen um den Sarg herum, um einen letzten Blick auf Red zu werfen. Scar starrte gleichgültig und benommen auf Red. Er sah ihn nicht einmal.

34

Tag um Tag um Tag vergeht, die Farben des Herbstes dominieren. Die Zeit schreitet voran. Die Tage werden kälter. Der Winter verschreckt den Mond. Die Bäume neigen ihre kahlen Äste und stochern unruhig in den heulenden Sturmwehen herum. Dünne Rauchfahnen verlassen die Schornsteine, verlieren sich hektisch in der Atmosphäre. Durch geschlossene Sonnenblenden und im Wind schlagende Jalousien dringen warme Lichtstrahlen verstohlen nach außen. Wer nicht zu den Kneipengängern, Gaunern oder Corner Boys gehört, bleibt zu Hause. Die Corner Boys bleiben in ihren Revieren, scharen sich um die Laternenpfähle und warten... Die Tage vergehen, und die Wahlen kommen, und Monk hat's geschafft. Die Tage vergehen... und die Freudenfeuer leuchten. Die Schüler der High Schools bilden Menschenketten und ziehen singend durch die Straßen. Die Stadt ist von ihren Stimmen erfüllt. In den Stadien der staatlichen Schulen flackern Bandenkriege auf. Die Ordnungshüter sind froh, daß die Footballsaison sich ihrem Ende nähert. Die Nahverkehrsbetriebe öffnen den anstürmenden Footballfans widerwillig ihre Türen. Jugendliche Begeisterung läßt die Straßenbahnen aus allen Nähten platzen. Tag um Tag vergeht...

„Sieht so aus, als käme jetzt endlich deine Tochter", sagte Mrs. Arnez, als sie aus dem Fenster sah und ein schwarzer Buick vor dem Haus parkte.

„Ich glaube noch immer nicht, daß es ein guter Einfall war, sie mit einem Auto nach Hause fahren zu lassen statt mit dem Zug."

„Aber mit dem Wagen sind es doch nur drei Stunden", sagte Mrs. Arnez. „Das war sicher besser so."

„Manchmal verstehe ich dich nicht, Edna."

Mrs. Arnez beobachtete, wie Armenta und Jake die Verandastufen heraufkamen. Ein Wortschwall ergoß sich über Armentas Lippen, ihre weißen Zähne blitzten kurz auf, als die beiden plötzlich über Gott weiß was lachten. Mrs. Arnez freute sich bei diesem Anblick. Er rief angenehme Erinnerungen in ihr hervor.

Armenta kam ganz außer Atem zur Tür hereingestürmt und redete über hundert Dinge gleichzeitig. „Auf dem College ist es toll", konnten sie schließlich heraushören.

„Du mußt hungrig sein", sagte Armentas Mutter.

„Nicht sehr, Mama. Wir haben unterwegs angehalten und etwas gegessen."

„Wie kommst du voran auf dem College?" wollte Mrs. Arnez wissen.

„Ach, so lala."

„Was soll das heißen, ‚so lala'?" Henry Arnez schüttelte den Kopf und gab die Hoffnung auf, jemals eine anständige Antwort von seiner jüngsten Tochter zu bekommen.

„Ach, Daddy", sagte Armenta lachend. „Ich bekomme hauptsächlich Einser und Zweier, aber in Algebra habe ich ein paar Dreier."

Mr. Arnez war zufrieden. „Das klingt nicht schlecht."

„Jake hat einen glatten Einser in Biologie", sagte Armenta. „Wenn er will, dann ist er wirklich klug."

„Lungerst du noch immer mit diesem Kerl herum? Ich habe gedacht, du bist bloß mit ihm zusammen nach Hause gefahren, weil ihr beide aus derselben Stadt kommt?"

„Wir besuchen gemeinsam ein paar Vorlesungen."

„Aha."

„Mama, warum mag Daddy Jake nicht? Er hat doch nie..."

„Ich *mag* ihn nicht und ich will, daß du dich von ihm fernhältst. Ich habe dir das bereits in meinem Brief mitgeteilt. Ich habe es dir schon hundertmal gesagt..."

„Henry, es sind Thanksgiving-Ferien. Es hat doch keinen Sinn, sie uns dadurch zu verderben, daß wir all das wieder aufrollen."

„Mutter, ich..."

„Genug jetzt, Armenta. Dein Vater ist noch sehr aufgewühlt. Er hat sich Sorgen gemacht, du könntest unterwegs einen Unfall haben."

„Jake ist ein guter Autofahrer."

„Jake, Jake, Jake! Das ist das einzige, was ich immer nur höre von diesem Mädchen. Erwähne hier in diesem Haus seinen Namen nicht noch einmal. Und die Rückfahrt nach J City wirst du mit dem Zug machen, junge Dame."

„Wir sprechen später darüber", sagte Mrs. Arnez. „Laßt uns erstmal essen, bevor alles kalt wird."

Damals fing Armenta an, ihren Vater zu hassen.

35

Jake, Scar und Spider saßen an der Bar des Zodiac. Spider sprühte vor Lebensfreude, da er gerade hundertfünfzig Dollar mit seinen gezinkten Würfeln gewonnen hatte. „Eh, Mann, Thanksgiving ist echt toll, was?"

„Ja", sagte Jake leise.

„Ja", murmelte Scar.

Jake sah Scar durchdringend an. „Laß die Finger von dem Stoff, Mann." Er war sehr besorgt. Er hatte wirklich Angst um Scar. „Hör auf damit, bevor es dich noch umbringt", sagte er schroff.

„Ich weiß gar nicht, wovon du sprichst, Mann", sagte Scar langsam. Seine Augen sahen aus, als steckten Nadelspitzen in ihnen, so eng waren sie zusammengezogen. Scar kratzte sich. Er hatte diesen dumpfen Juckreiz. Er kratzte sich überall. „Mann, bin ich drauf", sagte er langsam.

Jake versetzte Scar einen kräftigen Stoß. „Komm zu dir, Mann, komm schon, Scar", flüsterte er grimmig.

„Reg dich nicht auf, Alter", sagte Scar. „Spider weiß, daß ich drauf bin. Und er ist trotzdem noch immer mein Freund."

„Ich hab es vor einem Monat bemerkt, um die Zeit, als Red umgekommen ist", sagte Spider.

„Verdammt nochmal, Scar, es dauert nicht mehr lange, dann wissen es alle, wenn du nicht bald clean wirst. Du weißt doch, was sie mit Junkies machen!"

„Scheiß drauf", sagte Scar.

„Scar!"

„Scheiß drauf."

Jake gab Spider ein Zeichen. Sie packten Scar und brachten ihn nach draußen.

„Scheiß drauf..."

Sie brachten Scar nach Hause und legten ihn ins Bett. „Er hat zu tief ins Glas geschaut", erzählte Jake Kenny, die bestürzt zusah.

„Ach so", sagte Kenny und sah dabei aus, als würde sie jeden Moment zu weinen anfangen. „Warum trinkt er nur soviel? Er trinkt immer so viel, daß er gar nicht mehr stehen kann. Das hat gleich angefangen, nachdem du nach J City gegangen bist."

„Wird schon wieder werden", sagte Jake. „Wir sehen uns morgen, ja?"

„Bringst du Armenta mit?"

„Armenta wird es wohl nicht schaffen."

„Ach so."

„Nicht, weil ihr zusammenwohnt... daß du mit Scar lebst, das hat nichts damit zu tun", sagte Jake. „Sie muß die Ferien bei ihrer Familie verbringen."

„Ach so."

„Wir sehen uns, Kenny", sagte Spider.

Als sie wieder im Wagen saßen, fuhr Jake ziellos durch die Gegend.

„Wir hätten leicht hundert Dollar mehr gewinnen können, wenn Scar nicht derart voll drauf gewesen wäre", sagte Spider.

„Ja. Die meiste Zeit hat er sein Stichwort verpaßt", sagte Jake teilnahmslos.

„Mann, diese Flocken hätte ich echt brauchen können. Ich werde bald heiraten", sagte Spider.

„Ja, hab gehört davon."

„Ja!" Spider drehte sich plötzlich zu Jake. „Sag mal, Mann, du klingst auch nicht gerade glücklich. Euch beiden geht's nicht so gut, wie?"

„So ist nun mal das Leben in der Großstadt", sagte Jake. Die Dinge entwickelten sich zu schnell. Armenta hatte ihm gesagt, daß er nicht mehr anrufen sollte, und daß sie nicht mit ihm zum College zurückfahren würde. Und Scar machte solche Mätzchen. Armenta hatte ihm keine Erklärung gegeben. Ruf einfach nicht mehr an. Was hatte er ihr denn getan? Was für eine Art von Mädchen war sie überhaupt? Thanksgiving mit den Eltern. Na toll.

„Wo fährst du hin, Mann?" fragte Spider.

„Wo du hinwillst."

„Ist mir egal", sagte Spider. Seine unbändige Lebensfreude schwand langsam dahin.

„Fahren wir auf den Highway raus", schlug Jake vor.

Jake blieb so lange auf der Welch Street, bis er auf die Route 66 traf. Er gab dem Motor des Buick Stoff. Sie rasten über den Highway und verschreckten mit ihren Überholmanövern die anderen Autofahrer. Jake fuhr mit hundertzwanzig durch eine Kurve.

„Mann, du spinnst wohl", beschwerte sich Spider.

„Genau!" Jake begann zu lachen.

„Du bist betrunken."

„Ja." Jake lachte und drückte das Gaspedal bis zum Anschlag durch. Bei einhundertsechzig verschwamm die Fahrbahn vor ihren Augen. Wie auf einem Schmierfilm glitten sie über den Highway.

Spider lachte über sich und den lachenden Jake.

„Du bist betrunken", sagte Jake.

„Erraten!"

Beide brachen wieder in schallendes Gelächter aus. Sie huschten über den Highway, lachten und Jake gab Gas, was das Zeug hielt. Ein Streifenwagen verfolgte sie sechzehn Kilometer weit und gab ihnen die ganze Zeit Zeichen, rechts ranzufahren. Schließlich leisteten sie dieser Aufforderung Folge.

„Was glaubt ihr eigentlich, wo ihr hier seid?" fuhr sie ein fetter Bulle mit rotem Kopf an. Er wurde sogar noch roter, als er Jake und Spider im Wagen sah.

„Was ist los, Chef?" gab Jake zurück und lachte.

„Hör zu, du Nigg..."

„Das reicht, Clint", sagte der andere Polizist, der eine Brille trug. „Zeigen Sie mal ihren Führerschein."

„Sind Sie schon lange bei der Polizei?" fragte Jake.

„Die Fragen stellen wir", sagte Clint, „zeig ihm jetzt verdammt nochmal den Führerschein!"

„Wer ist denn dieser Spaßvogel? He, Chef, haben Sie nicht früher mal bei der Müllabfuhr gearbeitet?"

Clint riß Jake mit einer ruckartigen Bewegung seiner riesigen Pranke vom Sitz hoch.

„Laß ihn in Ruhe, Clint", sagte der andere Polizist und zog Clints Hand von Jakes Kragen weg.

„Da haben Sie verdammt recht", sagte Spider. „Das ist gegen das Gesetz."

Jake war jetzt völlig nüchtern. „Das Spielchen läuft nicht mit mir, Mister", preßte er ruhig durch seinen zusammengebissenen Zähne.

Clint wollte sich abermals Jake greifen, aber der andere Polizist schob ihn weg. „Holen Sie mal besser ihren Führerschein raus, Sportsfreund", sagte er.

„Sie verschwenden ihre Zeit", sagte Jake großspurig. „Ich bin ein Freund von Monk."

„Ach ja?", sagte Clint.

„Ja", sagte Jake. Er gab dem anderen Polizisten seinen Führerschein. „Sie können ihn gern überprüfen."

„Das werden wir", sagte Clint. „Und Gott möge dir beistehen, wenn du versuchst, uns reinzulegen!"

Den Rest der Nacht dachte Jake über diesen Vorfall nach. Er mußte etwas unternehmen gegen diesen Typen von der Müllabfuhr. Doch er hatte im Moment noch eine Menge andere Dinge zu erledigen. Das konnte warten.

36

Spider sah sich die Verlobungs- und Eheringe in der Auslage von Judiheimer's an. Er wollte die Eheringe auf keinen Fall in der Pfandleihe kaufen. Er wollte sie einfach nur anschauen, um eine Vorstellung davon zu bekommen, was ihn erwartete, wenn er in eines dieser großen Juweliergeschäfte in der Innenstadt ging. Mann, nächsten Monat würde er heiraten. Er musterte die Ringe genau und schenkte besonders denen mit den kleinen, glitzernden Steinen seine volle Aufmerksamkeit.

Es war ein kalter Tag, einer von denen, die mit ihrem kalten Wind die Nasen laufen ließen. Auf der Welch Street tummelten sich wie immer viele Menschen, die ruhelos dahinhasteten. Ein Streifenwagen fuhr langsam die Straße hinunter. Die Polizisten schienen keinen Ärger zu suchen. Die Bars waren voll mit Whiskytrinkern, die schon am Nachmittag still vor sich hin tranken, ganz anders als die lärmenden Gäste am Abend, die mit jedem Glas lauter werden.

Ein Blinder, der in diesem Teil der Stadt neu war und den der Lärm angezogen hatte, hatte entschieden, dies sei die ideale Kreuzung, um seine Bleistifte zum Verkauf anzubieten. In einer Hinterhofgasse des Straßenblocks mit den dreizehnhunderter Hausnummern jagten ein paar Jungs im Alter von acht bis zehn Jahren hinter einem weinenden Altersgenossen her, der vor ihnen Reißaus nahm.

„Junior! Hör auf mit dem Krach da unten und hol mir Brot", rief eine stämmige schwarze Frau aus einem Fenster im zweiten Stock und warf der Meute auf dem Gehsteig unter ihr eine Münze zu. Es war ein Tag wie jeder andere.

Zwei heruntergekommene alte Kisten fuhren vor dem Paradise. Zwölf Typen stiegen aus, die alle auf die Zwanzig zugingen. Sie trugen schwere Lederjacken, deren Rücken ein grauer Fisch mit gefletschten Zähnen zierte.

„Nicht vergessen, Jungs, ihr wartet noch eine Minute, wenn Specs in die Billardkneipe reingeht... Da ist einer von ihnen, auf der anderen Straßenseite", sagte der Typ mit den schmalen Augen, den dicken Lippen und der Conk-Frisur.

„Nee, Slits, der gehört nicht dazu", sagte Specs.

„Das ist Spider, und er ist einer von ihnen", sagte Slits. „Jetzt hast du Gelegenheit, abzurechnen, Specs. Oder hast du Schiß?"

„Du weißt verdammt gut, daß ich keinen Schiß hab, Slits."

„Ich weiß, daß du keine Angst hast, wenn es um kleine Jungs geht, aber wir sind jetzt dabei, uns mit den Termites anzulegen. Diesem Drecksack von Jake Adams wird das nicht gefallen, und das gefällt mir äußerst gut, verstehst du?"

„Gehn wir mal auf Tuchfühlung, Mann." Die Cootas setzten sich in Bewegung.

Der Blinde an der Ecke klopfte mit seinem Stock den Gehsteig ab und zitterte. Er hörte das Geräusch von vielen Schritten, die auf ihn zu kamen. Er verzog sein Gesicht zu einer Grimasse, die eigentlich ein Lächeln sein sollte, und ließ seine faulen Zähne blitzen. „Helft den Armen", sagte er. „Helft den Armen und Behinderten."

„Ich bin selbst arm", sagte Slits und trat dem Blinden den Stock aus der Hand. Die Jungs lachten über die hilflose Anstrengung des Blinden, seinen Stock wiederzufinden.

Spider drehte sich um. „He, ihr Kraftprotze, euch fehlen wohl ein paar Spielkameraden?" sagte er, hob den Stock des Blinden auf und gab ihn zurück. „Mann, mit diesem Zeug kannst du hier an der Ecke keine Kohle machen", sagte er zu dem Blinden. „Was liegt an, Slits?"

„Das fragst du dich besser selbst", sagte Slits. Die Jungs traten unruhig von einem Fuß auf den anderen.

„Mann, ihr seid ins falsche Viertel geraten. Hier werdet ihr keine Counts finden."

„Ist mir klar", sagte Slits.

Spider zuckte die Achseln. Er wandte den Barracudas den Rücken zu und sah wieder in die Auslage der Pfandleihe. Die Jungs standen herum und sagten kein Wort. Da sie sich in der Schaufensterscheibe spiegelten, konnte Spider sehen, daß sie ihn noch immer eingekreist hatten, und er wurde unruhig. Doch er machte sich keine Sorgen, da sicher war, daß sich niemand mit den Termites anlegen würde. Ihm war's eh schnuppe, er war jetzt ein Mann und würde bald heiraten. Er gehörte doch schon lange nicht mehr zu den Termites. Er drehte sich um. „Sucht ihr irgend jemanden?"

„Nee", sagte Slits.

„Na dann, bis demnächst", sagte Spider und ging davon.

Die Jungs sahen Slits zögernd an. Slits schien wütend zu sein. „Specs", sagte er.

Specs lief von hinten an Spider heran und schlug ihm mit der Faust ins Genick, wobei er eine Rolle Kleingeld fest in seiner Hand hielt und ein Taschentuch seine Knöchel schützte. Spider machte ganz große Augen, allerdings mehr aus Verwunderung als vor Schmerz, obwohl ihn der Schlag gegen die Ziegelwand der Pfandleihe taumeln ließ, und er dagegen ankämpfen mußte, das Bewußtsein zu verlieren. Als er sich umdrehte, versetzte er Specs einen Schlag und traf ihn so fest auf den Nasenrücken, daß seine Brille auf die Straße flog. Spider trat Specs in die Leistengegend und stieß ihm ein Knie unters Kinn, als er in die Knie ging. Dann hatten ihn die anderen aber auch schon eingekreist und gingen auf ihn los. Der Schweiß brach ihm aus und perlte auf der Stirn, während er boxte, trat und biß, seinen Gegnern Finger in die Augen stieß und sie unter dem Hagel ihrer auf ihn niederprasselnden Schläge anschrie. Irgendwo in der Menge war das tödliche Geräusch eines aufspringenden

Klappmessers zu hören. Spider kämpfte jetzt still und verbissen. Er kämpfte um sein Leben.

Nach einer Weile spürte er keinen Schmerz mehr. Dann bekam er wirklich Angst, weil ihm klar war, daß er sich nicht mehr länger auf den Beinen halten konnte. Am anderen Ende des Blocks bog langsam ein Streifenwagen um die Ecke und verließ die Welch Street. Der nervöse und verängstigte Blinde stocherte mit seinem Stock ganz außer sich auf dem Gehsteig herum, während schwere, weiß abgenähte Sohlen, wie sie die unter Jugendlichen weitverbreiteten Schuhe zierten, auf den am Boden liegenden Spider eintraten. Spider rollte sich auf den Bauch und schützte seinen Hinterkopf mit den Händen. Schuhe donnerten gegen seinen Körper.

„Mensch! Ich glaub, wir haben ihn umgebracht", sagte ein kleiner, dünner Kerl zu Slits im Wagen.

„Sein Pech."

„Wir haben noch nie jemanden so schlimm zugerichtet", sagte der Dünne.

„Was ist los? Regt dich das auf, Morty?" fragte Specs. Seine Nase blutete, und seine Lippen waren geschwollen. Das Sprechen verursachte ihm Schmerzen.

„Verdammt, ich glaub, wir haben ihn umgebracht!"

„Specs hat dich was gefragt", sagte Slits.

Morty sah Slits an. Slits Augen waren fast ganz zugeschwollen. Sie gingen unruhig hin und her, flatterten wie Motten herum, als hätte er den Verstand verloren...

„Hat es dich aufgeregt, Morty?" fragte Slits.

„Nee! Nee... zum Teufel nochmal, warum sollte es?" gab Morty zurück. „Ich hab mich einfach nur gefragt, warum du es auf diesen Kerl abgesehen hattest, das ist alles."

„Ich hatte es nicht auf ihn abgesehen", sagte Slits und seine kastanienbraunen Augen zuckten unter den fast geschlossenen Lidern.

„Warum dann die Abreibung?"

„Hat dich die Neugier gepackt? Willst du jetzt auch noch wissen, was die Cootas als Nächstes tun werden?"

„Nee, Slits", sagte Morty und machte eine abwehrende Handbewegung. „Ich hab mich das einfach nur so gefragt, das ist alles."

„Du sollst dir aber keine Fragen stellen. Wenn ich das Objekt gesichtet hab, sollst du einfach nur rangehen und den Kontakt herstellen, alles klar?" Slits zuckende Augen streiften über die anderen Jungs im Wagen. Verschlossen lehnte er sich in seinem Sitz zurück. „Ich hab nichts gegen diesen Typen. Er war einfach nur zufällig einer von Jake Adams Jungs, das ist alles." Plötzlich stieß sich Slits von der Rückenlehne ab und setzte sich in eine aufrechte Position. „Hört mal, Jungs, ich bin der Chef dieser Bande und ich bin niemandem eine Antwort schuldig. Hört auf mit den blöden Fragen! Habt ihr verstanden? Ihr sperrt besser die Ohren auf und hört ganz genau zu. Ihr habt doch immer wieder darum gebettelt, daß endlich mal richtig was abgeht. Genau das werdet ihr jetzt erleben. Die Termites werden uns noch heute Nacht suchen. Seht also zu, daß ihr eure Schießeisen griffbereit habt. Genau das steht uns jetzt bevor."

37

„Die haben ihn übel zugerichtet", sagte Scotty.

„Spider?" fragte Jake ruhig.

„Ja, Spider. Ich dachte, daß du es erfahren solltest. Deshalb bin ich sofort zu dir gekommen."

„Du bist jetzt der Anführer der Termites, Scotty."

„Aber nur, weil du zurückgetreten bist."

„Sag den Jungs Bescheid. Wir treffen uns um acht im Booker's."

„Okay."

„In voller Ausrüstung", sagte Jake mit kaum hörbarer Stimme.

Jake fuhr zu Scars Wohnung hinüber und schloß sie mit seinem Schlüssel auf. Scar lag noch immer im Bett, und Kenny war nicht da. „Mann, willst du den ganzen Tag verpennen?" fragte Jake und schüttelte Scar wach.

„Eh, Mann", sagte Scar verschlafen. „Heute morgen ging es mir echt dreckig, und deshalb hab ich mich gleich wieder in die Falle gehauen."

„Ich hab dich davor gewarnt, diesen Stoff zu nehmen."

„Stoff? Nee, Mann, das war dieser Scotch. Solange du genug Heroin hast, geht es dir nicht dreckig."

„Erinnerst du dich an diesen Penner, den ich ins Krankenhaus geschickt habe?"

„Bouie?"

„Offensichtlich besteht seine ganze Familie nur aus Trotteln."

„Wen meinst du?"

„Seinen kleinen Bruder."

„Slits?"

„Ja."

„Der hat sich wohl nicht mit einem von den Termites angelegt, oder?"

„Doch, genau das."

„Was soll's, wir sind längst ausgestiegen."

„Das dachte Spider sicher auch, aber genau ihn haben sie erwischt."

Scar sagte gar nichts. Er stand auf und zog sich an. Man kann nie aussteigen. Das sollte man nicht vergessen. Nie.

„Bouie könnte etwas Gesellschaft vertragen", sagte Jake ruhig, „aber sicher nicht von seinem Bruder. Es sei denn, er will seine Zeit auf dem Friedhof verbringen."

Scar sagte gar nichts. Jake sprach wirr, und Scar fühlte sich wirr. „Ich frag mich, wo Kenny ist", sagte Scar. „Es ist schon nach sechs, da wollte sie längst zurück sein."

Jake und Scar stiegen in den Wagen und machten sich auf den Weg ins Städtische Krankenhaus. Im Autoradio sprach der Ansager davon, wie gesegnet unser Land im Jahr neunzehnhundertachtundvierzig unseres Herrn war, in einem weiteren kriegsfreien Jahr. Er sprach von guten christlichen Familien im guten christlichen Amerika, die vor ihrem guten christlichen Thanksgiving-Essen ein gutes christliches Tischgebet sprachen und aus dem tiefsten Inneren ihrer christlichen Herzen

Mitleid hatten mit den Millionen von Menschen in anderen Teilen der Welt, die so viel weniger besaßen, wofür sie dankbar sein konnten. Scar drehte das Radio aus.

38

Evelyn saß auf einem Stuhl neben Spiders Bett im Krankenhauszimmer. „Warum nur?" sagte sie immer wieder. „Mein Gott, warum nur?"

„Ist schon in Ordnung, Baby, ich hab einfach nur Pech gehabt", sagte Spider und versuchte zu lächeln.

„Aber warum nur, Bert, warum? Warum haben sie das gemacht? Du gehörst nicht mal mehr zur Gang. Die ganze Zeit über, als ich befürchtete hab, es könnte was geschehen, ist nichts passiert, und jetzt, völlig grundlos..."

„Ach, Jake hat einmal einen dieser Penner von den Cootas vor der Schule fertiggemacht. Ich denke, das war ihre Abrechnung dafür", sagte Spider.

„Jake! Dann hätten sie ihn erwischen sollen, nicht dich."

„Evelyn."

„Es tut mir leid, Bert. Aber... aber er hat das doch gemacht. Warum sind sie nicht auf ihn losgegangen, warum auf dich? Du hast niemandem was getan. Warum läßt Gott nur zu, daß solche Dinge geschehen?"

„Mein Rücken fühlt sich merkwürdig an", sagte Spider. „Ich spüre meine Beine nicht mehr. Das ist eigenartig, oder? He, warum machst du so ein Gesicht? Nur weil ich ein blaues Auge hab und das andere verbunden ist, heißt das ja noch lange nicht, daß ich sterbe. Du wirst schon sehen, ich werd wieder auf die Beine kommen und mich wie neugeboren fühlen."

„Ach, Bert", sagte Evelyn und drehte sich von ihm weg.

„Jetzt magst du mich wohl nicht mehr, mit diesem kaputten Gesicht, was?", neckte Spider sie.

Evelyn lehnte ihren Kopf an Spiders Brustkorb. Sie zog ihre Schultern zusammen und gab keinen Laut von sich.

„Oh je", sagte Spider bewegt, „du scheinst ja voll in mich verknallt zu sein."

Tränen liefen über ihr Gesicht.

„Mir wird ganz anders. Mir wird ganz komisch zumute."
„Bert..."
„Oh je...", sagte Spider.
In diesem Moment kamen Jake und Scar herein. Evelyn sah nicht auf. Die ganze Zeit, während die beiden da waren, sah sie kein einziges Mal auf. Sie hörte Jake und Scar Spider auf den Arm nehmen, und Spider alberte mit ihnen herum. Sie hörte, wie Jake und Scar Spider versicherten, daß sie sich um die Cootas kümmern würden, daß der Bandenkrieg noch in dieser Nacht anfangen würde. Sie erinnerte sich an früher, wenn die Termites mit Banden aus einem anderen Stadtteil kämpften, und wie oft sie Spider gesagt hatte, wie dumm das sei, und wie sie Jake das gleiche gesagt hatte. Sie erinnerte sich an diese Jahre damals, als die Jungs sich immer prügelten. Jetzt begann alles wieder von vorne. Jetzt spielte es fast keine Rolle mehr, was sie taten.
Um acht mußte sie Spider verlassen, weil die Besuchszeit vorüber war. Sie sagte dem Arzt, sie sei Spiders Schwester. Sie hielt es nicht länger aus, nicht zu wissen, wie schwer Spider wirklich verletzt war. Als sie das Krankenhaus verließ, spielte nichts mehr eine Rolle für sie. Der Arzt würde es Spider irgendwann einmal sagen müssen. Sie wußte genau, wie es ihm dann gehen würde. Sie wußte sogar, was er sagen würde. Und das alles nur, weil sich Jake Adams immer wie ein Narr aufführen und anderen Leuten die Nase einschlagen mußte. Sie dachte an all die Opfer, die sie erbracht hatte, die mühsamen Tage, an denen sie jeden Penny gespart hatte, um irgendwie voranzukommen. Sie erinnerte sich daran, wie sie einmal fast aufgegeben hätte, als der Vater ihr vierzig Dollar gestohlen hatte, die sie noch nicht auf die Bank gebracht hatte. Einen ganzen Monat lang hatte sie Überstunden gemacht, um diesen Betrag wieder zusammenzubekommen, und Spider hatte nie etwas davon erfahren. Spider war stolz auf ihr Bankkonto und hatte angefangen, ihr vierzig Dollar pro Woche zu geben, weil er eine gute Arbeit als Kellner hatte und seine Trinkgelder sparte. Sie waren dabei gewesen, voranzukommen. Es war in greifbare Nähe gekommen, daß sie die Elm Street hätten hinter sich lassen können. Jetzt blieb ihr die Elm Street als das einzi-

ge, was man ihr nicht wegnehmen konnte. Sie haßte die Elm Street. Sie haßte Jake Adams und sie haßte jede Frau, die sich je zur Heirat entschlossen hatte.

39

Die Türen bei Booker's waren verschlossen, aber Fremde hatten sowieso keinen Zutritt. Die Nachbarschaft wußte, daß die Termites eine Versammlung abhielten. Booker saß still auf einem Stuhl hinter der Theke neben der Registrierkasse. Dreizehn Jugendliche in Velourmänteln mit Rückenspangen und den dazu passenden Hüten, die sie bis auf die Ohren heruntergezogen hatten, drängten sich um einen Billardtisch, an dem Jake, Scar und Scotty Platz genommen hatten. Unter den Mänteln trugen die Jungs graugelbe Kaschmirpullover, auf deren Vorderseite ein breites, schwarzes T aufgenäht war.

„Also, Leute, ihr wißt, wieso wir diese Versammlung einberufen haben?" fragte Jake.

„Ja."

„Das ist Krieg", sagte Jake. „Wir schlagen mit allen Mitteln zu. Das ist kein Kinderspiel. Das ist endgültig."

„Wie die letzte Auseinandersetzung, die wir mit den Ratz hatten."

„Ja", sagte Jake. „Wie damals, als wir so berüchtigt waren, daß uns niemand mehr unser Gebiet streitig machen wollte."

Booker reinigte sich mit einem alten, schäbigen Taschenmesser die Fingernägel. Seine verkniffenen Lippen bildeten eine scharfe Linie. Er war stark, so stark wie man nur sein kann. Seine Jungs könnten jede Gang dieser Welt mit Leichtigkeit fertigmachen.

„Sind die Waffen verteilt?" wollte Jake von Scotty wissen.

„Ja."

„Was haben wir zur Verfügung?"

„Zwei Fünfundvierziger und eine Achtunddreißiger. Fünf Bajonette, sieben Schnappmesser und zwei Messingschlagringe. Ich konnte nur zwei Bleirohre auftreiben. Leos Bruder hat die deutsche Luger und die Zweinundzwanziger ins Pfandhaus gebracht. Cal hat eine M1, die sein Bruder aus Übersee eingeschmuggelt hat, aber die hab ich weggelassen, weil sie sich nur schlecht verstecken läßt."

„Okay", sagte Jake. „Also, wir werden so vorgehen: Die anderen Gangs machen alle den Fehler, immer als Haufen anzugreifen. Da kommen sie sich gegenseitig in die Quere. Wir werden uns in drei Gruppen aufteilen, dann haben wir genug Platz zum ausholen. Scotty, Scar und ich nehmen die Artillerie an uns, weil wir die Ältesten sind und keine Angst haben, sie auch einzusetzen, wenn's nötig ist. Wir drei nehmen jeder auch ein Bajonett."

Man kann nie aussteigen, dachte Scar. Scheiß drauf.

„Wir brauchen in jeder Gruppe einen Schlagring oder ein Rohr. Du hast gesagt, wir haben zwei Bleirohre, Scotty?"

„Ja."

„Okay, das zusätzliche Rohr kommt in meine Gruppe, die bildet die Sondereinheit. Mal sehn, jetzt haben wir noch zwei Bajonette übrig und sieben Schnappmesser, das macht neun Stichwaffen – drei für jede Gruppe, dann hat jeder eine Waffe, oder?"

„Wart mal", sagte Scar. „Dich, mich und Scotty eingerechnet sind wir sechzehn. Wenn wir uns aufteilen, machen wir zwei Gruppen zu fünf und eine zu sechs. Wenn die Sechsergruppe die Sondereinheit bildet, haben sie zwei Bleirohre und drei Schnappmesser, die Bajonette und Schußwaffen nicht mitgezählt. Die anderen beiden Gruppen bekommen drei Stichwaffen und einen Schlagring, die Anführer nicht mitgerechnet. Also ist jeder bewaffnet."

„Okay", sagte Jake. „Wir machen folgendes: Wir dringen in ihr Gebiet ein und sehen uns dort um, bis wir Feindberührung haben. Das Auskundschaften übernimmt die Sondereinheit. Wir schwärmen in einer Reihe aus und gehen mitten auf der Straße. Der Rest von euch bleibt in einem Wagen am Ende des Straßenblocks. Der eine Wagen an dem einen und der andere am anderen Ende. Verstanden, oder soll ich einen Lageplan aufzeichnen?"

„Alles klar", sagte Scotty.

„Okay, so werden wir Abschnitt für Abschnitt durchstreifen, bis wir sie treffen. Sobald das geschehen ist, dringt der

Rest von euch über die Gehsteige vor. Scar auf der rechten Seite und du auf der linken. Falls geschossen werden muß, mach ich das. Du und Scar dürft nicht schießen, ihr könntet einen von uns treffen, klar? Und ihr müßt aufpassen, weil ein paar von diesen Pennern sicher Schiß bekommen und versuchen, sich aus dem Staub zu machen. Wenn die das tun, werden Scar und du Schüsse in die Luft feuern. Alles klar?"

„Ja", sagte Scotty.

„Okay, genug gequatscht. Sammelt die Waffen ein, und dann auf in den Kampf."

Monk saß im geparkten Wagen vor der Billardkneipe und wartete. Er wußte, was die geschlossene Tür bei Booker's bedeutete. Er hatte das schon oft erlebt, nicht nur hier, sondern auch in anderen Teilen der Stadt und auch in anderen Städten. Es hatte ihn früher nie gestört, aber jetzt störte es ihn. Diese Art von Scheiße entstand aus dem Nichts und war schlecht für das Geschäft. Er konnte es sich nicht leisten, daß einer seiner Dealer in so eine Sache verwickelt war. Monk zündete sich eine Zigarette an und wartete. Dann richtete er sich im Sitz auf. Die Termites kamen jetzt raus. Monk stieg aus dem Wagen und bahnte sich mit den Schultern einen Weg durch die Jungs, die sich vor der Kneipe drängten.

„He, Monk", sagte Scotty. „Was läuft so?"

„Wo ist Jake?"

„Hier bin ich", sagte Jake, der gerade mit Scar durch die Tür kam.

„He, Monk", sagte Scar.

„Wartet unten an der Ecke auf mich, Jungs", sagte Jake und folgte Monk zum Wagen.

„Da, nimm eine Zigarette", sagte Monk im Wagen und hielt Jake ein Päckchen hin.

„Danke", sagte Jake. „Was gibt's?"

„Das will ich von dir wissen", sagte Monk. „Klär mich auf."

„Ich versteh dich nicht, Chef."

„Hör auf damit! Du sprichst jetzt nicht mit einem von diesen Pennern. Wozu der Kriegsrat?"

„Kein Kriegsrat, Monk. Eine reine Erziehungsmaßnahme. Wir müssen ein paar Typen eine Lektion erteilen, da sie offensichtlich vergessen haben, wie man sich auf der Straße benimmt."

„Du bist doch schon längst ausgestiegen, und dabei sollte es auch bleiben. Paß auf, versteh mich richtig. Mir ist es scheißegal, wem die Termites den Kopf einschlagen, solange es keine Auswirkungen auf meine Organisation hat. Aber du kannst da nicht mitmachen, mein Junge. Du weißt, die Organsation kann sich das nicht leisten."

„Erinnerst du dich an Spider?" fragte Jake.

„Ja."

„Er liegt im Krankenhaus, deswegen bin ich wieder dabei."

„Was ist geschehen?"

„Die Cootas haben ihn in den Boden gestampft."

„Und nun willst du also auch wieder deine Stiefel anziehen?"

„Ich werd mehr tun als nur treten."

„Du wirst dich da raushalten."

„Das werd ich nicht, zum Teufel nochmal", sagte Jake leise und wollte aussteigen.

Monk drückte Jake brutal auf den Sitz zurück. „Verdammt nochmal, du wirst mit jedem Tag blöder. Ich war bis jetzt mit allem einverstanden, was du wolltest, aber in diesem Fall wirst du dich nach mir richten müssen. Weißt du, was geschehen wird, wenn ihr euch auf die Suche nach den Cootas macht?"

„Ja, es wird Verletzte geben."

„Genau. Stell dir vor, das Ding geht richtig ab..."

„Mensch, Monk..."

„Ach, Scheiße. Stell dir vor, die Sache wird ein großes Ding und die Zeitungen bekommen Wind davon. Stell dir vor, jemand steckt den Bullen was und sie hängen dir vielleicht noch einen Mord an. Du wärst bekannt wie ein bunter Hund und für die Organisation nicht mehr tragbar, selbst wenn ich dich aus dem Knast rausholen könnte."

„Du redest Blech."

„Du bist es, der Blech redet. Werd endlich erwachsen. Du hast keine Zeit mehr für solche Kinderspiele. Ich hab eine Organisation, die ich schützen muß, und das werde ich mir von dir nicht versauen lassen, nur weil du ein paar Cootas den Schädel einschlagen willst."

„Was zum Teufel erwartest du von mir, Monk? Soll ich vielleicht einen Milchshake trinken gehen und alles vergessen?"

„Ja, das ist immer noch besser als das, was du vorhast."

„Das ist nicht mein Stil, Monk."

„Du meinst, du mußt jemandem ein paar Zähne einschlagen?"

„Genau."

Monk seufzte. „Okay, mein Junge. Ich mach dir einen Vorschlag."

„Was für einen?"

„Du willst ein paar eingeschlagene Köpfe. Okay, aber du mußt nicht selbst dabei sein."

„Ich versteh nicht, was du meinst, Monk."

„Das wirst du schon noch. Du willst, daß den Cootas eine Lektion erteilt wird. Okay, stell dir mal vor, wer diesen Auftrag erledigen und gleichzeitig noch dafür Lob und Dank einheimsen könnte."

„Du spinnst. Ich versteh nicht... wart mal kurz, Monk, du meinst doch nicht... du meinst doch nicht die Bullen?"

„Du wirst langsam erwachsen."

„Aber kannst du das denn wirklich schaukeln, Monk?"

„Na, was glaubst du denn?"

„Ich weiß nicht. Verdammt nochmal, ich weiß es nicht."

„Also... du rufst deine Jungs zurück. Ich kümmere mich darum, daß die Cootas ihre Lektion kriegen."

„Okay, Monk, einverstanden."

Jake war beeindruckt. Verdammt, wenn Monk Gott gewesen wäre, hätte er nicht mehr beeindruckt sein können. Er stand an der Bordsteinkante und sah Monk nach, wie er wegfuhr. Verdammt, er hatte vergessen, Monk von diesem Typ von der Müllabfuhr zu erzählen. Zum Teufel damit, das war jetzt nicht wichtig. Er schlenderte zur Straßenecke hinunter, wo die Termites auf ihn warteten. „Der Krieg ist beendet", sagte er. Er machte ein besänftigendes Zeichen mit seinen Händen, um die Einwände abzuwehren. „Wenn ihr mich ausreden laßt, versteht ihr auch, warum."

„Wir sind ganz Ohr", sagte Scotty.

„Ich hab Verbindungen. Wie würdet ihr es finden, wenn ich euch sage, daß sich eine Gruppe um die Cootas kümmern wird, die sogar noch professioneller vorgeht als wir?"

„Ich würd sagen, daß du stockbesoffen bist und nicht mehr weißt, wovon du redest", sagte Scotty.

„Ja, ich begreif es selbst noch nicht so richtig, aber es ist eine Tatsache", sagte Jake.

„Wer wird sich denn stattdessen um diese Typen kümmern?" wollte Leo wissen.

„Ich schlage vor, ihr wartet einfach ab, bis sich die Neuigkeit wie ein Lauffeuer verbreitet."

„Und Spider wird sich in der Zwischenzeit im Krankenhaus denken, daß die Termites zu feige sind, seine Interessen zu vertreten", sagte Scotty.

„Genau", fielen die anderen wie im Chor ein.

„Glaubt einer von euch, daß Spider kein guter Freund von mir ist?"

Niemand sagte ein Wort.

„Will irgendwer hier behaupten, daß ich Schiß hab?" fragte Jake leise und sah sie durchdringend an.

Wieder Stille.

„Okay, dann sollt ihr wissen, daß ich den Krieg nicht abblasen würde, wenn ich mir nicht sicher wäre, daß die Cootas höllisch ihr Fett abbekommen."

Ein Gemurmel erhob sich unter den Jungs.

„Laßt es mich mal so ausdrücken: Wenn die Cootas nicht innerhalb der nächsten zwei Tage ihre Ärsche hinter sich herschleifen, dann geh ich persönlich bei ihnen vorbei und erledige die Angelegenheit selbst. Und falls ich kneife oder das Ding nicht durchzieh, könnt ihr eure Wut an mir auslassen. Also, wie findet ihr das?"

Die Jungs sagten kein Wort.

„Okay dann, der Krieg ist beendet", sagte Jake. „Komm, hauen wir ab", sagte er zu Scar gewandt.

Sie gingen ins Zodiac und tranken die ganze Nacht, ohne ein Wort zu reden. Als Scar nach Hause kam, lag Kenny schon im Bett.

„Wo bist du gewesen?" wollte sie wissen.

„Drüben im Zodiac."

„Bist du betrunken?"

„Nee."

„Ich dachte, wir zwei wollten gestern abend eine schöne Zeit miteinander verbringen."

„Ja, das war ausgemacht, aber Spider ist zusammengeschlagen worden und liegt jetzt im Krankenhaus."

„Wer hat das getan?" fragte Kenny erschrocken.

„Die Cootas."

„Scar, du wirst doch nicht...?"

„Man wird sich um sie kümmern, aber wir sind dabei nicht im Spiel."

„Da bin ich froh", sagte Kenny und bedrängte ihn nicht mit weiteren Fragen. „Ich hab mich schon gefragt, wo du wohl die ganze Nacht gewesen bist."

„Wenn du zur üblichen Zeit nach Hause gekommen wärst, hättest du es gewußt. Ich bin erst nach sechs von hier weg", sagte Scar.

Kenny sah unglücklich aus. „Du weißt, daß gestern Thanksgiving war", sagte sie.

„Ja, das weiß ich. Deshalb hab ich mich auch gewundert, wieso du aufstehst und auf Jobsuche gehst."

„Ich war nicht auf Jobsuche. Ich bin nach Hause gegangen", sagte Kenny.

„Ach so?" sagte Scar mit einem fragenden Ton in der Stimme und zog seine Augenbrauen hoch.

„Ich hab die Kleinen zu Hause besucht. Mama ist am Thanksgiving-Tag nie zu Hause", sagte Kenny.

„Ach so", sagte Scar.

40

Der Percy Drive gehörte zu den Straßenzügen, aus denen sich der Callek Place zusammensetzte, ein einst wohlhabendes Wohnviertel, in dem das Elend nun schon lange Einzug gehalten hatte. In einer der Seitenstraßen hinter dem Percy Drive schoß eine schlanke Gestalt durch die Finsternis und klopfte dreimal schnell hintereinander gegen eine verschlossene Holztür, hielt kurz inne und klopfte dann noch zweimal leise. Die Tür wurde vorsichtig einen Spalt geöffnet und dann ganz aufgerissen. Die Barracudas waren um einen langen roh gezimmerten Holztisch versammelt. Eine schwache Lampe über dem Tisch warf undeutliche Schatten auf die Wand. Slits, der an der rechten Tischseite saß, ließ kurz das Messer aus den Augen, das in der Mitte des Tisches steckte und von Holzklötzen umgeben war, die mögliche Kampfplätze darstellten. Er sah den Hereinkommenden an. „Hast du ihn getroffen?"

„Ja, hab ich", sagte der Typ.

„Was hat er gesagt?"

„Er hat gesagt, daß er seinen Kampf vor zwei Wochen gewonnen hat und jetzt Profiboxer ist."

„Hör auf, Späße zu machen", sagte Slits, die Augen wieder auf das Messer gerichtet. „Was hat er gesagt?"

„Das war alles, was er gesagt hat, Slits."

„Du machst wohl Witze?"

„Nee, Slits. Mehr hat er nicht gesagt."

Slits drehte sich nach vorn, um dem Boten ins Gesicht sehen zu können. Seine Augen flackerten unruhig. „Ich bin nicht an dem ganzen Vorgeplänkel interessiert. Ich will einfach nur wissen, was er zu meinem Vorschlag gesagt hat."

„Davon rede ich ja, Slits. Er hat gesagt, daß er nicht mehr dazugehört und schon zu alt für sowas ist. Es gibt keine Ratz mehr."

„Was soll das heißen, ‚es gibt keine Ratz mehr'?"

„Es gibt keine alten Ratz mehr. Nur noch die jungen und die Knirpse."

„War das alles, was Perk dazu zu sagen hatte?"

„Ja. Frenchie hat gesagt, er hätte nichts dagegen, mitzumachen. Aber er war der einzige. Er hat gemeint, er könnte die jungen Ratz und die Knirpse auf unsere Seite bringen."

„Dieser dreckige Hurensohn! Mein Bruder hat als sein Stellvertreter die halbe Lunge verloren. Dieser feige Drecksack!"

„Ich würde ihn nicht als feige bezeichnen, Slits. Perk war wirklich nie feige."

„Willst du mir vorschreiben, was ich zu sagen habe?" fragte Slits den Boten.

„Nee, ich wollte nur..."

„Er ist feige", sagte Slits. „Wenn mein Bruder mit seinem Köpfchen nicht alle Schlägereien vorgeplant hätte, hätte man nie auch nur ein Wort von den Ratz gehört. Und Frenchie hat uns die Jungen und die Knirpse angeboten?"

Der Bote nickte.

„Okay, hier ist..."

„Slits! Die Bullen schlagen die Eingangstür ein", sagte ein Typ, der in den Hinterraum hereingestürzt kam.

„Versteckt die Waffen."

„Dazu ist keine Zeit mehr, Slits. Wir müssen zum Teufel nochmal raus hier!"

Die Barracudas stürmten zur Hintertür, die auf die Seitenstraße führte. Dort trafen sie auf Polizisten in blauen Uniformen. Gummiknüppel flogen. In der Einsatzgruppe waren auch drei schwarze Polizisten.

Die Zeitungen waren voll von Leitartikeln, die nicht mit Worten sparten, mit denen die Polizei für diesen Einsatz zur Eindämmung der Jugendkriminalität gepriesen wurde. Auf den Titelseiten fanden sich Schlagzeilen wie...

FRISCH GEWÄHLTER POLIZEICHEF GEHT HART GEGEN GEWALT UNTER JUGENDLICHEN VOR...
JUGENDBANDE AUSGEHOBEN...
POLIZEI STOPPT WELLE VON JUGENDKRIMINALITÄT...

Alle waren voll des Lobes für die neu gewählten unbestechlichen Polizeikräfte.

Specs belegte ein Bett auf derselben Krankenstation wie Spider. Jake und Scar gingen bei ihm vorbei. „Laß dir das eine Lehre sein, du Penner", sagte Jake leise zu Specs.

„Die Termites hatten nichts damit zu tun", sagte Specs. „Das waren die Bullen, die verdammten, dreckigen Bullen."

„Genau", sagte Jake. „Die Bullen. Wenn du wieder mal hier landen willst, dann leg dich einfach mit den Termites an."

„Laß mich in Ruhe", sagte Specs, dem die Tränen kamen. „Laß mich in Ruhe!"

Jake gab Scar ein Zeichen. Sie verließen den Raum. Specs hatte Schmerzen, Mann, hatte der Schmerzen.

Spider schien es nicht besonders gut zu gehen. Er versuchte, Jake und Scar was vorzumachen, indem er Witze über alles mögliche riß. Evelyn saß ruhig dabei und sagte kein einziges Wort.

„Die Barracudas werden niemanden mehr belästigen", sagte Jake, „in erster Linie, weil es keine Barracudas mehr gibt."

„Ja, ich hab gehört, daß die Bullen mit ihnen aufgeräumt haben", sagte Spider.

„Und was glaubst du, wer ihnen die Bullen auf den Hals gehetzt hat?" sagte Jake und zwinkerte Spider zu.

„Du? Mann!"

„Er hat gute Beziehungen", sagte Scar.

„Mensch, Präs! Wenn du was in die Hand nimmst, dann wächst da kein Gras mehr", sagte Spider.

„Niemand, der sich mit Jake Adams und seinen Jungs anlegt, kommt so einfach davon. Aber behalt das für dich, Mann."

„Du kennst mich doch", sagte Spider.

„Wann darfst du wieder aufstehen?" fragte Scar.

Spider warf Evelyn einen kurzen Blick zu. Er verschränkte seine großen Hände und ließ die Finger knacken. „Ich werd schon bald entlassen", sagte er teilnahmslos.

„Das stimmt", sagte Evelyn verbittert.

„Was hat denn deine Alte, Mann?" fragte Jake.

„Ach... sie ist müde. Sie hatte heute einen ziemlich harten Arbeitstag. Könnt ihr sie nicht nach Hause fahren, damit sie sich etwas ausruhen kann? Sie verbringt ihre ganzen Abende hier bei mir."

„Aber... Bert."

„Geh schon, Evelyn", sagte Spider mit etwas Nachdruck. „Wir sehen uns demnächst, Jungs. Und du kommst morgen wieder und bleibst bei mir, okay, Evelyn?" sagte Spider sanft.

Evelyn zögerte.

„Nehmt sie mit nach Hause, Jungs, ja? Ich bin sehr müde", sagte Spider.

Im Auto schwieg Evelyn. Niedergeschlagen saß sie zwischen Scar und Jake.

„Und, was meinst du?" sagte Jake.

„Er sah nicht gut aus", gab Scar zu.

„Wie geht es ihm wirklich?" fragte Jake Evelyn. „Du siehst ihn öfter als wir."

„Es geht ihm gut, total gut!" brauste Evelyn auf.

„Eh, hab ich was Falsches gesagt?" fragte Jake Scar.

„Da komm ich nicht mehr mit!"

Sie redeten nicht mehr darüber, bis Evelyn aussteigen wollte.

„Sag mal, Evelyn, wir sind doch noch Freunde, oder?" fragte Jake.

„Wenn Bert nicht dein Freund gewesen wäre, wär er nicht verletzt worden", sagte Evelyn.

„Mensch, Mädchen, ich hatte nichts damit zu tun."

„Du hast die ganze Geschichte angefangen", sagte Evelyn.

„Die Barracudas haben angefangen, ich habe die Sache beendet", sagte Jake. „Ich habe es so geregelt, daß sie nie wieder jemanden belästigen werden."

„Du bist gut, wenn es darum geht, Dinge zu regeln, was, Jake?"

„Ja, manchmal."

„Und du willst für Spider alles regeln, stimmt's?"

„Das hab ich."

„Ach ja, das hast du? Bert und ich hatten vor, nächsten Monat zu heiraten. Er hatte einen guten Job, und wir hatten ein bißchen Geld auf die Seite gelegt. Jetzt wird er sein Leben lang ein gelähmtes Bein zurückbehalten. Kannst du das auch regeln, Jake?" Sie lief ins Haus und ließ Jake und Scar mit überraschten Gesichtern zurück.

„Das war's also, was nicht mit ihm stimmte", sagte Jake leise, als würde er mit sich selbst sprechen.
„Verdammt, was für ein fürchtliches Pech", sagte Scar.
„Ja, fürchterlich." Seine Hände lagen feuchtkalt auf dem Lenkrad, sein Kopf schwebte Kilometer über dem Rest seines Körpers. Er holte einen Joint aus der Jackentasche und zündete ihn vor Scar an.
„Ich dachte, du wärst dem Schlamassel entronnen", sagte Scar.
Jake inhalierte tief und ließ sich vom beißenden Rauch davontreiben.

41

Eine Woche nachdem Jake wieder zum College zurückgefahren war, kam Spider aus dem Krankenhaus. Scar besuchte ihn zu Hause. Zwei von Spiders Brüdern, die eigentlich in der Schule sein sollten, spielten Siebzehnundvier auf dem Küchentisch. Sie nickten Scar zu. Die Vierzimmerwohnung war vollgestopft mit den Habseligkeiten von sieben Kindern und zwei Erwachsenen. Spider wirkte ganz fröhlich. Scar wußte überhaupt nicht, was er sagen sollte, als er Spider auf Krücken sah. Er blieb nicht lange. Er ging auf die Wisconsin Avenue hinüber, um Maxine zu suchen. Er war niedergeschlagen. Er wußte nicht, auf was er sich einlassen würde, wenn er Slim besuchte. Das war ihm klar, aber er tat es trotzdem.

Maxines möbliertes Zimmer war verlassen. Im Fenster stand ein großes Schild: *Zu vermieten*. Er ging hinein und sah sich alles an. Die Schränke waren leer. Das riesige schäbige Bett war nicht bezogen. Der Toilettentisch und die beiden Holzstühle waren voller Staub. Scar sah sich im staubigen Spiegel über dem Toilettentisch an. Mann, er sah abgekämpft aus. Er schrieb seinen Namen in den Staubfilm auf dem Spiegel. Dann fiel ihm das kleine Foto in der Ecke des Rahmens auf. Es war ein Bild von Jake und Maxine, beide hatten die Köpfe zusammengesteckt und lächelten. *Die ewigen Zwei* stand in blauer Tusche am unteren Rand des Fotos. Er betrachtete das glückliche Lächeln in Maxines Gesicht. Er wischte den Staub vom

Bild und steckte es in seine Tasche. Dann mußte er ganz plötzlich raus dort. Er zog die Tür langsam hinter sich ins Schloß.

Er klopfte an die Tür auf der gegenüberliegenden Seite des Flurs. Eine dunkle alte Frau schaute durch die nur einen Spalt geöffnete Tür. Sie trug ein purpurrotes Kopftuch.

„Ja?"

„Ich wollte fragen, ob Sie vielleicht wissen, wo das Mädchen hingezogen ist, das früher hier gewohnt hat?"

„Das weiß ich nicht und es ist mir auch egal!"

„Ma'am?"

„Sie meinen das Mädchen, das da drüben gewohnt hat?" Die alte Frau zeigte auf das Zimmer, aus dem Scar gerade gekommen war. „Die immer betrunken nach Hause kam, mmhm! In ihrem Zustand noch dazu. Diese kleine Schlampe hat zu jeder Nachtstunde Männer mitgebracht und so einen Krach veranstaltet, daß keiner von uns ein Auge zumachen konnte."

„Wie lange ist sie schon weg?" wollte Scar wissen.

„Ungefähr drei Wochen. Gott sei Dank."

„Sie wissen nicht, wohin sie gezogen ist?"

„Ich hab Ihnen doch schon gesagt, daß ich es nicht weiß. Vor ungefähr drei Wochen ist ein Mann gekommen und hat ihre Sachen abgeholt. Ich hab keine Zeit, hier mit Ihnen rumzustehen und zu plaudern, ich habe zu tun. Sind Sie einer ihrer Männer? Tja, sie scheint wohl nicht viel von Ihnen zu halten, wenn sie sich davonmacht, um mit einem anderen Mann zu leben und Ihnen nichts davon erzählt." Die alte Frau grinste Scar spöttisch an und schloß die Tür.

Er ging ins Booker's hinüber. Er war völlig am Boden. Wenn die Bullen ihn in diesem Zustand gesehen hätten, wäre er sicher gefilzt worden. Aber das war ihm egal.

„He, Scar, Jake hat genau gewußt, was er macht, nicht wahr?" sagte Scotty.

„Ja."

Scotty machte einen Schuß über zwei Eckbanden, um die Acht zu versenken. „Paß besser auf, Präs", sagte er lachend. „Bald bin ich so gut wie du."

„Mann, dein Kumpel hat echt gute Verbindungen", sagte Leo.

„Ja."

„Wann wird Spider aus dem Krankenhaus entlassen?"
„Er ist seit gestern abend zu Hause."
„Gut", sagte Scotty. „He, Booker! Leg die verdammten Kugeln auf, ja?"
„Jake ist wirklich der Härteste", sagte Booker, als er zum Tisch herüberkam.
„Ja", sagte Scar. „Ja."

Zweites Buch

Das hohle Echo

1

Als Maxine wach wurde, blinzelte sie mit verschlafenen Augen. Zuerst konnte sie sich an nichts erinnern, doch dann fiel ihr alles wieder ein. Der Schmerz, die Schreie, das lange, lange Warten auf den Krankenwagen. Was hatten sie mit ihr gemacht? Sie ließ ihren Blick durch das Zimmer wandern, aber er fiel nur auf andere Frauen in Reihen von Betten wie dem ihren. Russell? wollte sie sagen, brachte jedoch keinen Ton heraus. Sie konnte ihre Zunge nicht spüren. Sie war sich nicht sicher, wie sich ihre Zunge anfühlen sollte, aber sie wußte, daß sie irgendwie zu spüren sein sollte.

Eine gewissenhaft wirkende Krankenschwester im gestärkten Kittel kam mit einem Tablett voller Spritzen und Medizin herein. Sie ging sofort zu Maxine. „Wie geht es Ihnen?" fragte sie.

„Ich glaube, ganz gut", antwortete Maxine und war überrascht zu hören, wie diese Worte herauskamen. Der Klang ihrer Stimme verwunderte sie allerdings. Sie klang rauh und häßlich, eher so, als würden Gefühle statt Wörter über ihre Lippen kommen.

„Ich sage dem Doktor Bescheid, daß er gleich nach Ihnen sieht", sagte die Krankenschwester.

Maxine murmelte etwas. Ihre Lider wurden schwer und schwerer. Als sie wieder aufwachte, stand der Arzt am Fuß ihres Bettes und beobachtete sie.

„Es freut mich zu sehen, daß sie sich so gut erholen", sagte er und lächelte sie an. Das Zimmer spiegelte sich auf seinen blitzenden Zähnen.

„Wie lange werde ich hierbleiben müssen, Doktor?" fragte Maxine und schämte sich wegen ihrer Stimme.

„Wenn Sie uns versprechen, sich eine Zeitlang nicht zu sehr anzustrengen, dann sollten wir sie in ein paar Wochen nach Hause entlassen können."

„Wochen?"

Der Arzt nickte.

„Aber heutzutage bleibt doch niemand länger als eine Woche..."

„Sie haben eine schwere Zeit hinter sich, aber..."
„Wie schwer?... Herr Doktor... es war doch alles in Ordnung, oder?"
„Es wird alles wieder gut werden..."
Die ewige Frage, die sich in ihren Augen spiegelte, ließ ihn verstummen. Es war die Frage, die man nicht beantworten, der man aber auch nicht aus dem Weg gehen konnte. Er verhielt sich wie immer in solchen Fällen: Er wand sich, stammelte ein paar Worte und zog sich dann zurück. In diesem Augenblick war für Maxine alles klar. „Wir haben alles uns Mögliche getan. Sie müssen sich nun erholen. Ich werde Ihren Besuch fortschicken. Er soll später wiederkommen..."
„Ich habe Besuch?" fragte Maxine gleichgültig.
Der Arzt nickte.
„Russell?"
Er nickte wieder.
„Kann ich ihn bitte sehen, Doktor?" fragte sie mit harter und fester Stimme.
Der Arzt nickte und verließ das Krankenzimmer. Ein paar Minuten später kam ein fetter dunkler Mann mit Halbglatze herein. Er trug einen rostbraunen Anzug.
„Der Arzt hat gesagt, daß ich nur kurz bei dir bleiben kann", sagte der Mann.
„Hi", begrüßte ihn Maxine. Ihre Augen fühlten sich schwer an, aber sie hielt sie offen.
„Wie geht es dir?"
„Gut, nehme ich an. Ich fühle mich gleichzeitig um fünfzig Kilo leichter und schwerer, wenn du verstehst, was ich meine, Russell."
„Ja, sicher. Der Arzt hat gesagt, daß du in ein paar Wochen wieder nach Hause gehen kannst."
„Ja", sagte Maxine.
„Ich glaube, ich muß jetzt aufbrechen. Ich erzähl dir alles, wenn es dir wieder besser geht."
„Du kannst es mir gleich sagen", sagte Maxine.
„Wir sprechen später darüber."
„Es war nett von dir, daß du dich die ganze Zeit um mich gekümmert hast. Du bist ein netter Kerl, Russell."

„Ja, so bin ich nun mal."

„Ich habe nicht vor, dich zu verschaukeln. Und du wirst mich im Paradise als Solotänzerin auftreten lassen, ja, Russell?"

„Ja, dein Name in Neonleuchtschrift, eine Gruppe hinter dir, Scheinwerfer und das ganze Drumherum", sagte Russell.

Maxine lachte, und plötzlich klang ihre Stimme nicht mehr häßlich. Als Russell ging, lachte sie immer noch. Dann vergrub sie ihren Kopf im Kopfkissen. Eigentlich sollte sie schon darüber hinweg sein. Sie sollte so stark und erfahren sein, wie es alle von ihr dachten. Sagte Russell denn nicht immer, ihr Herz sei hart wie Stein? Er hatte recht. Es war so schwer, daß es bis zum Boden hinunterhing und zwischen ihren Füßen herumbaumelte, so daß sie immer wieder drauftrat. Sie läutete nach der Schwester. Auf den Summton hin erschien ein Krankenpfleger und stand verlegen herum, bis sie endlich etwas sagte.

„Können Sie mir vielleicht Papier und Stift bringen, damit ich einen Brief schreiben kann?"

„Lady, ich weiß wirklich nicht..." sagte der große Pfleger mit dem Kindergesicht.

„Ich werde es später bezahlen. Sie können sich auf mich verlassen", sagte Maxine.

Der Pfleger zögerte noch immer. „Sobald Russell mich wieder besucht, wird er Ihnen einen Dollar Trinkgeld geben", sagte Maxine.

„Russell?"

„Ja, der Typ mit der Halbglatze und dem weißen Bürstenhaarschnitt, der gerade hinausgegangen ist."

„Also gut... okay", sagte der Pfleger.

Der Pfleger brachte das Schreibzeug, und Maxine schrieb Jake einen langen Brief. Sie schrieb den Brief fünfmal neu, bevor sie zufrieden war. Dann legte sie sich wieder schlafen.

2

Spider schaffte es die ganzen Stufen bis zur Eingangshalle hinunter, dort, wo er wohnte. Er schaffte es ganz allein auf Krücken. Er wollte von niemandem Hilfe, auf keinen Fall. Der Gehsteig war vereist, deshalb ließ er sich Zeit. Da er sowieso nicht schnell vorwärtskam, wollte er sich auf diesem Glatteis nichts beweisen. Vielleicht sollte er es doch versuchen. Dann würde sich bei einem Sturz vielleicht seine Wirbelsäule von selbst wieder einrenken. Spider lachte. Es war kalt, und der Wind biß ihm in die nackten Finger, die die Krücken umklammerten. Er faßte den Entschluß, sich später auf dem Nachhauseweg Handschuhe zu besorgen. „Hallo, Taxi!" rief Spider. „Zum Zodiac", sagte er zum Fahrer. „Bleiben Sie ruhig sitzen, Mann, ich schaffe es schon." Als der Fahrer vor dem Zodiac stehenblieb, gab Spider ihm einen Dollar. „Stimmt so", sagte er.

„Danke, Bruder", sagte der Fahrer.

Spider lehnte sich gegen die Tür zur Bar, drückte sie auf und ging hinein. „He, Charlie."

„Hallo, Spider. Wie läuft's bei dir?" sagte der Barkeeper.

„Alles bestens", sagte Spider. Er humpelte an der Bar vorbei zum Hinterraum.

„Hi, Kleiner", sagte der Spielleiter mit regungslosem Gesichtsausdruck.

„Wie geht's?"

„Völlig tote Hose zur Zeit", sagte der Spielleiter.

„Ich verstehe", sagte Spider.

„Kann ich was für dich tun, Kleiner?"

„Das Spiel mit den gezinkten Würfeln ist jetzt bestimmt endgültig aus für uns, oder?"

„Nee, Kleiner. Das wird schon wieder, und dann kannst du die Krücken am Tischende abstellen und die ganze Nacht durchspielen. Du kannst hier noch immer Kohle machen", sagte der Spielleiter.

„Nee, Carl", sagte Spider, „das ist vorbei. Ich habe mir das Ganze durch den Kopf gehen lassen, während ich im Krankenhaus lag. Blieb mir auch nichts anderes übrig."

„Bin ganz Ohr", sagte Carl.

„Das Spiel mit den gezinkten Würfeln konnte nicht bis in alle Zeiten so weitergehen. Früher oder später wäre jemand draufgekommen, was da läuft. Dann hätte ich meine Geschäfte sowieso woanders abwickeln müssen."

„Da wäre ich mir nicht so sicher", sagte der Spielleiter.

Spider schüttelte den Kopf. „Irgendwann wäre es passiert. Ich war gerade dabei, alles für meine Hochzeit vorzubereiten, als ich zusammengeschlagen wurde. Das hat alles verändert."

Der Spielleiter nickte.

„Das soll nicht heißen, daß ich nun nicht mehr ans Heiraten denke, aber ich habe mir viel durch den Kopf gehen lassen und finde, ein verheirateter Typ braucht was Solides, wenn du weißt, was ich meine."

„Ja, ich versteh dich schon", sagte Carl.

„Ich hab mich also gefragt..."

„Ich kann dich hier unterbringen", sagte der Spielleiter.

„Ich will mich nicht aufdrängen..."

„Ich brauch jemanden, der mir hilft, die Spiele abzuwickeln", sagte der Spielleiter. Er zwinkerte Spider zu. „Ich werd langsam alt."

„Mensch, danke, Carl. Mann, du bist meine Rettung."

Soweit sich Spider erinnern konnte, war dies das erste Mal, daß er Carl lächeln sah. „Es gibt ein paar Kniffe, die du noch lernen mußt, aber... zum Teufel nochmal, Kleiner, so wie du deine Würfel gezinkt hast, sollte es dir nicht schwerfallen, dir das anzueignen."

Ein guter Mann läßt sich nicht unterkriegen, dachte Spider, als er mit dem Taxi zu Evelyn fuhr. Es ging ihm gut.

Er führte Evelyn zum Abendessen aus. Schweigsam saßen sie im Pollard's, einem erstklassigen Restaurant, dessen Inhaber Schwarze waren. Es zeichnete sich durch phantasievoll zubereitete Speisen, hohe Preise und eine langsame Bedienung aus. Spider fühlte sich, als könnte er Bäume ausreißen. Er polierte seine silbernen Manschettenknöpfe mit der Stoffserviette, die neben seinem silbernen Besteck lag. „Du scheinst gut aufgelegt zu sein", sagte Evelyn.

"Sollte ich auch. Ich habe einen Job bekommen, einen guten. Einen verdammt guten."

"Ist das dein Ernst, Spider?"

"Warum sollte ich dir einen Bären aufbinden?"

Evelyn lächelte zum ersten Mal seit Wochen. "Erzähl mir mehr darüber", sagte sie aufgeregt.

"Jetzt kommt erst mal unser Futter", sagte Spider. "Ich werd's dir nach dem Essen erzählen."

"Ach, Bert, das ist wie in alten Zeiten."

"Ja", stimmte Spider zu. "Fast." Früher hatte er keinen einzigen Gedanken daran verschwendet, sich eine Arbeit zu suchen.

Eine farbige Kellnerin mit hellem Teint servierte ihnen Steaks, die auf dem Teller noch brutzelten. Spider bestellte einen Tafelwein von der Bar im hinteren Teil des Restaurants. Er wollte, daß sein Mädchen sich wohlfühlte. Er hoffte, sie könnte ihn immer als Spider sehen und nicht als Spider, den Behinderten. Er knallte seine Faust auf den Tisch.

"Was ist los, Bert?"

"Nichts", sagte Spider. "Nichts, vergiß es."

Nach dem Essen saßen sie da und rauchten, während sie nach und nach die Weinflasche leerten.

"Bert, du bist mit deinen Gedanken ganz woanders."

"Findest du?"

"Ja."

"Ich dachte gerade..."

Evelyn griff nach seiner Hand. "Erzähl mir von deinem Job", sagte sie.

"Da gibt's nicht viel zu erzählen."

"Wo wirst du arbeiten?"

"Im Zodiac."

"Im Zodiac?"

"Ja, im Zodiac. Hab ich doch gesagt."

"Und als was?" fragte Evelyn und drückte Spiders Hand fester.

"Spielleiter für die Würfelspiele im Hinterraum."

"Oh", sagte Evelyn.

„Ich werde mindestens fünfundsiebzig Mäuse in der Woche verdienen."

„Oh."

„Manchmal werden es vielleicht auch an die hundert sein."

„Oh."

„Ist das alles, was du dazu zu sagen hast, einfach nur ‚oh'?"

„Du spielst aber nicht – oder doch, Bert?"

„Ein Spielleiter spielt nie, er ist nur für die Abwicklung des Spiels zuständig."

„Ach so."

„Ich dachte nur, es interessiert dich vielleicht, daß ich einen Job hab."

„Ich freu mich für dich, Bert", sagte Evelyn mit einem Kloß im Hals. „Ich find, das ist ein toller Job. Das meine ich ernst."

„Willst du mich noch immer heiraten? Du weißt doch, du mußt es nicht."

„Ja", sagte Evelyn.

„Ja was?"

„Einfach nur ja, Bert. Das ist alles."

„Wann?"

„Heute abend."

„Warten wir bis morgen. Heute können wir keinen Bluttest mehr machen."

„Nach dem Bluttest müssen wir noch drei Tage warten, bevor wir heiraten dürfen."

„Solange kann ich auch noch warten", sagte Spider.

3

Als Jake und Armenta in den Weihnachtsferien nach Hause kamen, waren Spider und Evelyn schon verheiratet. Gleich nach der Ankunft traf Jake Scar und machte sich mit ihm sofort auf den Weg, Spider und Evelyn zu besuchen. Sie wohnten auf der Thirteenth Street, ganz in der Nähe von Scar. Jake gefiel die Wohnung, sie war modern und sauber. Spider hatte Bier im Eisschrank. Sie tranken schweigend. Spider erkundigte sich nach Armenta, und Jake erzählte ihm, daß sie mit dem Zug nach Hause gefahren war, er sie also nicht getroffen hatte.

Danach schien ihnen der Gesprächsstoff auszugehen. Unsicher schauten sie sich an. Jake und Scar blieben nicht lange. Sie schlugen vor, sich irgendwann während der Woche wieder zu treffen, um Spiders Hochzeit nachzufeiern, aber sie wußten, daß dies nur leere Worte waren. Die Dinge hatten sich geändert und würden nie mehr so sein wie früher. Spider gehörte nun nicht mehr zur Clique.

Jake schlug die Einladung aus, mit Scar und Kenny am Weihnachtsabend auszugehen. Er verbrachte die Nacht in einer überfüllten Bar unten an der Ecke Third und Welch, wo es höchst unwahrscheinlich war, einen seiner Freunde zu treffen.
  Im Norden der Stadt, dort, wo Armenta wohnte, war die Nachbarschaft von den melodischen Weihnachtsliedern der Weihnachtssänger erfüllt. Die Straßen dieses Viertels waren mit funkelnden Christbaumlichtern geschmückt, die über Veranden, Sträuchern und Fenstern hingen. Schnee fiel auf die Lichter und ließ sie zu weichen Farbflecken werden, eine Mischung aus Rot, Gelb, Blau und Orange. Im knöcheltiefen Schnee, der die steifgefrorenen Rasenflächen bedeckte, ließen die Weihnachtssänger ihre Fußspuren zurück. Aus den Kellern, wo die Menschen in ihren Partyräumen mit Alkohol auf die Feiertage anstießen, drang Lachen nach oben. Überall hörte man das Läuten der Kirchenglocken und das Singen der Weihnachtslieder. Hin und wieder hörte man jenen bellenden Husten, der die Augen fiebrig glänzen läßt. Bei den Arnez' zu Hause beendeten Mr. Arnez und seine Frau gerade das Weihnachtsschmücken, während ihre eigensinnige Tochter teilnahmslos die Tapete anstarrte.
  „Die Mädchen müßten jede Minute eintreffen", sagte Mr. Arnez.
  „Ja", lachte Mrs. Arnez. „Obwohl sie so weit weg wohnen, geht es mir trotzdem immer gut, weil ich weiß, daß sie zu Weihnachten nach Hause kommen."
  „Zu schade, daß Wilma nicht kommen kann."
  „Ach, Henry, du erwartest doch nicht wirklich von ihr, daß sie den weiten Weg von Afrika hierher macht, nur um Weihnachten zu Hause zu sein..."

„Nein, nein, so habe ich das nicht gemeint", antwortete Mr. Arnez wehmütig. „Aber es wäre ganz schön gewesen."
Mrs. Arnez lächelte. „Nächstes Jahr werden der kleine Jimmy und die kleine Bertha schon sieben Jare alt sein. Ich kann mir das kaum vorstellen, du vielleicht? Wie die Zeit vergeht."
„Ich bin froh, daß Wilma noch keine Kinder hat. Afrika ist kein idealer Ort, um Kinder großzuziehen."
„Na ja, Henry."
„Was ist mit unserer Jüngsten los? Sie hat den ganzen Abend noch kein einziges Wort gesagt."
„Ich glaube, sie will noch immer ausgehen, Henry", sagte Mrs. Arnez.
„Wer hat je davon gehört, daß jemand am Heiligen Abend ausgeht?"
„Das scheint jetzt modern zu sein. Ich muß zugeben, daß ich auch nicht viel davon halte", sagte Mrs. Arnez.
„Solche Flausen muß sie sich aus dem Kopf schlagen", sagte Henry Arnez. „Sie..."
Armenta stand auf und verließ den Raum.
„He, wo gehst du hin?" fragte Mr. Arnez.
„Es geht mir nicht gut", sagte Armenta.
„Komm zurück und laß diese Albernheiten, Armenta, hörst du..."
„Laß sie in Ruhe, Henry", sagte Mrs Arnez.
Armenta schloß die Tür ihres Zimmers, zog sich aus und legte sich ins Bett. Sie holte den kleinen tragbaren Plattenspieler, den ihr die Eltern im vorigen Jahr zu Weihnachten geschenkt hatten, und füllte den Stapler mit Singles. Weihnachten war was für Kinder. Sie glaubte nicht mehr an den Weihnachtsmann. Sie würde an gar nichts mehr glauben. Jeder wollte die Welt in Stücke reißen, doch niemand war bereit, die Stükke wieder zusammenzufügen. Religion war auch nur ein schlechter Witz. Alles, was ihre Eltern ihr beigebracht hatten, war ein Witz. Sie hatten ihr immer eingetrichtert, sie solle zu jedem freundlich sein, aber ihr Vater hatte ihr Jake weggenommen. Ihre Eltern hatten ihr auch aufgetragen, die andere Wange hinzuhalten. Ihr kam es vor, als hätte sie das schon ihr ganzes Leben lang gemacht. Langsam wurde ihr bewußt, welche

Vorurteile ihre Eltern hatten. Ihr Vater hatte ihr immer erzählt, was für große Vorurteile Weiße hätten, aber Armenta war sich im klaren, daß Schwarze auch nicht ohne waren. Ihr alter Herr war ein Snob, und sie mußte dafür bezahlen. Sie fragte sich, ob es wirklich einen Gott gab. Ihre Einführungsvorlesung in Biologie hatte sie durcheinandergebracht. Jake ließ sich durch wissenschaftliches Zeug nicht verunsichern. Im Gegenteil, er lachte darüber. Sie fühlte sich schuldig, wenn sie an Jake dachte. Jake glaubte sicher, daß sie ihn nicht mehr mochte, weil sie den Zug genommen hatte und nicht mit ihm zusammen nach Hause gefahren war. Sie hatte versucht, sich auf dem College von ihm fernzuhalten, wie Vater es von ihr verlangt hatte, aber sie hatten sich wieder getroffen. Doch es war nicht mehr so wie früher. Sie wußte, daß er nicht arbeitete, und trotzdem hatte er immer Geld. Sie haßte ihren Vater dafür, daß er sie bei Jake Fehler suchen und finden ließ. Jake wartete auf sie. Er hatte gesagt, falls sie nicht käme, sei das der Beweis dafür, daß sie sich überhaupt nichts mehr aus ihm machte. Sie würde weggehen, um ihn zu treffen. Sie würde sich fortstehlen und... Sie war zu feige, aber sie würde es Jake erklären, sie würde ihm alles erzählen.

Beim Versuch, sich zu betrinken, gab Jake in der Bar zehn Dollar aus. Er ließ die Musikbox so lange Eckstines ‚Body and Soul' spielen, bis es die Leute nicht mehr hören konnten. Er wartete. Er verbrachte den Heiligen Abend damit zu warten, und er saß noch immer dort, als sie die Bar schlossen und anfingen, den Boden aufzuwischen. Es ging ihm nicht schlecht, es gelang ihm nicht, sich selbst leid zu tun. Für einen Trottel empfand er nie Mitleid.

Wenn ihn jemand gefragt hätte, wie er die Ferien verbracht hatte, wäre es ihm schwergefallen, sich an Einzelheiten zu erinnern. Er war die ganze Zeit betrunken und bekifft. Er und Scar blieben die ganze Zeit drauf. Noch nie in ihrem Leben hatten sie eine so tolle Zeit miteinander verbracht.

4

Gleich nach Neujahr hörte Evelyn auf zu arbeiten, und Kenny verbrachte viel Zeit mit ihr zusammen. Anfangs dachte sie, daß sie vielleicht Evelyns Job bekommen könnte, aber Evelyn mußte ihr leider sagen, daß für diese Arbeit zu viele Leute auf der Warteliste ständen, und daß sie auch kein gutes Wort für Kenny einlegen könnte, da man auf sie sauer war, weil sie selbst gekündigt hatte.

Kenny bewunderte Evelyns Wohnung. Die fand sie wirklich hübsch.

„Sie ist nett, ich hoffe, wir können sie behalten. Sie kostet achtzig im Monat, und wenn ich nicht mehr arbeite..."

„Ich dachte, Bert hätte einen guten Job?"

„Letzte Woche hat er hundert verdient, aber... Mensch, Kenny, ich mach mir Sorgen. Du weißt doch, er zahlt nicht mal Einkommenssteuer, weil Glücksspiel verboten ist."

„Stimmt das? Mensch, das ist je ein Ding... Scar bezahlt auch keine."

„Wie geht es Scar" fragte Evelyn. „Ich glaube, er denkt, daß ich sauer auf ihn bin."

„Vielleicht liegt's daran. Irgendwas stimmt nicht mit ihm. Er war die ganze Zeit über betrunken, besonders, als Jake da war. Scar war sonst nicht so."

„Nein, da hast du recht", sagte Evelyn.

„Er verdient noch immer einen Haufen Geld. Er sagt, er gewinnt es beim Billardspielen, aber er ist nicht mehr so gut wie früher."

„Kenny, glaubst du, daß du das Richtige machst? Ich meine, daß du bei ihm bleibst. Ich würde dich das nicht fragen, wenn wir nicht Freundinnen wären, aber... du weißt doch..."

„Du meinst, ich mache einen Fehler, Evelyn? Ich finde einfach keine Arbeit."

„Ich... ach, vergiß einfach alles, was ich gesagt habe, ja?"

„Ich glaub, Armenta würde es auch nicht richtig finden. Ich hab sie nicht mehr gesehen, seit sie aufs College geht", sagte Kenny.

„Keiner von uns hat sie gesehen. Ich hab gehört, daß sie zu Hause Schwierigkeiten hat. Jake hat mal sowas anklingen lassen."

„Ach deshalb? Das ist schlimm, ich kenne das", sagte Kenny.

„Hätte Bert nur einen anderen Job..., aber ich glaub, es gibt nicht viel, was er sonst machen könnte. Ich glaub, ich sollte froh sein, daß er wenigstens den hat, aber es gefällt mir einfach nicht, daß er dauernd mit diesen Spielern rumhängt. Wir bekommen ein Kind, weißt du das schon?"

„Nein", sagte Kenny. „Das ist ja wunderbar."

„Ja. Spider wollte, daß ich sofort mit der Arbeit aufhöre, als ich es ihm erzählt habe. Es wäre besser gewesen, ich hätte nichts gesagt. Ich hätte mindestens noch vier Monate arbeiten können."

„Vermutlich glaubt er, daß er genug verdient, um für dich sorgen zu können."

„Genau das hat er gesagt. Er meinte, er verdiene genug, um für zwei oder drei Kinder und mich sorgen zu können. Er ist so stolz darauf."

„Das glaub ich dir. Ich bin froh, daß ihr so gut miteinander auskommt."

„Wir hatten noch nie Schwierigkeiten miteinander", sagte Evelyn.

Im Hinterraum des Zodiac saß Spider auf einem Stuhl am Kopf des Würfeltisches. Sein Gesicht war ausdruckslos, so unbewegt wie das von Carl. Es herrschte starkes Gedränge rund um den Tisch. Ein Haufen Leute, von denen Spider früher Geld gewonnen hatte, spielten mit. Der Typ, der an der Reihe war, machte einen Fehlwurf. „Verdammt", sagte er. Dann mußte er grinsen. „Du bringst mir kein Glück, Chef", sagte er zu Spider. „Jetzt sitzt du auf der andern Seite des Tisches und nimmst mir immer noch mein Geld ab." Spider zuckte die Achseln. Er nahm das Geld, das der Spieler als Einsatz für seine Wette auf den Tisch gelegt hatte. „Versuch dein Glück mit einem neuen Paar", sagte Spider und gab dem Spieler andere Würfel.

Der Spieler zwinkerte Spider zu. Er warf die Würfel und machte einen Punkt. Auch die nächsten beiden Versuche gelangen ihm. Er warf dreimal hintereinander sieben, bevor er wieder Pech hatte. „Man kann nicht immer Glück haben", sagte der Spieler. Die Würfel rollten über den Tisch. Drüben, in einer anderen Ecke des Raumes, machte der Spielleiter die Bank bei einem Siebzehnundvier-Spiel. Vor ihm stand eine Geldkassette, aus der die Gewinner ausgezahlt wurden. Die Kassette quoll schon fast über. Keiner gewann.

Spider ließ die Würfel unaufhörlich rollen. Mann, müßte er Carl nicht an den Einnahmen beteiligen, würde er wirklich voll abkassieren. Natürlich konnte er sich nicht beschweren. Doch Carl teilte nie seinen Anteil beim Siebzehnundvier mit ihm. Aber, zum Teufel nochmal, so war eben die Abmachung. Schließlich hielt Carl den Laden am Laufen. Er könnte wetten, daß Carl im Hinterraum mehr Geld verdiente, als der Club vorn einnahm. Mannomann, und er hatte sich schon für gerissen gehalten, als er das kleine Abkommen mit Carl über das Spiel mit den gezinkten Würfeln getroffen hatte. Er fragte sich, wie es Evelyn wohl ginge. Er hoffte, daß für sie und mit dem Baby alles in Ordnung war. Sie hatte geglaubt, daß sie arbeiten müßte, war das nicht ein Witz? Er wußte, es würde ihr nicht gefallen, wenn sie eingeweiht wäre, wie das Spiel läuft, aber zum Teufel damit. Carl hatte ihm gezeigt, wie man es so dreht, daß die Spieler hin und wieder einen Fehlwurf haben, damit der Spielleiter an die Kohle der Spieler kommt. Verdammt nochmal, Evelyn glaubte doch nicht im Ernst, daß er mit einem Teilzeitjob fünfundsiebzig Dollar in der Woche verdienen konnte, ohne etwas dafür zu tun, oder?

5

Das College war am einundzwanzigsten Januar aus. Jake packte seine ganzen Sachen. Er würde nicht mehr zurückkommen, um das zweite Semester zwei Wochen später anzutreten. Seit dem Beginn der Vorlesungen nach den Ferien hatte er nicht mehr mit Armenta gesprochen. Ein paarmal hatte er sie noch in der Cafeteria gesehen. Sie schien ihm immer etwas sagen zu wollen, hatte es sich dann aber doch jedesmal wieder anders überlegt. Eine Schnalle ist eben eine Schnalle... Er hatte genug von dem ganzen Treue-und-Schmerz-Scheiß. Sieh dir an, was draus geworden ist. Monk hatte vielleicht doch recht gehabt. Er hätte sich von vornherein nicht mit ihr einlassen sollen. Er fühlte sich so unendlich erschöpft, aber er wettete, daß er der einzige war, der das bemerkt hatte. Er trug die zwei vollen Koffer aus dem Souterrain eines Hauses am Fuße des Hügels, auf dem die Universität lag, und warf sie in den Kofferraum des Dynaflow. Das College hatte eine Zeitlang schon Spaß gemacht, aber zum Teufel nochmal, für dieses Zeugs war er sowieso nicht geschaffen. Er löste die Zimmerschlüssel von seinem Schlüsselanhänger und ging die Treppe zur Veranda hinauf, wo er an die Eingangstür klopfte.

„Hier sind Ihre Schlüssel, Mr. Koonce, ich mach mich jetzt auf die Socken."

„Hast du deine Meinung geändert und kommst im nächsten Semester wieder zurück?"

„Nee, ich fürchte, nicht, Mr. Koonce", sagte Jake und lächelte.

„Du bist doch nicht etwa durchgefallen, oder?"

„Nee. Das einzige C, das ich habe, ist in Englisch. Da habe ich sogar ein C-minus bekommen", gab Jake zu. „Ich kapier das einfach nicht."

„Ich habe die ganze Zeit gewußt, daß du ziemlich klug bist, sonst hätte sich wohl kaum dieses hübsche Mädchen mit dir abgegeben. Sie hat ein Stipendium bekommen, habe ich recht?"

„Für nächstes Jahr."

„Das ist toll. Ich habe sie nicht mehr hier gesehen, seit ihr alle aus den Ferien zurückgekommen seid."

„Sie ist noch in der Gegend", sagte Jake.

„Nun, mein Sohn, laß dir Zeit. Ich wünsche dir viel Erfolg bei allem, wozu du dich entschließen wirst, ja?"

„Danke", sagte Jake.

Er wollte gerade losfahren, als er eine kleine vertraute Gestalt den Hügel herunterkommen sah. Er saß angespannt im Wagen und wartete.

„Jake, hast du etwa vor, abzufahren, ohne mein Gepäck zu holen?"

„Wieso?" fragte Jake.

„Ich fahre mit dir zusammen zurück."

Sie erreichten den Highway. Gute fünfhundert Kilometer lagen jetzt vor ihnen. Jake fuhr schweigend.

„Hast du es eilig?"

„Nein."

„Dann fahr langsamer", sagte Armenta. „Ich bin nicht scharf drauf, nach Hause zu kommen."

Nach dem ersten Drittel der Strecke wollte Armenta an einem der an der Straße liegenden Rasthäuser anhalten, um etwas zu trinken. Das Lokal war ziemlich heruntergekommen und verlassen, aber Armenta machte das wett, indem sie sich in der Sitzecke an Jake schmiegte. Armenta trank ein paar kleine Scotch, Jake begnügte sich mit Bier. Sie tranken schweigend. Auch im Wagen redeten sie nichts. Sie schmiegte ihren Kopf an seine Schulter, so daß er fast nicht lenken konnte, und alle Autos an ihnen vorbeisausten. Aber das war ihm egal. Als sie sich schließlich der Stadt näherten, wurde Armenta unruhig. „Jake?"

„Ja."

„Hast du es eilig, nach Hause zu kommen?"

„Nicht unbedingt."

Armenta schaute aus dem Fenster auf die Landschaft hinaus. Weit und breit waren fast nur Reklametafeln zu sehen, die den Weg in die Stadt wiesen. „Fahren wir einfach noch nicht nach Hause, Jake, ich meine, nicht vor morgen vielleicht."

„Deine Leute werden nach dir suchen", sagte Jake trocken.

„Nicht vor morgen. Sie erwarten mich heute noch nicht. Übernachten wir..." Sie sah ihn an und errötete. „Übernachten wir doch in einem dieser..."

„Motels?"

„Genau. Verbringen wir die Nacht doch in einem Motel!" sagte Armenta.

Sie hielten vor dem einzigen Motel außerhalb der Stadtgrenze, in dem Schwarz und Weiß absteigen konnten. Das Motel hatte nur ein paar schwarze Gäste. Es war ein sehr teurer Laden. Nachdem sie ihr Gepäck auf das Zimmer gebracht hatten, gingen sie in das Hauptgebäude der weitverzweigten Anlage, wo es ein Restaurant gab. Sie aßen schweigend. Armenta beeilte sich, Jake ließ sich Zeit. Dann gingen sie in die Bar, die *The Purple Room* hieß. Der Teppich, die Vorhänge und die Polstermöbel waren aus weichem Samt. Die indirekte Beleuchtung an den Wänden und der Decke verbreitete ein golden schimmerndes Licht, das an einen Sonnenuntergang erinnerte. Auf jedem Tisch stand eine Tropfkerze, deren Wachs über eine dickbauchige Weinflasche hinunterlief. Ein Pianist, ein Geiger und ein Baßgeiger spielten auf einem Podium eine leidenschaftlich rührselige Musik. Gelegentlich zog der Geiger von Tisch zu Tisch und erfüllte spezielle Musikwünsche der Gäste. Er kam auch an Jakes und Armentas Tisch und fragte sie, was sie zu hören wünschten. Armenta fühlte sich unsicher, da bis jetzt nur Lieder aus Opern oder Symphonien bestellt worden waren.

„Können sie ‚Body and Soul' für uns spielen?" sagte Jake. „Das ist unser Lieblingslied."

Der Geiger ließ die Melodie auf seinem Instrument erklingen und spielte sie feurig und schwermütig. Jake war überwältigt. Es klang wie in einem Konzert. Die Musik fuhr ihm in den Bauch. Er spürte Armentas Hand auf seiner. Zu seiner Überraschung sah er, daß ihre Augen feucht wurden. Der Geiger verneigte sich mit seinem Instrument vor ihnen und ging dann zum nächsten Tisch. Armenta und Jake lauschten der Musik und blieben dort sitzen, bis die Bar geschlossen wurde.

Auf dem Zimmer drehte Armenta das Licht aus, und sie zogen sich im Dunkeln aus. Er fand sie auf dem Bauch liegend im Bett und streichelte ihr mit den Fingern über den Rücken. Sie drehte sich zitternd zu ihm um und ließ ihn noch warten, reizte ihn mit weicher, nackter Haut, berührte ihn leicht mit ihren Brustwarzen, stöhnte und krümmte und wandt sich unter dem sanften Druck seines Körpers. In dieser Nacht kamen sie kaum zum Schlafen.

Erst am Nachmittag verließen sie das Motel. Armenta wußte, daß es nur so geschehen konnte. Jemand, der stärker war als sie, könnte sich auflehnen, aber nicht sie, Armenta Arnez. Sie wußte nicht, wie sie es Jake sagen sollte. Sie dachte daran, wie sie während dieser Monate auf dem College ohne Verhütungsmittel mit Jake geschlafen und dabei gehofft hatte, daß sie schwanger würde, aber selbst Mutter Natur schien sich auf die Seite ihres Vaters geschlagen zu haben. „Jake?"

„Was?"

„Glaubst du immer noch, daß ich nicht in dich verknallt bin?"

Er zog sie an sich.

„Mir tut das alles... alles so leid, Jake."

„Warum? Jetzt ist doch alles in Ordnung."

Armenta schwieg bis sie fast Armentas Elternhaus erreicht hatten. „Bleib hier stehen", sagte sie. „Ich habe versucht, dir zu sagen, daß es aus ist zwischen uns. Das wollte ich dir die ganze Zeit sagen."

Jake stieg voll auf die Bremse. „Hast du dir deshalb letzte Nacht soviel Mühe gegeben? War das die Vorbereitung auf die große Enttäuschung?"

„Nein, du weißt genau, daß das nicht stimmt, Jake."

„Warum dann..."

„Auf Wiedersehen, Jake."

„Ist das dein Ernst?"

„Ja." Sie stieg mit ihrem Gepäck aus. „Lauf mir bitte nicht nach", sagte sie.

Er hatte das quälende Gefühl, daß er sie nie mehr wiedersehen würde.

6

Scar legte ein paar Platten auf den Plattenspieler, den er Kenny zu Weihnachten gekauft hatte. Er war froh, daß Kenny auf Jobsuche gegangen war, oder wohin auch immer. Kenny mochte Boogie-Joogie, und Scar war nicht in der Stimmung, sich sowas anzuhören. Er spielte eine Scheibe von Duke, weil er voll drauf abfuhr, was B bei ‚Sophisticated Lady' draufhatte. Er hatte sie vor ein paar Minuten noch im Plattenladen gehört und dann zusammen mit ‚Manteca' von Diz gekauft. ‚Sophisticated Lady' stellte sich als das Größte heraus, was er seit langem gehört hatte. Scar setzte sich einen Schuß und hob voll ab. Wenn er nicht bald clean würde, Mann, dann würde er noch vor die Hunde gehen. Er war den ganzen Nachmittag zugedröhnt, aber als Kenny nach Hause kam, war er wieder runter. „Hi, Kleines", sagte er. „Hör dir diese verrückte Jam Session an." Er schloß die Augen und ließ ‚Sophisticated Lady' von vorne spielen.

„Bist du betrunken?"

„Ja, von der Musik."

„Du hast dich sehr verändert, Scar", sagte Kenny wehmütig. Zögernd kam sie zum Sofa hinüber, auf dem Scar lag, und küßte ihn auf die Wange. „Ich dachte, es würde dich vielleicht interessieren, daß ich einen Job gefunden habe, zumindest eine Art von Job."

Scar öffnete seine Augen und setzte sich langsam auf. „Hast du?" fragte er und klang nicht glücklich darüber.

„Freust du dich denn nicht für mich, Scar? Jetzt muß ich nicht mehr länger bei dir wohnen."

„Ja, sicher, Baby. Ich freu mich für dich", sagte Scar mit Nachdruck.

„Ich glaube, ich pack jetzt besser. Morgen fahre ich nach Sweetport."

„Du hast einen Job in Sweetport?"

„Ich habe mich zum Women's Army Corps gemeldet. Wir fahren morgen in ein Ausbildungslager."

Scar sagte nichts, sein Gesicht sagte nichts, sein ganzer Körper sagte nichts.

„Also, ich packe jetzt besser..."

Scar schloß die Augen. ‚Sophisticated Lady' verhinderte jede Unterhaltung. Kenny stand verlegen neben Scar und wußte nicht, was sie tun sollte. „Du warst nett zu mir, Alonzo. Es gab noch nie jemanden, der so nett zu mir war."

Scar öffnete die Augen. Der Gedanke, daß Kenny ihn verließ, war hart, wie ein Tag ohne einen Schuß. „Ich war nicht nett zu dir, Kenny."

„Doch, das warst du. Selbst in diesen letzten Monaten, als du..." Sie drehte sich von ihm weg.

Scar setzte sich langsam auf und legte seine Hände um ihre Taille. „Laß dir Zeit... Kenny. Wir werden immer..."

Sie nahm seine Hände in ihre. „Ich weiß", sagte sie. Wer hat jemals behauptet, dieses Mädchen sei doof? Scar spürte einen Kloß in der Kehle. Er zog sie sanft zu sich aufs Sofa hinunter. ‚Sophsticated Lady' spielte immer wieder und wieder...

Draußen auf der Welch Street lief Jake die vertrauten Häuserzeilen ab. Monk war problemlos dazu zu überreden gewesen, ihn wieder in seinem alten Gebiet einzusetzen und Joe nach J City zurückzuschicken. Jetzt, nach dem Gespräch mit Monk, wußte Jake nicht, was er mit dem Rest des Abends anfangen sollte. Das Lob seiner Kumpels aus der Billardkneipe summte ihm noch immer in den Ohren. Sie hielten ihn für jemanden, der alles in den Griff kriegen kann. Vor nicht allzu langer Zeit hatte er das auch noch gedacht. Eigentlich wollte er Scar treffen, aber er hatte keine Lust, sich anzusehen, was aus ihm in letzter Zeit geworden war. Er überwand sich und schaute in den Hinterraum des Zodiac. Spider zwinkerte ihm von seinem Platz am Würfeltisch zu. Jake blieb eine Zeitlang bei ihm stehen und beobachtete das Spiel. Dann verabschiedete er sich mit einem Wink und ging nach vorn in die Bar. Er bestellte doppelte Whisky und trank mechanisch. Am anderen Ende der Bar saß Benbow und nickte ihm frech zu. Benbow hatte seinen Arm um eine Frau gelegt, die neben ihm stand. „Hab gehört, deine Kleine hat den Durchbruch geschafft", sagte er.

„Wer?" fragte Jake.

„Maxine, weißt du noch?" Benbow zeichnete mit seinen Händen pralle Formen in die Luft und grinste Jake an.

„Ach ja", sagte Jake. Er ging zur Musikbox und warf einen Vierteldollar hinein für seine Lieblingsnummern von Bird, Pres und Diz. Dann warf er noch eine Münze für ‚Body and Soul' in die Maschine. Im Lokal wurde es langsam laut, mehr und mehr Nachtschwärmer strömten herein. Eine schlanke rot gekleidete Frau bewegte sich unschlüssig in der Tür hin und her, kam dann mit wogenden Schritten ins Lokal und musterte die Leute an der Bar. Sie blieb vor Jake stehen und zog ihm den Hut über die Augen. „Hi, Kit, was tut sich so?" sagte Jake.

„Tote Hose, das einzige, was sich noch bewegt, sind die Blätter an den Bäumen", sagte die Frau angewidert. „Und die bewegen sich auch nur, weil der Wind ihnen was bläst." Sie lachte, stürzte davon und stellte sich dann aufreizend mit weit gespreizten Beinen neben die Musikbox, auf die sie sich mit einem Ellbogen stützte.

Der Typ neben Jake an der Bar stieß ihn an. „Ist das eine von dir?" sagte er bedeutungsvoll.

„Ich kenne sie von der High School."

„Verdammt, du willst sagen, sie lassen Huren auf die Schule gehen?"

„Im Jahrbuch der High School hat sie angegeben, daß sie Lehrerin werden will", sagte Jake.

„Und wo hält sie den Unterricht ab, an den Straßenecken?"

„Wir leben in einer freien Welt, da kann jeder tun, was er will", sagte Jake

„Wenn er ein weißes Gesicht hat", sagte der Mann. Er lachte und klopfte Jake auf den Rücken. „He, Charlie, bring meinem Freund hier einen Drink", sagte der Mann und zeigte auf Jake.

„Nein danke", sagte Jake und klopfte seinerseits dem Mann auf die Schulter. „Spendier Kit einen Drink. Vielleicht besorgt sie's dir dann umsonst."

„Was ist denn mit dem los?" Der Kerl hob entschuldigend seine Hände. „Ich habe doch nur..." Er hielt verlegen inne. Niemand hörte ihm zu.

Jake ging rüber ins Zodiac zu den Bowlingbahnen. Er setzte sich auf den letzten Platz einer langen Reihe miteinander verbundener Sitze. Alle sieben Bahnen waren in Betrieb. Heute war die Ausscheidungsnacht, und sieben Mannschaften in ihren bunten Trikots spielten gegeneinander. Die Bowlingkugeln polterten in die Kegel, aufgeregte Spieler übertönten diesen Lärm, feuerten sich gegenseitig mit lauten Rufen an. Frauen in Rollkragenpullis hingen herum, ließen ihre kaum bedeckten Beine über die Sitze baumeln. Sie stopften sich mit Hot Dogs voll, hielten kalte Bierflaschen in verschwitzten Händen. Die Luft war so drückend, daß man das Gefühl hatte, niesen zu müssen. Caldonia schaute herein und hatte einen Mann am

Arm. Caldonia hatte mal wieder eine Rasur nötig. Jake ging auf die Toilette mit den zersprungenen Kloschüsseln und Waschbecken und den schmutzigen Sprüchen an den Wänden. Er schloß die Tür zu einem der Klos und zündete sich einen Joint an. Er warf das Zündholz in die mit gelben Flecken übersäte Schüssel, lehnte sich gegen die Wand und nahm einen tiefen Zug, inhalierte und beobachtete die aschelose Glut. Die Toilette war ein Karussell.

Bei Scar läutete zwei Minuten nach acht das Telefon. „Scar, hast du Jake gesehn?"
„Nee. Wer spricht dort, Armenta?"
„Ja. Hast du ihn noch nicht getroffen?"
„Nee. Ist er denn wieder in der Stadt?"
„Wir sind heute angekommen. Ich muß ihn unbedingt sprechen."
„Hast du es bei ihm zu Hause versucht?"
„Dort habe ich zuallererst angerufen. Ich hätte gleich wissen müssen, daß er nicht zu Hause ist."
„Also, bei mir ist er auch nicht."
„Scar, finde ihn bitte für mich. Du weißt, wo du ihn suchen mußt. Ich weiß nicht, wo ich..." Ihr versagte die Stimme.
„Also, verdammt nochmal, ich..."
„Bitte, Scar. Sag ihm, er soll mich sofort anrufen, sobald du ihn gefunden hast, egal, wie spät es ist. Tust du mir den Gefallen?"
„Ist es wirklich so dringend?"
„Ja."
„Okay, ich werd ihn für dich suchen", sagte Scar.
„Wer war das?" wollte Kenny wissen.
„Armenta. Ich muß Jake für sie suchen."

Tief atmete Jake die kalte Luft vor dem Zodiac ein. Er hielt seine Hände schützend vor das Zündholz und zündete sich gegen den Wind eine Zigarette an. Er wollte eigentlich noch in ein anderes Lokal gehen, aber zum Teufel nochmal, eine Bar blieb eine Bar. Er konnte also genausogut gleich im Zodiac bleiben. „He, Jake!"

Jake drehte sich um und erblickte eine große, schlaksige Gestalt in Matrosenuniform, die ihm von der anderen Straßenseite aus zuwinkte. Mensch, das gibt's doch nicht! Er schnippte das Zündholz in den vorbeibrausenden Verkehr und überquerte die Fahrbahn.

„He, Mann, was sagt man denn dazu!" Sie lachten sich an.

„Wie lange schrubbst du schon die Schiffsplanken, Ed?" Jake mußte zu ihm aufschauen. „Verdammt, fehlt nur noch, daß du auf Stelzen herumläufst", sagte Jake.

„Ich bin gleich nach dem Abitur zur Marine gegangen."

„Nimmt die Navy denn jeden?" fragte Jake und musterte Eds schlaksige Einszweiundneunzig.

In Eds hübschem Gesicht blitzten weiße Zähne auf. „Schau dir diesen tollen Mop an, Alter", sagte Ed, nahm seine marineblaue Wintermütze vom Kopf und beugte sich hinunter, damit Jake sich die glänzende Haartracht genau ansehen konnte.

„Mensch!" sagte Jake. „Wo machen sie einem denn so einen tolle Frisur?"

„In New York, Mann. Ich bin dort stationiert."

„Die sieht nicht wie ein Conk aus."

„Nein, das ist onduliert. Das ist der letzte Schrei. *Better join the Navy*, Mann. Ich war bereits schön, bevor ich zur Navy ging. Aber jetzt bin ich groß, schwarz und schön, ha ha."

Ed hatte sich kaum verändert, außer, daß er jetzt noch größer war. In der High School hatten sie viel Spaß miteinander. Eds Frisur warf ihn nicht gerade um. Sie wirkte eher künstlich. Aber er mußte zugeben, daß die Haare so verdammt viel besser aussahen, als mit einem geglätteten Conk. „Bist du auf Urlaub?"

„Ja, ich muß noch fünf Tage in diesem Nest bleiben. Mann, du solltest mal nach New York kommen. Es gibt keine zweite Stadt wie diese auf der ganzen Welt. Komm und schau dir meine Kiste an. Ich hab gleich dort unten geparkt."

„Nennt ihr so eure Autos in New York?"

„Ja, Präs. Wo hast du dich rumgetrieben? Jetzt erzähl mir bloß nicht, du bist ein Spießer geworden? Mann, dieses Nest übt einen schlechten Einfluß aus. Was machst du jetzt?"

„Dies und das."

„Mann, dir scheint's gutzugehen."

„Ich kann mich nicht beklagen."

„Ich hab was in meiner Kiste, da werden dir die Augen übergehen", sagte Ed. Er wirbelte herum, um besser sehen zu können, wer ihn da gerade im Vorbeigehen angerempelt hatte. „Wer zum Teufel war das?"

Jake lachte. „Caldonia. Er glaubt, daß jeden Tag Halloween ist."

„Das ist meiner", sagte Ed und zeigte auf ein kastanienbraunes Chevrolet 1946er Baujahr. „Sieh mal, wen ich da aufgegabelt habe. Die sind zu allem bereit und völlig betrunken. Ich hab gehofft, jemanden zu treffen, der kein Spießer ist und mir eine von den beiden abnimmt."

„Nicht zu glauben", sagte Jake. „Wo hast du die denn aufgelesen?"

„Nicht schlecht, was? Ich habe sie zufällig drüben auf der anderen Seite der Stadt getroffen."

„Gibt es dort drüben solche Bars?"

„Nee, zum Teufel nochmal. Ist 'ne Stadt voller Spießer. Dort drüben gibt's nur Weiße, Mann."

„Wie zum Teufel hast du dann..."

Ed zwinkerte. „Das lernt man eben auf den Straßen der Großstadt. Steig ein, Mann."

„Nein, danke."

„Was ist los, Alter? Hast du Schiß?"

„Nee, ich hab keinen Schiß."

„Mann, ist nach all den Jahren doch noch'n Spießer aus dir geworden? Ein knackiger weißer Arsch wird dich doch nicht gleich umwerfen."

Jake sah ihre strähnigen Haare, das verschmierte Make-up, die schmuddeligen Kleider, die mageren Figuren. „Genauso ist es, ich find sie einfach nicht umwerfend."

„Mann, sie sind weiß."

„Das ist mir scheißegal."

„Ein steifer Schwanz hat sich noch nie Gedanken gemacht."

„Mag sein", sagte Jake. „Aber ich schon." Jake ließ Ed stehen. „Man sieht sich", sagte er. Er ging ins Molly's auf einen Kaffee und ein paar Sandwiches. Dort fand Scar ihn endlich.

„Spider hat mir gesagt, daß du kurz im Zodiac warst", sagte Scar.

„Komm gerade von dort", sagte Jake. „Wie geht's?"

„Es läuft so", sagte Scar.

„Ich bin erst heut abend zurückgekommen."

„Ja, ich weiß. Armenta hat's mir erzählt."

„Armenta?"

„Ja. Sie sucht dich. Du sollst sie anrufen."

„Du machst wohl Witze, Alter."

„Nein, wirklich wahr, das hat sie gesagt. Sie hat mich losgeschickt, um dich zu suchen."

„Ach, der stehen die Fäkalien bis oben hin. "

„Fäkalien?"

„Ein Wort, das ich auf dem College gelernt habe", sagte Jake. „Das einzige, das mir gefallen hat."

„Sie hat gesagt, du sollst sie anrufen, egal, wie spät es ist."

„Sie kann mich mal."

„Was ist los mit dir, Mann?"

„Ich hab's satt, daß sie mit mir rumspielt", sagte Jake ruhig. „Sie glaubt, sie braucht nur mit ihren Fingern zu schnippen und schon kann sie meine Gefühle auf- und zudrehen wie einen Wasserhahn."

„Das glaubt sie bestimmt nicht", sagte Scar.

„Woher willst du das wissen? Du betrachtest das Ganze doch nur von außen."

„Oft hat man von dort den besseren Blick."

„Aber sie ist meine Alte. Mit mir ist sie ins Bett gegangen. Du kennst sie nicht so gut wie ich", sagte Jake.

„Ich kenn sie", sagte Scar.

Jake blickte von seinem trüben Kaffee auf und Scar ins Gesicht. „Was willst du damit sagen?"

„Ach, nichts", meinte Scar und zuckte die Achseln. „Ruf sie besser an. Sie klang, als wäre es wirklich wichtig."

„Sie sollte sich ein paar Spielsachen kaufen, wenn sie was zum Spielen braucht. Laß uns kurz im Paradise nachsehen, was dort los ist."

Scar starrte Jake an.

„Komm schon, Mann. Du siehst mich an, als wär ich betrunken oder so. Noch bin ich's nicht, aber die Nacht ist noch lang."

„Wenn du das Mädchen jetzt nicht anrufst, wirst du dir wünschen, die Nacht wär vorbei, bevor du betrunken bist", sagte Scar.

Vor Molly's zündete sich Jake wie ein Gangster eine Zigarette an und schnippte das Zündholz mit dem Daumen und dem Mittelfinger so weg, daß es über die halbe Straße segelte, bevor es ein Windstoß erfaßte und zur Bordsteinkante zurückblies. Scar wollte zu Kenny in die Wohnung zurück, aber er wollte noch so lange bei Jake bleiben, bis er Armenta angerufen hatte.

„Warum rufst du das Mädchen nicht an, Alter?"

„Sie hat mir schon alles erzählt, was sie zu sagen hatte."

„Mann."

„Scheiß drauf", sagte Jake.

„Im Zodiac gibt es eine Telefonzelle", sagte Scar, als sie sich der Bar näherten. „Jake..." Scar packte Jake am Arm.

„Verdammt nochmal, Scar, laß mich in Ruhe. Was geht dich das überhaupt an?" sagte Jake ruhig.

„Du wirst dieses Mädchen jetzt sofort anrufen. Ich bin doch nicht umsonst aufgestanden und dir nachgelaufen."

„Was zum Teufel machst du denn schon so früh im Bett?"

„Kenny fährt morgen weg zum Women's Army Corps, falls dich das überhaupt was angeht. Kümmer dich um deinen eigenen Scheiß und ruf Armenta an!"

„Kenny geht in's WAC?"

„Genau das hab ich eben gesagt."

„Mann, das ist ja ein Hammer, bei denen einzutreten. Die Hälfte von denen sollen Kriminelle sein."

„Ja, ich weiß", sagte Scar müde. „Ich glaub, sie konnte nichts anderes tun. Sie kann doch nicht auf ewig bei mir bleiben."

„Nee, das würdest du früher oder später satt haben", sagte Jake.

„Ruf Armenta an, ja?"

Jake boxte Scar gegen die Schulter. „Okay", sagte er.

Scar wartete im Zodiac an der Bar, während Jake nach hinten zur Telefonzelle ging.

Armenta hob beim zweiten Läuten ab.
„Hallo", sagte Jake.
„Hallo, Jake."
„Warum sprichst du so leise?"
„Mein Daddy will nicht, daß ich mit dir spreche, das war das ganze Problem."
„Dein Alter?"
„Ja, er will nicht, daß ich mich mit dir treffe."
„Ich hab dir gleich gesagt, daß dein Alter mich nicht mag."
„Ich weiß. Nächstes Semester wird er mich auf das College nach New York schicken."
„Obwohl du ein Stipendium für J City hast?"
„Er glaubt, daß ich dich dort oben vergessen werde."
„Und wirst du das?"
„Nein."
„Sieht aus, als hätte ich schlechte Karten", sagte Jake.
„Im Sommer werde ich zurück sein."
„Das hat nichts zu bedeuten, wenn dein Alter dich zwingt, dich von mir fernzuhalten."
„Ich werd dich trotzdem treffen."
Jake lachte. Ein kurzes, heiseres Lachen. „Ich bin nicht deine Preisklasse, Armenta. Ich hätte gleich wissen müssen, daß ich bei den oberen Zehntausend nichts verloren habe."
„Sag nicht sowas, Jake."
„Aber so ist es doch! Dein Vater hält mich für Abschaum oder sowas. Ich laufe vielleicht nicht so hochnäsig durch die Gegend und rede auch kein hochgestochenes Zeug wie ein Professor oder sonst wer, aber das eine schwör ich dir: Nächstes Jahr, noch bevor ich einundzwanzig bin, werd ich einen Cadillac fahren und ein Haus haben, das so schön und so groß ist wie das von deinem Alten."
„Hab gar nicht gewußt, daß du je über Häuser und solche Dinge nachgedacht hast."
„Ich werd deinem Alten zeigen, daß ich genausogut bin wie er."
„Er hat nichts gegen dich persönlich, Jake. Er findet einfach nur, ich sollte mich für Doktoren, Rechtsanwälte, Architekten und solche Leute interessieren."

„Was für einen Unterschied macht es, was du arbeitest, solange du Kohle hast?"

„Genau das macht ihm Sorgen. Er fragt sich, was du tust, daß du dir einen neuen Wagen und solche Dinge leisten kannst. Ich wundere mich selbst manchmal", gab Armenta zu.

...Monk hat also die ganze Zeit über recht gehabt.

„Jake! Jake, bist du noch da?"

„Ja."

„Ich werd dir meine Adresse schicken, sobald ich in New York bin. Wirst du mit mir in Verbindung bleiben, Jake?"

„Ja", sagte Jake. *...ich wundere mich selbst manchmal...*

„Wenn du willst, schreibe ich dir jeden Tag."

„Okay."

„Jake, wirst du mir auch schreiben?"

„Ja." ...manchmal ... manchmal... *Auf wessen Seite wirst du stehen, wenn es zu dieser Entscheidung kommt...*

„Jake?"

„Ja." *...Ich bin auf deiner Seite, Monk, das weißt du doch...*

„Liebst du mich?"

„Ja." *...ich wundere mich selbst manchmal...*

„Ich liebe dich auch, Jake. Ich werd dir schreiben, ja?"

„Ja, sicher." *...manchmal... manchmal... manchmal...*

Er legte nicht mal den Hörer auf. New York! Verdammt nochmal, bis nach New York. Er fand Scar an der Bar, und sie gingen hinaus.

„Hast du mit ihr gesprochen?"

„Ja, ich hab mit ihr gesprochen." Sie gingen langsam die Straße hinunter.

„Was hatte sie dir zu sagen, was so wichtig war?

„Sie geht nach New York."

„Ich glaube, da würd ich mitgehen."

Jakes Blick fiel auf die Neonreklame über dem Paradise, mit der die Attraktion des Clubs angekündigt wurde. „Das war es also, wovon Benbow sprach."

„Was?"

„Schau dir den Namen an, Mann, den Namen."

...MAXINE GOLDSTEIN UND IHRE ALL-STAR REVUE...

Der Name leuchtete immer wieder auf dem großen regenbogenfarbigen Reklameschild auf. Scar war elektrisiert, ein Trip ohne Schuß.

„Komm, laß uns reingehen", sagte Jake.

Kenny war vergessen. Sie gaben ihre Jacken und Hüte an der Garderobe ab und setzten sich in die erste Reihe. Die Vorstellung sollte erst in einer Stunde beginnen, und so nippten sie an ihren Scotch on the rocks und warteten. Schon bald mußte Scar einen kleinen Ausflug machen. Für ihn war es ein äußerst ungünstiger Zeitpunkt, aber es ließ sich nicht umgehen. Er hatte nur die Wahl, Maxines Auftritt high oder auf Entzug zu erleben. Nachdem er auf dem Klo war, verging die Zeit für ihn schnell, aber gleichzeitig lief alles wie in Zeitlupe ab, so langsam wie noch nie zuvor. Eine Sekunde schien so lang, daß er in dieser Zeit die Welt hätte umrunden können, und trotzdem kam es ihm so vor, als würde die Show gerade beginnen, als er sich wieder hinsetzte. Scheinwerferkegel tanzten durch den Raum. „Mann, ich fahr ganz schön ab", sagte Scar. Er konnte die Musik sehen. Er konnte sie tatsächlich sehen. B-Moll war ein schönes goldenes Gelb, und, oh Mann, diese Blue Notes waren wirklich blau. Die Töne flossen wie silberne Scheiben aus den Trompeten und klirrten wie schmelzende Eiszapfen durch die Luft, wenn die Schreie der Trompeten ihre Formen auflösten. Die Töne der Saxophone hatten die Form von Donuts und wechselten von Grün über Purpurrot in ein dumpfes Orange. Der Klavierspieler baute Treppenstufen aus Elfenbein bis zur Decke. Die Töne schienen von einer solchen Festigkeit zu sein, daß Scar jederzeit gewettet hätte, er könne auf ihnen bis ganz nach oben steigen und sich dort im Nichts niederlassen. Er wußte nicht genau, was der Baßspieler und der Schlagzeuger machten, aber sie spielten wie irre. Ton um Ton explodierte. Die orangefarbenen Blitze, die dabei entstanden, konnte er sich nicht lange ansehen. Es war, als steckte er seine Nase in die Flamme eines Schweißbrenners. Dann sah er Maxine auf die Bühne kommen. Sie trug ein weißes Kleid, das mit Pailletten verziert war. Es war vorne offen und zeigte die langen, gutgeformten Beine einer Tänzerin in schwarzen Spitzenstrümpfen, die sich wie wild im Rhythmus der Musik bewegten. Auf ihrem Kopf wippte ein weißer Hut mit schwarzen Federn. Sie lenkte ihre Schritte bis an den vorderen Bühnenrand und schleuderte dem Publikum ihre Beine entgegen. Wann immer sie ihre Beine in die Luft warf, konnte er ihre Schenkel beben sehen. Auf ihre linke Wange war ein Schönheitsfleck gemalt. Den Zuschauern schenkte sie ein distanziert freundliches Bühnenlächeln. Als sie kurz nach unten blickte, war Scar sich sicher, daß sie ihn und Jake erkannt haben mußte, weil sie für einen kurzen Augenblick zu erstarren schien. Dann sah er sie eine Zeitlang nicht, weil die anderen Tänzerinnen um sie herum ausschwärmten und sie in deren Mitte verschwand. Nach dem letzten Takt der Musik klatschten alle wie wild. Maxine war großartig; Scar fühlte sich toll. Die Musik setzte wieder ein, diesmal in einem mäßig schnellen Mambo-Rhythmus. Maxines Hüften füllten die Bühne, in langsamen Bewegungen zum sinnlichen Takt schwingend. Dann tanzte sie wieder direkt vor ihnen. „Hallo, du Scheißkerl", sagte sie. „Was ist los mit deinem Freund?" Sie wirbelte davon, ließ sich über die Bühne treiben und kam dann wieder zurück.

„Hi, Slim", sagte Jake. „Wie geht's?"

„Hi, Scar", sagte Maxine. Sie rümpfte nur ihre Nase in seine Richtung. Sie glitt zu den anderen Tänzerinnen zurück und flüsterte irgend etwas. Dann tanzte sie wieder quer über die Bühne.

„Sie kommt die Stufen runter", sagte Scar.

Maxine tanzte die Stufen herab und zwischen den Tischen hindurch. Der Scheinwerferkegel folgte ihren Bewegungen. Sie tat so, als wolle sie sich auf den Schoß eines alten Mannes setzen, die Frau am Tisch schwang drohend ihre Handtasche. Maxine eilte davon und winkte dabei dem Mann zu. Das Publikum tobte. Sie bleib an einem anderen Tisch stehen und schenkte sich ein Glas ein. Sie prostete den Männern zu, nahm das Glas zum nächsten Tisch mit und brachte dort einen Mann dazu, es auszutrinken. Der Menge machte auch das mächtig Spaß. Dann kam sie zu Jake und Scar herüber. „Hallo, du Scheißkerl. Seit wann läufst du mit Junkies durch die Gegend?"

„Wovon sprichst du?" fragte Jake.

„Hallo, Scar. Ich hielt dich für gescheiter, als mit dem Fixen anzufangen", sagte Maxine verächtlich.

Scar konnte nichts entgegnen. Er hatte monatelang davon geträumt, Maxine zu sehen, aber jetzt brachte er kein Wort heraus.

„Du hast dich verändert", sagte Maxine zu Scar und schüttelte ihren Kopf. „Früher hattest du mal das gewisse Etwas, das Frauen mögen. Zu schade, daß es dir heute fehlt."

„Ist das ein Antrag?" fragte Scar mit schleppender Stimme.

Maxine lachte ihm ins Gesicht. Sie strich spielerisch über Jakes Wange. „Und hier haben wir einen Scheißkerl, der noch immer das hat, was alle Frauen mögen."

„Wie bist du an den Job gekommen, Slim?" fragte Jake

„Ich hab mit dem Chef geschlafen. Frag mich wieder, wenn du mich das nächste Mal mit einem Neuen siehst."

„Du bist und bleibst eine Schlampe", sagte Jake leise.

Maxine gab ihm eine neckische Ohrfeige. „Als ich mit dir ins Bett gegangen bin, hast du mich nicht so genannt."

„Wozu war das gut?" fragte Jake. „War das schon Teil der Show?"

„Ja, das gehört zur Gala-Show. Warum hast du mich nicht im Krankenhaus besucht?"

„Wann warst du dort? Ich hab nichts davon gewußt."

Maxine wischte sich über die Augenwinkel. „Du bist ein Lügner. Ich hab dir einen langen Brief mit allen Einzelheiten geschrieben."

Jake dachte an den Brief, den er auf dem College von Maxine bekommen und ungelesen weggeworfen hatte.

„Dein Sohn ist im Krankenhaus gestorben", sagte Maxine. „Er war dir nicht mal soviel wert, daß du vorbeigekommen bist, um uns zu sehen." Sie schlug Jake voll ins Gesicht. Dann wischte sie wieder die Tränen aus ihren Augen und tanzte mit eiligen Schritten davon. Das Publikum hielt das für eine tolle Einlage. Alle sprangen von ihren Plätzen auf und spendeten tosenden Applaus.

Auf dem Gehsteig vor dem Paradise zündete sich Jake eine Zigarette an. „Du hast sie echt beschissen behandelt", sagte Scar.

„So ist nun mal das Leben in der Großstadt", sagte Jake.

Scar wollte Jake einen Boxhieb verpassen, fiel aber vornüber auf sein Gesicht. Jake hob ihn auf und packte ihn in den Dynaflow.

„Du hast sie echt beschissen behandelt", murmelte Scar immer wieder. „Sie ist eine Schlampe. Früher war sie keine Schlampe, aber jetzt ist sie eine. Eine raffinierte Schlampe."

Jake schwieg. Er fuhr Scar nach Hause. „Ich bring dich nach oben, Mann, du bist ja völlig im Eimer."

„Laß mich in Frieden!" sagte Scar und knallte die Wagentür zu.

Scars Blick machte Jake klar, daß es ihm ernst war. Langsam fuhr Jake davon. Er brauchte Zeit, um sich das alles durch den Kopf gehen zu lassen. Er fragte sich, wie es ihm wohl gehen würde, wenn er endlich ganz oben angekommen wäre, und dann feststellen müßte, keine Freunde mehr zu haben.

Im Bett starrte Scar an die Decke. Er konnte Kenny nicht anfassen. Er wußte nicht, ob er jemals wieder eine Frau berühren könnte.

Kenny dachte, er wäre betrunken. Als sie um sechs Uhr morgens aufstand, starrte er noch immer an die Decke. „Ich geh jetzt, Scar."

„Okay."

„Ich werd dir schreiben, ja?"

„Okay."

Kenny kam ins Schlafzimmer und sah Scar an. „Du warst der beste Freund, den ich je hatte, Scar." Sie trat an das Bett und küßte ihn flüchtig. Sie sagte ihm nicht, daß sie ihn liebte, und ging einfach zur Tür hinaus. Danach hat Scar nie wieder etwas von Kenny gehört.

DU BIST KEIN TRAUM, *keine durch den Geist erschaffene Phantasiegestalt. Du bist eine wunderschöne, vor Leben sprühende Frau, deren Wärme hinter einem Schleier von Raffinesse versteckt ist. Du warst nicht immer so. Du trägst deine Maske gut. So gut, daß die meisten Leute sich gar nicht vorstellen können, was für ein Mensch du wirklich bist, oder was du gerne machst. Ich aber weiß es.* ICH KENNE DEIN WIRKLICHES ICH. *Ich kenne dich gut, raffinierte Lady. Du bist eine Karrierefrau, und du liebst deine Arbeit. Du hast alles, was du willst. Erzählst du das nicht jedem? Ha, was für ein schlechter Witz! Du wolltest immer nur diesen Kerl, der an den Straßenecken herumlungerte. Der Gipfel deines Ehrgeizes war ein kleines weißes Häuschen auf dem Land und eine Schar pummeliger kleiner Kinder. Aber er hat dich sitzengelassen, oder nicht, Lady? Ja, er ging weg und die Raffinesse kam.*

Der Duke hat ein Lied über dich geschrieben. Du hast es gehört. Es heißt ‚Sophisticated Lady' und es trifft dich haargenau. Wie geht es doch gleich...

They say,
Into your early life romance came...

Die Romanze hat dir so den Boden unter den Füßen weggezogen, daß du wie ein Gasballon über den Wolken schwebtest. Dann hat jemand mit einer Nadel in diesen Ballon gestochen, und mit einem Knall bist du wieder auf der Erde aufgeschlagen. Du hast lange Zeit geweint. Dann hast du dich wieder aufgerichtet und die Tränen auf deinen Wangen unter Puder versteckt und dein Herz hinter Raffinesse. Und der andere Teil des Songs, wie geht der?

Smoking, drinking...

Erinnerst du dich an dein erstes Glas, meine raffinierte Lady? Da ist dir schlecht geworden. Und du hast nie gelernt, wie man eine Zigarette richtig hält. Aber DAS IST JETZT EIN TEIL DEINES VERLOTTERTEN LEBENS, *nicht wahr, Lady? Nichts ist dir mehr fremd, weder eine Spielhölle im Hinterraum eines Nachtklubs noch Partys, auf denen man Champagner aus dem Goldfischglas trinkt. Ja, du hast alles Sehenswerte gesehen und bist ständig ein Teil davon und spielst deine Rolle perfekt...*

I know,
You miss the love you lost long ago,
And when no one is nigh,
You cry your little heart out.

Ja, du weinst noch immer, aber nicht mehr mit dem Herzen. Das hast du schon lange leergeweint. Und wie hört das Lied auf?

Sophisticated Lady, here's my toast to you...

Ich kann nicht auf dich trinken, meine raffinierte Lady, aber ich habe eine rostige alte Spritze, die dich ziemlich stark abheben lassen wird, und die tausend Rauchringe, die ich jede Nacht in meinem einsamen Zimmer aus meinem Mund aufsteigen lasse, die widme ich dir, denn sie stehen für die tausend Hoffnungen und zahllosen Träume, die sich alle wegen dir in Luft aufgelöst haben. Du willst ihn doch, oder nicht, meine raffinierte Lady? Du willst ihn noch immer haben, stehst noch immer voll auf ihn. Ich weiß, was du willst, und wie du empfindest. Ich weiß alles über dich. Ich weiß das, denn genau das, was er dir angetan hat, das tust auch du mir an...

Der Plattenspieler war nicht eingeschaltet, aber Scar hatte die goldene, melodische Stimme von Billy Eckstine ganz deutlich im Kopf.

7

Jake stand breitbeinig vor dem Paradise, die Hände tief in den Taschen des grauen Velourmantels mit der Rückenspange. Er kam nicht darüber hinweg. Zuerst Armenta und jetzt Scar. Scar, der einfach auszog und ihm nicht mal sagte, daß er wegging. Scar war wohl schon gar nicht mehr in der Stadt, denn niemand hatte ihn mehr gesehen. Ein Typ, der eigentlich dein bester Freund ist, macht der so was? Zur Hölle mit Scar, es war ihm egal. Er dachte daran, ins Paradise zu gehen, um Maxine zu sehen, aber er ließ es dann doch bleiben. Stattdessen ging er die Straße hinunter. Er machte Maxine keinen Vorwurf aus dem, was sie getan hatte, aber verdammt nochmal, wie hätte er das wissen sollen? Ein Graupelschauer fiel, war so lästig wie die bohrenden Gedanken, die ihn beschäftigten. Er stieg in den Dynaflow und fuhr ziellos umher. Er dachte daran, nach Hause zu fahren und Armentas Brief zu beantworten. Sie hatte ihm schon zwei Briefe geschickt, aber er hatte ihr nicht geantwortet, noch nicht. Es war nicht so, daß er ihr nicht antworten wollte, aber er konnte sich einfach nicht begeistern fürs Briefeschreiben, das war alles. Er hielt schließlich an und ging ins Cardoil's, eines der Restaurants, die die ganze Nacht geöffnet haben, und alberte dort mit Sadie herum, einer Kellnerin, die ihn schon mochte, als sie noch zusammen auf die High School gingen. Es war zu viel los, um miteinander reden zu können, deshalb sagte er zu Sadie, er würde sie anrufen, und ging wieder. Dann fand er sich schon auf dem Highway wieder und fuhr raus zur Stadtgrenze. *Den Täter treibt es immer wieder an den Tatort zurück.* Er fand das Motel und eilte durch einen weiteren prasselnden Graupelschauer. Er setzte sich in den *Purple Room* und trank Scotch on the rocks, und all die Lichter spiegelten für ihn die Farben der Erinnerung. Es war ihm alles scheißegal. Er hörte die Musik und sah den Geiger von Tisch zu Tisch gehen, an denen händchenhaltende Pärchen saßen. Er sah, wie die Kerzen ihre spöttischen Flammen über die karierten Tischdecken warfen. Es berührte ihn überhaupt nicht. Er saß, er trank, er schaute, und draußen prasselte ein weiterer verrückter Graupelschauer nieder.

Im Februar war das Wetter immer so. Im Februar waren die Straßen eine einzige Eisbahn. Die Luft war rauh, vom Wind gepeinigt. Die Leute waren in dicke Mäntel gepackt, in denen sie sich fast nicht bewegen konnten. Wenn sie plauderten, dann mit gerunzelter Stirn, und ihre Gedanken drehten sich immer nur um die Eiseskälte im Februar.

8

Der März kam mit einem letzten Atemzug daher und hustete gerade noch stark genug, um die Drachen in einem trägen Himmel hin und her flattern zu lassen. Wenn die Nacht mit ihrer Kälte kam, bezahlten die Wanderdrosseln für ihre Tollkühnheit.

Pop Garveli stand hinter der Ladentheke und tippte die Preise der Lebensmittel in die Registrierkasse. „Wie geht es Jake?"

„Irgendwas stimmt nicht mit ihm, aber ich bin mir nicht sicher, was es ist. Nur vom Sehen allein kann man das nicht sagen, aber irgendwas stimmt nicht", sagte Adams.

„Sie wissen doch, wie die jungen Leute so sind."

„Ja. Er wird neunzehn in diesem Monat. Ich dachte, er wird schon wieder auf den rechten Weg kommen, aber..." Adams warf seine Hände in die Luft. „Ich war mir schon so sicher... als er auf das College ging und alles..."

„Ach, ich würde mir deswegen keine Sorgen machen, Adams. Wahrscheinlich weiß er selbst noch nicht, was er machen will. Ich möchte fast wetten, daß er im September wieder auf das College zurückgeht. Warten Sie nur, Sie werden schon sehen."

„Ich glaub, er hat Ärger mit einer Frau", sagte Adams.

„Jake? Das ist das letzte, was ich bei ihm erwarten würde. Sind denn nicht alle Mädchen in ihn verliebt?"

„Ich glaub, er hat das Mädchen gefunden, wegen dem ich ihn immer aufgezogen hab. Die Eine, die Richtige, die ihn zur Ruhe kommen läßt."

„Ach, Sie glauben, es ist was Ernstes? Er ist doch noch zu jung dafür."

„Manchmal glaub ich, daß dieser Junge für nichts zu jung ist. Er hat ein paar Briefe von einem Mädchen namens Armenta bekommen. Ich glaub, das ist die, mit der er auf dem College zusammen war. Vor kurzem hat er ihr sogar geschrieben, und er ist weiß Gott kein Briefeschreiber. In dieser Beziehung kommt er ganz nach mir."

„Sie glauben also, er ist ganz vernarrt in sie und meint es ernst?" Pop freute sich. „Es gibt doch nichts Schöneres. Ich erinnere mich noch, als ich zum ersten Mal... Der Schlag soll mich treffen, wenn ich nur die leiseste Vorstellung gehabt hätte, daß wir eines Tages Georgia bekommen würden und... nach einer Weile dachte ich natürlich schon daran, aber da war es schon passiert. Es ist eigenartig, wie einem eine Frau ans Herz wachsen kann, finden Sie nicht auch?"

„Ja", sagte Adams. „Wie gefällt es Georgia auf dem College?"

„Na ja, Sie wissen ja, sie wollte unbedingt woanders studieren, aber... wir konnten es uns einfach nicht leisten", sagte Pop verlegen.

„Ja, ich weiß, wie das ist."

„Sie spricht nicht viel darüber. Aber ich glaube, sie ist auch so ganz zufrieden. Sie will Lehrerin werden, und ich finde, sie kann hier bei uns auf dem College genauso eine gute Ausbildung bekommen wie woanders. Wissen Sie übrigens, daß die Absolventen von unserem City College bei der Jobvergabe in unserer Stadt bevorzugt werden?"

„Tatsächlich?"

„Ja, zumindest hat Mack das behauptet, und der muß es ja wissen. Er sitzt im Stadtrat, und deswegen finde ich, daß es sowieso besser für sie ist, hier auf das College zu gehen."

„Ach, hätte Jake das Studium doch nicht abgebrochen..."

„Sie machen sich umsonst Sorgen. Jake ist ein toller Bursche, ein wirklich toller Bursche. Warten Sie nur, er wird es Ihnen eines Tages beweisen."

„Wenn ich mir da auch nur so sicher wäre wie Sie..."

„Ich kenne ihn ziemlich gut, in mancher Beziehung so gut wie Sie, möchte ich fast behaupten. Er hat viel Unternehmungsgeist. Das ist etwas, das den meisten jungen Leuten heute zu fehlen scheint, finde ich zumindest."

„Also..."

„Das ist die Wahrheit, Adams. Nehmen Sie zum Beispiel nur einmal diese Clique, mit der Georgia zusammen ist. Ich würde keine fünf Cent für die Zukunft eines einzigen dieser Kerle zahlen. Und wissen Sie warum? Sie haben keinen Mumm. Denen ist nichts ernst. Sie sind nicht einmal über das Weltgeschehen auf dem Laufenden. Also, ich bin keinen einzigen Tag in meinem Leben auf ein College gegangen, aber selbst ich lese die Zeitung. Ich weiß, was in der Welt geschieht, und es ist eine Schande, daß keiner dieser jungen Studenten sich für die Welt und die Zukunft interessiert. Sie sind es doch, die nach uns alles übernehmen werden, wenn wir Alten langsam von der Bildfläche verschwinden. Und das jagt mir eine Heidenangst ein, wenn Sie's genau wissen wollen, Adams. Jake ist nicht so einer. Er meint es ernst, der Junge, hat es immer ernst gemeint, selbst als er noch ein Grünschnabel war."

„Ja", sagte Adams.

„Den anderen stehen zwar mehr Möglichkeiten offen als Jake. Sie wissen, was ich meine, Adams?"

„Ja."

„Aber er ist ihnen allen haushoch überlegen."

„Ach, Pop."

„Weil er sich nicht vor der Arbeit scheut, deshalb. Wieviele Achtzehnjährige würden schon einen Job annehmen, bei dem sie zehn Stunden am Tag oder in der Nacht arbeiten müßten, je nachdem, wann sie gebraucht werden?"

„Zehn Stunden am Tag?"

„Ja, glauben Sie denn, daß irgendeiner dieser Kerle, die hier vorbeikommen, um Georgia zu besuchen, das machen würde? Nein, auf keinen Fall. Aber schauen Sie sich den Unterschied an. Jake hat ein neues Auto und trägt gute Kleidung, alles hat er sich selbst gekauft, während die anderen noch immer ihrem Daddy auf der Tasche liegen. Und Jake ist ein guter, zuverlässiger Arbeiter, das war er auch schon hier. Glauben Sie denn, diese Leute hätten ihn sonst wieder genommen, nachdem er auf vom College abgegangen ist, wenn das nicht so wäre? Nee, das hätten sie sicher nicht, das wissen Sie doch, Adams."

„Hat Jake Ihnen das erzählt?"

„Ja, er redet mehr, als Sie glauben."

„Ja", sagte Adams. „Ja, sicher."

Von da an lebte Adams in ständiger Angst. *Weiber, Glücksspiel, alle jungen Kerle machten das.* Was machte Jake sonst noch? Wie gut war er als Liebhaber? Wieviel Glück hatte er beim Würfel- und Kartenspiel? Was hatte Jake zu bieten, daß das Glück ihm so hold war? Jake hatte Pop ein Ammenmärchen erzählt, aber was war mit ihm selbst? Er wollte lieber nicht wissen, was Jake wirklich machte. Er fühlte sich besser, wenn er es nicht wußte. Aber lag die Schuld nicht bei ihm, er war doch Jakes Vater, oder? Selbst wenn sie nie wie Vater und Sohn miteinander redeten, sondern eher wie von Mann zu Mann, so war er doch noch immer... Er war sich nicht sicher, ob es falsch war oder nicht, sich nicht in Jakes Angelegenheiten einzumischen. Sein eigener Vater hatte sich dauernd bei ihm eingemischt, und er hatte ihn dafür gehaßt, und doch waren Jake und er sich nie nah, zumindest seit sehr langer Zeit nicht mehr. Er konnte doch nichts dafür, wenn er die Antwort nicht wußte, oder? Er hoffte, Jake würde ihm seine Ahnungslosigkeit nie zum Vorwurf machen.

9

Dann kam der Frühling, und auf der Peabody Avenue wurde wieder mit Murmeln gespielt, von Kohlenschuppen zu Kohlenschuppen gesprungen und breite, morsche Holzzäune entlanggeklettert. Auch Spiele wie Himmel und Hölle oder Verstekken erfreuten sich wieder großer Beliebtheit, und Jungen und Mädchen versteckten sich zusammen an dunklen Orten. Rollbretter sausten dahin, Bälle flogen durch die Luft. Kinder versammelten sich am Abend auf den Gehsteigen und trällerten ‚Little Sally Walker'. Straßenlaternen wurden zu Zielscheiben von Steinschleudern. *Sitting in a saucer...* Winos hockten sich in den Seitenstraßen zum Glücksspiel zusammen. *Rise, Sally, rise...* Auf der Welch Street wimmelte es plötzlich wieder von Menschen. *Wipe your winking eyes...*

In den Häusern wurde gestritten, auf den Höfen mit Wasser herumgespritzt. Drüben auf der Bell Avenue verbreitete die fahrende Dampfküche des fliegenden Händlers den Geruch frischer Tamales. Junge trifft Mädchen, und Ernüchterung tritt ein. *Put your hands on your hips...* und im Molly's beobachtet der fette, einsame Lokalbesitzer riesige Küchenschaben, die zwischen glitschigen Brotkrümeln die Theke entlanglaufen. Der Streifenwagen patrouilliert träge durch die Straßen. Hinter offenen Fenstern plärrt Boogie-Joogie aus den Radios. Im Booker's stoßen Billardkugeln aneinander, und im kleinen Hinterraum rollen die Würfel. In den Avenues stehen Männer auf den Hausveranden und stützen sich auf durchhängende Geländer. Sie haben ihre Hüte tief ins Gesicht gezogen, Zigarettenqualm steigt auf. Aber weder der Qualm noch die Hutkrempen können die Ratlosigkeit in den Blicken dieser Männer verbergen. Mädchen lassen ihre Körper sprechen. *And let your backbone slip...* ein nächtlicher Regenguß, ein Baby weint, Autohupen gellen, Hunde und Menschen geben das Stakkato einer Straßensymphonie. Aus den Parks dringt lautes Lachen. Alte Männer sitzen in Schaukelstühlen auf ihren Veranden und nippen an ihrem Bier. Die Stadt stöhnt unter dem Fluch des Bewegungsdrangs. *Oh baby, shake to the east...* eine neue Bande taucht auf, die Barracudas sind vergessen. *Oh baby, shake to the west...* Cugat-Jacken sind der letzte Schrei und überschwemmen den Markt. In Blau, Rot, Gelb, Orange und Grün sind die leichten Jacken mit den spitzen Kragen überall in den Straßen zu sehen, getragen von Typen, die wissen, was angesagt ist. *Oh baby, shake to the one you love the best.* Die Menschen heißen den Frühling willkommen.

Jake war mit sich zufrieden. Er fuhr mit dem neuen Wagen vom Hof des Händlers und spürte den kraftvollen Motor unter seinen Füßen vibrieren. Er trug seinen grauen Hut mit der schmalen Krempe auf und die neue blaue Wildlederjacke im Gauchostil, eine graue Freizeithose und blaue Wildlederschuhe. Am liebsten hätte er das Dach des großen zweifarbigen Kabrioletts heruntergelassen, das oben blau und unten grau war, aber dafür war es noch zu kühl. Er machte sich nicht einmal wegen der Weißwandreifen Sorgen. Es war leicht, sie blitzblank zu halten, wenn man jemanden bezahlen konnte, der sich darum kümmerte. Hatte er es denn nicht mit Sadie getrieben, und letzte Woche zufällig Pearl getroffen und bei ihr übernachtet? Und was ist mit dem neuen Mädchen, das an der Kinokasse im Circle Theater saß? Ihre Augen waren zwar nicht so groß und hübsch wie die von Pearl, aber es war nicht zu übersehen, daß sie es auf ihn abgesehen hatte. Solange man Geld hatte, war die Welt in Ordnung. Es ging ihm also gut. Und wem zum Teufel nochmal würde es nicht genauso gehen, wenn er sich an seinem neunzehnten Geburtstag einfach einen Cadillac kaufen könnte? Seine Hände umfaßten das Lenkrad fester. Mann, er war Herr über dieses Auto, Tonnen von Stahl. Er hatte keine besondere Lust, bei der High School vorbeizufahren, die meisten von der alten Clique hingen dort eh nicht mehr herum... Scar, Spider, Red. Man konnte eben nicht alles haben. Versorg die Trottel mit Stoff, Mann, das Baby braucht Milch, der Tank will gefüllt sein, das Baby braucht Schuhe, ohne Reifen kann man keinen Cadillac fahren. Der Cadillac ist zu nichts anderem da, als den Mann zu erfreuen, der das Steuer in der Hand hat. Der Cad war das folgsamste Baby, das er kannte. Dieses Baby verschaffte einem Höhenflüge, erfüllte einem jeden Wunsch auf Kommando, und wenn man es gut behandelte, wurde man von ihm auch gut behandelt, womit eigentlich schon alles gesagt ist. Versorg die Trottel mit Stoff... Red, Scar? Ja, Mann, versorg die Trottel mit Stoff. Maxine, Armenta... versorg die Trottel. Er fuhr eine Zeitlang die Welch Street hinunter, wollte zum Booker's fahren, überlegte es sich aber anders, bog um die Ecke und fuhr auf die Peabody hinüber. Er wollte gerade den nächsten Block umrunden, als Georgia aus dem Laden kam und ihn sah.

10

„Hi, Jake", rief sie.

Jake fuhr rechts ran und blieb stehen. „Hi", sagte er. Er hatte Georgia schon eine ziemliche Weile nicht gesehen.

„Ist das deiner?"

„Ja."

„Der sieht klasse aus", sagte Georgia. „Dir geht's wohl echt gut, was?"

„Danke, und was treibst du so?"

„Nichts Besonderes, außer lernen. Das sollte ich jetzt auch, aber mich lockt der Frühling. Pop hat mich deswegen und wegen der Jungs schon die ganze Woche geneckt", sagte Georgia mit schwacher Stimme. Sie lächelte ihn an. „Ich wette, der gleitet sanft dahin."

„Ja, vielleicht sollte ich dich irgendwann mal auf eine kleine Spritztour mitnehmen", sagte er mehr im Spaß.

„Wie wäre es mit jetzt? Warte eine Sekunde, ich sage Pop Bescheid, damit er sich keine Sorgen macht." Sie lief zum Eingang des Ladens und rief ganz außer Atem: „He, Pop, Jake nimmt mich auf eine Spritztour in seinem neuen Wagen mit. Komm raus und sieh ihn dir an, er sieht spitze aus."

Pop warf seine Hände entschuldigend in die Luft, als wollte er ‚Was soll man da machen?' zu der Kundin mittleren Alters sagen, die gerade besorgt verfolgte, wie sich die Summe ihrer Lebensmittel auf der Registrierkasse zusammenläpperte. „Bin gleich wieder da", sagte Pop und folgte seiner Tochter nach draußen. „Hi, Jake."

„Hi, Pop, was gibts Neues?"

„Das ist dein neuer Wagen?" Pop stützte seine Hände in die Hüften. „Ein Cadillac 1949er Baujahr... also, wenn das nicht alles schlägt! Du machst doch wohl keine verbotenen Sachen, um den bezahlen zu können, hmm... du raubst doch keine alten Damen aus, oder?" sagte Pop und lachte.

„Noch nicht", sagte Jake. „Vielleicht nächsten Monat, wenn ich die Rechnung bekomme."

Sie standen alle drei auf dem Gehsteig beisammen und lachten.

„Ich muß wieder an die Arbeit. Bleibt nicht zu lange weg, Georgia. Vergiß nicht, du mußt heute das Abendessen kochen. Maude bringt Georgia das Kochen bei", erklärte Pop. „Ich glaube, es ist an der Zeit. Sie denkt nämlich, sie wäre alt genug, alles andere auch schon zu machen."

„Ach, Pop", sagte Georgia. Pop winkte Georgia und Jake zu und ging in den Laden zurück.

Georgia stieg in den Wagen, und sie fuhren davon. Beide mußten scheinbar grundlos lachen. „Ich hab gehört, daß du verrückt auf Jungen bist?" sagte Jake und neckte Georgia.

„Ach, Pop übertreibt einfach gerne. Jake...?"

„Was?"

„Wieso sind Jungs immer so vulgär?"

„Wie meinst du das?"

„Na, du weißt doch, wie alle immer auf die Frage ‚wie geht's?' antworten: ‚Gestern ging's noch!'"

„Ja, ja."

„In der Schule lungern die Jungs auf dem Flur rum und fragen alle Mädchen, ob's gestern bei ihnen auch noch ging. Manchmal können sie einfach widerlich sein mit ihren unanständigen Sprüchen."

Jake lachte. „Ja, aber wart's nur ab, es dauert nicht mehr lange und diese unanständigen Sprüche werden dir gar nicht mehr so unanständig vorkommen."

Georgia schlug Jake spielerisch. Sie hatte das seit Jahren nicht mehr gemacht, nicht mehr, seit sie beide alt genug waren, zu wissen, was es heißt, verschiedenen Rassen anzugehören. „Woran denkst du?" fragte sie, als sie seinen Gesichtsausdruck bemerkte.

„Ach, nichts."

„Es kann nicht ‚ach, nichts' sein, es müßte ‚ach, irgendwas' sein, wenn du so aussiehst."

„Du bist der einzige Mensch, den ich kenne, der mich ansieht und weiß, daß ich was auf dem Herzen hab."

„Das kommt vielleicht daher, daß ich dich länger kenne, als die meisten Leute."

„Ja... vielleicht."

„Also, woran hast du gedacht?"

„Nichts Wichtiges."

„Gut, dann kannst du es mir ja erzählen."

„Ja?"

„Sicher, wenn es nicht wichtig ist. Die Menschen sprechen immer über unwichtige Dinge, ist dir das noch nie aufgefallen?"

Jake lächelte. „Für deine siebzehn Jahre bist du schrecklich altklug."

„Rede doch nicht so, als wärst du uralt. Du bist doch nur zwei Jahre älter als ich."

„Manchmal kommt es mir vor, als wären es tausend."

„Ich glaub, du hast eine ziemlich aufregende Zeit gehabt", sagte Georgia und ließ es wie eine Feststellung klingen.

„Ja."

„Manche Menschen haben so ein Glück."

„In welcher Beziehung?"

„Bei manchen Menschen ergeben sich die Dinge einfach so. Du bist einer von ihnen. Als du zum Beispiel der Anführer der Termites warst."

„Ich?" sagte Jake.

„Ja, du. Schau mich nicht so an, als könntest du keiner Fliege was zuleide tun. Ich weiß, daß du ein schlimmer Junge bist und immer einer warst."

„Ich?"

„Nein, der Weihnachtsmann."

Beiden wurde bewußt, daß sie von den Leuten in vorbeifahrenden Autos und von den Fußgängern angestarrt wurden. Sie verstummten.

„Mir macht das nichts aus", sagte Georgia schließlich schnoddrig, „und dir?"

„Mir? Nee, überhaupt nicht", sagte Jake.

Sie lachten. Sie fuhren quer durch die ganze Stadt.

„Erinnerst du dich noch, als wir im Spiel immer so getan haben, als wäre ich deine Schwester?"

„Ja. Wir haben wirklich den ganzen Laden unsicher gemacht. Ich weiß gar nicht, warum mich Pop nicht gefeuert hat. Erinnerst du dich noch daran, als wir die ganzen Süßigkeiten aufgegessen haben? Wir dachten, Pop sieht es nicht, und als uns dann so schlecht wurde, hat er uns ausgelacht."

„Ja. Ich hätte besser nicht auf dich hören sollen."

„Das war nicht meine Idee", protestierte Jake, „die kam von dir."

„Da ist es uns wirklich kotzübel geworden", lachte Georgia.

„Ja, kann man wohl sagen", pflichtete Jake ihr bei.

Sie verbrachten eine Stunde in solchen Erinnerungen, und dann brachte Jake Georgia zum Laden zurück.

„Du solltest mich wieder mal auf so einen Ausflug mitnehmen. Ich brauch noch immer einen großen Bruder", sagte Georgia.

„Mensch, hör auf, mich aufzuziehen."

„Willst du denn nicht mein Bruder sein?"

Jake dachte an die Fahrt und wie die Leute sie angestarrt hatten. Vor seinem geistigen Auge erlebte er die stummen, aber vielsagenden Blicke noch einmal. „Sicher will ich das", sagte er sehr überlegt.

„Gut, also dann. Ich brauch einfach manchmal einen brüderlichen Rat, wenn die Männerwelt sich auf mich stürzt."

Jake lachte. „Eingebildet bist du ja überhaupt nicht."

„Ich hab's nicht so..."

„Ich weiß, wie du es gemeint hast. Es ist kein Geheimnis, wieso sie sich alle auf dich stürzen."

Georgia lächelte.

„Auf Wiedersehen, meine kleine Schwester."
Georgia machte ihm eine lange Nase.

11

Der kleine Hinterraum war voller Zigarettenqualm. Es war drei Uhr morgens, Spider hatte nur noch eine Stunde zu arbeiten. Er hatte es eilig, zu Evelyn nach Hause zu kommen. Gestern war ihr übel gewesen, und als er heute weggegangen war, ging es ihr nicht besonders gut. Sie hatte ihm gesagt, das wäre normal, und daß manchmal sogar Väter in spe sich übergeben müßten. Davon hatte er noch nie gehört. Mann, das war ja vielleicht 'ne Sache. Er wechselte die Würfel für einen großen, dünnen Mann und beobachtete gleichgültig das Spiel.

Die Tür zum Hinterraum ging auf, und eine große, gutgebaute Frau in einem Abendkleid kam herein. Ziemlich skeptisch sah sie sich im Raum um. Dann preßte sie ihre Lippen zusammen und ging zu Spider. „Hi, Spider."

„Maxine!" sagte Spider und war überrascht, sie zu sehen. „Lange nicht gesehen. Ich habe gehört, daß du jetzt im Paradise auftrittst. Evelyn und ich hatten schon vor, bei dir mal vorbeizukommen, aber ich habe ungewöhnliche Arbeitszeiten..."

„Ich weiß", sagte Maxine und drückte mit der Hand seine Schulter. „Und wie ist es dir so ergangen?"

„Kann mich nicht beschweren. Seit ich verheiratet bin, habe ich fast alle Verbindungen abgebrochen. Weißt du, Evelyn und ich erwarten ein Baby."

„Im Ernst?"

„Ja, Evelyn will auf jeden Fall mindestens ein Kind." Spider warf einem Spieler einen neuen Satz Würfel hin.

„Hast du in letzter Zeit irgendwen aus der alten Clique gesehen?"

„Nee, keinen einzigen. Jake ist nur einmal kurz hier vorbeigekommen, Scar hab ich auch nicht mehr gesehen. Ich habe gehört, er soll nicht mal mehr in der Stadt sein."

„Wirklich?"

„Ja, das hat man mir jedenfalls erzählt. Eigenartig, wie sich die Dinge ändern, oder?"

„Ja, ja, richtig merkwürdig, Spider."

„Früher hatten wir immer viel Spaß miteinander, oder etwa nicht, Slim?"

„Ja, 'ne Menge, aber man kann die Vergangenheit nicht mehr zurückholen, wenn sie einen hinter sich gelassen hat, und es macht keinen Spaß, nur in Erinnerungen zu schwelgen. Übrigens, hast du gewußt...?"

„Was?"

„Ach, nichts, vergiß es. Ich glaub, ich mach mich wieder auf die Socken. Als ich gehört hab, daß du hier arbeitest, dachte ich einfach nur, ich komme mal vorbei und sag hallo." *Little Sally Walker.*

„Wieso bleibst du nicht noch ein bißchen hier, Slim? Sie müssen setzen, um drin zu bleiben", sagte Spider zu dem unschlüssigen dünnen Mann, der nervös den Spieler anstarrte, der fünfmal hintereinander gewonnen hatte. „Ich habe gleich frei. Warum kommst du nicht mit zu uns nach Hause? Evelyn würde dich sicher gerne sehen. Sie vermißt dich und... Kenny."

„Und Armenta", sagte Maxine.

Spider gab die Würfel weiter. „Ja, ja", sagte er langsam. „Ja, Armenta fehlt ihr auch."

„Das mit Scar ist merkwürdig", sagte Maxine. „Du glaubst doch nicht, daß er verhaftet wurde, oder?"

„Nee, ich denke nicht, daß die Bullen ihn festgenommen haben. Davon hätten wir sicher was gehört. Er ist einfach abgehauen."

„Ja, ja, das ist merkwürdig." *Sitting in a saucer.*

Maxine ging mit Spider nach Hause. Evelyn lag im Bett und wollte aufstehen, aber Spider und Maxine ließen sie nicht. *Rise, Sally, rise.*

Evelyn sprach über das Baby, das sie bekommen würden, und über die eigenartige Erfahrung, schwanger zu sein. Sie erzählte Maxine, daß es nichts Vergleichbares gab. Nichts Vergleichbares auf der ganzen Welt. *Put your hands on your hips.*

„Das mit Scar ist einfach zu schade", sagte Evelyn, „er war so nett."

„Ja", sagte Maxine. Mit seinen Einsdreiundachtzig und den fünfundachtzig Kilo drahtiger Muskeln war er der Held auf dem

Footballfeld. In der Schule war er der Typ, bei dem sie eine Gänsehaut bekam, wenn sie ihn nur ansah. Fünfundachtzig Kilo drahtiger Muskeln, vollgepumpt mit Heroin. Ein Sportler mit Köpfchen, der seine Intelligenz hinter dem Gewäsch von Corner Boys versteckt. Ja, der seine Hirnzellen nur noch dazu einsetzte, sich vorzustellen, wie er an den nächsten Schuß kommt... na, wie toll!

„Aber egal, zumindest aus dir wird was", sagte Evelyn zu Maxine. "Ich freu mich so für dich, daß du den Durchbruch geschafft hast. Irgendwann mußt du mir das alles mal erzählen."

Sicher, mein Kindchen, ich werd dir alles erzählen. „Da gibt es wirklich nicht viel zu erzählen", sagte Maxine. *And let your backbone slip.* Da gab es nichts zu erzählen, außer vielleicht von den anzüglichen Geräuschen in der Nacht, den endlosen Barbesuchen, dem Preis, den man für das Rampenlicht zu bezahlen hatte. „Du und Spider, ihr zwei seid die Glücklichen. Ihr wißt ja gar nicht, wieviel Glück ihr habt."

„Wieso?" wollte Evelyn wissen. „Du bist doch diejenige, die berühmt geworden ist."

„Ihr habt euch gegenseitig", sagte Maxine. „Ich...", sie wollte gerade sagen, daß dies das Wichtigste auf der Welt ist, aber was war abstoßender als ein betrunkener Narr, der in sein Bier hineinweint?

„Ist doch eigenartig, wie sich die Dinge am Ende entwickeln, oder nicht?"

„Aber, das ist noch lange nicht das Ende, Spider", sagte Maxine.

Spider lächelte. „Du hast nie lange gefackelt, Slim. Genau das war es, was Jake... was Jake immer so an dir gefallen hat", beendete er den Satz.

„Du mußt mir wirklich von deinem großen Durchbruch erzählen, Maxine. Es ist schon spannend, wenn man bedenkt, daß jemand, den wir kennen, jetzt so eine große Berühmtheit ist", sagte Evelyn.

„Ich hab ja schon gesagt, das da wirklich nicht viel dahinter steckt." Überhaupt nichts. *Oh, baby, shake to the east.* Du tauschst nur endlos lange, magere Tage und Männer gegen eine ‚gemütliche' Karriere mit Knochenarbeit und Überstunden und gegen eine Sicherheit, die Bargeld heißt. Und dann machst du deinen Kassensturz auf unförmigen Fettbäuchen, die im Gegenzug für ihr Geld über dich drüberbügeln dürfen. *Oh, baby, shake to the west.*

Sie sprachen über den Spaß, den sie früher immer miteinander hatten.

„Es ist merkwürdig, wie sich die Dinge ändern. Also, ich meine... findet ihr nicht auch?" sagte Spider.

Keiner wußte eine Antwort. *Oh, baby, shake to the one you love the best...*

12

Sie las noch einmal seinen Brief. Den gleichen Brief, den sie schon so oft gelesen hatte. Sie erinnerte sich an den seltsamen Klang seiner Stimme am Telefon, als sie das letzte Mal miteinander gesprochen hatten. Sie hatte versprochen, jeden Tag zu schreiben, hatte das dann aber doch nicht getan. Sie hatte ihm dafür einmal in der Woche geschrieben, fünfmal insgesamt. Er hatte ihr nur einmal geschrieben, und es war kein langer Brief. Warum mochte sie ihn so sehr? War es, weil er so unangepaßt lebte? Vielleicht bewunderten Menschen andere, die unangepaßt leben, weil sie sich selbst einfach nicht trauen, so zu sein. Sie erinnerte sich, daß er in der Grundschule und in der High School immer der böse Junge gewesen war, den alle Lehrer mochten, obwohl sie eigentlich das Gegenteil vorgaben. Sie errötete, weil sie sich dabei ertappte, daß sie gern mit Jake ins Bett gehen würde, und das durfte nicht sein. Lag das an der Liebe, das man mit jemandem zusammen unanständig sein wollte? Sie waren oft zusammen unanständig gewesen. Sie errötete wieder. Sie war eine richtige kleine Schlampe gewesen, als sie mit ihm zusammen war. Sie wußte, daß sie überhaupt nicht das anständige Mädchen war, für das sie ihr Vater und ihre Mutter hielten. Doch sie konnte nichts dafür, sie fühlte nun mal so. Sie fragte sich, ob ihr Vater und ihre Mutter, wenn sie ins Bett gingen, ob sie dann... bei dem Gedanken wurde sie erst recht rot. Wie dumm sie doch war! Schließlich war sie doch darüber aufgeklärt, wie's bei Schmetterlingen und Bienen lief. Und außerdem hatte sie es ja auch nur mit Jake gemacht, und das eine Mal mit Scar. *Rise, Sally, rise...* Nur einen Brief hatte er nach all dem geschrieben. Sie könnte wetten, daß er nicht einmal mehr alle Einzelheiten im Kopf hatte. Sie schon. Da war das erste Mal, im Frühling, als sie von dem Autokino zurückkamen. *Wipe your winking eyes...* Und die Male, als sie dachte, sie würde es nie wieder machen, bis sie es dann doch tat. Sie konnte sich an jedes einzelne Mal erinnern, an das letzte Mal, im Motel... *Oh baby...* Wahrscheinlich hat er sogar das vergessen, aber das sollte er besser nicht. Wahrscheinlich hat er ihr diesen einen Brief nur geschrieben, weil er Mitleid mir ihr empfand. Beim ersten Mal nach dem Autokino hat er gesagt, er liebe sie, nicht genauso, aber auf eine komische Art... sie wurde immer wieder rot und konnte nichts dagegen tun. Wieso saß sie im Studentenwohnheim und las einen alten Brief von Jake, wenn sie mit Lou Carl ausgehen könnte, der im nächsten Semester in einer Klinik arbeiten würde? Alle Mädchen mochten ihn, und er würde irgendwann seinen Doktor machen. Er war wirklich fesch und hatte gesagt, daß er sie sehr gern mochte. Sie wettete. Sie würde auf keinen Fall mit ihm ausgehen und sich von ihm irgendwohin bringen lassen, wo er dann das eine mit ihr tun könnte. Jake beantwortete ihre Briefe nicht einmal. Angewidert warf sie den Brief aufs Bett. Er verdiente nicht, daß sie auch nur zwei Sekunden damit verschwendete, an ihn zu denken. Er war einfach nur ein gewandter Redner und hatte immer diesen Ausdruck eines kleinen Jungen auf dem Gesicht, der die Mädchen dazu verleitete, nett zu ihm zu sein. Sie könnte wetten, daß er sich mit jeder herumtrieb, die er in die Finger kriegen konnte, während sie hier in New York festsaß. Das sollte er besser nicht tun. Er sollte sich lieber daran erinnern, wer sein Mädchen ist. *To the east...* er schrieb so unpersönliche Briefe, als behandle er die Lösung eines chemischen Problems oder sonst was. Sie wünschte, er hätte ihr ein paar nette Worte geschrieben, vielleicht sogar ein paar Gedichtzeilen, aber das war nicht Jakes Art. Er würde das für albern halten. Vielleicht war es das auch, aber es hätte ihr gefallen. Er sagte, er würde auf sie warten, aber auf die ihm eigene Art. Sie fragte sich, was er damit wohl meinte. Es gab nur eine Art, auf jemanden zu warten, und das war, ihm treu zu sein. Das sollte er auch besser tun, dachte sie. Sie vermutete, daß er sich über sie lustig machte, wegen all der albernen Fragen, die sie ihm in ihren Briefen gestellt hatte. Sie hätte es nicht machen müssen, aber schließlich hatte sie ja alles auseinandergehen lassen, indem sie auf ihren Vater und sein Gerede gehört hatte, dem es nur um ‚Anstand' und die Frage ging, womit Jake wohl sein Geld verdiene. Das ging ihn überhaupt nichts an. *To the west...* Sie mußte zugeben, daß sie sich das aber selbst fragte, das hatte sie sogar Jake erzählt. Doch sie wollte es gar nicht wissen, sie hatte Angst davor, es zu erfahren. JAKE WAR SCHON IMMER EIN SCHLIMMER JUNGE GEWESEN. Doch er hatte nie etwas wirklich Unrechtes getan. Die Leute würden ihn nicht mögen, wenn es so wäre. *The one you love the best...* Plötzlich bekam sie Angst, mehr als je zuvor, mehr noch als damals, als ihr mit fünf beim Herumspielen im Wandschrank die Tür ins Schloß fiel und sie im Dunkeln eingesperrt war.

13

Als er Georgia das dritte Mal auf einen Ausflug mitnahm, war er beunruhigt. Es war in der Nacht gewesen, als er auf den Highway hinausfuhr und den Motor des Cadillacs voll hochzog. Ein Streifenwagen hatte sie erwischt, und Georgia hatte Angst gehabt, und sie hatte nie wirklich verstanden, wieso er kein Strafmandat bekommen hatte, besonders deshalb, weil dieser Dicke so wütend geworden war. Ja, der war wirklich sauer. Es war wieder dieser Typ gewesen, der früher bei der Müllabfuhr war. Er war wütend, weil Georgia bei Jake im Wagen saß und er nichts dagegen unternehmen konnte. Der Typ von der Müllabfuhr hätte kein einziges Wort verloren, wenn Georgia nicht dabei gewesen wäre. Das wußte Jake sehr genau. Aber das war es nicht, was ihn beunruhigte, das war nebensächlich. Was ihm Sorgen machte, war die Art, wie Georgia es geschafft hatte, daß er sich öffnete und anfing, über sich selbst zu reden. Wie Georgia gesagt hatte, sprechen die Leute miteinander nur über unwichtige Dinge. Er wußte, daß das so war, und doch hatte er sich plötzlich dabei ertappt, daß er sich mit Georgia über ernsthafte Sachen unterhielt. Es zahlte sich nicht aus, daß man einer x-beliebigen Person zu viel erzählte. Das war es, was nicht stimmte, das und die Tatsache, daß er nicht ganz so über Georgia dachte, wie man es über eine Schwester tun sollte. Er fragte sich, ob Georgia ihn auch wirklich als Bruder betrachtete. Viel stärker, als es ein Bruder jemals tun würde, sah er in Georgia eine Frau, ohne daß es irgend etwas bedeutete. Ein richtiger Kerl mußte irgendwo eine Grenze ziehen. Er hatte Armenta gesagt, daß er ihr auf seine ihm eigene Art treu sein würde. Nun, das war er auch gewesen. Jeder wußte, daß Liebe und Sex zwei verschiedene Paar Schuhe waren. Keine Frau, die bei vollem Verstand war, würde erwarten, daß er sich ruhig verhielte. Er fing auch nichts Ernstes mit einem anderen Mädchen an, aber zum Teufel nochmal, er war doch auch nur ein Mensch. Er wußte nicht, was für ein Verhalten er von Armenta erwartete, aber darüber mochte er gar nicht nachdenken. Er wußte, daß auch sie nur ein Mensch war und daher... Er war nicht dazu berechtigt, es ihr zu verbieten, aber er hätte es am liebsten gemacht. Jedesmal, wenn er daran denken mußte, kam er in einen Konflikt zwischen Gefühl und Verstand, und deshalb verdrängte er das Problem letzten Endes immer. Seine Welt war so durcheinander wie ein Opiumsüchtiger, der versucht, einen Entzug mit Limonade zu machen, und andere Menschen konnten ihm dabei auch nicht helfen. Er mochte Georgia, nicht so wie er Armenta mochte, aber er mochte sie. Er wußte, daß das falsch war. Es war wirklich eine höllische Zwickmühle, etwas als richtig oder falsch einzustufen. Jeder sollte das machen, was er wollte. Das hatte nichts mit richtig oder falsch zu tun. Er glaubte nicht an diesen Scheiß von Himmel und Hölle, oder daß Gott von oben heruntersah, was auf der Erde passierte und der ganze andere Märchenkram. Und trotzdem meldete sich sowas wie ein Gewissen bei ihm. Das sollte ihm etwas zeigen. Zur Hölle damit, er hatte nicht vor, sich darüber den Kopf zu zerbrechen. Er würde die Dinge einfach ihren natürlichen Lauf nehmen lassen. Was immer auch geschah, es geschah eben, und das war alles. Schließlich war es doch Georgia, die wollte, daß er sie mit dem Wagen zu Ausflügen mitnahm, und er war gerne mit ihr unterwegs, weil sie es schaffte, daß er an viele Dinge nicht mehr denken mußte. Tatsächlich war ihr letzter gemeinsamer Ausflug für ihn das erste Mal seit Wochen gewesen, daß er wieder mit Tempo über den Highway fuhr. Wenn er mit ihr zusammen war, hatte er einfach nicht das Gefühl, die viele aufgestaute Energie loswerden zu müssen. Was war also so falsch daran?

„Hi, Jake", rief Georgia, als sie aus dem Laden kam und in den Wagen stieg.

„Hi, Georgia. Wie geht's?"

„Bestens. Komm, wir fahren durch den Park."

Im Halbdunkel des Wagens sah Georgias Haar fast schwarz aus. Es hatte einen besonderen Glanz, etwas Sprühendes, war nicht so wie Armentas, das tiefschwarz, weich und lang war. Georgia trug einen Kurzhaarschnitt, ihr Haar war voller, und glänzte goldener.

„Weißt du, meine kleine Schwester, aus dir ist eine richtig gutaussehende junge Dame geworden", sagte Jake.

„Ich hab gar nicht gewußt, daß Brüder dem Aussehen ihrer kleinen Schwester überhaupt Aufmerksamkeit schenken", sagte Georgia.

„Machen sie auch nicht", sagte Jake

„Wir können einfach nicht mehr so sein wie früher, oder?" sagte Georgia.

„Was meinst du damit?"

„Du weißt, was ich meine", sagte Georgia.

„Ja", sagte Jake. „Ich weiß."

„Ich frage mich, warum?" sagte Georgia.

„Ich glaub, die Menschen verändern sich einfach, ob sie wollen oder nicht."

„Ich glaub nicht, daß es das ist..."

„Ich weiß, aber es ist nicht das gleiche."

„Nein, das stimmt, es ist nicht das gleiche", sagte Georgia. „Mir ist es egal, wir sind immer noch Bruder und Schwester, nur etwas anders." Sie schlug Jake spielerisch.

Der Park war voll mit Menschen, die sich am angenehmen Wetter erfreuten, bevor die Regenzeit kam.

„Es ist schön hier draußen", sagte Georgia.

„Ja, wenn es noch etwas wärmer wird, kann ich das Verdeck öffnen."

„Warum machst du es nicht jetzt?"

„Ich fahr zu schnell", sagte Jake. „Wir würden erfrieren."

„Na gut, erfrieren möchte ich nicht unbedingt. Da warte ich lieber auf das wärmere Wetter."

„Ich möchte auf überhaupt keine Art und Weise sterben", sagte Jake. Er hatte Georgia wieder zum Lachen gebracht.

„Du kannst aber nicht ewig leben."

„Nee, aber man kann alles dransetzen, daß es so lange wie möglich dauert."

„Wie sind wir denn auf dieses Thema gekommen?" fragte Georgia.

„Ich weiß nicht. Ich hab gar nicht gemerkt, daß wir ein Thema hatten."

„Die Nacht ist einfach zu schön, und wir sind zu jung. Sprechen wir doch über was anderes."

„Was?"

„Warum bist du so verdorben?"

„Wer? Ich?"

„Ja, du. Erzähl mir mehr über die Zeit, als du der Anführer der Termites warst."

„Ach...", sagte Jake.

„Warum wart ihr mit anderen Banden im Krieg?"

„Warum?"

„Ja, warum? Du mußtest doch einen Grund dafür haben, zu kämpfen, oder nicht?"

„Darüber habe ich nie nachgedacht", sagte Jake. „Ich glaub, man hat in jedem Fall seine Gründe."

„Also, welche sind das?"

„Weil man das einfach machen muß."

„Was meinst du damit?"

„Banden bekriegen sich immer. Das war schon immer so."

„Meinst du wirklich?"

„Sicher, soweit ich zurückdenken kann, war das immer so."

„Aber das erklärt noch nicht den Grund dafür."

„Man macht es einfach, das ist alles, was ich dazu sagen kann."

„Liegt es daran, daß du die anderen Banden nicht magst?"

„Nee, eigentlich nicht, erst wenn man anfängt, sie zu bekämpfen."

„Ich versteh das nicht", sagte Georgia.

„Man macht es als Mutprobe, um zu beweisen, daß man keinen Schiß hat."

„Das verstehe ich nicht", sagte Georgia.

„Man muß beweisen, wer der Härteste ist."

„Das macht doch keinen Sinn", sagte Georgia.

„Das ist die einzige Art, darüber nachzudenken, wenn man sich überhaupt je Gedanken darüber machen will", sagte Jake.

„Gedanken worüber?"

„Über alles", sagte Jake. „Nimm zum Beispiel den Sport. Was für einen Sinn macht es, wenn man anfängt, sich über Sport Gedanken zu machen?"

„Wie meinst du das?"

„Tennis zum Beispiel. Da hast du einen kleinen Ball, zwei große Tennisschläger und ein Netz. Dann wartest du auf einen schönen, warmen Tag und auf zwei Leute, die in der heißen Sonne diesem Ball über den ganzen Platz nachjagen, um ihn mit dem Schläger zu erwischen. Was für einen Sinn macht das?"

„Ach, Jake", sagte Georgia.

„Oder nimm Golf. Da hast du einen kleinen, festen Ball, den du auf einen Aufsatz stellst. Dann holst du mit einem Golfschläger aus und schlägst ihn, soweit du kannst. Danach gehst du dem Ball nach und hast dann wieder die Möglichkeit, ihn weiterzuschlagen, und je fester du draufknallst, um so länger mußt du laufen. Und wenn du den Ball dann schließlich dort hast, wo du ihn haben willst, was machst du dann? Du stößt ihn in ein kleines Loch im Boden. Was für einen Sinn soll das machen?"

„Ach, Jake", sagte Georgia und winkte ab.

„Das ist die Wahrheit."

„Wenn du es so erzählst, klingt es so lächerlich."

„So ist es eben, wenn du anfängst, dir darüber Gedanken zu machen. Ein anderes gutes Beispiel ist Baseball, also..."

„Ich glaub dir aufs Wort", sagte Georgia grinsend. „Aber das gilt nur für Sport."

„Das gilt für alles", sagte Jake.
„Für was zum Beispiel?"
„Such es dir aus."
„Okay, wie wär es mit Religion. Was ist daran albern?"
„Du machst Spaß, oder?"
„Ich hoffe nicht." Georgia lachte. „Ich meine, ich hab schon gehört, daß du diese Schlaumeiernummer auch vor anderen abgezogen hast."
„Ich weiß nicht, ob dir das gefällt."
„Warum nicht?"
„Na, weil du hoffst, daß nichts Albernes an der Religion ist."
„Und was ist daran albern?"
„Na ja, die unbefleckte Empfängnis ist eine dieser albernen Sachen, über die zu reden wäre."
„Warum?"
„Weil eine Frau eben einen Mann im Sattel braucht, wenn sie jemals etwas produzieren will, was ihn dann nächtelang auf Trab hält."
„Ich versteh nicht, was das mit mir..."
„Das ist doch leicht zu verstehen, was das mit dir zu tun hat. Zum Kindermachen gehören einfach zwei."
„Oh", sagte Georgia in einer etwas anderen Stimmlage.
„Wußtest du das nicht?"
„Du bist doch derjenige, der so sicher zu sein scheint, daß ich es nicht weiß."
„Und, bist du?" fragte Jake und zog eine Augenbraue hoch.
„Bin ich was?"
„Geritten mit jemand in letzter Zeit?"
„Ich bin nur mit dir zusammen in deinem Auto über den Highway geritten."
„Ich meine auf deinem Sattel."
Georgia errötete. „Das werde ich dir nicht erzählen."
„Warum?"
„Es ist zu persönlich."
„Ich dachte, Brüder und Schwestern sollten in der Lage sein, über persönliche Dinge zu reden."
„Würdest du über so persönliche Dinge mit mir sprechen?"

„Ja, sicher."
„Ich werd es dir aber nicht erzählen."
„Warum nicht?"
„Du hast mich das nicht als Bruder gefragt."
„Wie habe ich dich das dann gefragt?"
„Wie jemand, der gerne reiten will."
„Ich glaub, so hat es sich auch wirklich angehört", sagte Jake.
„Das ist schon in Ordnung", sagte Georgia. „Ich hab auch so geklungen."
Sie sahen sich gegenseitig an.
„Möchtest du nach Hause fahren, Georgia?"
„Wenn du mich nach Hause bringen willst."
Jake zuckte die Achseln.
„Jake?"
„Ja."
„Denkst du eigentlich über viele Dinge nach?"
„Nicht, wenn es sich vermeiden läßt."
„Ich mach es die ganze Zeit und werde so verwirrt dadurch. Ich meine, wenn man anfängt, über Gott und die Welt und so was nachzudenken... ich meine, mein Mathematiklehrer hat gesagt, daß man Religion nicht mit dem Verstand begreifen kann. Man muß Religion einfach im Vertrauen annehmen, so wie die Grundsätze der Mathematik."
„Ja."
„Aber... ich meine, das macht doch eigentlich keinen Sinn."
„Du sprichst genauso wie jemand anderes, den ich kenne."
„Wie wer?"
„Ein Mädchen namens Armenta", sagte Jake betont sachlich.
„Magst du sie?"
„Warum fragst du das?"
„Ach, ich weiß nicht. Es hört sich so an, als würdest du sie mögen."
„Wirklich?"
„Ja. Jedesmal, wenn du etwas erzählst und dabei sehr sachlich bist, dann hat es für dich meistens große Bedeutung."
„Du kennst mich verdammt gut, wirklich, Georgia?"
„Manchmal."

Er sah sie an. „Ich fühl mich nicht wie dein Bruder", sagte er.
„Das hast du schon gesagt."
„Ich meine, es ist anders."
„Das weiß ich."
„Also..."
„Ich hab nichts dagegen, daß du so empfindest."
„Warum?"
„Ich weiß nicht. Ich hab dir doch schon gesagt, daß ich jedesmal verwirrt bin, wenn ich versuche, mir die Dinge auszumalen."
„Hast du es dir durch den Kopf gehen lassen?"
„Ich hab viel darüber nachgedacht. Ich habe nichts dagegen. Ich fahre gerne mir dir durch die Gegend, weil wir so unterschiedliche Dinge erlebt haben. Das, was du mir erzählst, ist alles so interessant. Mir ist es sonst immer so langweilig", sagte Georgia.
„Was langweilt dich?"
„Alles. Ein Tag ist wie der andere, es geschieht nichts Aufregendes. Jake..."
„Ja."
„Was ist lächerlich an der Liebe?"
„Warst du schon jemals verliebt?"
„Nein."
„Dann weißt du es wahrscheinlich deshalb nicht."
„Was ist so lächerlich daran?"
„Daß es anscheinend alles verändert, aber in Wirklichkeit verändert es nichts, nicht die geringste Kleinigkeit."
„Was meinst du?"
„Du weißt doch, wenn du jemanden triffst, den du magst... ich meine, du weißt dann, daß es da irgendwas gibt, das dich anzieht."
„Ja."
„Normalerweise fängt man dann an, gemeinsam auszugehen, sich zu küssen und all das. Und dann spricht das Mädchen immer davon, daß sie nicht will. Aber wenn sie dich mag, dann will sie es doch, wenn es dann passiert. Mit der Liebe ist es das gleiche, und nur weil es die Liebe ist, denkt man, das ist

das Größte auf der Welt, aber wie sollte es das sein, wenn du doch das gleiche machst wie sonst auch? Ich meine..., schau dir all die Dinge an, die passieren, wenn du jemanden wirklich magst, wenn du immer mit ihm zusammen sein willst, und ohne daß du es wirklich merkst, fragst du dich, ob der andere vielleicht daran denkt, mit einem Dritten das anzufangen, was er mit dir zusammen so toll fand. Aber ich hab schon gesagt, daß es dann auch nichts anderes ist, was für einen Unterschied sollte es da auch geben? Kannst du mir folgen?"

„Ich fürchte, nein", antwortete Georgia.

„Was ich sagen wollte, ist, daß man durch die Liebe eine Menge Einschränkungen und Schwierigkeiten bekommt, die man, wenn man nicht verliebt wäre, nicht haben würde, und alles, was man durch die Liebe bekommt, ist das gleiche, was man von einem anderen auch bekommen kann, ohne verliebt zu sein. Aber man glaubt, daß es etwas anderes ist, weil Liebe im Spiel ist. Verstehst du, was ich meine?"

„Ein bißchen. Jake, kann ich dich was fragen?"

„Sicher."

„Ich weiß nicht, wie ich es ausdrücken soll. Gehen... also, was ich meine ist, gehen farbige Mädchen schon mit jemandem ins Bett, wenn sie ihn mögen?"

„Es kommt drauf an, wie geschickt der Typ ist. Weißt du, was ich meine?"

„Mhm. Das hätte ich dich nicht fragen sollen, oder?"

„Warum nicht?" sagte Jake und wußte ganz genau, was sie meinte.

„Du weißt schon, was ich meine."

„Ja."

„Jake, unsere Vorfahren haben diese Welt in ein ganz schönes Durcheinander gestürzt, findest du nicht auch?"

„Ja, das stimmt", sagte Jake.

„Und daran hat sich bis heute nichts geändert, oder?"

„Genau. Weißt du was?"

„Was?"

„Diese Mädchen stehen auf der anderen Seite des Zauns."

„Meinst du, das tun sie?"

„Ja."

„Ich glaube, irgendwie sind sie alle gleich. Alle sagen, daß sie es nicht tun, aber manchmal tun sie es doch."

„Ja", sagte Jake.

„Ich denke, wir sind einfach alle nur Menschen", sagte Georgia, fast als wollte sie sich entschuldigen.

„Weißt du was?"

„Was?"

„Warum sind wir so neugierig, was jeweils auf der anderen Seite des Zauns geschieht?"

„Weiß ich nicht. Ich glaub, das kommt daher, daß unsere Welten so verschieden sind."

„Glaubst du das wirklich?"

„Ich denke schon."

„Manchmal wundere ich mich. Jetzt nicht mehr so, aber früher. Ich meine... Ich bin nie ein großartiger Denker gewesen. Sobald etwas kompliziert wird, schiebe ich es auf die Seite. Ich beginne erst jetzt richtig zu denken, seit wir miteinander reden", sagte Jake.

„Schmeicheleien werden dir nicht viel weiterhelfen."

„Ach... ", Jake stieß sie spielerisch an. „Das stimmt allerdings. Das beeinträchtigt einen ziemlich stark, wenn man etwas macht und gleichzeitig drüber nachdenkt. Nimm doch uns beide zum Beispiel. Wenn ich nicht darüber nachgedacht hätte, wäre ich wahrscheinlich zudringlich geworden."

„Und allein durch den Gedanken daran hast du es dir anders überlegt."

„Ja."

„Warum?"

„Ach, vergiß es, hab ich mir gesagt. Ich will damit sagen, was zum Teufel nützt es denn, sich über alles Sorgen zu machen?"

„Du glaubst, daß denken und sich Sorgen machen das gleiche ist?"

„Sicher, der einzige Unterschied ist, daß du einfach nie was tust, solange du dir Sorgen machst. Wenn du dir über etwas Gedanken machst, tust du solange nichts, bis du aufhörst, drüber nachzudenken. Der Unterschied ist nicht groß genug, als daß man von zwei verschiedenen Dingen reden könnte."

„Dein Gedankengang ist reichlich merkwürdig."

„Ja, aber weißt du was? Ich wette, es besteht kein großer Unterschied zwischen unseren beiden Welten. Ich wette, ihr habt genau wie wir eure Corner Boys, Windhunde und was es so alles gibt. Ich weiß, daß es so ist. Okay, ihr habt auf eurer Seite der Trennungslinie mehr Möglichkeiten, aber das ist auch schon alles. Ich meine, jeder liebt und haßt, bekommt Kinder und geht fremd..."

„Geht fremd?"

„Ja, schleicht sich zur Hintertür rein, wenn der Alte durch die Vordertür rausgeht... Und alle müssen ihre Rechnungen bezahlen und gehen in die Kirche, obwohl sie nicht wirklich an Gott glauben, und trinken Whisky oder setzen sich einen Schuß, und alle leben und sterben... oder etwa nicht?"

„Aber glaubst du denn nicht, daß es 'ne Menge bedeutet, diese anderen Möglichkeiten zu haben?"

„Ja, sie machen einen Unterschied, was für ein Unterschied das auch immer sein mag."

„Macht dich das nicht manchmal wütend, Jake?"

„Mich? Nee. Das hat mich noch nie davon abgehalten, das zu tun, was ich wollte." Jake drehte sich zu Georgia. „Weißt du, ich denke nie daran, daß ich zu einer Minderheit gehöre. Ich glaub, das kommt daher, daß ich die meiste Zeit nur mit Leuten zusammen bin, die die gleiche Hautfarbe haben wie ich. Aber viele Typen sind nicht so wie ich, sie denken an nichts anderes als diese Trennungslinie, falls du weißt, was ich meine."

„Ich kann mich noch an die Situation erinnern, als du daran gedacht hast."

„Wann?"

„Das erste Mal, als du mich auf einen Ausflug mitgenommen hast."

„Ja." Das hatte er ganz vergessen.

„Ein anderes Mal auch noch."

„Wann?"

„Vor ein paar Minuten, als du davon gesprochen hast, daß du vielleicht zudringlich zu mir geworden wärst, wenn du nicht darüber nachgedacht hättest."

„Nee, das hatte nichts damit zu tun, ich habe an keine Trennungslinie gedacht, nee, jedenfalls nicht an diese Linie."
„Woran hast du dann gedacht?"
„Du stellst eine Menge Fragen, kleine Schwester."
„Was ist daran falsch?"
„Manche davon dürften nicht so gut für dich sein."
„Ich bin einundzwanzig."
„Bist du nicht."
„Gesellschaftlich gesehen bin ich das", sagte Georgia gekünstelt.
„Seit wann?"
„Seit ich angefangen habe, Ausflüge mit dir zu machen."
„Wenn du meinst", sagte Jake.
„Also, was hat dich dann davon abgehalten?"
„Du erinnerst dich an das Mädchen, von dem du wissen wolltest, ob ich es mag?"
„Armenta?"
„Ja, genau."
„Was ist mit ihr?"
„Na, du weißt schon."
„Ihr seid verliebt?"
„Eigentlich sollten wir uns ganz nah sein. Wir waren es mal. Jetzt ist sie auf dem College in New York und... ach, das willst du doch nicht hören", sagte Jake.
Georgia schaute ihn an und wartete darauf, daß er mehr erzählte.
„Hast du Lust, auf den Highway rauszufahren? Ich würde gern mal wieder schnell fahren."
„Du meinst, du möchtest mal wieder so rasen wie das letzte Mal?"
„Ja. Du hast doch keine Angst, oder?"
„Natürlich nicht. Ich find's geil. Ich mein, es ist so aufregend und beängstigend."
„Ich dachte, du hättest keine Angst."
„Hab ich auch nicht. So ein bißchen Angst macht mir manchmal richtig Spaß. Aber du wirst einen Strafzettel bekommen."
„Auf keinen Fall."

„Hast du noch nie Angst gehabt, einen Unfall zu bauen?"
„Nee, und du?"
„Nee, auch nicht. Gerade dieser Nervenkitzel macht ja solchen Spaß."
„Weißt du was, Georgia? Ich hab noch nie Angst gehabt, verletzt zu werden. Ich hab mich immer für unverwundbar gehalten. Das ist doch eigenartig, oder nicht?"
„Ja, und wie kommt das?"
„Ich weiß es nicht. Ich glaub nicht mal daran, daß ich sterben könnte. Ich weiß, daß ich es eines Tages muß, aber ich kann es einfach nicht glauben."
„Ich würde mich davor fürchten, sowas zu sagen."
„Warum?"
„Ich hätte Angst, daß mich irgendwas aus heiterem Himmel töten könnte, weil ich es gewagt habe, so zu reden."
„Du meinst Gott? Glaubst du, wenn es einen gibt, daß er sich darum kümmert, wie wir über ihn reden?"
„Laß uns aufhören, darüber zu sprechen, das macht mir Angst."
„Ich dachte, es macht dir Spaß, Angst zu haben?"
„Nicht so." Georgia erschauderte. „Weißt du, ich wette, das ist es, was die Mädchen an dir so mögen, du scheinst dir bei allem so sicher zu sein. Du marschierst herum wie ein kleiner Zinnsoldat. Wie wird man so, Jake?"
„Wie was?"
„Wie du."
„Ich weiß nicht. Ich hab mich immer so gefühlt, Georgia."
„Das kann nicht sein."
„Soweit ich zurückdenken kann."
„Deshalb mögen dich alle, Jake. Das ist das Geheimnis deines Erfolgs."
„Deshalb mag ich dich", sagte Jake neckend zu Georgia. „Du sagst so nette Sachen über mich."
„Deshalb warst du auch der Anführer der Bande und nicht ein Mitläufer. Vielleicht hab ich dir deshalb diese Grenze gesetzt..." Sie wendete sich rasch von ihm ab.
Ich werde dir auf meine Weise treu sein. Er fühlte sich, als würde er sich selbst ein Messer in den Rücken stechen. Es tut höl-

lisch weh, den Arm so zu verdrehen. Aber er wußte, daß er es tun könnte. Er wäre zu allem fähig. Georgia, seine Schwester. Pop und Mrs. Garveli, die ihn wie einen Sohn behandelten. Die ihm Georgia anvertrauten, wie sie es bei einem anderen Jungen nie tun würden. Das ist eine ganz andere Grenze, Georgia, die da gezogen ist, stärker als Zehntausende deiner Grenzen, stärker als zehn Millionen, stärker als hunderttausend Trillionen...

„Jake."
„Was?"
„Ich rede mit dir."
„Es tut mir leid, ich hab nicht aufgepaßt."
„Ich sprach gerade über..."
„Ach, vergiß es, Georgia, es lohnt nicht, darüber zu reden."

Die Grenze war gezogen, er traute sich nicht, sie zu überschreiten. Er hoffte, daß sie nicht wollte, daß er sie überschreiten würde, aber sie war ein Mädchen, und er kannte Mädchen. Er kannte die Zeichen. Er hatte sein ganzes Leben mit Mädchen verbracht und sie so eingehend beobachtet, wie ein professioneller Baseballwerfer seine Wurftechnik studiert. Das war sein Beruf. Frauen und Geld waren das einzige auf dieser Welt, was zählte. Manche Typen brauchten höllisch lange, um das herauszufinden, aber er wußte es schon früh, verdammt früh. Er würde nicht mehr mit fünfzig den jungen Mädchen nachlaufen, er würde dann schon ausgebrannt sein. Nein, seine Zeit war jetzt, in seiner Jugend, wenn jeder ernstzunehmende Mann seine Mädchen haben sollte, aber nicht Georgia. Was würde das auch schon beweisen? Nichts. Eine weitere Eroberung, also was soll's?

„Paß auf, Jake", sagte Georgia, als er fast ein anderes Auto gestreift hätte.

Jake fuhr den Wagen auf einen Parkplatz und hielt an. „Ich bleibe besser eine Weile stehen, bis ich mich wieder aufs Fahren konzentrieren kann", sagte er.

Georgia sah ihn auf ungewohnte Weise an, sagte aber nichts. Er bemerkte, wie sich ihre Brüste unter der Bluse abzeichneten, sah den fast schläfrigen Ausdruck in ihren Augen. Ihre spitze Nase, die hohen Wangenknochen, der warme Mund, die vollen Hüften unter ihrem engen Kleid und ihre prachtvollen Beine, die, wie er wußte, über den weißen Söckchen golden behaart waren. Er hatte kein Verlangen nach Georgia, eigentlich wollte er kein Verlangen nach ihr haben.

„Du bist schrecklich ruhig geworden", bemerkte Georgia.

„Tut mir leid."

„Du bist aufregend, wenn du schweigst", sagte Georgia.

Sie drehten sich gleichzeitig zueinander. Sie stöhnte, als sie sich in die Arme fielen, bedrängte ihn mit ihrem Mund, ihre straffen Brüste bebten gegen seinen Brustkorb. Er sank mit Georgia auf den Sitz. Georgia klang, als weinte sie, weinte mit ihrem Mund auf seinem. Er war sich nicht sicher, weil er ihr Gesicht nicht sehen konnte. Er konnte überhaupt nichts sehen. Er spürte, wie ihre Beine auf seine Forderung eingingen.

„Jake, das dürfen wir nicht."

Die Grenze schwand. Nichts auf der Welt könnte ihn jetzt noch aufhalten!

Gleißendes Licht. „Haben Sie mich gehört, stehen Sie sofort auf!"

Georgia schnellte hoch, ihr bebender Körper regungslos gegen seinen gedrückt. Wie lange hatte das Licht schon in seine Augen geleuchtet?

„Du Scheißkerl, das ist gegen das Gesetz. Steh sofort auf, du Hurenbock, aber schnell! Rücken Sie ihre Kleidung wieder zurecht, Schwester", sagte der Polizist spöttisch. Rote Flecken zogen sich über sein schmales Gesicht. „Kennen Sie denn keine Jungs ihrer eigenen Rasse, die sie aufs Kreuz legen wollen? Sie müssen ja schon ziemlich überfällig gewesen sein, daß sie so einen Hurenbock zwischen ihre Beine kriechen lassen!" Das Gesicht des dünnen Polizisten sah aus, als würde es gleich erstarren.

„Was ist los..." fragte Jake.

„Du, du... sei mal besser vorsichtig, Freundchen, ganz, ganz vorsichtig. Du steckst tief in Schwierigkeiten, Schwierigkeiten, wie du sie noch nie zuvor gehabt hast."

Georgia saß auf dem Beifahrersitz, strich sich ihre Kleider zurecht und glühte vor Scham.

„Du steckst tief in Schwierigkeiten", sagte der Polizist.

„Wieso?" sagte Jake, der sich nun etwas von dem Schock erholt hatte, erwischt worden zu sein.

„Was glaubst du eigentlich, wer du bist? Du weißt verdammt gut, daß du nicht so einfach davonkommst, wenn du dir ein weißes Mädchen nimmst..."

„Wer sagt das?"

„Du wirst für den Rest deines Lebens im Gefängnis schmoren, wenn du überhaupt noch das Glück hast, ins Gefängnis zu kommen."

„Ins Gefängnis, weshalb?"

„Weil du mit einer weißen Frau..."

„Wir sind hier nicht in Mississippi."

Der Polizist war von Jakes Art überrascht. Obwohl Jake das nicht bewußt war, hatte genau das ihn davor bewahrt, mit der Waffe geschlagen zu werden. Der Polizist hatte erwartet, daß Jake schreckliche Angst hätte, da dies aber nicht der Fall war, war er aus dem Konzept gekommen und hatte seiner Wut nicht freien Lauf lassen können. „Du Hurenbock, wir werden dich zumindest wegen Unzucht mit einer Minderjährigen drankriegen."

„Nicht in diesem Bundesstaat. Ich bin auch noch minderjährig, deshalb kann keiner von uns beiden belangt werden."

„Du scheinst ja ein ganz gescheites Bürschchen zu sein, du Hurenbock. Wie kommt es, daß du dich so in den Gesetzen auskennst?"

„Ich hatte einen Kurs in Staatsbürgerkunde auf dem College, im übrigen heiße ich nicht Hurenbock", sagte Jake.

Der Polizist tastete nach seiner Waffe. „Ich sollte dich gleich jetzt erschießen."

„Wie wollen Sie das erklären, glauben Sie denn, daß sie nichts dazu zu sagen hat?" fragte Jake.

„Aber wegen sexueller Handlungen in der Öffentlichkeit werden wir dich einbuchten. Das verstößt gegen das Gesetz."

„Das ist mit einer Geldstrafe abgetan. Mit so einer Anzeige können Sie mich nicht ins Gefängnis bringen, Chef."

„Sicher können wir das."

„Lassen Sie sich mal was gesagt sein, bevor Sie was in diese Richtung unternehmen", sagte Jake, der jetzt anfing, großspurig zu werden. „Wissen Sie überhaupt, wem Sie ihren Job verdanken?"

„Wovon zum Teufel sprichst du? Steig aus, wir werden jetzt einen kleinen Ausflug in die Innenstadt machen."

„Sie verdanken ihren Job einer gewissen Person, und wenn Sie ihn behalten wollen, dann sollten Sie mich besser in Ruhe lassen."

„Was?" fragte der Polizist überrascht.

„Wenn Sie mir nicht glauben, bringen Sie mich auf die Wache, und dort werden wir dann schon sehen, wer hier was mit wem macht. Diese gewisse Person sieht es nicht gern, wenn einer seiner Jungs in die Innenstadt geschleppt wird, und er könnte diese Sache vielleicht so erledigen, daß er Sie aus der Polizeitruppe rausschmeißt, damit Sie ihm nicht lästig werden können, kapiert?"

„Steig aus", sagte der Polizist und zog seine Pistole.

„Tun Sie, was Sie nicht lassen können", sagte Jake.

„Wieso weißt du soviel über unsere Truppe?" fragte der Polizist plötzlich.

„Ich stehe auf derselben Gehaltsliste wie Sie, nur in einer anderen Abteilung, das ist alles."

„Sie scheinen mir etwas zu jung zu sein."

„Sie scheinen mir etwas zu alt zu sein", gab Jake zurück, jetzt sicherer als je zuvor.

„Gut, ich werd's überprüfen. Gib mir deinen Führerschein."

„Okay, von mir aus."

„Versuch bloß nicht abzuhauen, Freundchen, ich finde dich überall und wenn ich dich quer durch die ganze Hölle jagen muß."

Jake holte eine Zigarette heraus und zündete sie an.

Der Polizist lief rot an. „Hör mal, warum mußt du hier so offen reden vor dieser..." Er nickte mit seinem Kopf in Richtung Georgia, während er mit leiser Stimme sprach.

„Sie haben mir keine andere Wahl gelassen", sagte Jake.

„Du solltest aber besser wissen, wie man sowas handhabt."

„Wenn ich das nicht wüßte, stünde ich nicht auf der Gehaltsliste."

„Laß dir von mir 'nen Tip geben: Nicht jeder steht auf der Gehaltsliste."

„Dann gehört er auch nicht zur Truppe."

„Ich rede von Tatsachen. Typen wie ich, die kleinen Fische, wir sind greifbar. Aber einige der dicken Fische sind unabhängig, verdammt unabhängig. Leute wie der Staatsanwalt zum Beispiel und ein paar von den Richtern."

„Na und?"

„Paß besser auf dich auf, falls du mal in einem dieser Gerichte Verhandlung hast, steht nicht von vornherein fest, daß du mit 'nem blauen Auge davonkommst."

„Wenn Sie mich laufen lassen, werd ich doch wohl kaum 'ne Verhandlung bekommen, oder?" sagte Jake.

Der Polizist zögerte einen Moment, trat von einem Fuß auf den anderen und entfernte sich dann ohne ein weiteres Wort.

Was glaubt dieser Kerl denn, wen er hier zum Narren halten kann, dachte Jake. ‚Nicht jeder steht auf der Gehaltsliste.' Was für'n blödes Gequatsche. Wer in dieser Stadt arbeiten wollte, der mußte draufstehn. Monk hat gesagt, nach den Wahlen hätte er alles im Griff. Gut, die Wahlen waren nun vorbei. Monk hatte sie alle an der Leine, das wußte er. Monk konnte einfach alles machen.

„Jake."

Er drehte sich um und bemerkte, daß Georgia ihn ansah.

„Es tut mir leid", sagte er.

„Du konntest nicht wissen, daß wir... wir erwischt werden." Sie glühte wieder vor Scham.

„Ich wollte sagen, das alles... ich wollte nicht, daß es so passiert."

„Es war auch meine Schuld."

Jake schüttelte den Kopf. „Alles meine Schuld, Georgia. Ich habe dich dazu verleitet."

„Nein, hast du nicht."

„Ich hätte aufhören müssen, bevor es anfing. Ich bin mit dem Wagen stehengeblieben."

„Hast du das vorgehabt, als du mich auf den Ausflug mitgenommen hast?"

Jake schüttelte den Kopf.

„Dann liegt die Schuld nicht nur bei dir. Es ist einfach passiert, Jake."
„Ich wollte wirklich ganz und gar dein Bruder sein, Georgia."
„Wir haben versucht, es so zu sehen, oder, Jake?"
„Ja, wir haben es versucht. Wir haben es versucht, Georgia."
„Jetzt nehm ich an... ich glaube... wir können das jetzt nie..."
„Ich denke, ich könnte es, Georgia. Ich glaub..."
„Bis irgendwann, eines nachts, wenn... ach, ich schäme mich so."
„Georgia, falls wir jemals... Ich meine, falls ich so empfände oder du, wenn wir beide es so empfinden, dann sagen wir uns einfach, es ist jetzt Zeit, nach Hause zu fahren, und den nächsten Ausflug machen wir dann erst, wenn wir nicht mehr solche Gefühle haben, abgemacht?"
„Glaubst du, das schaffen wir?"
„Sicher."
„Abgemacht." Sie lächelte ihn an. Ganz plötzlich kuschelte sie sich an seine Brust und war wieder seine kleine Schwester. Er wußte es. Er konnte es spüren.
„Du bist doch nicht böse, oder?"
„Es stand doch nie etwas zwischen uns, Jake."
„Nein, das stimmt. Deshalb wollte ich auch dein Bruder sein, Georgia. Weißt du, was eine Liebesaffäre ist? Das ist wie ein Krieg. Beide bekämpfen sich gegenseitig, falls du weißt, was ich meine?"
„Nein."
„Ich meine, der Typ läßt nichts aus, um das Mädchen ins Bett zu bekommen, und das Mädchen läßt nichts aus, ihn davon abzuhalten, gleichzeitig ihn aber doch an der Leine zu halten, um dann mit ihm ins Bett zu gehen, wenn sie findet, es sei der richtige Zeitpunkt dafür."
„Du sagst so komische Dinge."
„So ist nun mal die Wahrheit."
„Ja, Jake, ich glaube, ich kann es."
„Schwester?"
„Ja."
„Ich auch."

„Du kannst nicht wie eine Schwester empfinden, du kleiner Dummkopf, du bist doch ein Junge."

„Ich meine..."

„Ich weiß, was du meinst", sagte Georgia.

„Erinnerst du dich noch daran, als...?"

„Woran?"

„Als wir der Katze alle deine Haarbänder um den Schwanz gebunden haben?"

Georgia lachte. „Sie hat lustig ausgesehen."

„Oh, es war eine Sie? Ich habe immmer geglaubt, daß sie ein Er war."

„Ich wette, du hast jetzt keine Probleme mehr zu glauben, daß ein Er eine Sie ist."

Jake lachte. Er hatte die Grenze überschritten, aber es war noch mal gutgegangen. Vielleicht mußte es so geschehen. Vielleicht hatte er diese Grenze für beide überschreiten müssen, damit sie dieses alte Gefühl wieder zurückbekamen. „Willst du noch immer auf den Highway rausfahren?" Plötzlich durchfuhr ihn der Gedanke, daß er von Glück reden konnte, daß sie nicht dieser alte Müllkutscher erwischt hatte. Denn der hätte ihn garantiert erschossen. Ein kalter Schauer durchzuckte seinen Körper. Garantiert hätte er das.

„Hast du jetzt noch Lust auf dem Highway zu fahren?"

„Nee", sagte Jake. „Ich glaube nicht, daß ich jemals wieder schnell fahren will. Weißt du, warum?"

Georgia schüttelte den Kopf.

„Weil du mir das Gefühl gibst, als hätte ich versucht, einen Zacken zu schnell zu beschleunigen. Das ist doch komisch, findest du nicht auch?"

Georgia nickte. „Ich bin froh", sagte sie.

Jake fuhr mit dem Cadillac vorsichtig auf den Highway hinaus. „Diese Kurve habe ich schon mal mit hundertzwanzig genommen", sagte er.

„Völlig verrückt."

„Ja", sagte Jake und lachte. „Ja, genau das hat Spider auch gemeint."

„Jake?"

„Ja."
„Du bist ein Gangster, nicht wahr?"
„Was?"
„Deshalb verdienst du soviel Geld."
Er hatte ganz vergessen, daß er vorhin auf dem Parkplatz seinen blöden Mund zu weit aufgerissen hatte. Er zuckte die Achseln.
„Jake."
„Ja."
„Ich wünschte, du wärst keiner. Ich glaube, es ist schon zu spät, aber es wäre besser, du wärst keiner." Sie schauderte.
„Warum?"
„Das ist so gefährlich. Warum mußt du immer Dinge tun, die so gefährlich sind?"
„Das ist nicht gefährlich", sagte Jake. „Nicht gefährlicher, als auf dem Highway zu fahren, wenn keine Kurve in Sicht ist."
„Aber irgendwann kommt dann eine Kurve, taucht plötzlich eine am Horizont auf."
„Ja, irgendwann vielleicht."
„Aber das ist es, was ich meine. Gangster kommen früher oder später immer... Ach, Jake, ich will nicht, daß dir was passiert."
„Du hast zu viele schlechte Filme gesehen."
„Das Leben ist auch voller Kurven, Jake."
„Ja, aber man lehnt sich einfach in sie hinein, Georgia, geht mit ihnen mit, und schon kommt wieder eine gerade Strecke."
„Ach, Jake." Georgia drückte mit der Hand seine Schulter.
Es war eine leichte Kurve, keine wirklich gefährliche, und er fuhr mit einer angemessenen Geschwindigkeit. Als er aus der Kurve herauskam, sah er auf der anderen Seite des Highways den großen Lastwagen mit dem Anhänger, der gute hundert Stundenkilometer fuhr und dessen Fahrer gerade auf die Bremse stieg, um die Geschwindigkeit zu verringern.
„Der hat ein bißchen lange gewartet mit dem Bremsen", sagte Jake beiläufig.
„Wer?"

„Der Lastwagen dort. Mit dem möchte ich nicht auf Tuchfühlung kommen." Hinter dem Anhänger tauchte ein Auto auf. „Dieser Trottel ist zu dicht aufgefahren", sagte Jake.

„Oh nein!" Georgias Stimme stockte.

Das Auto kam ins Schlingern, schleuderte quer über den Highway auf Jakes Fahrspur hinüber.

„Halt dich fest."

„Kannst du nicht anhalten?"

„Er ist zu nah", sagte Jake nüchtern. Er war ganz ruhig, fühlte sich stark und unbesiegbar. Er stieg auf die Bremse, gerade so fest, daß er nicht die Kontrolle über den Wagen verlor, NICHT HIERHER, DU IDIOT! So würde er auf jeden Fall in das Auto hineinknallen. Er drückte das Gaspedal bis zum Anschlag durch, der Cadillac schoß nach vorne. Er riß das Lenkrad herum, entging knapp dem Zusammenstoß mit dem anderen Auto und raste seitwärts an der Böschung entlang wie ein Motorradakrobat an seiner Steilwand im Zirkus. Er sah das erschrockene Gesicht des Fahrers, der die Kontrolle über sein Fahrzeug verloren hatte, als er ihm in Richtung Böschung auswich. Nach und nach versuchte er wieder zurück auf die Straße zu lenken, das Gaspedal noch immer voll durchgetreten. Komm schon, Baby, komm schon! dachte Jake. Komm schon! Der Motor heulte auf, alle Pferdestärken voll im Einsatz. Die Vorderräder kamen wieder auf den Beton. Komm schon! Der Cadillac fraß sich in den Beton. Komm schon! Die Motorhaube kam wieder in Richtung Straße. Jake lächelte. Er war immer noch ganz ruhig und zuversichtlich. KOMM SCHON! Der große, schwere Wagen kämpfte, um auf die Fahrbahn zurückzukommen. Dann gab der unbefestigte Seitenstreifen nach.

„Komm schon!" brüllte Jake.

Für den Bruchteil einer Sekunde hing der Wagen mit aufheulendem Motor zur Hälfte auf dem Straßenbelag, während die Hinterräder auf dem Randstreifen leer durchdrehten. Die Motorkraft hielt ihn in dieser Lage. Dann schleuderte er in die andere Richtung.

„Komm schon!"

Jake gefror das Blut in den Adern. Georgia schrie auf. Die Sterne wandten sich ab.

14

Für die Presse war der Unfall kein großes Thema, sie schenkte ihm nur so viel Beachtung, daß er es gerade noch auf die Rückseiten von drei Tageszeitungen schaffte. *The Viewer* jedoch, ein kleines Revolverblatt, gab der Stadt einen Ausblick auf das, was sich künftig entwickeln könnte. Diese Wochenzeitschrift, ein Sensationsmagazin, das nur über Schwarze berichtete, räumte mit riesigen halbfetten Schlagzeilen dem Vorfall einen Bericht auf der Titelseite ein.

Gemischtrassiges Liebespaar
spielte auf dem Highway
mit dem Tod
Liebesaffäre von zwei Jugendlichen endete tödlich...

Auf der Peabody Avenue grassierten die wildesten Gerüchte wegen Jake und Georgia. Das Skandalblatt las sich wie ein Schundroman und war genauso phantasiereich. Das Geschäft im Lebensmittelladen der Garvelis lief flau. Der Besitzer, ein gebrochener Mann, trommelte mit den Fingern geistesabwesend auf dem Ladentisch und starrte mit leerem Blick in das Geschäft, das niemand betrat. Das waren die ersten Tage, die Tage vor dem Begräbnis.

Draußen auf dem Merchant Place legte Henry Arnez seine Pfeife zur Seite und faltete sorgfältig die Rückseite der Tageszeitung. „He, hör mal, Edna", sagte er zu seiner Frau, die ihm im Wohnzimmer schweigend gegenübersaß.

„Ja, Henry."

„Erinnerst du dich noch, daß du mir gesagt hast, daß ich mir keine Sorgen zu machen brauche, wenn Armenta mit diesem komischen Vogel, diesem Jake Adams zurückfährt?"

„Ja, ich kann mich erinnern."

„Nun, er hatte einen Unfall draußen auf dem Highway 66."

„Oh", sagte Mrs. Arnez. „Er wurde doch nicht verletzt, oder?" Sie bemerkte den starren Gesichtsausdruck ihres Gatten.

„Wie schlimm?"

„Ach, weißt du, bei ihm wird alles wieder gut werden. Sein Zustand ist nicht kritisch, aber er hat das Mädchen getötet, daß mit ihm gefahren ist."

„Henry, wovon sprichst du?"

„Das Mädchen, das bei ihm war, konnte nur noch tot aus dem Wrack geborgen werden. Sie war fast genauso alt wie Armenta. Es war eine Weiße." Mr. Arnez feuerte seiner Frau diese Worte wie eine Anschuldigung hin.

„Oh."

„Ich habe dir gleich gesagt, daß irgend etwas nicht stimmt mit diesem Kerl. Ich hoffe, daß du mich irgendwann ernstnehmen wirst, wenn ich sowas sage. Tut es dir noch immer leid, daß deine Tochter in New York ist? Ich habe gewußt, was ich mache, als ich dafür gesorgt habe, daß sie von ihm wegkommt."

„Henry, ich möchte nicht, daß du so darüber sprichst. Du solltest etwas Mitgefühl zeigen. Gewiß geht es dem Jungen ganz schrecklich wegen dem Mädchen. Außerdem liegt er doch auch verletzt im Krankenhaus."

„Aber deine Jüngste ist sicher in New York. Er hatte auch einen Cadillac, einen Cadillac 1949er Baujahr, hast du das gewußt? Den hat er zu Schrott gefahren. Wie erklärst du dir das? Neunzehn Jahre alt und schon einen Cadillac. Ich bin schon fast dreimal neunzehn und ich habe noch immer keinen, obwohl ich mein Leben lang hart gearbeitet habe."

„Er tut mir so leid", sagte Mrs. Arnez.

„Blödsinn!" explodierte Mr. Arnez.

15

Armenta las den Brief ihrer Mutter, in dem sie über Jake, den Unfall und das weiße Mädchen schrieb. Das war Georgia. Jake hatte ihr erzählt, wie eng er mit Georgia befreundet war. Ihr war klar, daß einige Leute jetzt mit Dreck schmeißen würden. Nur weil Georgia weiß war, erzählte man sich alle möglichen Scheußlichkeiten darüber, was sie miteinander getrieben haben. Die Leute sind einfach gerne bösartig. Jake und Georgia waren überhaupt nicht so. Ach, Jake, ich hab gewußt, daß etwas geschehen würde. Ich hab's geahnt. Wenn ich dort gewesen wäre, wäre das nie passiert, oder? Hätte sie selbst anstelle von Georgia im Wagen gesessen? Ihr Vater war an allem schuld, er ganz allein. Ach, Jake, hoffentlich bist du nicht zu schlimm verletzt. Aber Mutter hatte geschrieben, daß sein Zustand nicht kritisch war. Jake, du gerätst immer in solche Schwierigkeiten. Er fuhr einen Cadillac, wann hat er den bekommen? Er hatte es wirklich ernst gemeint, als er sagte, er werde es ihrem Vater schon zeigen. Er hat alles nur viel schlimmer gemacht. Ihr Vater würde ihr diesen Unfall ihr Leben lang vorwerfen. Ach, Jake, wie fühlt man sich, wenn jemand gestorben ist, als man am Steuer saß? Wie fühlt man sich nach all diesen Dingen, die du gemacht hast? Wie fühlt man sich als Anführer einer Bande und wenn man so viel Geld verdient, daß man sich einen Cadillac kaufen kann, obwohl man noch nicht einmal zwanzig ist? Hast du gewußt, Jake, daß ich nicht mehr soviel an dich denke wie früher? Ich habe dich ein wenig vergessen, aber das wird sich jetzt wieder ändern. Das schwöre ich dir. Ich werde dich nie mehr vergessen. Ich werde nie mehr vergessen, daß ich dich liebe. Es ist mir egal, was man sich über dich erzählt. Jake, ich bin mit diesem Medizinpraktikanten ausgegangen. Wir haben nichts gemacht, sind einfach nur ausgegangen wie... wie du und Georgia. Es hat Spaß gemacht, mit ihm wegzugehen, aber wie hätte ich dich auch nur eine Sekunde vergessen können? Wie konnte ich mit einem anderen Spaß haben und nicht mit dir? Ich hatte gar keinen Spaß. Doch, ich hatte, ich hatte. Aber du würdest sicher auch nicht wollen, daß ich die ganze Zeit nur herumsitze und nie etwas unternehme. Nein, ich weiß, das würdest du nicht wollen. Du hast mir sowas jedenfalls nie gesagt. Letztes Jahr um diese Zeit, Jake, als du mich das erste Mal von der Schule nach Hause gefahren hast, waren das nicht schöne, unkomplizierte Tage?

Der Summer in ihrem Zimmer schlug an. Es war das verabredete Zeichen des Medizinpraktikanten, der kam, um sie abzuholen. Sie würde nicht mitgehen, sie wollte nicht mit ihm ausgehen. Sie griff nach ihrem Pullover, weil sie wußte, daß es draußen eiskalt war. Sie wäre nicht gegangen, wenn sie erwartet hätte, daß sie heute genauso viel Spaß haben würde wie gestern abend. Sie würde Jake sofort schreiben, sobald sie wieder zu Hause wäre. Wenn sie in ihrem Zimmer blieb und wie eine Einsiedlerin lebte, konnte sie ihm damit doch auch nicht helfen, oder?

16

Auf Georgias Begräbnis waren viele Leute. Es war ein stilles Begräbnis, und es dauerte nicht lange. In der Kirche saß eine geschlossene Gesellschaft aus weißen Gesichtern – still, stumm und ehrfürchtig. Nur ein einsames schwarzes Gesicht war am äußeren Rand einer Bank im hinteren Teil der Kirche zu sehen. Das Gesicht sah sorgenvoll aus, war voller Trauer.

„Das ist der Vater des Jungen, der den Unfall hatte", flüsterten die Trauergäste.

„Das ist hart."

„Ja."

Die Anwesenden empfanden Mitleid mit ihm, dem Mann mit dem traurigen schwarzen Gesicht. Viele dieser Menschen waren keine Freunde der Garvelis. Sie waren gekommen, weil die Artikel in den Zeitungen sie angelockt hatten. Eigentlich waren sie einfach nur sensationsgierig, aber das Begräbnis war viel zu schmerzvoll und so schrecklich persönlich. Die Sensationsgierigen sahen sich selbst in Pop Garvelis Augen. Sie unterließen es, der Familie auf den Friedhof zu folgen.

ASCHE ZU ASCHE – Der Sarg wurde in die Erde gesenkt. Auf dem Friedhof herrschte eine unendliche, vollkommene Stille. Pop löste sich plötzlich aus dem Kreis seiner Frau und seiner Verwandten und ging zu Jakes Vater hinüber.

„Ich weiß nicht, was ich sagen soll", sagte Adams.

„Wie geht es Jake?"

„Der Arzt hat gesagt, daß er in einem Monat wieder auf den Beinen sein wird."

„Nichts Ernstes?"

„Nein."

„Das ist gut."

„Er sagt, daß es ihm leid tut wegen Georgia."

„Ich weiß. Er hat es uns auch gesagt, als wir ihn besucht haben."

„Warum konnte er nicht besser aufpassen?"

„Es war nicht seine Schuld. Man hat uns den Unfallbericht gezeigt. Sie sind nicht schnell gefahren, nur so zwischen sechzig und siebzig. Der Kerl, der mit seinem Wagen hinter dem Lastwagen fuhr, hat Schuld. Er hatte die Kontrolle über sein Fahrzeug verloren, als der Lastwagen vor der Kurve bremste. Er schleuderte quer über die ganze Straße auf die Gegenfahrbahn, auf der Georgia und Jake fuhren. Jake hat noch versucht auszuweichen, aber da war nicht genug Platz. Der Kerl hat angegeben, daß Jake ihm das Leben gerettet hat. Wenn er ihn erwischt hätte, hätte er keine Chance gehabt. Ihren Jungen hat das mit Georgia ziemlich mitgenommen, haben Sie das gewußt, Adams?"

„Ja."

„Er hat was von einer Grenze geredet, aber es hat keinen Sinn ergeben. Er gibt sich selbst die Schuld. Das sollte er nicht tun."

„Wenn Georgia nicht mit ihm unterwegs gewesen wäre."

„Die beiden waren eben wie Bruder und Schwester."

„Ja."

„Ich weiß, daß nicht mehr dahinter war. Sie waren immer so."

„Ja, schon immer, seit sie klein waren."

„Für mich ist das alles wie ein Traum", sagte Pop, dem es die Kehle zuschnürte. „Ein dummer Traum, der keinen Sinn ergibt, überhaupt keinen Sinn, Georgia... unter der Erde."

„Ich wünschte, es wäre nur ein Traum."

„Ich hoffe, daß Sie niemals Ihren Jungen verlieren..."

Adams brachte kein Wort heraus, beiden schnürte es die Kehle zu. Er hatte seinen Jungen bereits verloren. Das wußte er. Er hatte ihn schon lange verloren. Er konnte nicht einmal mit ihm sprechen, als er verletzt im Krankenbett lag. Jake hatte Pop mehr erzählt als ihm. Ihm hatte er nichts erzählt, ihn nur angeschaut, kein einziges Wort gesagt. Aber es lag ein Schmerz in seinen Augen, ein Schmerz wegen dem, was er getan hatte.

Vielleicht konnte er deshalb nicht mit ihm darüber sprechen. Aber er hatte mit Pop geredet.

„Es ist so unbegreiflich, daß Georgia nicht mehr da ist...", sagte Pop. Er wirkte ganz hilflos, brachte kein einziges Wort mehr heraus. Er drehte sich langsam um und ging davon.

Adams blieb noch auf dem Friedhof und starrte auf das frische Grab. Georgia war tot. Georgia war ein Teil von ihm, der gestorben war. Georgia war sein Sohn, der gestorben war, denn in diesem Grab lag nicht nur Georgia. Der Tod spielte den Menschen oft einen Streich. Er ließ Menschen noch herumlaufen, und alle hielten sie für lebendig, obwohl sie in Wirklichkeit bereits tot waren. Jake war mit Georgia gestorben. Adams wußte das.

Auf dem Friedhof roch es süßlich, der Geruch von etwas Altbekanntem lag in der Luft. Es begann zu regnen. Mit bedächtigen Schritten ging Adams durch den kalten Regen zu seinem zerbeulten Wagen. Er fuhr so langsam wie jemand, der sich nur ungern entfernt. Er ließ seinen Blick über den Friedhof wandern, als hätte er alle Zeit dieser Welt. Er ließ sich Zeit, denn er würde nie wieder einen Fuß auf diesen Friehof setzen, nicht einmal, um das Grab von Jakes Mutter zu besuchen. Ein Gefühl fuhr wie ein Messer durch ihn, ein Gefühl, so kalt wie der Regen.

17

Armenta traute ihren Augen nicht, nein, sie wollte es einfach nicht glauben. In Jakes Wagen war Rauschgift gefunden worden. Ein Staatspolizist namens Clint Garth hatte es gefunden. Sie las es mit ihren eigenen Augen, sie mußte es glauben. Ihre Mutter hatte es ihr geschrieben. Ihre Mutter fand das abstoßend und meinte, sie solle Jake besser vergessen, und daß ihr Vater von Anfang an recht gehabt hätte. Ihr war schlecht, sie hatte Magenschmerzen. Sie hoffte, daß ihre Zimmerkollegin nicht hereinkam und wieder anfing, mit ihr zu reden, wie sie das immer tat. Ach, hätte sie doch wieder ihre alte Zimmerkollegin. Mabel sprach sie nie an, wenn sie sah, daß sie nicht in der Stimmung war zu reden. Aber dann hatte Mabel die Schule abgebrochen, um zu heiraten – was einige sehr verwundert hat – und Grace war eingezogen, und nun kam sie immer herein und quatschte die ganze Nacht. Armenta befürchtete, daß es auch diesmal so sein würde. Ach, Jake. Wie konnte sie nur so jemanden wie ihn lieben? Aber sie konnte das alles nicht ahnen. Doch, sie hatte es gewußt. Sie hatte es die ganze Zeit gewußt, daß etwas nicht stimmte. Das hatte mit der Faszination zu tun, die es so spannend gemacht hatte, Jake Adams' Mädchen zu sein. Oh Gott, wenn ich doch endlich aufhören könnte, ihn so zu lieben, wie ich es jetzt tue. Jake, warum haust du nicht einfach mit mir zusammen ab? Wir könnten irgendwohin gehen, wo es niemanden gibt außer uns beiden... ach, Jake, was sollen wir jetzt machen?

Der Summer in ihrem Zimmer schlug wieder an. Das war das interne Signal, mit dem ihre Mitbewohnerinnen ihr mitteilen wollten, daß ihr Medizinpraktikant wartete und sie wieder ausführen wollte. „Sagt ihm, ich sei nicht da", sagte sie durch die Sprechanlage.

„Sei nicht dumm, Mädchen", antwortete eine Stimme durch den Lautsprecher.

„Ich will niemanden sehen."

„Willst du, daß ich ihm das sage?"

„Mir ist egal, was du ihm sagst."

„Was ist los mit dir, bist du krank?"

„Sag ihm, er soll mich in Ruhe lassen", sagte Armenta. Sie lag quer auf dem Bett und vergrub ihr Gesicht in den Kissen. Am liebsten wäre sie wieder ein kleines Mädchen, so fühlte sie sich. Aber sie war schon zu groß, um sich noch so fühlen zu dürfen. Sie hörte die Tür aufgehen und leichte, muntere Schritte auf sie zukommen. Sie versuchte, die Geräusche zu ignorieren. Ihre Zimmerkollegin stürmte mit ihrer hohen Stimme auf sie ein. Sie konnte und wollte kein einziges Wort von dem verstehen, was Grace ihr alles erzählte, aber sie konnte dieser unangenehm hohen Stimme nicht entrinnen. Der Ton ging ihr durch Mark und Bein, als würde eine Säge über Beton fahren.

„He, was ist los mit dir?"

„Nichts", murmelte Armenta. Nichts, was dich etwas angeht, dachte sie.

„Ich habe deinen Typen gerade unten in der Halle gesehen. Er schien ziemlich eingeschnappt zu sein. Habt ihr euch schon gestritten? Was ist los, hörst du nicht gut?"

„Ich habe kein Lust zu reden."

„Dein Typ ist bestimmt ganz süß. Ich wette, du bist in ihn verliebt, das ist es, was mit dir los ist. Keine Antwort, was? Ich dachte mir das... ich dachte, das ist es, was nicht stimmt. Ich wette..."

„Bitte, Grace."

„Armenta Arnez, du bist einfach nur eingebildet und sonst gar nichts. Ich hab's schon die ganze Zeit gewußt. Glaub nur ja nicht, daß ich es nicht bemerke, wie großkotzig du dich aufführst, wenn ich mit dir rede. Du bist genau wie alle anderen vornehmen, hellhäutigen Mädchen mit langen Haaren, die sich für hübsch halten..."

„Grace."

„Ja, du glaubst, daß du hübsch bist. Aber wir dunkelhäutigen Mädchen können auch einen Mann bekommen."

Armenta mußte zum Zeitungskiosk, wo sie sich jeden Tag eine Zeitung aus ihrer Heimatstadt besorgte, um auf dem laufenden zu sein. Ihr war klar, daß für ihre Eltern das Thema Unfall abgeschlossen war.

„Ja, lauf nur hin zu deinem blöden hellhäutigen Freund. Hälst dich wohl für sehr klug."

„Grace..."

„Ja, ist dir schon aufgefallen, daß dunkelhäutige Jungen für dich gar nicht existieren? Da muß einer schon ganz hell sein, bevor er auf dich draufkriechen darf..."

„Jetzt halt verdammt nochmal die Klappe, Grace, sonst dreh ich dir den Hals um!" sagte Armenta mit heiserer Stimme.

Grace sah den Blick in Armentas Augen und wich zurück. Sie ging rückwärts zur Tür hinaus und knallte sie zu.

„Ach, Jake", sagte Armenta. Sie vergrub ihr Gesicht wieder in den Kissen. Zu ihrer Überraschung mußte sie feststellen, daß sie nicht weinen konnte.

18

Maxine tanzte vor ihrem Publikum, ihre feuchten Augen funkelten im Scheinwerferlicht. Jake war ein Scheißkerl durch und durch. Mit einem freundlichen Lächeln begrüßte sie Evelyn und Spider, die es schließlich doch geschafft hatten, zu einem ihrer Auftritte zu kommen. Bei Evelyn kann man schon was sehen, dachte sie sich. Dieser Typ aus New York war auch da, der so tat, als wäre er der tolle Geschäftsmann aus der Großstadt. Er mußte wohl noch lernen, daß dies hier auch eine große Stadt war. Sie hatte nicht vor, sich von ihm reinlegen zu lassen. Sie würde sich auf keinen Fall mit ihm einlassen, bevor sie nicht den Vertrag unter Dach und Fach hatte, unterschrieben und mit einer beglaubigten Garantie. Ja, sie war jung und wollte ganz nach oben, aber sie lebte nicht hinter dem Mond. Er schien wirklich geglaubt zu haben, sie sei ein Bauerntrampel und würde auf seine plumpe Anmache reinfallen.

Am besten kommst du mit zu mir nach Hause und singst mir vor und zeigst mir, was du kannst, dann werde ich sehen, was ich für dich tun kann. Er hatte verdammt recht, sie würde ihm schon zeigen, was er zu tun hätte, was er zu tun hätte – für sie, bevor er auch nur irgend etwas zu sehen bekam, und erst recht, bevor er mit ihr machen konnte, was er gern wollte.

Scar war also ein Junkie, und Jake war ein Dealer. Das Leben war wirklich ein Witz.

Der ganz Club spendete Maxine begeisterten Beifall. Sie ging von der Bühne und gesellte sich zu Spider und Evelyn an den Tisch.

„Du warst großartig, Mädchen", sagte Evelyn. „Ich bin ja so stolz auf dich."

„Daß du stolz bist, sieht man dir stellenweise ja förmlich an", sagte Maxine.

Spider lachte.

„Wir erwarten das Baby im September", sagte Evelyn. „Du kannst einfach nicht wissen, wie das ist, Maxine, bevor du nicht selbst verheiratet bist und ein Kind mit dir herumträgst."

„Ich glaub nicht, daß dieser Fall so bald bei dir eintreten wird, oder?" sagte Spider.

„Nee, Spider. Ich kenne keinen einzigen aufregenden Mann. Die müssen alle vom Erdboden verschluckt worden sein."

„Du bist viel zu beschäftigt, würdest sie gar nicht bemerken", sagte Spider. „Ich schätze, das Scheinwerferlicht bedeutet dir mehr, als das irgendein Mann jemals konnte."

„Irgendein Mann?"

„Ja."

„Warum sagst du das?"

„Ich weiß nicht. Es fiel mir nur irgendwie auf, daß du dich verändert hast, Maxine. Ich will nicht behaupten, daß es nicht alles zum Guten wäre, aber du hast dich eben verändert."

„In welcher Beziehung?"

„Man sieht dir den Erfolg an, falls du weißt, was ich meine. Letztes Jahr sah man dir an, daß du auf Erfolg aus warst. Jetzt sieht man dir an, daß du ihn hast."

„Den hat sie", sagte Evelyn.

„Ja, auf jeden Fall", sagte Spider und lächelte. „Siehst du den Unterschied?"

„Ich fürchte nicht", sagte Maxine.

„Ich meine, die Bühne hat für dich die Bedeutung, die Eveyln und ich gegenseitig für uns haben, so als wäre die Bühne wie ein Mensch für dich. Dir war doch ein Junge noch nie so wichtig wie die Bühne, verstehst du?"

„Das stimmt", pflichtete Evelyn bei.

„Ja, das stimmt sicher", gab auch Maxine zu. Sie lächelte sogar.

Spider hätte ihnen von seinem Besuch bei Jake im Krankenhaus erzählen können, aber er tat es nicht. Er spürte, daß dies weder Evelyn noch Maxine interessierte. Jake war nicht sehr gesprächig gewesen. Er hat irgendwie eigenartig gewirkt. Spider konnte nicht genau sagen, was es war. Jake war nicht mehr der gleiche. Mensch, er hatte sicher die Hoffnung, sich aus dieser Rauschgiftanklage rauswinden zu können. Vielleicht konnte Monk das regeln. Er hoffte es.

19

Der alte Adams rieb sich seine angestrengten Augen. Er fragte sich, was Pop jetzt wohl denken würde.

> POLIZEI VOR AUSHEBUNG EINES DROGENRINGS
> *Bei der Untersuchung des Wagens des schwarzen Jugendlichen Jake Adams, in dem Georgia Garveli bei einem Unfall ihr Leben verlor, stieß man auf...*

Adams rieb sich die Augen, es verging kein Tag ohne neue Schlagzeilen.

> POLIZEICHEF FORDERT HÄRTERES VORGEHEN
> GEGEN JUGENDKRIMINALITÄT...

> STAATSANWALT WARNT, ZU MILDE STRAFEN FÜHRTEN ZUM
> ANSTIEG DER JUGENDKRIMINALITÄT...

> ADAMS BEHAUPTET, GEORGIA WAR SEINE SCHWESTER!

> JUGENDLICHER WAR SCHACHFIGUR IN DEN KLAUEN
> SKRUPELLOSER ORGANISATION...

> POLIZEI SAGT, RAUSCHGIFTBESITZ WAR NICHT DAS EINZIGE
> DELIKT!

> JAKE ADAMS' VERHANDLUNG
> DURCH VANDALENAKT VERSCHOBEN
> *Wichtige Beweismittel, die gegen Jake Adams eingesetzt werden sollten, sollen verlorengegangen sein...*

In der Stadt passierten wieder aufregend Dinge. Es machte Spaß, am Leben zu sein.

20

Er war schon seit ewigen Zeiten nicht mehr in einem Streifenwagen mitgefahren. Das letzte Mal lag schon drei Jahre zurück, als ihn die Polizei aufgegriffen hatte. Er sollte damals von irgendwelchen Typen, die seine Gang verprügelt hatte, als Rädelsführer identifiziert werden. Die Kerle hatten aber Angst, ihn zu verpfeifen. Ihnen war klar, mit wem sie es zu tun hatten. Nun war er also wieder verhaftet. Das machte aber nichts. Es war ihm egal, was mit ihm geschah, es war ihm scheißegal, was sie mit ihm vorhatten. Georgia war tot, wirklich tot. Ob Armenta es schon wußte? Mit Sicherheit. Ihr Alter wird der erste gewesen sein, der es sie wissen ließ. Als er im Krankenhaus lag, hatte sie ihm jeden Tag geschrieben. Bis letzte Woche, bis sein Name wieder in großer Aufmachung in die Schlagzeilen kam. Mensch, er mußte ja plötzlich eine ganz große Nummer geworden sein, wenn so viel über ihn geschrieben wurde. Warum mußtest du gerade mich als deinen Bruder auswählen? Dafür hast du jetzt mit deinem Leben bezahlt, Georgia. Monk hatte zu ihm gesagt, daß er bloß keine Aussage machen soll, denn wenn sein Anwalt mit dem Staatsanwalt fertig wäre, würde der nicht mal mehr in der Lage sein, zu beweisen, daß der Stoff in seinem Wagen gefunden worden ist. Halt einfach nur die Klappe, hat Monk gesagt. Hör nicht einmal zu, wenn dich der Kerl in die Mangel nimmt. Spiel in Gedanken Himmel und Hölle oder sonstwas, egal was. Monk brauchte sich wegen ihm keine Sorgen zu machen, er würde sicher nichts sagen. Monk hatte ihn wirklich anständig behandelt. Was hatte er denn damals gedacht, als er ihm diese Frage nach seiner Loyalität stellte? *Ich bin auf deiner Seite, Monk.* Das wußte Monk doch. Bei dem Typen von der Müllabfuhr jedoch hatte er einen Fehler gemacht. Jake fragte sich, wie Monk so einen Fehler machen konnte. Aber er hätte Monk vor diesem Müllkutscher warnen müssen. Es war sein Fehler, nicht Monks. Ja, alles war sein Fehler gewesen, deshalb war ihm jetzt auch alles egal. Was kümmerte ihn das alles noch? Sein Mädchen konnte ihn nicht mehr leiden, sein bester Freund war abgehauen, ohne etwas zu sagen. Spider hatte ihn einmal besucht. Ein einziges

Mal! Na, wie findet man denn das? Von den Termites hatte auch keiner vorbeigeschaut. Er machte ihnen jedoch keinen Vorwurf, er wußte, warum keiner gekommen war. Sie hatten Angst wegen all dem leeren Geschwätz in den Zeitungen über Jugendbanden und solche Dinge. Er konnte sie verstehen, nur für Spider und Scar hatte er kein Verständnis. Scheiß drauf, so ist nun mal das Leben in der Großstadt. Was er jetzt brauchte, Mann, das war ein großes Radiergummi, um diesen letzten Monat auszuradieren und wieder ganz von vorne anzufangen. Er würde vieles anders machen.

Die Polizisten, mit denen Jake zusammen im Wagen saß, alberten miteinander herum. Sie beachteten ihn nicht. Sie steckten ihn in eine Einzelzelle. Dort versuchte er, es sich auf der Pritsche bequem zu machen, die aus einem gehärteten Flachmetall bestand. Die Pritsche gab überhaupt nicht nach. Sie war höllisch unbequem, und es war unmöglich, darauf zu schlafen. Es war ihm scheißegal.

21

Der kleine schwarzhaarige Mann ging im Zimmer auf und ab. Er hatte Augen, wie Verbrecher sie angeblich haben sollen, aber Jake sah sie nicht sehr oft, weil der kleine Mann ihm den Rücken zuwandte.

„Ist dir eigentlich klar, wie tief du in der Klemme steckst?"

Jake schien es, als würde der Kleine das schon seit einer Ewigkeit fragen, obwohl es noch nicht länger als zehn Minuten sein konnte. Der Mann drehte sich schnell zu ihm um und zeigte mit dem ausgestreckten Finger auf Jake, er öffnete seinen Mund und schloß ihn wieder. Er drehte Jake wieder seinen Rücken zu und begann erneut auf und ab zu gehen. *Was zum Teufel soll das alles?*

„Ist dir eigentlich klar, wie tief du in der Klemme steckst?"

Sag kein Wort, kein einziges Wort, hatte Monk ihm aufgetragen.

„Weißt du, wie's in einem Staatsgefängnis zugeht? Glaubst du, du hättest jetzt schon eine Ahnung davon, nach diesem einen Tag, den du in der Zelle verbracht hast? Glaubst du, das ist so romantisch wie im Film? Glaub diesen Quatsch nicht, in Wirklichkeit ist es die Hölle, mein Junge, die reine Hölle! Weißt du, wie tief du in der Klemme steckst? Na gut, dann sitz ruhig da und sag überhaupt nichts. Du glaubst, es ist klug, jemanden zu schützen, sich loyal zu verhalten, nicht wahr? Das, was auf dich zukommt, wird auch sehr loyal sein. Jeder triste Tag, den du hinter diesen Mauern verbringen mußt, wird loyal zu dir sein. Einer wie der andere werden gleich sein und dir zusetzen, bis es in deinem Kopf so grau aussieht, wie der Putz auf deiner Zellenwand. Klingt das romantisch für dich? Oh ja, ich weiß, du bist jung und glaubst, du könntest das alles locker wegstecken. Du bist stolz und denkst, eine Knaststrafe abzusitzen, das wäre eine Herausforderung. Vielleicht ist es das während der ersten paar Tage, vielleicht sogar noch während der ersten paar Wochen, wenn du wirklich stolz bist. Aber das, was du für eine Herausforderung hälst, wird ziemlich schnell verblassen, weil du irgendwann überhaupt nicht mehr weißt, wogegen du kämpfst. Das einzige, was du dann noch merkst, ist, daß die Tage langsam dahinschleichen wie eine kaputte Uhr, die keinen Minutenzeiger mehr hat, so daß du dir nicht mal mehr sicher sein kannst, daß die Zeit vergeht, obwohl es so sein müßte. Ist dir eigentlich klar, wie tief du in der Klemme steckst?" Der kleine Mann drehte sich um und sah Jakes leeren Gesichtsausdruck. Er fing wieder an, auf seinen Gummisohlen hin und her zu gehen. „Du kannst dich da nicht rauswinden, indem du schweigst. Hat dein Freund dir das aufgetragen? Wir haben dich erwischt, wir haben dich kalt erwischt. Wir brauchen keine Beweise, wir brauchen überhaupt nichts, nicht mal eine Verhandlung. Du bist süchtig, mein Freundchen, genauso süchtig wie die Junkies, denen du den Stoff verkaufst. Sitz ruhig da... sitz einfach nur da, wenn du willst, und sag nichts. Sei romantisch, aber eins kann ich dir versichern, im Knast ist es nicht romantisch. Dort gibt es keine Individualität, keine persönlichen Wünsche. Im Knast sind alle gleich, da ist die Gleichheit vollendet. Das dürfte dir gefallen. Die Zeit lastet dort auf dir wie ein Joch um den Hals. Sie beugt dir den Kopf, bringt dein Gesicht zu nervösen Zuckungen, weicht dein

Rückgrat auf und nimmt dir die Männlichkeit, trocknet dein Gehirn aus... Du weißt doch, mein Junge, im Knast gibt es keine Frauen. Keine einzige, weder eine schwarze noch eine *weiße*. Wie willst du damit fertig werden?"

Caldonia...

„Weißt du, was aus einem Mann wird, wenn er gezwungen ist, ohne eine Frau zu leben? Bis jetzt bist du doch in dieser Beziehung nicht zu kurz zu kommen, oder? Was wirst du in all den Jahren machen, die du im Gefängnis verbringen mußt? Kennst du schon den Spruch... In der Masturbation zeigt sich die Not einer Nation? Okay! Sitz nur da und sag kein Wort. Gewöhn dich an die Langsamkeit der Zeit, du wirst eine Menge Zeit haben, dich daran zu gewöhnen."

Durch das ständige Auf- und Abgehen verschwimmen die Konturen des kleinen Mannes vor Jakes Augen. Monk hatte ihn vor dem gewarnt, wie es sein würde.

„Der Stolz eines Mannes war schon immer sein Untergang. Du bist noch viel zu jung, einen solchen Fehler zu machen", sagte der kleine Mann mit einem verhaltenen Ton in der Stimme, fast als ob Jake ihm leid täte.

Jake erschrak beim Klang dieser Stimme, in der er die Gefahr der Zersetzung witterte, doch er wollte unüberwindlich bleiben. Er nahm eine bequemere Sitzposition ein und zwang sich, seinen unbeteiligten Gesichtsausdruck beizubehalten. Dieser Kerl würde schon noch müde werden, und dann könnte er wieder in seine Zelle zurückgehen, wo ihn alle in Ruhe lassen würden.

„Ist dir eigentlich klar, wie tief du in der Klemme steckst? Wirst du jetzt endlich auspacken?" Der kleine Mann hielt inne in seinem Auf- und Abgehen und blieb ruhig vor Jake stehen. Der Ausdruck auf seinem Gesicht setzte Jake mehr zu als alles, was er bisher gesagt hatte. Jake fühlte sich wie eine Maus, mit der eine Katze spielt. „Wozu dient Loyalität? Kann sie die Zeit ausradieren? Kann sie dir die Jahre zurückgeben, die du im Gefängnis sitzt, kannst du mit ihr ins Bett gehen, sie atmen, sie essen? Kann sie diese Mauern zwischen dir und der Welt dort draußen aufheben? Ich hab dich für gerissen gehalten. Man

sollte denken, daß ein Kerl, der so jung ist wie du, in diesem
Geschäft gerissen sein müßte, aber du bist dumm, du bist nichts
als ein dummes Arschloch von einem Nigger!"

Jakes Magen zog sich zusammen. Er hielt seinen Kopf hoch,
als wäre er der stolzeste Hurenbock auf der ganzen Welt. Aus
seinen Augen sprach Arroganz. Der Kerl versuchte, ihn wütend zu machen, wollte ihn aufstacheln, irgendwas zu sagen,
was ihm hinterher leid tun würde. Der Scheißkerl war blöd
genug, zu glauben, er würde auf so einen plumpen Trick hereinfallen.

„Du magst weiße Frauen, mein Junge, habe ich nicht recht?
Ich wette, Georgia war gut im Bett. Sie war sicher der beste
Fick, den du jemals hattest, oder? Du würdest dein Leben dafür hergeben, wieder an sie ranzukommen..."

Unterdrück es, wende deinen Blick nicht ab. Das ist deine
Verteidigung, egal, was geschieht, wende deinen Blick nicht
ab. Zur Hölle mit allem, was dieser Arschwichser sagt. Schluck
es runter, laß dich nicht von ihm kriegen! Monk hatte gesagt,
daß es hart werden würde, aber das hier, oh Mann! Jake wechselte seine Sitzposition und pflanzte seine Füße in den Boden.

„Das gefällt dir nicht, was? Du kannst mich mit deinem
unbeteiligten Gesichtsausdruck nicht zum Narren halten. Ich
weiß, wie du mich im Stillen beschimpfst. Und du wirst den
ganzen Staat einen Hurenbock schimpfen, bevor diese Sache
sich wieder gelegt hat, das verspreche ich dir!" Der kleine Mann
drehte sich von Jake weg und ging wieder auf und ab. „Dies ist
erst die Vorrunde, und du bist nicht mal dabei, du glaubst nur,
du wärst dabei. Als die Ringglocke zur ersten Runde läutete,
bist du schon mit einem K.o. zu Boden gegangen, alles klar?"
sagte er in einem nüchternen Tonfall. „Hören wir jetzt auf,
uns weiter gegenseitig auf den Geist zu gehen, okay?" Er drehte
sich wieder um und sah Jake mit zusammengezogenen Augenbrauen direkt ins Gesicht. „Überrascht dich das? Glaubst du,
daß du der einzige hier bist, der etwas auszuhalten hat? Junge,
du bist ziemlich dumm. Ich werd mal Klartext mit dir reden."
Er hielt Jake den Zeigefinger vors Gesicht. „Und wenn du klug
bist, wirst du auch Klartext reden mit mir."

„Kann ich eine Zigarette haben?" sagte Jake gleichgültig.

Er zog wieder die Augenbrauen zusammen. „Ach, du kannst also reden!" Der kleine Mann reichte Jake eine Zigarette und zündete sich selbst auch eine an. „Hat man dir erzählt, daß wir die Leute mit Gummischläuchen verprügeln und diesen ganzen Scheiß, mein Junge? Das ist natürlich gelogen. Wir behandeln alle menschlich, das weißt du doch, oder? Siehst du denn nicht, wie nett wir sind?" Der kleine Mann setzte sich neben Jake auf die Tischplatte und schlug die Beine übereinander. „Sieh mal, mein Junge, wir wollen nicht dich, sondern Monk. Du bist nur ein kleiner stinkender Fisch, der entweder auf den Müll geworfen wird oder gerettet werden kann. Das hängt alles nur von dir ab. Wenn du also nicht mit der Sprache rausrückst, was bringt dir das? Zehn, zwanzig, dreißig Jahre. Wenn du uns Beweise lieferst, kannst du vielleicht einen Straferlaß bekommen. Eine Bewährung oder eine bedingte Haftstrafe, da du ja noch minderjährig bist, verstehst du?"

„Danke für die Zigarette", sagte Jake.

„Wie steht es mit einer bedingten Haftstrafe?"

„Ich bin ein dummes Arschloch von einem Nigger, erinnern Sie sich nicht mehr?"

„Du hast dir schon alles ausgerechnet, was? Du glaubst, du bist mit diesem Quatsch, den Monk dir aufgeschwatzt hat, aus dem Schneider. Monk hat dir gesagt, daß er dich rausholt, stimmt's? Ich weiß, was er dir gesagt hat, ich weiß, wie solche Typen das machen. Er hat's versprochen, aber er schafft es nicht und er weiß das auch. Er kann es genausowenig, wie ich einen Waldbrand mit meiner eigenen Pisse löschen kann! Du fühlst dich sicher, weil du glaubst, du bekommst nur eine Anklage wegen Rauschgiftbesitz. Wir werden dich aber zusätzlich noch wegen Vergewaltigung anklagen, das heißt, sofern du dich nicht mit mir arrangieren willst."

„Sie sind verrückt!" sagte Jake.

„Du solltest mir besser zuhören", sagte der kleine Mann. „Du bist der, der hier verrückt ist. Ich werde Monk auf jeden Fall kriegen, selbst wenn das bedeutet, daß ich dich über die Klinge springen lassen muß. Deine Loyalität bedeutet gar nichts. Sie hält dich nur davon ab, deine eigene Haut zu retten. Mach dir also nichts vor."

„Mit solchen faulen Anklagepunkten kriegen Sie mich nicht", sagte Jake. „Ich kenne meine Rechte."

„Heb dir diese Sprüche für die Zuschauer im Gerichtssaal auf, bei mir verschwendest du sie nur."

„Ich hab nichts getan, was diese Anklagepunkte rechtfertigt."

„Dein Name und der von Georgia werden gute Schlagzeilen abgeben", sagte der kleine Mann sachlich.

„Lassen Sie Georgia da raus."

„Das liegt an dir."

„Wieso wollen Sie Georgia da mit reinziehen?"

„Nimm noch eine Zigarette. Es sieht so aus, als wolltest du dich aufregen, und das würde deine kleine Schmierenkomödie versauen, die du hier aufführst."

„Sie haben keine Beweise für solche Anklagepunkte!"

„Wir können beweisen, daß ihr, bevor ihr auf den Highway hinausgefahren seid, auf dem Parkplatz gewesen seid."

Dieser dreckige Hurenbock, dieser dreckige Hurenbock von einem Parkbullen mit seiner ausgemergelten, erstarrten Betonfresse!

„Wir haben eine beeidete Aussage darüber, was auf dem Parkplatz geschehen ist."

„Es war keine Vergewaltigung. Das hatte überhaupt nichts mit einer Vergewaltigung zu tun!"

„Ich habe eine Zeugenaussage, die was anderes behauptet."

„Sie sind verrückt!"

„Ach, bin ich das?"

„Niemand würde etwas so Verrücktes glauben."

„Mach dir nichts vor, mein Junge. Ich brauche dem Richter in der Verhandlung nur zu sagen, daß du dieses *weiße* Mädchen in deinem *Cadillac* vergewaltigt hast, und ich habe den Fall in der Tasche. Mach besser den Mund auf und fang an zu reden. Es kommt nicht darauf an, ob du sie vergewaltigt hast oder nicht. Das ganze belastende und entlastende Material wird einfach nur enthüllen, daß du mit Georgia Geschlechtsverkehr hattest, und diese Tatsache reicht aus, dich vor aller Augen im Gerichtssaal zu kreuzigen. Und das heißt, daß du für dreißig Jahre hinter Schloß und Riegel verschwindest. Wenn der Richter und die Geschworenen dich nicht mögen, kannst du schon für Rauschgiftbesitz eine so hohe Haftstrafe bekommen. Was glaubst du, wie die das mit dir und Georgia finden werden?"

Jake antwortete nicht. Er war zu wütend, zu zermürbt und zu verwirrt, um etwas sagen zu können.

„Sieh mal, ich bin ein Weißer, aber ich habe keine Vorurteile, zumindest glaube ich das von mir. Du bist einfach nur zufällig der wichtigste Fall, den ich je in die Hände bekommen habe. Ich bin nicht drauf aus, dich zu kriegen, weil ich Vorurteile habe. Nein, wie ich schon gesagt habe, ich bin sogar bereit, dir da rauszuhelfen. Aber wenn ich dich über die Klinge springen lassen muß, um Monk zu bekommen, dann kann dir keiner mehr helfen. Mein Entschluß hat nichts mit deiner Hautfarbe zu tun, aber im Gerichtssaal werden eine Menge Leute sitzen, die das anders sehen. Sie sind gefühlsbetont, lassen sich in jede Richtung lenken, solange es um etwas geht, was für sie hassenswert genug ist. Wir sind hier zwar nicht in Mississippi, aber es wird dir im Gerichtssaal sicher manchmal so vorkommen."

„Sie durchgedrehtes, weißes Arschloch", zischte Jake. „Sie sind verrückt. Sie sind verrückt, Sie sind verrückt!"

Der kleine Mann konnte nichts mehr aus Jake herausbringen. Er rief zwei Wärter herein, die Jake in seine Zelle zurückbrachten.

„Wer überbringt hier in diesem Drecksloch die Meldungen?" fragte Jake.

„Du benimmst dich, als würde es dir hier nicht gefallen", sagte einer der beiden Wärter.

„Was ist los, willst du schon nach Hause?"

„Sie benehmen sich, als hätten Sie kein Zuhause", sagte Jake.

„Einer von der ganz harten Sorte."

„Ja, die meisten von ihnen sind ausgelaugt wie Abwaschwasser, wenn der Staatsanwalt mit ihnen fertig ist", sagte der andere Wärter. „Ich glaube, wir haben uns da ein kleines Problemkind eingehandelt."

„Ich will meinen Anwalt sehen", forderte Jake.

„Ein richtiges Problemkind."

„Ich will meinen Anwalt sehen, ich kenne meine Rechte."

„Der Mann kennt seine Rechte."

„Ich will meinen Anwalt und Monk sehen. Ich will Monk sofort sehen", sagte Jake ruhig, ganz ruhig.

„Wer ist Monk?"

„Mortimer Newhouser", sagte der andere Wärter. „Der Wundermann, der Mann, der Manna vom Himmel regnen läßt."

„Also, wer überbringt hier in diesem Drecksloch die Meldungen?"

„Ruhig Blut, mein Junge, du wirst nirgendwohin gehen, zumindest für eine lange Zeit nicht."

„Ja, da kannst du dir schön Zeit lassen, so um die zehn Jahre, würd ich meinen."

„Der Staatsanwalt hat vor, es mit deinem Fall zum Gouverneur zu bringen, mein Junge. Er wird also richtig gut auf dich aufpassen. Du bist für ihn der reinste Segen."

Jake beachtete die Wärter nicht mehr und zog sich in sich selbst zurück. Er knirschte mit den Zähnen und sehnte sich nach einem Joint. Er machte sich keine Sorgen. Monk würde es schon richten.

Monk konnte alles richten.

22

JAKE ADAMS WEGEN VERGEWALTIGUNG
UND RAUSCHGIFTBESITZ VOR GERICHT...

Auf der Peabody Avenue war es ruhig, alles wartete auf die Verhandlung. Um die Welch Street herum verließen die Junkies mit verquollenen Augen ihre Verstecke und machten sich auf die Suche nach ihrer täglichen Ration, die jetzt sehr schwer zu bekommen war. Das Wetter war warm und machte müde, die Sonne war schon so stark, daß sie sich funkelnd spiegelte, wenn ihr Strahlen auf das Metall der Rollschuhe fielen. Es war ein Frühling ohne Regen, eine angenehme Jahreszeit.

Der Gerichtssaal war überfüllt. Der Richter saß erhaben in seinem Stuhl und überblickte seinen Machtbereich, die feierliche Würde eines Talars umgab seinen fettleibigen Körper. Mit seiner ruhigen Stimme, die von Autorität getragen war, forderte er die Anwesenden zur Achtung des Gerichts auf. Vor der ersten Reihe des Zuschauerraums standen Reporter mit gezückten Kameras bereit.

Jake war wie benommen. Seine Augen waren geöffnet, er konnte aber nicht wirklich sehen. Er hörte, ohne daß er irgendein Wort bewußt aufnahm. Die Jury bestand nur aus weißen Gesichtern. Einmal hatte er sich umgedreht und genau in die Augen von seinem Vater, von Pop und Mrs. Garveli geschaut. Danach hielt er seinen Blick nur nach vorn gerichtet. Monk hatte ihn im Stich gelassen, gerade Monk. Er konnte nicht glauben, daß Monk sich aus dem Staub gemacht hatte. Monk hatte Schiß bekommen und ihm nicht geholfen, hatte stattdessen lieber seine eigene Haut gerettet. Jakes gelassener Gesichtsausdruck, der seine Gleichgültigkeit zum Ausdruck brachte, versetzte den Staatsanwalt in Rage, faszinierte die Geschworenen und stürzte das Publikum im Saal in ein Wechselbad der Gefühle. Seine Panzerung machte es, daß Jake die Stimmen der in Gang gekommenen Gesetzesmaschinerie nur vage und distanziert wahrnahm.

„Wie heißen Sie, bitte?"

„Michael Marachy."

„Schwören Sie..."

So ist das Leben in der Großstadt...

„Kennen Sie den Angeklagten?"

„Ja, ich kenne ihn."

„Erzählen Sie bitte dem Gericht, wann und unter welchen Umständen Sie den Angeklagten kennengelernt haben."

„Es war so um zehn Uhr. Wie gewöhnlich fuhr ich gerade Streife auf dem Parkplatz..."

Monk kann alles richten.

„Wie ich schon sagte, mir kam der Cadillac, der dort parkte, irgendwie verdächtig vor, und deshalb bin ich also hinübergegangen und habe mit meiner Taschenlampe hineingeleuchtet, um nachzusehen."

„Und was haben Sie gesehen, als Sie mit ihrer Taschenlampe in den Wagen, den *Cadillac* des Angeklagten, leuchteten?"

„Einspruch, Euer Ehren, die vom Staatsanwalt gewählte Formulierung ist offensichtlich darauf ausgerichtet, Vorurteile gegen den..."

„Euer Ehren, ich..."

„Einspruch abgelehnt", sagte der Richter launisch.

„Als Sie mit ihrer Taschenlampe in den, äh, *Cadillac* des Angeklagten..."

MANN, meine Birne ist im Eimer. Bleib ruhig, Scar. Mir platzt der Kopf...

„Also, sie waren gerade dabei, sie waren gerade dabei..."

„Wobei waren sie gerade, Mr. Marachy? Was machten sie?" wollte der ungeduldige Staatsanwalt vom verlegenen Polizisten wissen.

„Sie machten gerade, nun, Sie wissen ja. Sie hatten Geschlechtsverkehr."

Urplötzlich erhob sich unter den Zuschauern im Gerichtssaal ein raunendes Stimmengemurmel.

„Ruhe im Zuschauerraum." Der Hammer knallte auf den Richtertisch.

„Und was haben Sie gemacht?"

Die Reaktion des Publikums hatte den Zeugen mit einer selbstgerechten Selbstsicherheit erfüllt. „Ich habe zu diesem Hurenbock... ich habe zu diesem Kerl gesagt, daß er zum Teufel nochmal hochkommen soll!" Die Zuschauer flüsterten sich Kommentare zu, die in verhaltenem Kichern untergingen. Der Richter warf dem Staatsanwalt einen mißbilligenden Blick zu und stellte mit lautem Hämmern die Ordnung im Gerichtssaal wieder her.

„Ich sage Ihnen, was weiter passierte. Ich hole also meine Pistole heraus und..."

„Äh, Mr. Marachy, bitte, halten Sie sich daran, einfach nur das auszusagen, was wesentlich ist."

„Nun, es war ein klarer Fall von Vergewaltigung, aber ich habe den Kerl nicht festgenommen, weil das Mädchen nichts davon wissen wollte."

„Oh."

„Ja. Sie bestand nicht auf eine Anzeige. Sie sagte, sie wolle keinen Ärger. Mit ihrem Namen in der Zeitung und all das.

Sie müssen wissen, daß sie in einer farbigen Nachbarschaft wohnte, und, also... das würde die Sache noch schlimmer machen, Sie verstehen, worauf ich hinaus will?"

„Ich verstehe. Sagen Sie mir jetzt, wer ist die Person, die dieses abscheuliche... dieses... verbrochen hat... sind Sie sich ganz sicher, wer dieser Verbrecher..."

„Einspruch!"

„Ich ziehe die Äußerung zurück. Sind Sie sich ganz sicher, wer dieser arme, verführte, unglückliche..."

Spider wird für den Rest seines Lebens gelähmt sein, kannst du das richten, Jake?

„Sagen Sie bitte den Geschworenen, wer dieser arme, falsch verstandene, unterdrückte, verfolgte..."

„Einspruch!"

Monk kann alles richten...

„Wer war dieser Mann?"

„Dieser Kerl, der dort sitzt!" Ein Blitzlichtgewitter bricht über den Polizisten herein, der von seinem Stuhl aufsteht und anschuldigend mit seinem Zeigefinger auf Jake deutet.

Mit uns ist Schluß, Jake, das habe ich dir schon die ganze Zeit versucht zu sagen...

„Ruhe im Gerichtssaal, Ruhe!"

„Ihr Zeuge."

Mit einem Ausdruck völliger Verärgerung auf dem Gesicht ging der Verteidiger zu dem Polizeibeamten Marachy. Er sah dabei zu den Geschworenen, als fragte er sie, ob es überhaupt notwendig wäre, diese lächerlichen, von dem Polizisten vorgebrachten Anschuldigungen zu widerlegen.

„Also, Mr. Moralisch..." Er wartete auf die Reaktion in Marachys Gesicht. „So heißen Sie doch, oder nicht?"

„Marachy, *Ma-ra-chy*."

„Ach ja. Ich bitte Sie ergebenst um Verzeihung, Mr. Mo-ralisch, sagen Sie mir nun... ach, habe ich Ihren Namen schon wieder falsch ausgesprochen? Es tut mir leid, aber sagen Sie mir bitte, wenn mein Mandant schuldig ist, diese Handlung begangen zu haben, wie Sie es behaupten, warum haben Sie ihn dann nicht verhaftet."

„Das habe ich Ihnen schon gesagt."

„Ach, haben Sie das wirklich?"
„Ich habe es vor dem ganzen Gerichtssaal gesagt."
„Ach, würde es Ihnen etwas ausmachen, es noch einmal zu wiederholen? Ich verspreche Ihnen auch, dieses Mal genauer aufzupassen."
„Das Mädchen wollte nicht prosti... äh, wollte nicht prozessieren...", sagte der Polizist.
„Ach, das Mädchen wollte keine gerichtliche Anzeige erstatten?"
„Prosti... äh, prozessieren... ja, das habe ich gesagt, sie wollte ihn nicht *gerichtlich belangen*!"
„Ah ja, ich verstehe. Nun gut, erzählen Sie mir, Mr. Marachy, wie lange sind Sie schon im Polizeidienst dieser Stadt?"
„Sieben Jahre", sagte der Polizeibeamte stolz.
„Dann wissen Sie, daß die Ausübung des Geschlechtsverkehrs in der Öffentlichkeit gegen das Gesetz verstößt?"
„Ja, also, ich..."
„Kommen Sie schon, Mr. Marachy, Sie wollen mir doch nicht erzählen, daß die Polizei Personen beschäftigt, denen die Gesetze nicht vertraut sind, zu deren Durchsetzung sie ihren Dienst versehen?"
„Nein, ich will sagen..."
„Sind Sie mit dem Gesetz vertraut oder nicht, Mr. Marachy?"
„Ja."
„Und Sie sind sich ganz sicher, daß Georgia Garveli von meinem Mandanten vergewaltigt worden ist?"
„Ja."
„Und Sie haben meinem Mandanten diese Handlung verziehen, indem Sie ihn auf freiem Fuß ließen?"
„Nein, das Mädchen wollte ihn nicht gerichtlich belangen, das habe ich doch schon gesagt."
„Ach, das Mädchen wollte ihn nicht gerichtlich belangen. Was macht Sie dann so sicher, daß es sich um eine Vergewaltigung handelte?"
„Also, das war doch offensichtlich, ich meine, kein weißes Mädchen würde jemals zulassen... ich meine..."
„Haben Sie zu irgendeiner Zeit einen Aufschrei des Protestes gehört oder irgendein Zeichen eines Kampfes oder irgendeinen

anderen sichtbaren Hinweis darauf gesehen, daß eine Vergewaltigung stattfand?"

„Das Mädchen hatte Angst, das habe ich doch schon gesagt."

„Ach, sie hatte Angst vor ihm, aber sie vollzogen gerade einen leidenschaftlichen Akt?"

„Ja."

„Mr. Marachy, heißen Sie es gut, daß Schwarze sich mit weißen Mädchen verabreden?"

„Nun, ich verstehe nicht, was..."

„Beantworten Sie einfach nur die Frage, Mr. Marachy." Mit hochrotem Kopf krümmt und windet sich der Polizist im Zeugenstand, während ein ruhiger und gefaßt wirkender Jake Adams gerade innerlich zerrissen wird.

„Würden Sie es gutheißen, wenn ihre Tochter, die Tochter ihres Nachbarn oder eines Freundes mit einem Schwarzen ausginge?"

„Nein."

„Und doch wollen Sie uns Glauben machen, daß Sie, als Sie Jake Adams dabei ertappten, wie er mit Georgia Garveli Geschlechtsverkehr hatte, nichts dagegen unternommen haben?"

„Nun, ich habe Ihnen bereits erklärt..."

„Sie sind dagegen, daß Ihre Tochter oder die Ihres Nachbarn Umgang mit Schwarzen haben, und doch würden Sie gleichzeitig intime Beziehungen zwischen verschiedenen Rassen verzeihen... erwarten Sie von uns, daß wir Ihnen das glauben, Mr. Marachy?"

„Ja, nein. Ich will sagen..."

„Und trotzdem haben Sie es unterlassen, Georgia Garveli und Jake Adams wegen eines Vergehens festzunehmen, das, wie Sie glaubten, eine Vergewaltigung war, obwohl Sie keine greifbaren Beweise haben, um ihre Verdächtigungen zu untermauern?"

„Also, ich..."

„Mr. Marachy, wissen Sie überhaupt, was Sie da sagen? Sie behaupten beharrlich, ein fahrlässiger Polizeibeamter zu sein, der es verabsäumt, seine Pflicht zu erfüllen, was sehr wohl sein kann, aber wenn Sie dann noch darauf bestehen, Sie würden die Folgen berücksichtigen, die eine Verhaftung auf jene Eltern hätte, die ihrer Tochter erlaubten, Dinge zu tun, gegen die Sie sich entschieden aussprechen, dann fürchte ich, beanspruchen Sie die Leichtgläubigkeit des Gerichtes über die Grenzen des Vorstellbaren hinaus. Ist es denn nicht zutreffend, Mr. Marachy, daß alle diese absurden Anklagepunkte bloße Ausgeburten Ihrer Phantasie sind?"

„Nein! Ich sagte Ihnen doch schon, daß ich diesen Kerl mit diesem Mädchen im Wagen erwischt habe!" Marachy brüllte.

„Das Gericht hat keine Probleme, Sie zu hören, Mr. Marachy, sondern einfach nur, Ihnen zu glauben. Das ist alles, Sie können jetzt den Zeugenstand wieder verlassen."

Verdammt nochmal, er war echt beeindruckt. Er hätte nicht beeindruckter sein können, wenn Monk Gott gewesen wäre...

Das Gemurmel im Gerichtssaal, die Gesichter der Geschworenen.

„Euer Ehren, ich beantrage eine Unterbrechung für..."

„Einspruch, Euer Ehren!"

„Euer Ehren, es scheint mir..."

„Euer Ehren!"

„Dürfte ich ein Wort mit Euer Ehren wechseln, ohne die Zustimmung des Staatsanwaltes?"

Liebst du mich, Jake? Wirst du mir schreiben, Jake, wirst du mir schreiben?

„Unterbrechung stattgegeben."

„Euer Ehren!"

„Das Gericht vertagt sich auf morgen vormittag, neun Uhr."

Monk könnte es richten. Monk könnte alles richten ...

23

POLIZEIBEAMTER BESCHULDIGT ADAMS, GEORGIA GARVELI IM
AUTO VERGEWALTIGT ZU HABEN...

Der alte Adams war ganz durcheinander im Kopf. Er war verantwortlich, das wußte er, aber das löste gar nichts. Sicher, er wußte, daß alle sagten, dies wäre nie geschehen, wenn er bestimmter gewesen wäre, Jake gegenüber mehr Strenge gezeigt hätte. Er war sich nicht sicher, daß es so einfach war. Er hatte einen Haufen Jugendliche gekannt, die auf die schiefe Bahn geraten waren, obwohl sie mit eiserner Strenge erzogen wurden – sogar Söhne von Predigern waren darunter gewesen. Nein, die eiserne Strenge war keine Lösung, genausowenig, wie ihnen überhaupt nicht reinzureden. Auf was kam es dann an, auf was genau? Man konnte es drehen und wenden, wie man wollte, Strenge oder Freizügigkeit – manch ein Jugendlicher würde trotzdem in Schwierigkeiten geraten. Er wußte das, er war selbst oft genug Zeuge geworden, um es zu wissen. Und doch war es seine Verantwortung, Eltern sind verantwortlich, darüber kann man sich nicht hinwegsetzen. Aber was zum Teufel konnte man tun? Was war die richtige Mischung, um sie auf den richtigen Weg zu bringen? Adams wußte es nicht. Er war sich ziemlich sicher, daß auch kein anderer die Lösung wußte, aber der Gedanke war nicht tröstend. Er handelte wie ein Feigling, das wußte er, aber er schaffte es nicht mehr, wieder in den Gerichtssaal hineinzugehen. Das Kraft eines Mannes hat irgendwann auch ihre Grenzen.

24

Mr. Arnez sprangen ein paar Schlagzeilen aus Zeitungen entgegen, die vor ihm auf dem Fußboden aufgestapelt lagen. Mrs. Arnez lag auf der Couch und versuchte, das Kreuzworträtsel vom Vortag zu lösen, aber sie verlor das Interesse daran und legte es zur Seite.

„Henry", sagte Mrs. Arnez schließlich.
„Ja."
„Wirst du ihr schreiben..."
Henry Arnez schüttelte den Kopf. „Ich glaube nicht, daß dieser Kerl das Mädchen vergewaltigt hat. Ich würde ihm eine Menge Dinge zutrauen, aber das nicht."
„Wirst du..."
„Ich werde ihr kein Wort darüber schreiben."
„Sie mag ihn gern, Henry."
„Das weiß ich."
„Ich..."

„Vergessen wir ihn. Für sie ist es auch das Beste, was sie tun kann."

Der Spaßvogel in der Comedy-Show im Radio war ausgelassen wie nie, aber niemand hörte ihm zu.

25

Evelyn streichelte ihren harten, ständig wachsenden Bauch. Sie stellte sich vor, sie könnte die Bewegungen des Kindes spüren. Doch sie wußte, daß es nur Einbildung war. Ihre Augen brannten vor Mitgefühl für Spider, als sie einen kurzen Blick auf seine Seite des Bettes warf und sein im Schlaf unbewegliches und gequältes Gesicht sah. Spider hatte beharrlich beteuert, daß ihm der Rücken zu stark schmerzte, um arbeiten zu gehen, aber Evelyn wußte, was nicht mit ihm stimmte. Gäbe es doch irgend etwas, was sie ihm sagen könnte, irgend etwas, was sie tun könnte, damit es ihm besser ginge, aber sie wußte, daß nichts half. Er mußte damit selbst fertig werden. Es war ein merkwürdiges Gefühl für sie gewesen, im Lokal nach hinten zu gehen, wo die Glücksspiele gemacht wurden, und Carl zu sagen, daß Spider krank war. Sie verstand es nicht, wie Spider das aushalten konnte. Ihr wurde bewußt, daß sie wenig von Spider wußte. Spider war überhaupt nicht so wie diese Leute dort in dem Hinterraum, er war nicht mal so wie Carl. Das glaubte sie von ganzem Herzen. Sie mußte ihn davor bewahren, so zu werden, indem sie es für ihn zu Hause angenehm machte. Das war doch die Aufgabe der Frauen, oder nicht? Sie mußte sich an Spider festhalten, das mußte sie. Spider und das Baby, das war ihr Leben. Sie mußten zusammenbleiben und sich von Gegenden wie der Elm Street fernhalten. Sie hatte Angst gehabt, daß sie nie von dort wegkommen würden, aber sie hatten es geschafft. Jetzt mußten sie an dem festhalten, was sie hatten, egal was geschah. Sie mußte dafür sorgen, daß Spider das auch so sah. Sie würde mit ihm darüber sprechen, nicht jetzt, aber irgendwann mal, wenn das, was Jake passiert ist, schon lange, lange vorbei wäre. Dieser Zeitpunkt würde kommen. Man glaubte es nicht, aber er würde kommen, und Spider würde darüber hinwegkommen. Sie wußte, er würde das schaffen. Sie sah ihn an, sah, wie die Gesichtsmuskeln seine Züge im Schlaf verzerrten. Er mußte es. Lieber Gott im Himmel, betete sie, was immer auch geschehen mag, laß unser Baby, wenn es groß wird, nicht so werden wie Jake!

26

Scar las alles über die Gerichtsverhandlung auf einer Bank im Bahnhof. Es stimmte, Jake steckte tief in Schwierigkeiten. Sein Gesicht fühlte sich angespannt an. Er war schwach, er fühlte sich wie jemand, den er nie gekannt hatte. Er ging durch den riesigen Bahnhof nach draußen zum Taxistand. Er war hungrig, aber er konnte den Gedanken an Essen nicht ertragen. Er war müde und schläfrig, aber er wußte, er würde nicht einschlafen können. Es war, als hätte ihn jemand für gute hundert Jahre ganz allein in einem Raum eingesperrt. So verrückt konnte ein Kerl werden.
„Wohin soll es gehen, mein Freund?" fragte der Taxifahrer.
„Welch Street, vierzehnhundert." Später konnte er sich nicht mehr an die Fahrt erinnern. Alles, woran er sich noch erinnerte, war das Aussteigen und das Zusammenkratzen des Fahrgeldes. Auf der Welch Street gingen Pärchen in aufgeputschter Begeisterung Arm in Arm von Bar zu Bar. Auf den Gehsteigen tummelten sich Jugendliche, die lauthals Boogie-Joogie-Lieder sangen. *Die gute alte Zeit...* Eine Promenadenmischung beobachtete aufmerksam die Straße und stürzte dann mutig zwischen die nicht abreißen wollenden Fahrzeugkolonnen, um die Fahrbahn zu überqueren. Der Hund schoß in den Durchgang neben Bookers Billardkneipe. Dort würde er nichts Freßbares finden. Das Molly's sah geschlossen aus. Er fragte sich, was wohl geschehen war. Dort gab es die Musicbox mit dem besten Groove der ganzen Stadt. Eine der elektrischen Birnen über Judiheimer's war kaputt. Dort war das mit Spider... Er fragte sich, ob Reds Klamotten noch immer in der Pfandleihe hingen. Red war ein netter Kerl gewesen, zu schlimm... Maxines Name stand noch immer in Leuchtschrift über dem Paradise. Er atmete tief durch und ging dann schnell hinein. Das Lokal war nicht sehr gut beleuchtet, das kam ihm sehr gelegen. Als

er einen freien Platz fand, schmerzten ihn die Lichter über dem Spiegel hinter der Bar in den Augen. Er bestellte ein Bier, das er nicht anrührte. Auf der Bühne wimmelte es nur so von Leuten, die tanzten. Sie hatten fast keinen Platz dafür, aber das schien niemanden zu stören. Die Band klang nicht gut, aber das schien auch niemanden zu stören. Die Band hörte zu spielen auf, und die gelben Lichter vom gegenüberliegenden Balkon knallten auf die Bühne. Die Menschen wirkten verschwommen im Lichtkegel, fast als würden sie Unterwasser schwimmen. Das war das Signal für den letzten Auftritt. Danach wurde alles verwirrend. Mann, jetzt wußte er, wie sich eine verbrauchte Batterie ohne Ladung fühlte. Er sah sie in einem dieser scharfen Kostüme tanzen, und das machte alles für eine Zeitlang aufregend. Danach wurde alles irgendwie schwarz um ihn herum.

„Hi, Scar."

Scar starrte hoch in die verwirrten Augen von Maxine. „Oh, hi", sagte er. Er versuchte zu lächeln, aber sein Gesicht wollte nicht mitmachen.

„Ich habe dich gefragt, wo du gewesen bist?"

„Es tut mir leid, ich habe dich nicht gehört."

„Ist dir nicht gut?"

Scar nickte mit dem Kopf.

„Ist es schlimm?"

Scar nickte wieder.

„Du bist doch nicht..."

„Nee, ich wollte dich besuchen, aber ich hatte den Eindruck... alles fiel auseinander."

„Du hast Glück. Normalerweise gehe ich nach dem letzten Auftritt direkt durch die Hintertür raus, aber ich wollte noch ein Glas trinken... Scar, bist du auf Entzug?" fragte Maxine, und ihr Blick wurde sanft.

Scar nickte.

„Es ist schlimm, habe ich recht?"

„Das ist gelinde ausgedrückt."

„Komm mit", sagte Maxine. „Hier können wir nicht darüber reden." Sie mußte Scar aufhelfen. Es machte ihr angst; er

war früher so stark gewesen. Er sah aus, als hätte er zehn Kilo abgenommen. „Wo bist du gewesen, alle haben dich gesucht?"
„In Lexington."
„War es..."
„Es ist die Hölle, ich brauche eine Frau", sagte Scar. „Ich brauche unbedingt jemanden, nicht wie... du weißt schon. Ich brauche jemanden, mit dem ich reden kann. Ich muß mich an irgendwas festhalten, an irgendwas anlehnen, das sich nicht in Wohlgefallen auflöst, wenn man es braucht." Er sah Maxine an. „Es tut mir leid, du verstehst nicht, was ich sagen will."
„Doch, ich verstehe", sagte Maxine. Sie bekam ein beklemmendes Gefühl im Magen.
„Ich muß reden. Einfach nur reden, reden, reden", sagte Scar. Maxine winkte ein Taxi herbei. „Wo wohnst du, Scar?"
„Ich bin heute erst angekommen, ich hab noch keine Bleibe." Scar lächelte mühsam. „Ich hab nicht mal Kohle. Ich bin zurückgekommen, weil ich das von Jake gehört habe... Mensch, mir geht es beschissen", sagte Scar, „und dann bin ich auch noch stocknüchtern."
„Du kannst bei mir wohnen", sagte Maxine. „Dann wird dieser verdammte Russell endlich aufhören, mir nachzustellen. Dieser Scheißkerl traut sich nicht, mich rauszuwerfen, weil ich zu viele Leute anziehe, und ein Haufen anderer Lokale in der Stadt mich auch wollen." Sie sah Scar an, der neben ihr im Taxi saß. Sie konnte sehen, daß er kein einziges Wort von dem mitbekommen hatte, was sie sagte.
Sie zog Scar aus und ließ ihm ein Bad ein. Sie machte sich nicht zu viele Gedanken darüber. Scar war mager geworden. Sie gab ihm einen Pyjama, den Russell zurückgelassen hatte, und war erleichtert, als sie merkte, daß er sich gleich schlafen legte. Es war ein eigenartiges Gefühl für sie, mit Scar im selben Bett zu sein. Es störte sie nicht.

27

„Ist es in diesem Staat üblich, bei Unfallopfern eine Autopsie durchzuführen?"

„Ja, so ist es."

„Und haben Sie bei Georgia Garveli eine Autopsie durchgeführt?"

„Ja, das habe ich."

„Berichten Sie bitte dem Gericht über die Ergebnisse dieser Autopsie."

„Ja, gerne. Als ich den Leichnam..." Und wieder die Worte, der pulsierende Rhythmus von Worten. Die Augen der Geschworenen lasteten auf ihm, die Stimmung im Gerichtssaal war gegen ihn.

„Die Autopsie ergab dann, daß Miss Garveli zweifellos Opfer eines Verbrechens war?"

„So würde ich das nicht formulieren. Geschlechtsverkehr hatte stattgefunden, ja."

„Ich verstehe. Das ist alles, danke." Der triumphierende Blick des Verteidigers.

„Kein Kreuzverhör."

Gemurmel im Gerichtssaal.

„Wie heißen sie, bitte."

„Clint... Clint Garth."

„Schwören Sie..."

Das hatte er erwartet. Er wußte, daß der Müllkutscher es auf ihn abgesehen hatte. Die Geschworenen beobachteten jetzt nicht mehr Jake, sondern den Müllkutscher, der seine Show abzog, dieser arschgesichtige Hurenbock.

„Erzählen Sie jetzt bitte den Geschworenen, was Sie..."

„Ja, sicher, das mache ich gern", sagte Clint und schnitt dem Staatsanwalt das Wort ab. „Wenn es nicht so gewesen wäre, wie die da oben..."

„Einspruch."

„Einspruch stattgegeben."

„Mr. Garth, beschränken Sie bitte zuerst ihre Erklärungen auf das, was in der Nacht des..."

„Dieser Nigger hat 'ne Weiße umgebracht, das ist geschehen!"

„Einspruch!"

„Einspruch stattgegeben." Der verärgerte Richter klopfte mit dem Hammer auf den Tisch, während Clint Garth in einem Blitzlichtgewitter badete. Und wo war Jake Adams, als all dies geschah? Draußen im Sonnenlicht, im Dynaflow auf der anderen Straßenseite gegenüber der Schule, wo er sich mit seinen Kumpels unterhielt und die Mädchen mit den langen Strümpfen musterte...

„Der Grund, weshalb dieses weiße Mädchen umgekommen ist, war, weil dieser Nig..." Unruhe im Gerichtssaal, das Aufstöhnen des müden, überarbeiteten Richters. „...dieser *Kerl* zu schnell gefahren ist!"

Das war gelogen. Das war eine verdammte Lüge...

„Dieser Kerl fuhr viel zu schnell. Er war zu schnell unterwegs, das sah man mit bloßem Auge. Und als er versuchte, vor dieser Kurve herunterzubremsen..."

„Das ist gelogen... Das ist gelogen!" sagte Jake mit knirschenden Zähnen.

„Er hat das Mädchen umgebracht!" brüllte Clint. „Das geschieht, wenn man sie nicht in ihre Schranken weist. Sie wollen doch alle nur ihre Haare voll Pomade schmieren, einen Cadillac fahren und eine Weiße bum..."

„Einspruch, Euer Ehren!"

Ein Blitzlichtgewitter in einem Raum voll häßlicher Gesichter. Der Richter seufzte müde. Er verurteilte Clint Garth wegen Mißachtung des Gerichts und ordnete eine Unterbrechung bis neun Uhr am Morgen des folgenden Tages an.

Als Jake den Gerichtssaal verließ, spürte er, wie ihm die Blicke folgten. *Manchmal wird dir dieser Gerichtssaal so vorkommen, als sei er in Mississippi...*

ADAMS NENNT GARTH EINEN LÜGNER...

28

GARTH SAGT AUS, RAUSCHGIFT IN ADAMS' WAGEN
GEFUNDEN ZU HABEN...

Ralph Jenkins, der große, schlanke, würdevoll erscheinende Verteidiger, sah Jake eindringlich an. „Lassen Sie das sein, mein Junge."

„Was sein lassen?"

Der Anwalt schlenderte zur Tür hinüber und schloß sie. „Schauen Sie, ich werde dafür bezahlt und noch dazu gut bezahlt, um für Sie einen Freispruch zu erwirken, nicht um Sie zu verteidigen, sondern einen Freispruch für Sie zu bekommen. Verstehen Sie das?"

„Ich nehme an."

„Was ist los?"

„Ach, zum Teufel, was für einen Unterschied macht das schon?"

„Sie tun sich selbst leid."

„Nee, das ist es nicht. Ich fühle weder so noch so. Ich fühle überhaupt nichts. Und damit Schluß. Es ist mir egal."

„Aber anderen Leuten ist es nicht egal."

„Welchen anderen Leuten? Glauben Sie, meinen Alten kümmert das, oder finden Sie, daß Pop und Mrs. Garveli sich diesen ganzen Schmutz über Georgia und mich anhören müssen? Nee, das kümmert keinen, nicht einmal meine Freunde. Das ist allen egal, außer dem Staatsanwalt, dem Kerl von der Müllabfuhr und all den anderen Typen, die darauf aus sind, mich in die Pfanne zu hauen."

„Und warum wollen Sie nichts dagegen unternehmen?"

„Was macht das für einen Unterschied?"

„Woher wissen Sie, daß sich niemand kümmert?"

„Ach, das würden Sie nicht verstehen."

„Nun, ich verstehe diesen Monk..."

„Zur Hölle mit Monk, er war ein verdammt schlechter Freund, der mich im Stich..."

„Ist es das, was an Ihnen nagt?"

„Was wollen Sie damit sagen?"

„Sie glauben also, daß Monk Sie im Stich gelassen hat. Wäre ich da, wenn er Sie im Stich gelassen hätte? Wissen Sie, daß es in dieser Stadt nur so wimmelt von FBI-Beamten? Wissen Sie etwa nicht, daß diese Stadt so heiß ist, daß es hier überhaupt kein weißes Pulver mehr gibt, außer Zucker, und das meine ich wortwörtlich? Was haben Sie von Monk erwartet, daß er hier bleibt und Selbstmord begeht?"

Jake schwieg.

„Sehen Sie, mein Junge, das ist ein einfacher Fall."

„Einfach, ja."

„Sie befolgen einfach die Anweisungen und sagen im Zeugenstand das, was ich Ihnen aufgetragen habe."

„Mit anderen Worten, daß das Dope Georgia gehört hat."

„Die Polizei kann nicht beweisen, daß es Ihnen gehört hat. Verstehen Sie das? Es wurde in Ihrem Wagen gefunden, aber das heißt noch lange nicht, daß es Ihnen gehört hat. Der Fall ist keinen Pfifferling wert, so lange sie nicht beweisen können, daß der Stoff bei Ihnen gefunden wurde. Wieso glauben Sie, daß ich Clint Garth im Kreuzverhör so eingehend befragt habe. Es waren zwei Leute im Wagen – Sie und Georgia. Georgia kann nicht mehr beweisen, daß ihr der Stoff nicht gehört hat."

„Nein, aber mich gibt es auch noch."

„Ich bitte Sie, jetzt reißen Sie sich zusammen!"

„Warum müssen Sie immer wieder Georgia in die Sache reinziehen?"

„Was ist los mit Ihnen, wollen sie da etwa nicht rauskommen?"

„Ich kann es nicht zulassen, daß Sie Georgia da reinziehen wollen."

„Sie werden weich."

„Nee, werde ich nicht. Ich werde alles aushalten, was auf mich zukommt."

„Also, sehen Sie..."

„Scheiß drauf", sagte Jake.

„Was glauben Sie, wird Monk denken, wenn Sie..."

„Mir ist es egal, was Monk denkt. Der ist mir ein schöner Scheißkerl, wenn er will, daß ich den ganzen Schmutz auf

Georgia abwälze, damit ich für etwas mit heiler Haut davonkomme, mit dem sie überhaupt nichts zu tun hatte."
„Es ist Ihre einzige Chance, mein Junge."
„Scheiß drauf."
„Wenn wir die Sache nicht so aufziehen, wird Sie der Staatsanwalt in diesem Gerichtssaal zerreißen."
„Scheiß drauf."
Der Anwalt seufzte.
Jake wettete, daß Armenta jemand hatte, mit dem sie ins Bett ging; das geschah ihm ganz recht. Das Dope gehörte nicht Georgia.

29

Nachdem der Staatsanwalt die Beweisaufnahme abgeschlossen hatte, schlenderte der Verteidiger mit den grauen Schläfen wie beiläufig zur Geschworenenbank. „Die Beweisaufnahme der Staatsanwaltschaft ist abgeschlossen", sagte er verächtlich. „Verzeihen Sie mir, meine Damen und Herren, aber die Staatsanwaltschaft hat gar keine Beweise. Mein Mandant wird hier nicht angeklagt, sondern schikaniert, und ich möchte das Gericht hier und jetzt fragen, ob dieses Theater, das da aufgeführt wird, ein Prozeß sein soll oder ein Possenspiel. Meine Damen und Herren Geschworenen, dieser Fall ist äußerst schwach vorbereitet, und die Anklagepunkte sind lächerlicher als alles, was ich während meiner siebzehnjährigen Laufbahn als Mitglied der Anwaltskammer je vor Gericht gesehen habe!"
Mit Worten wurden die Klingen gewetzt, gegen Wortgefechte setzte der Richter seinen Hammer.
„Meine Damen und Herren Geschworenen, können Sie sich überhaupt vorstellen, daß ein Polizeibeamter wie Mr. Marachy Jake Adams frei laufen ließe, wenn er ihn verdächtigt hätte, das verbrochen zu haben, weshalb man ihn beschuldigt?"
Gemurmel im Gerichtssaal. Jake Adams, der sich gleichgültig in seiner Umgebung umsah, traf auf die Blicke der Garvelis, als er den Raum absuchte und gar nicht wußte, nach wem. Und dann entdeckte er Maxine und Scar, die ihn von einer der hinteren Bankreihen aus beobachteten. Das warf ihn um, das

gab ihm wirklich den Rest. Scar grinste und winkte ihm zu. Fast ohne es zu merken, winkte er zurück. Kameras erwischten ihn, es ging ihm gut, anscheinend das erste Mal in seinem Leben. Der Verteidiger legte dem Richter Akten vor und beantragte, das Verfahren einzustellen. Der Staatsanwalt und seine Assistenten steckten die Köpfe zusammen.

SELBSTGEFÄLLIGER ADAMS WINKT IM GERICHTSSAAL...

Sie hatten Bilder, um das zu beweisen. Das brachten sie wirklich ganz, ganz groß raus.

30

Dunkle, stürmische Tage, in denen es Schlagzeilen hagelte.

ADAMS-PROZESS SOLL FORTGESETZT WERDEN...

ADAMS HEUTE IM ZEUGENSTAND...

ADAMS LEUGNET JEDE VERBINDUNG MIT MORTIMER NEWHOUSER...

Schlagzeilenblitze durchzuckten die Stadt.

ADAMS GESTEHT: RAUSCHGIFT GEHÖRTE NICHT GEORGIA

ADAMS KANN RAUSCHGIFTFUND IN WAGEN NICHT ERKLÄREN...

ARBEITSLOSER ADAMS FÄHRT EINEN CADILLAC...

TROTZIGER ADAMS SCHLÄGT NOCH AM LETZTEN PROZESSTAG KRACH...

Jake Adams erklärte heute, daß er sich seine teure Garderobe und das Luxusauto durch Spielen und Geschenke, die er von Freunden angenommen hatte, finanzierte. Er wirkte während der ganzen Befragung trotzig und gleichgültig...

Und der Sturm brach aus.

Heute Urteilsverkündung im Fall Adams...

Und die Samen trugen Früchte.

Sieben Jahre Haft für Adams wegen Rauschgiftbesitz...

Es hagelte keine Schlagzeilen mehr, aber ihre Früchte wuchsen und gediehen.

Auf der Peabody Avenue wurde die Kluft zwischen den Garvelis und der Nachbarschaft größer, eine Kluft, die sich durch Scham, Mißverständnisse, Mitleid und unterdrückte Empfindungen auftat, Gefühle, die noch zu frisch waren, als daß sie schon hätten beurteilt werden können. Aber eines war klar, die Garvelis waren weiß, so weiß wie alle Weißen auf der Welt. Pop ging wie ferngesteuert durch den Laden. Es war dasselbe Geschäft, dieselben Kunden, und doch waren sich die Garvelis und die Nachbarschaft fremd geworden. Den Garvelis tat Jake leid, aber wer konnte das verstehen? Sie vergaben ihm, warum, wußten sie selbst nicht. Sie wären lieber weggezogen, aber wohin sollten sie gehen? In einer neuen Nachbarschaft wäre es sogar noch schlimmer für sie gewesen, und wenn sie wegzögen, würde ihnen die Schande dann nicht folgen? In dieser Nachbarschaft waren sie einmal glücklich gewesen, nun flößte sie ihnen Unbehagen ein. Es würde so bleiben, bis eine neue Generation nachwuchs, welche die Legende, die gerade entstanden war, nicht berührte. Drüben auf der Welch Street klickten die Billardkugeln im Booker's wieder lautlos aneinander.

31

Sie las alles, jedes Wort, jeden Satz, jede Silbe, jedes Komma und jeden Punkt, und es widerte sie an, weil Jake Adams schuldig war, schuldiger noch als Judas es gewesen war, damals, als er Jesus verraten hatte. Wie konntest du nur, Jake? Wie konntest du nur? Du hast gesagt, daß du mich liebst. Sie zwinkerte mit den Augen, weil die Tränen nicht kommen wollten. Sie war zu sehr verletzt, um Tränen zu vergießen. Das mußte der Grund sein, wieso sie nicht weinen konnte, oder? Ich kannte dich eigentlich nie wirklich, dachte sie. Trotz all der Jahre kannte ich dich nie wirklich. Jetzt will ich dich nicht mehr kennen. Jetzt ist alles vorbei, es gibt nichts mehr, an das sie sich halten könnte. Es würde einen anderen geben, doch sie glaubte nicht, daß es je wieder so sein würde. Nicht so wie mit Jake, es würde nie mehr so sein wie mit ihm. Sie wird vielleicht lernen, jemanden zu mögen, aber nie mehr, versprach sie sich hoch und heilig, nie mehr würde sie jemanden so lieben, wie sie Jake Adams geliebt hatte. Es war merkwürdig, daß sie so viel Zeit mit der Frage verbracht hatte, ob es einen Gott gibt, während die bittere Wahrheit doch die ganze Zeit direkt vor ihrer Nase lag. Denn in der Tat, also in Wirklichkeit, war es egal, ob es einen gab oder nicht. Eigentlich gab es überhaupt nicht viel, was zählte, wurde ihr dumpf bewußt. Die Tränen kamen. Die Tränen liefen, und Armenta Arnez hob ihren Pullover auf und zog ihn an. Sie ging aus dem Studentenwohnheim hinaus, um ihren Medizinpraktikanten oder irgend jemand anderen zu suchen, der sie mochte.

32

„Hi, Scar", sagte Maxine, als sie zur Tür hereinkam.
„Hi, Baby", sagte Scar.
„Wie geht es dir?"
„Nicht allzu gut", gab Scar zu.
„Eine neue Nacht bringt neue Kohle."
„Hast du das von Jake gelesen?"
„Nein, was gibt's Neues?"

Scar reichte ihr die Zeitung. Die Wörter verschwammen, es war, als hätte ihr jemand mit dem Vorschlaghammer in die Magengrube geschlagen. „Es hat ihn erwischt, Scar."
„Ich weiß."
„Echt hart."
„Ja, echt hart", sagte Scar.
„Scar, manchmal wünsche ich mir, ich wäre wieder in der Schule."
„Wir beide, du und ich", sagte Scar.
Maxine rekelte sich langsam. „Hilf mir beim Reißverschluß", sagte sie und drehte ihm den Rücken zu.
Scars Hand zitterte, als er den Reißverschluß des Kleides aufmachte. Es war nicht die Intimität, es war etwas Schrecklicheres als das.
„Was ist los?" fragte Maxine.
„Nichts."
Zuerst glaubte Maxine, daß ihr Anblick ihn so aufgeregt habe, obwohl sie schon oft in schwarzem Spitzenhöschen und Büstenhalter vor Scar herumgelaufen war, aber dann merkte sie, daß Scar sie gar nicht beachtete. „Scar?"
Scar lag mit dem Gesicht nach unten quer über dem Bett und öffnete und schloß seine Fäuste.
„Scar, ist alles in Ordnung mit dir?"
Scar gab mißmutige Laute von sich.
„Scar, du bist doch über'n Berg, oder? Es ist nicht mehr so, wie es vorher war, als du zurückgekommen bist?"
„Nein", sagte Scar.
„Wie ist es dann?"
„Das kann man nicht beschreiben."
Maxine setzte sich neben Scar aufs Bett. „Du wirst es schaffen, Scar, ich weiß, daß du es schaffen kannst."
„Ja", sagte Scar. Plötzlich setzte er sich auf. „Ich mache einen Spaziergang", sagte er und stand auf.
„Scar, du wirst dich doch nicht auf die Suche nach..."
„Nee, ich muß mir einfach nur ein wenig die Füße vertreten, das ist alles."
„Dann komme ich mit."
„Um zwei Uhr morgens?"

„Du gehst doch um dieselbe Uhrzeit."

„Die ganze Welt geht um dieselbe Uhrzeit, und ihre Schritte sind ganz aus dem Rhythmus", sagte Scar. „Du brauchst bei diesem Aufmarsch nicht mitzumachen."

„Scar?"

„Ich komme bald wieder."

„Gehen wir doch ins Bett und sprechen wir morgen drüber."

„Ich muß irgendwas tun."

„Legen wir uns hin. Dreh das Licht aus", sagte sie.

„Maxine, verdammt nochmal, ich bin nicht in der Stimmung, jetzt zu schlafen."

„Möchtest du nicht lieber mit mir ins Bett gehen, als draußen herumzuirren?"

Scar drehte das Licht aus. Als er unter die Decke kroch, wartete sie auf seiner Seite des Bettes auf ihn. Er hätte nie gedacht, nicht in all seinen Träumen über Maxine, daß es so sein könnte.

„Du bist ein eigenartiger Kerl", sagte sie später zu ihm.

„Wieso?"

„In all diesen Nächten hast du nicht einmal versucht, zu mir auf meine Seite des Bettes herüberzurücken."

„Hättest du gewollt, daß ich das mache?"

„Nein", gestand sie.

„Hast du etwas dagegen, wenn ich dir etwas erzähle?"

„Ich denke nicht."

„Ich habe mir immer vorgestellt, wie es wohl mit dir im Bett wäre."

„Und?"

„Es war nie so, wie es jetzt in Wirklichkeit ist."

Maxine errötete und wandte sich von ihm ab.

„Ich war jahrelang in dich verliebt, aber ich hab nie gedacht, daß der Tag kommen würde, an dem wir..."

„Warum hast du mir das nicht früher gesagt?"

„Hätte das irgendwas geändert?"

„Menschen versauen sich wirklich alles selber, findest du nicht auch?"

„Ja."

Sie lachten herzlich miteinander.

„Früher in der Schule war ich verrückt nach dir. Ich wette, dir ist das nicht mal aufgefallen", sagte Maxine und strich mit ihren Händen über seine Schultern.

„Sicher nicht", gab Scar zu. Irgendwie fanden sie das komisch.

„Ich bin froh, daß du auf deiner Seite des Bettes geblieben bist."

„Warum?"

„Wenn es nicht so gewesen wäre, hätte ich dir das immer vorgehalten. Weißt du, was ich meine?" sagte sie und massierte seine Schultern.

„Mmh", sagte er. Erneut überfiel Scar ein Verlangen, das überwältigende Verlangen, das ein Mann für eine Frau empfindet, von der er glaubt, daß er sie nie bekommen würde. Er warf sich im Bett herum und zog sie an sich.

Er lag wach und dachte lange Zeit nach. Nun war es endlich passiert. Er malte sich seine Zukunft aus. Er würde studieren und dann Profisportler werden. Er wußte, daß er es schaffen konnte. Man sagte, daß er der beste Footballspieler war, den diese Schule jemals hervorgebracht hatte. Er konnte die erforderlichen Zeugnisse vorweisen, und wenn Maxine an ihn glaubte... Sie würden ein gutes Team abgeben, Maxine und er.

Maxine tat sich schwer, einzuschlafen. Sie wußte, daß sie wirklich in Scar verknallt sein könnte. Doch zu blöd, daß er nicht in ihre Pläne paßte. Zu blöd, daß sie auf den nächsten Kerl wartete, der ihr den Durchbruch anbieten würde. Scar würde das nie verstehen, und daher war ihre Beziehung zu ihm von vornherein ausweglos. Ihr tat das leid, aber es gab keine andere Lösung. Sie hatte vor, es bis nach ganz oben zu schaffen, egal wie sie dorthin kam. Spider hatte es richtig gesehen, daß es das war, was sie wollte. Sie sah zu Scar hinüber. Sie hatte es nicht besonders eilig, daß er wieder ging.

33

Jake ging in der schmalen Zelle auf und ab. Wenn er nur fliehen könnte..., aber er wußte, daß das unmöglich war. Er würde sieben Jahre lang wie ein Tier eingesperrt sein, sieben Jahre lang! Niemand kann es aushalten, so lange eingesperrt zu sein. Es blieb nicht viel Zeit übrig auf der Welt. In sieben Jahren würde er ein alter Mann sein. Er hatte nicht vor, irgendwo sieben Jahre lang zu bleiben, selbst wenn man ihn in einen Stahltank einschweißte und im Wasser versenkte. Aber Jenkins hatte gesagt, daß er nach drei Jahren eine vorzeitige Haftentlassung für ihn erreichen könnte. Er fragte sich, ob Jenkins das wirklich schaffen würde. Aber drei Jahre, Mensch, das war auch eine lange Zeit! Jenkins hatte gesagt, es würde nicht zu schwer sein, eine vorzeitige Haftentlassung für ihn durchzubekommen, da er noch minderjährig war. Dieses Gerede über ihn, daß er noch minderjährig war, klang komisch, denn er fühlte sich auf keinen Fall wie ein Jugendlicher. Aber gut, das konnte er verdauen. Er konnte alles verdauen, was sie ihm einbrockten. Er wußte noch immer nicht, was er von Monk halten sollte. Der wollte doch wirklich, daß er einfach alles auf Georgia schob, und hat selbst die Stadt verlassen. Jenkins sagte, daß es Monk gefallen habe, daß er zu allem geschwiegen habe. Monk wußte, daß er sich deswegen keine Sorgen zu machen brauchte. Jenkins hatte gesagt, daß es einen Job für ihn geben würde, nach der Entlassung, aber Jake wußte nicht, ob er wieder für Monk arbeiten wollte. Er empfand nicht mehr das gleiche wie früher für Monk. Mann, er hatte Monk immer vergöttert, aber jetzt wußte er nicht mehr so recht. Doch eines wußte er sicher, er hatte nicht vor, wieder hier im Knast zu landen. Wenn er aber nicht an die Straßenecken zurückging, was sollte er dann machen, nach seiner Entlassung? Schließlich hatte er ja überhaupt nie damit gerechnet, daß er verhaftet werden könnte. Wo sonst sollte er soviel Kohle verdienen, wie er es gewohnt war? Mann, was wäre, wenn sie Monk hochgenommen hätten? Das war nicht der Fall, aber er mußte ganz schön Schiß bekommen haben, sonst wäre er nicht abgehauen. Vielleicht würde Monk eines Tages auch verhaftet werden.

Vorher hatte er nie daran gedacht, daß sowas geschehen könnte, aber jetzt war er sich nicht mehr so sicher, daß Monk so unbesiegbar war, wie er immer vorgab. Aber was soll's, auf dieser Welt mußte man einfach etwas riskieren, oder etwa nicht? Irgendwas war in letzter Zeit an den Straßenecken geschehen, aber es gab noch immer einen Haufen Typen dort draußen. Eine Menge neuer Gesichter waren darunter. Viele der alten Kumpels waren verschwunden... Red, Spider, Scar... Er fragte sich, was Scar jetzt wohl machte. Er hatte echt mager ausgesehen. Er wettete, daß Scar auf Entziehungskur gewesen war, er hoffte es wirklich, sonst? Er hatte ein gutes Gefühl wegen Scar. Scar hatte gesagt, daß er von seiner Sucht loskommen wollte. Scar war ganz tief in seinem Innern ehrgeizig, er würde eines Tages vielleicht etwas machen. Ja, und Maxine war auch auf ihrem Weg... Maxine und Scar waren begabt. Für sie bestand die Möglichkeit, auch woanders viel Geld zu verdienen, statt auf der Straße. Er selber hatte für nichts eine besondere Begabung. Wenn er nicht mehr an den Straßenecken rumhängen wollte, würde er irgendwo hart arbeiten müssen, selbst wenn er studieren würde, wäre es so. Aber soviel Geld, wie er verdienen wollte, zahlten sie keinem jungen Kerl, und wenn er noch so hart arbeitete, außer in einer dieser leitenden Positionen, für die aber nicht die geringste Aussicht bestand, daß er sie je erreichte. Die einzigen Jobs, die er bekommen könnte, waren die, wo man sein Geld hundert Jahre lang sparen konnte und letzten Endes trotzdem keinen Penny hatte. Zum Teufel damit, wenn er wieder rauskäme, würde er einige Mäuse in seiner Tasche haben. Einmal, als er sieben war, hatte sein Vater ihn gefragt, was er werden möchte, wenn er groß ist. „Reich", war seine Antwort gewesen. Er hatte sich nicht so sehr verändert, daß er jetzt nicht das gleiche wollte wie damals. Er wollte einen Haufen Geld in seinen Taschen haben, eine Menge Klamotten, Autos. Nichts würde ihn davon abhalten können, diese Dinge zu wollen, und er würde sie sich auf die eine oder andere Art beschaffen. Wie sollte ein Typ wie er in dieser Welt das bekommen, was er wollte? Die Gesichter seines Vater, von Pop und Mrs. Garveli tauchten auf und verfolgten ihn. Georgia schrie, als der Wagen über die Straßenböschung stürzte. Evelyns vorwurfsvoller Blick fragte ihn: Warum mußte Red sterben? Straßenlaternen überzogen die Stadt mit ihrem Licht und konkurrierten mit den Neonleuchtreklamen der überfüllten Eckkneipen. Angst und Gelächter, die berauschende Geschwindigkeit der sich ausdehnenden Stadt, Autohupen heulten in der Ferne, das Klicken von Würfeln, Hausierer, die ihr Glück versuchten, die sanften, vertrauten Stimmen von Menschen, die am Nachmittag auf ein kleines Abenteuer in einem versteckten Kämmerchen aus waren, Frauen, gehüllt in enganliegende Kleider, die sich glatt und fest anfühlten, mit denen man auf der Tanzfläche die Nacht zum Tag machte. Die Antworten auf beide Fragen wirbelten vor seinen Augen und verdeckten ein für alle Mal den Weg, den er sich für Scar und Maxine ausgemalt hatte, ließen ihn die beiden für immer verlieren. Armentas Gesicht verblich wie jede zufällige Erinnerung, ihre Stimme war das Gewissen, das er ignorieren mußte, als er sich nach den kalten, vertrauten Ufern des Nachtlebens in der Großstadt sehnte, und selbst die Bedrohung mit drei Jahren Haft und anderen solchen Hindernissen konnte ihn nicht von dem Kurs abbringen, der ihn in den Hafen zurückführen würde, aus dem man ihn vertrieben hatte.

ÜBER DEN ÜBERSETZER

Gottfried Fink, Jahrgang 1959, lebt und arbeitet im österreichischen Graz. Über seine Tätigkeit als Übersetzer aus dem Amerikanischen und Französischen hinaus hat er sich dem Auffinden „vergessener" schwarzer Autorinnen und Autoren verschrieben, die ihrer Zeit oftmals weit voraus waren und nicht selten verkannt wurden. Er möchte ihre Werke auch dem deutschsprachigen Lesepublikum zugänglich machen. Diesem Kampf gegen das Vergessen authentischer Stimmen verdanken wir die hier vorliegende Reihe *Soul fiction*.

Weitere Titel der Reihe »Soul fiction«...

Herbert Simmons
Tanz auf rohen Eiern

Aus dem Amerikanischen
von Gottfried Fink
Engl. Broschur, 226 Seiten
24,80 DM
23,00 SFr - 180 öS
ISBN 3-926529-75-X

Raymond Douglas wird in St. Louis an dem Tag geboren, an dem ein Tornado die halbe Stadt verwüstet und gleichzeitig der Tod der Bluessängerin Florence Mills gemeldet wird. Er wächst in den Slums der Stadt in den Jahren der Depression auf. Seit frühester Kindheit fühlt er sich zum Trompetespielen hingezogen. Er überwindet alle Hindernisse und wird ein gefeierter Jazzmusiker, in dessen Lebenslinien sich Bedrückung und Aufbegehren einer ganzen Generation schwarzer Jugendlicher wiederspiegeln...

Pressezitate

» Simmons Prosa ist wie Jazz. Sie fließt dahin in einer Aufeinanderfolge von vortrefflich konstruierten Passagen frei improvisierter lyrischer Bilder, Tonlagen und Geschichten, die uns einladen zu erwachen und Teil der Welt zu werden, der diese Musik entstammt - eine Welt die noch lange nicht verschwunden ist.«
David Amran, Jazzmusiker und Autor, der mit Jack Kerouac und Dizzy Gillespie gearbeitet hat, in der Los Angeles Times

»Erfüllt vom Blues ist das Buch ein betörend schöner Jazz-Roman mit radikalen und revolutionären Elementen. Durch die Zeit hat er nichts von seiner Stärke eingebüßt.«
Payback Press, Edinburgh

Charles Perry
Portrait eines Ertrinkenden

Aus dem Amerikanischen
von Gottfried Fink
Engl. Broschur, 397 Seiten
29,80 DM
27,50 SFr - 220 öS
ISBN 3-926529-76-8

Der Roman beginnt als Pastiche von Joyces „Ein Portrait des Künstlers als junger Mann" und geht dann über in die Geschichte von Harold Odum, einem jungen Mann, der mit seinen Kumpels auf der Straße lebt. Ihnen entgeht nichts, auch nicht die eleganten Gangster mit ihrem eiskalten Lächeln bei ihren unsauberen Geschäften. Harold möchte einer von ihnen werden. Er gewinnt das Vertrauen von Louis Vargas, dem ‚Captain' von Brooklyn und wird als ‚Harry die Katze' Teil der Organisation. Doch hinter der Maske der Selbstsicherheit zeigt sich mehr und mehr das Bild eines gequälten, einsamen jungen Mannes, gefangen in einem Geflecht psychischer Zwänge. Die Tragödie scheint unabwendbar...

Pressezitate:

» Mr. Perry hat eine flüssige, lebendig geschilderte Erzählung von tragischer Qualität geschrieben, die umso beunruhigender ist, da sie einen so festen Bestandteil des täglichen Lebens bildet.«
The Times

»Die Geschichte scheint geradewegs aus Howard Hawks ‚Scarface' zu stammen. In Schwarzweiß. Geschrieben von einem Schwarzen mit ausschließlich weißen Darstellern. Dieses zärtliche und rauhe Buch, das man in einem Zuge liest, zeigt uns jemanden, der traurig ist wie ein Faustschlag.«
Jacques Vallet, Les Inrockuptibles

Roland S. Jefferson
Die Schule an der 103. Straße

Aus dem Amerikanischen
von Gottfried Fink
Engl. Broschur, 210 Seiten
24,80 DM
23,00 SFr - 180 öS
ISBN 3-926529-77-6

Roland S. Jefferson: »Es sind sehr ernste und bedrohliche Fakten, die den Hintergrund für meinen Roman bilden. Natürlich ist es eine fiktive Geschichte. Aber es wäre tragisch, wenn künftige Historiker feststellen müßten, daß dieser Roman die unausweichliche 'Endlösung' der sog. 'Rassenfrage' in Amerika vorweggenommen hätte.«

Das Buch wurde 1976 erstveröffentlicht. Allein durch Flüsterpropaganda war es bald ausverkauft. Doch nach diesem Erfolg verschwand es in der Versenkung, das Thema war „zu heiß":

Als Dr. Elwin Carter, Arzt in einer Klinik in Watts, zwei Jungen behandeln muß, die nach dem Mord an einem ihrer Freunde unter Schock stehen, führen ihn seine Untersuchungen weit über das übliche Szenario aus Drogen und Bandengewalt hinaus. Er stößt auf Hinweise, die Pläne der Regierung offenbaren, eine weitere Serie von Aufständen in den amerikanischen Großstädten im Keime zu ersticken.

Der Roman verbindet Aktion mit politischer Analyse seiner Hauptfiguren und zeichnet ein düsteres Zukunftsbild eines drohenden Großstadtkrieges zwischen zwei sich völlig entfremdeten Bevölkerungsgruppen, deren Demarkationslinie längs der Hautfarbe Schwarz und Weiß verläuft.